Double faute

Du même auteur
aux Éditions J'ai lu

IL FAUT QU'ON PARLE DE KEVIN
N° 8605

LA DOUBLE VIE D'IRINA
N° 9367

Lionel
SHRIVER

Double faute

ROMAN

Traduit de l'anglais (États-Unis)
par Michèle Lévy-Bram

J'ai lu

Titre original
DOUBLE FAULT

Éditeur original :
Doubleday, New York.

Pour Jonathan,
dont je n'utilise le vrai nom
que dans les grandes occasions,
cette dédicace, dans l'espoir fervent
que mon intrigue restera sur le papier.

Note de l'auteur

Dans l'intérêt du récit, j'ai simplifié le système de classement tennistique. J'invite le lecteur curieux de ses complexités – national *versus* international – ou de celles du calcul des points informatiques de la WTA (Woman Tennis Association) *versus* la Virginia Slims, à consulter l'abondante littérature technique existante. J'ai pris aussi quelques libertés dans ce livre, *Double Faute* étant moins un roman sur le tennis que sur le mariage – un sport un peu différent.

Vouloir trop, c'est trop souvent obtenir trop peu. Un joueur de tennis incapable de détecter la peur chez son adversaire, cela n'existe pas.

Ted TINGLING[1]

1. 1910-1990. Anglais. Champion de tennis, modéliste et espion, une polyvalence qui lui vaudra un statut d'icône. *(Toutes les notes sont de la traductrice.)*

1

La balle, en apesanteur, se figea au sommet de sa courbe. Servie face au soleil, elle l'éclipsa exactement. Willy laissa retomber son bras derrière son dos. La couronne flamboyante s'imprima sur sa rétine, un cercle de feu qui lui ferait jouer le reste du point en aveugle.

Clac. La gêne devait être négligeable, car la balle tomba pile dans le carré de service avant de poursuivre, en toute intégrité, sa véloce trajectoire pour se ficher, bing, dans un losange du grillage. Randy lutta pour l'extraire. Ça l'occupait.

Willy cligna des yeux. « Ne jamais regarder le soleil », lui ressassait-on quand elle était enfant. Typique de ses parents. « Ne pas regarder la gloire en face, s'effaroucher devant la beauté du métal en fusion[1]. » Comme si, soi-même, on pouvait fondre.

Un froissement de feuilles à sa gauche, derrière le grillage, attira son attention. Le cercle de feu inscrit dans son champ de vision révéla le visage de l'inconnu dans une auréole pourpre, comme désigné à son attention par un marqueur violet. Ses doigts s'agrippaient au fil de fer galvanisé. Il avait des yeux

1. In *The British Nation : Its Arts and Manufactures*. Programme destiné à lier les arts et l'industrie dans l'Angleterre du XIXe siècle.

avides et un sourire retors, d'une patience troublante, comme celui du lion nonchalant qui, à l'ombre, attend toute la journée que son repas passe à proximité. Ce dégingandé était jeune, avec un front qui tendait à se dégarnir. Il était trop blanc pour faire partie des résidents du Harlem voisin, ces garçons qui récupéraient les balles perdues pour jouer au stick-ball. Il avait, sans nul doute, fouillé les fourrés à la recherche de la sienne, puis il s'était arrêté pour la regarder jouer.

Willy servit de nouveau, mais moins fort, et sur le coup droit de Randy. Quel intérêt de louer un court à Riverside Park pour expédier le set à coups de services gagnants ? Elle ralentit le rythme, se contentant de caresser la Penn que son adversaire bûcheronnait. Comme d'habitude, les dizaines d'ajustements infinitésimaux que les pieds de Willy effectuaient de leur propre chef lui semblaient miraculeux, et elle aimait les échanges verbaux spontanés faits de commentaires et de réponses. Elle fut donc déçue quand son revers lifté éveilla chez Randy la tentation de frimer. Ppfft, dans le filet.

Souvent, vers la fin du premier set, elle concédait un jeu à l'adversaire pour lui regonfler le moral. Mais cet inconnu qui lorgnait la partie l'empêchait de céder à la charité. Elle se demandait d'ailleurs combien de temps elle pourrait supporter ce Randy Ravioli ou quelque chose dans le genre. Il ne la bouclait jamais. « Ran-dii ! » Ses hurlements flottaient en écho sur l'ensemble des dix courts chaque fois qu'il mettait la balle dehors. Entre deux points, il prodiguait ses avis judicieux aux habitués disputant d'autres parties : « Un chouïa trop d'effet du poignet, mon vieux Bobby ! », et : « Plie-moi ces genoux, Alicia ! » Willy elle-même n'était épargnée ni par ses louanges – « Jésus ! Pour une petite femme, vous mettez le paquet ! » – ni par les conseils en or dont ce casse-pieds trapu était prodigue. Au premier changement de côté, il lui avait expliqué la prise western.

Elle l'avait écouté avec une attention souriante. Maintenant, elle menait par 4-0, toujours avec le sourire.

Au service, l'Italien donnait un formidable élan à la raquette, pour un effet de pétard mouillé ; ses moulinets ne valaient pas l'effort qu'ils lui coûtaient. De plus, tout entier axé sur la puissance, il tendait à négliger cette coquetterie consistant à envoyer la balle dans le carré de service. Résultat : deux doubles fautes.

Ils changèrent à nouveau de côté et, du coin de l'œil, Willy nota que l'homme était toujours là. Mince ! se dit-elle, car l'intérêt d'une modeste partie à Riverside Park, c'était d'échapper aux regards. Non que ce voyeur – un échalas excentrique – manquât de séduction dans son genre. L'ignorer trahissait justement la conscience aiguë qu'avait Willy d'être observée.

Un peu gênée, elle joua six ou sept fois la ligne. Si son entraîneur avait su ce qu'elle faisait là, il lui aurait arraché la tête ; il la traitait comme une princesse à qui on interdit de jouer avec les gosses des rues de peur qu'ils ne lui apprennent des gros mots. Pourtant, selon Willy, les amateurs aidaient les professionnels à garder les pieds sur terre grâce aux surprises qu'ils vous réservaient. Des exemples ? L'électrochoc involontaire mais déstabilisant infligé par certaines volées mal amenées ou des lobs extravagants hors cadre. La fine équipe de Riverside Park ne boudait pas son plaisir, ce qui était du pain pour l'âme. Ces gens perdaient avec une timidité muette, ou un torrent de « Nom de Dieu ! » sonores et sincères. De Randy, Willy pensait n'obtenir qu'un « À plus ! » rancunier, mais elle préférait une blessure d'amour-propre honnêtement exprimée à l'anémique

« Bravo » de Forest Hills, accompagné des deux doigts réticents qu'on vous tendait.

Autre avantage, Riverside Park, situé juste en face de chez elle, signifiait un accès facile au sport. L'entretien médiocre des courts lui rappelait l'asphalte quasi défoncé de Montclair, sur lequel elle avait appris à jouer : la mauvaise herbe rampait sur les lignes de fond, des fissures en étoile couraient de part et d'autre des couloirs et des feuilles égarées amortissaient des retours censément foudroyants. Les folles ondulations des courts 4 et 7 vous donnaient l'impression bizarre de jouer sur une mer agitée. La qualité déplorable de la surface, ironiquement, singeait les effets volontairement sournois et les services liftés des « pros » les plus vicieux ; les coups les mieux préparés et les plus virtuoses produisaient des rebonds fous. Les cratères et les épaves ajoutaient une touche d'humour au jeu en décourageant les deux parties de prendre les résultats au sérieux. Il y avait d'autres avantages : un meurtre occasionnel dans cette partie nord du parc aux fourrés denses avait tempéré les enthousiasmes – y louer un court était facile.

Au second set, Randy ne battait plus que l'air. Leur fan suivait la balle avec des yeux qui évoquaient ceux du lézard traquant une mouche. Maintenant, tous deux étaient gênés par ce regard. Quand l'Italien loupa une balle de fond de court, l'inconnu singea son cri : « Ran-dii ! » Le retour suivant de Willy heurta la bande du filet.

« Vous m'avez déconcentrée, dit-elle, furieuse, au spectateur.

— À mon avis, il vous en faudrait davantage », lui répondit-il d'une voix grave, veloutée.

Exaspérée, Willy exécuta Randy en dix minutes chrono. Tandis qu'ils s'épongeaient tous deux au poteau du filet, elle examinait son adversaire d'un œil neuf, plus ouvertement critique. De la ligne de fond, il pouvait passer pour beau gosse ; de près, il avait les traits flous et empâtés du picoleur. Le visage émergeant de sa serviette, il grommela : « C'est de l'arnaque.

— Il n'y avait pas d'argent en jeu, que je sache, objecta-t-elle.

— Il y a toujours quelque chose en jeu, répondit-il sèchement. Autrement, à quoi bon s'agiter ? »

Se baissant pour ramasser son étui, il posa la main sur ses reins. « Oh, merde. Je me suis esquinté le dos la semaine dernière. L'ombre de moi-même... » En remontant la fermeture Éclair dudit étui, il expliqua que le cadre de sa raquette était fatigué. « Ça ou une batte de base-ball, c'est pareil. *Capisce ?* »

Max, son entraîneur, disait souvent à Willy : « Quand les garçons gagnent, ils fanfaronnent ; quand les filles gagnent, elles s'excusent. »

« J'étais particulièrement en forme aujourd'hui, nota-t-elle aimablement. Et vous n'avez pas eu de chance avec tous ces rebonds pourris...

— Une bière, ça vous dit ? C'est ma tournée.

— Non, je... je vais m'attarder un peu, travailler mon service.

— Qu'est-ce qu'il vous reste à travailler ? L'art de louper la balle ? »

Son fourbi à la main, il s'éloigna avec dignité.

Willy s'attarda pour rajuster le bandana qui maintenait ses cheveux blonds. Le voyeur jeta un sac de sport par-dessus le grillage – tout au bout, là où il était affaissé –, puis le franchit d'un bond.

« Quelle poule mouillée, déclara-t-il.

— Oh, les hommes se trouvent toujours des excuses quand ils sont battus par une fille.

— Non, pas lui : vous. »

Elle rougit.

« Pardon ?

— Vous voir jouer contre ce crétin, c'est regarder un pit-bull s'attaquer à un chihuahua. C'est ça qui vous fait jouir à couilles rabattues ?

— Au cas où vous ne l'auriez pas remarqué, je ne dispose pas… de ces accessoires.

— Oh que si », gloussa le dégingandé.

Alors que Randy semblait sexy de l'autre bout du court et décevant de près, l'intrus, de loin, semblait dépourvu de grâce avec son nez bosselé trop grand, son arcade sourcilière trop saillante et sa silhouette filiforme. Mais de près, ses traits taillés à la hache devenaient beaucoup plus subtils, le sourire se faisait taquin, et les yeux, indéchiffrables, étaient très mobiles. Son torse s'étranglait un peu trop à la taille, genre triangle renversé, mais il avait des mollets et des avant-bras musclés, sillonnés de veines.

« Il faut bien quelqu'un pour remettre les gueulards à leur place, le rembarra-t-elle.

— Il y a gueulard et gueulard. Au fait, êtes-vous fatiguée ? »

Willy baissa les yeux pour inspecter son polo. Archisec.

« Si j'étais fatiguée, je ne l'admettrais pas, répondit-elle.

— Alors, ça vous dit, une vraie partie ? » Il fit tournoyer sa raquette – une très bonne marque. L'homme était impudent mais Willy Novinsky n'avait pas refusé un seul défi tennistique en dix-huit ans.

Dès les premières balles, elle se rendit compte combien sa partie avec Randy avait été mollassonne. Elle sabota les trois premiers échanges d'échauffement avec l'inconnu avant d'avoir recours à sa tête, où elle savait trouver un bouton de réglage. Elle le tourna d'un cran. Une fois cet ajustement fait, le filet avachi se redressa par miracle, sous ses pieds, le revêtement rugueux devint d'un vert plus vif. Les lignes blanches se soulevèrent, en lévitation.

Les fissures noircirent, devenant encore plus traîtresses, et la balle, lancée vers elle à toute allure, grossissait, surgissant dans son champ de vision d'un coin soudain très précis.

Au début, elle joua prudemment, prenant la mesure de son adversaire et de sa frappe peu orthodoxe. Elle aurait juré qu'il devait certains de ses retours à une chance insolente. Son style était de bric et de broc : il recevait parfois en catastrophe, déployant à cet effet ce qui évoquait un swing de golfeur. Mais il allait sur tous les coups. Quand elle tirait un passing, la raquette du type ne s'agitait jamais très loin de la balle, et même s'il en loupait pas mal de longues, Willy ne le surprenait jamais, pieds plats dans ses T-court, à fixer la ligne d'un air navré.

Avec lui, pas de Ran-dii ni autre cri de la jungle. Il ne s'excusait jamais, ni ne jurait. Il ne se marmottait pas non plus « Chauffe, dick, chauffe », pas plus d'ailleurs qu'il ne gratifiait son adversaire d'un « Bien joué » sonore. Quand le service de Willy était out, il levait un doigt ; quand il était gagnant, il plaçait sa paume à plat. De fait, il ne dit pas un seul mot de toute la partie.

Ce fut trop vite fini. 6-0, 6-2. Marchant nonchalamment vers le filet, Willy se demandait quelle attitude adopter. Pas d'excuses, mais pas de triomphalisme, décida-t-elle. Ce score inégal leur avait fourni, malgré tout, des échanges plaisants – de longs échanges –, et elle souhaitait rejouer avec lui. Elle réfléchissait au mot aimable et impénitent qu'elle lui dirait, quand, la saisissant par la taille de l'autre côté du filet, il la souleva vers le ciel.

« Légère comme une plume ! » lança-t-il en la déposant doucement au sol. « Mais, bon sang, quelle puissance ! » Après avoir essuyé sur son tee-shirt une paluche humide, il la lui tendit cérémonieusement :

« Eric Underwood. » Elle la lui serra : « Willy Novinsky. »

Elle rassemblait ses forces pour affronter un laconisme vexé, ou une fausse légèreté, comme si cette rencontre sportive n'était qu'une bagatelle, l'avant-goût d'un sujet autrement passionnant. Mais, avec un sourire jusqu'aux oreilles, il ne parla que de tennis.

« Votre père agitait une Dunlop-5 au-dessus de votre berceau, c'est ça ? Il vous traînait du Junior Open à l'Orange Bowl tandis que le reste d'entre nous lisions *Le chien Spot passe à la télé*. Et, bien entendu, papa va venir vous chercher. Même à dix-neuf ans, il faut que vous soyez au lit à vingt-deux heures pile. Papa borde sa petite poule aux œufs d'or, qui doit se ménager. »

Willy avait vingt-trois ans. Son âge était son talon d'Achille, et elle ne se sentait pas de le reprendre sur ce point. « Du calme ! dit-elle. Papa ne viendra pas : il est dans le New Jersey où il attend que je range définitivement mes jouets. Ma raquette de tennis, par exemple. »

Elle s'apprêtait justement à la remettre dans son étui quand Eric l'arrêta en posant une main sur son bras. « On fait encore quelques balles, juste pour se détendre ? »

Elle regarda le ciel ; la lumière déclinait. Elle avait joué quatre bonnes heures, sa limite pour un jour ordinaire. Mais ce ciel qui virait du rose au gris lui évoquait les parties qu'elle faisait avec son père, une fois ses devoirs finis. Il ne manquait jamais de lui dire : « On rentre, maman nous attend pour dîner. » Elle le suppliait de faire encore quelques balles, et parfois, il cédait. Jouer à son tour les adultes rabat-joie, trop peu pour elle. « Bon, mais pas longtemps », accepta-t-elle.

Eric travaillait sa volée. Timidement, elle lui dit : « Votre prise d'élan... elle est trop longue : vous ne devriez pas dépasser votre épaule droite. »

En cinq minutes, la prise en question fut réduite de sept centimètres. Willy observa son adversaire d'un air appréciateur. En général, l'amateur moyen ingérait une tonne de manuels sur le tennis et payait de ruineuses demi-heures de cours avec des pros épuisés, toute chose inversement proportionnelle à ses capacités à suivre un conseil. Eric, lui, avait intégré d'emblée l'observation qu'elle avait faite en passant. Elle se méfiait des conseils qu'on lâche comme ça, à la volée si on peut dire. Mais les voir se transformer en actes prouvait que ce type avait quelque chose. Elle avait en face un élève doué et crédule : si elle le souhaitait, elle pouvait le gâcher en un rien de temps ; il suffisait de le truffer de mauvaises habitudes, comme on jette de la viande empoisonnée à un clebs.

En rangeant sa raquette dans son étui, il lui dit : « Il est temps qu'on aille boire la bière offerte par Randy. Au Flor De Mayo. Je crève de faim.

— Pardon ? Dois-je comprendre que vous m'invitez à dîner ?

— Comprenez seulement qu'on dîne ensemble.

— Qui vous dit que je suis libre ? J'avais peut-être fait des projets avec un ami.

— Non, pas de projets, répondit-il avec simplicité. Et je doute que vous ayez beaucoup d'amis.

— À l'évidence, je vous suis sympathique, nota-t-elle sardonique.

— Personne ne l'est, avec un jeu tel que le vôtre. Et personne, avec un jeu tel que le vôtre, ne perd son temps à tenir la main de quelqu'un dans un bar.

— Mais vous allez changer ça, c'est sûr, railla-t-elle.

— Traîner dans les bars, ce n'est pas mon truc. Mais, tenir une main ne vous ferait pas de mal. »

La nuit tombait. Ramassant les étuis de Willy en même temps que le sien, il partit, à grands pas et avec une suffisance affichée, en direction du court numéro 3.

Il savait que Willy suivrait ses raquettes.

« Alors, d'où sort ce prénom ? »

La suggestion de Willy – s'attabler au frais, à la plaisante terrasse du West Side Café – ayant été ignorée, ils étaient au Flor De Mayo, assis douillettement à l'intérieur. Elle se remettait tout juste d'une bouderie mesquine pour avoir été cooptée, à son corps défendant, par un membre d'un rade graillonneux sino-cubain. De fait, le restaurant était propre, plutôt tranquille, et le vin blanc, buvable.

« Si je vous dis : Wilhemena, qu'est-ce que ça vous évoque ? demanda-t-elle.

— Bon Dieu ! Qu'avez-vous fait à vos parents ?

— Disons *a minima* qu'on ne devient pas célèbre avec un tel prénom. Celui de ma sœur aînée est encore pire : Gertrude. Qu'en dites-vous ? Par un raccourci particulièrement ignominieux, on l'appelle "Gert".

— Doux Jésus ! Ils lui en veulent tout particulièrement ? »

Willy plissa les yeux. Il ne s'agissait là que de propos de table, mais elle avait si peu l'occasion de parler d'autre chose que des stratégies optimales de rotation du corps dans les coups de fond de court qu'elle se laissa tenter. « Ils en veulent à la terre entière, ma sœur et moi incluses – un effet de leur générosité. Non, à vrai dire, ils n'ont aucun grief particulier contre Gertrude ; elle ne leur inspire que des sentiments tempérés. Gertrude incite à la modération. Au lycée, elle faisait exprès d'avoir des "B". Elle prépare un diplôme d'expertise comptable. La somme des éléments qui la définissent, délibérés, frappés au coin du bon sens, est censée rendre mon père heureux. L'est-il ? Non. Dans mon propre livre de comptes, j'octroie à mes parents ce qui leur revient. Désolée de vous gonfler avec mes histoires.

— Oh ! mais elles m'intéressent. »

Redoutant le commentaire lourdement flirt qu'elle sentait venir, elle ajouta très vite : « Je crois que ma mère a déniché ces prénoms impossibles à la maison de retraite où elle travaille. Encore gamines, leur simple énoncé faisait déjà de nous des vieilles filles. »

Eric avala sa bière d'un trait. « Vous êtes beaucoup trop jeune pour mentionner cet état peu enviable. »

En termes professionnels, Willy, lentement mais sûrement, allait pourtant vers ses vieux jours. Cet homme mettait d'instinct le doigt sur la plaie. « Ce n'est pas ça qui m'inquiète, éluda-t-elle. C'est l'inconcevable Wilhemena Novinsky écrit sur le tableau d'affichage de Wimbledon.

— Wi No Ki, ça sonne comme une comptine. Et puis les noms impossibles sont un obstacle supplémentaire à surmonter, ce qui n'est pas pour vous déplaire, j'en jurerais. En somme, vos parents vous ont fait une faveur. »

Elle trouvait cette familiarité dérangeante, et d'autant plus indiscrète qu'il avait vu juste. « Si j'adore surmonter les obstacles, alors mes parents m'ont accordé des faveurs sans nombre », dit-elle.

Le serveur arriva avec leurs demi-poulets au four accompagnés d'une montagne de riz cantonais. Eric en avait commandé deux plats ovales pour lui seul, qu'il aligna devant lui, pour ainsi dire pare-chocs contre pare-chocs.

« Vous allez manger tout ça ?

— Plus le vôtre, car vous en laisserez.

— Comment... » Elle s'interrompit. Il avait raison, elle ne finirait pas.

Le riz était merveilleux et la chair onctueuse du poulet se détachait de l'os. « Ne rêvez pas, dit-elle. Je risque de vous surprendre par ma voracité.

— Parfait, si vous me promettez de ne pas vous faire vomir après.

— Ah, non. Quelle vulgarité.

— Résumons. (Il compta sur ses doigts.) Pas de papa Pygmalion, pas de boulimie, pas de surpoids... C'est trop beau pour être vrai. Vous devez avoir une liaison avec votre entraîneur. »

Willy adorait les joutes verbales, mais là, il allait trop loin. « Mêlez-vous de ce qui vous regarde », lui dit-elle.

Il ne broncha pas. Il aurait aussi bien pu s'appliquer à gribouiller cette rebuffade sur une fiche de score.

« Pour être grossier jusqu'au bout... » Il se tamponna la bouche avec sa serviette. Comme elle s'attendait à le voir bâfrer, elle se demandait comment il pouvait avaler une telle quantité de nourriture avec tant de grâce. « Quel est votre classement ? » reprit-il.

Impossible d'y échapper. Dans les cercles tennistiques, cette question revenait cinq fois par jour, posée avec infiniment plus d'arrière-pensées que celle, tout aussi inévitable, mais anodine, concernant le signe astral.

Elle plaça sa fourchette exactement à côté du flacon de vinaigre, vers lequel elle fit très légèrement pivoter les dents, comme pour illustrer la nature infinitésimale du progrès dans le sport qui était le sien. « Je suis 437e. Au classement mondial, bien sûr. »

Il leva les mains. « Je sais. (Un silence.) Je suis surpris.

— Surpris ? Je vous ai flanqué la pâtée tout à l'heure, non ? »

Il rit. « Wilhelm ! » Il prononça son nom avec un « V », à la germanique. « Je voulais seulement dire que je ne m'attendais pas, aujourd'hui, jour *a priori* comme les autres, à tomber sur l'une des cinq cents meilleures joueuses du monde. Quelle susceptibilité !

— Il n'y a pas un seul joueur de tennis, dans aucun pays, qui ne soit écorché vif s'agissant de son classement. (Elle reprit sa fourchette.) C'est notre premier rendez-vous, et vous auriez tout aussi bien pu me demander combien je gagne, ou si je suis séropositive.

— Ce dîner est donc notre premier rendez-vous ? (Il ne manquait pas d'air.)

— Vous savez ce que je veux dire, marmotta-t-elle, déconcertée. Un classement, c'est aussi personnel que… Je ne sais pas, moi, c'est comme si vous me demandiez ce que je vaux moralement.

— Ne croyez-vous pas que vous leur accordez un peu trop d'importance ? À eux, je veux dire. » C'était encore une rebuffade, mais sincère celle-ci.

« Qui sont ces eux ? demanda-t-elle, sarcastique.

— Eux, ce sont tous ceux que vous ne pouvez pas vous permettre de laisser vous battre. Or, la pire capitulation, c'est bien de se mettre dans la peau de ceux qui veulent la vôtre.

— Ne seriez-vous pas l'un d'eux ?

— Non. Je suis dans votre camp.

— Je n'ai jamais eu qu'une seule personne dans mon camp.

— Vous-même ?

— Non, avoua-t-elle. Je ne peux pas toujours compter sur moi. (Cette conversation devenait absconse.) Quelqu'un d'autre.

— Ça vous plaît, non ?

— Euh… oui. » Cette question la gênait. « Pourrions-nous cesser un instant de parler de moi ? Vous, par exemple, que faites-vous dans la vie ?

— En mai, j'ai obtenu mon diplôme à Princeton. Mathématiques. Maintenant, je prends un congé sabbatique pour jouer au tennis.

— Avec moi ?

— Oui, mais jouer vraiment, pas faire joujou. Le tennis est une affaire sérieuse, vous êtes bien placée pour le savoir.

— Vous avez... (Elle hésita.) des frères et sœurs ? » Les conversations de vestiaire auxquelles elle était habituée n'affûtaient guère le sens de la repartie. Willy se sentait rouillée, prévisible, et ce dîner était un révélateur.

« Trois frères. Mon père veut dominer le monde. »

Elle décida de ne pas relever le sous-entendu : un patriarche ne pouvait être un autocrate qu'avec des fils. « Vous êtes l'aîné, trancha-t-elle.

— Bien vu. »

Ce n'était pas tant pour sa perspicacité qu'il aurait dû la féliciter que pour l'immense effort qu'elle faisait pour sortir d'elle-même. L'égocentrisme était un effet secondaire de sa profession. Oh, on se souciait des autres, mais en termes techniques – allaient-ils adopter la stratégie service/volée ? Quelles étaient leurs faiblesses sur le court ? De fait, toutes les questions qu'on se posait sur eux ramenaient à soi.

« Princeton. » Hochement de tête approbateur. Se placer à son niveau, c'était du boulot. « Vous êtes une grosse tête, alors. Vous ne pourriez pas échanger deux mots avec les gens que je fréquente.

— Je doute que vous les connaissiez vraiment, ou qu'ils vous connaissent. Dans les tournées féminines, les joueuses vivent dans des univers parallèles. Mais elles sont toutes idiotes.

— Merci pour elles.

— Quant aux joueurs, ce ne sont pas non plus des Einstein, ajouta-t-il judicieusement.

— Vos parents sont riches, n'est-ce pas ? » Trahi par ses manières de table, ce garçon.

« Ce sera retenu contre moi ? » Il leva sa baguette chinoise, le petit doigt en l'air, mimant un raffinement ridicule.

« Ce pourrait l'être, admit-elle.

— D'accord : incorruptible – on n'aime pas les parvenus. (Il compta de nouveau sur ses doigts.) Et, comme nous l'avons vu, pas de papa qui vous pousse, pas de troubles du comportement alimentaire, et pas de syndrome de la vieille fille coincée. Quatre bonnes réponses sur cinq, ce n'est pas si mal. »

Que Willy n'eût pas nié avoir une aventure avec son entraîneur était manifestement resté sur l'estomac d'Eric – c'était la mauvaise réponse.

« C'est un test ? demanda-t-elle.

— Ne suis-je pas, moi aussi, en train d'en passer un ? Princeton ? À mon crédit. Mathématiques ? Ça ne mange pas de pain. Argent ? Désastre total.

— Vous êtes juif, n'est-ce pas ?

— Techniquement. Une bonne ou une mauvaise note ? Gare à ce que vous allez dire !

— Ça m'est égal. (Réponse sincère.)

— Alors pourquoi poser la question ? »

Il l'énervait. « Sans doute parce que, moi aussi, je suis idiote, dit-elle en lui lançant un regard noir.

— Tout à l'heure, en chemin, je vous ai demandé si votre nom était polonais et vous m'avez semblé savoir que la Pologne était située en Europe centrale, et non au pôle Nord. Vous n'êtes donc pas si débile.

— La bêtise peut être un avantage au tennis, contra Willy en piquant dans le plat de petits morceaux de porc.

— Vous connaissez le dicton ? "C'est un sport où il faut être assez intelligent pour jouer bien, et assez idiot pour croire que ça compte." » Il avait fini sa première montagne de riz et attaquait la seconde avec une vaillance égale.

« Quand des sommes d'argent pareilles sont en jeu, *ça* compte ! lui assura Willy. Et pourtant, quand je vois à la télé des adolescents de quatorze ans cavaler sur les courts, je me dis qu'ils n'ont rien compris. Ils sont incroyables. Ils ne s'étonnent même pas d'être dans le top 10 mondial parce qu'ils n'ont aucune idée du nombre de la population mondiale. De fait, le lavage de cerveau, l'esprit vide sont propices aux performances. Ces gosses n'ont rien en tête à part le tennis. La guerre du Golfe, les prochaines élections Bush-Clinton ? Hors sujet. Ils ont une Dunlop entre les oreilles. »

Willy ne croyait pourtant pas vraiment à sa propre sortie sur la bêtise supposée des joueurs de tennis. Oui, le tennis magnifique était joué dans une vacuité intellectuelle que le plus grand nombre qualifierait de non-pensée ; en fait, jouer exigeait une pensée parfaite selon elle. Car considérer l'hésitation, la rumination et l'indécision lourdingues comme des caractéristiques d'un esprit fonctionnant à plein rendement retirait à la pensée ses lettres de noblesse. La pensée parfaite jaillissait sans un mot du corps en tant que pure action. Dans l'idéal, penser, c'était faire.

Cette absence de décalage entre l'ordre donné par le cerveau et l'acte, elle en faisait cette fois l'expérience ici même, en ce moment précis, mais entre la pensée et la parole. Elle n'entendait plus les mots dans sa tête avant de les répandre sur la table ; elle devenait donc tout autant qu'Eric l'audience de ses propres propos, et tout aussi curieuse que lui de ce qu'elle allait dire. Il y avait, là, dans la conversation, la même fluidité que dans un échange de balles.

Le test qu'Eric lui faisait passer comportait une question de plus : « Vous êtes en prépa ? »

Il ne lui avait pas demandé si elle était en fac. Il la croyait donc plus jeune qu'elle ne l'était. Elle ne le connaissait que depuis quelques heures et elle lui faisait déjà des cachotteries. « Non », répondit-elle platement.

Il allait dire quelque chose mais se ravisa, préférant nettoyer le peu qu'il restait du riz cantonais de

Willy. Émerveillée par ses capacités d'absorption, elle lui avait laissé quelques bébés crevettes.

« Quels joueurs admirez-vous ? lui demanda-t-il.

— Je suis de la vieille école : Connors, Navratilova.

— Elle pleure sur un court, regretta-t-il.

— Et alors, pourquoi pas ? Je parie que vous aimez Sampras.

— Qui ne l'aimerait pas ? (Il haussa les épaules.) Sa frappe est impeccable.

— C'est un robot. Rendez-moi Mc Enroe, qu'il pique une crise ou deux et qu'on arrête de le critiquer. John a appris au monde entier de quoi est fait le tennis : de passion.

— Pas d'accord. De contrôle.

— De ça aussi, et de bien d'autres choses », dit-elle avec flamme.

Eric rit. « Je n'irai pas aussi loin, mais vous avez raison. Le grand tennis, ce n'est pas seulement le résultat d'une perception visuelle hors du commun. Le grand tennis, c'est le miroir de l'âme.

— Que diriez-vous de mon jeu alors ? »

Il n'hésita pas une seconde. « Vous jouez par amour. Sampras s'aime lui-même, vous, vous aimez le tennis.

— J'ai pourtant un ego, je vous l'assure, protesta-t-elle, une fois le compliment lapé comme du petit-lait.

— Vous avez quelque chose de beaucoup plus noble qu'un ego, Wilhelm. (Il baissa la voix.) Quelque chose que votre ego pourrait détruire si vous ne vous méfiez pas. »

Bien trop mystique pour elle, cette interprétation. Elle fit machine arrière. « Sampras… rien, absolument rien ne cloche dans son jeu, et c'est bien ce qui cloche avec lui. Peut-être, avant toute chose, le tennis est-il imperfection. »

Il rit. « Alors j'ai un avenir.

— Votre jeu est… (Elle cherchait le mot juste.)… incohérent. On dirait que vous fouillez de-ci de-là comme un chiffonnier pour extraire des lambeaux de technique.

— Mon avenir est dans la récup. »

Quand l'addition arriva, il sortit sa part, puis la regarda comme s'il attendait quelque chose d'elle.

Elle se baissa pour prendre son porte-monnaie, confuse d'avoir un seul instant envisagé qu'il l'inviterait.

« J'ai mal choisi mon mot, précisa-t-elle. Ce n'est pas "lambeaux", que j'ai voulu dire, mais "patchwork". D'ailleurs, j'ai dû me démener pour vous battre.

— Quel compliment !

— Un compliment, c'est mieux que rien. » Elle jeta un billet de dix dollars dans la soucoupe. « C'est toujours bon à prendre. » C'était son tour d'être furieuse. En règle générale, elle était si avare de compliments qu'elle s'attendait à le voir courir chez lui avec ce tribut encore chaud qu'il placerait sous son oreiller. Lui, en tout cas, ne lui avait pas extorqué de dithyrambe. Il était mieux qu'elle ne le pensait. Point.

Il lui proposa de la raccompagner à pied jusque chez elle. Mais, en remontant Broadway, l'ambiance entre eux était encore lourde de rancune. « C'était bon, ce dîner, se força-t-elle à dire quand ils furent au coin de la 112e Rue.

— Vous étiez sûre qu'il serait infect.

— Pas du tout !

— Menteuse ! Je vous ai vue faire votre Capriati[1] période négative : "Sino-cubain ? Chili con carne et nuoc-man ? N'importe quoi !" »

1. Jennifer Capriati, une des plus grandes joueuses de tennis américaines des années 1990.

Elle rit. « C'est vrai. Je m'attendais au pire. »

L'atmosphère s'était allégée d'un coup. Willy se rapprocha de lui. Au lieu de lui prendre la main, il dégagea brusquement son bras. « Que faites-vous demain ? demanda-t-il.

— Je vais passer le week-end à Westbrook, dans le Connecticut. C'est là que je m'entraîne.

— Permettez-moi de venir vous voir. »

En général, elle défendait jalousement son territoire, dénommé pertinemment Sweetspot[1]. Mais elle avait un projet secret qu'un visiteur pourrait peut-être l'aider à réaliser. « Peut-être. »

Il griffonna le numéro de téléphone de Willy sur son permis de tennis de la ville de New York.

Elle s'attarda sur le perron de son immeuble dans l'espoir d'un baiser. Qui ne venait pas. Les sourcils broussailleux d'Eric brillaient sous l'éclairage cru du hall ; certains, des mutants échappés de la touffe, faisaient trois bons centimètres. Fascinée, sans réfléchir à ce qu'elle faisait, elle tenta de lui arracher celui qu'elle convoitait.

Il lui donna une tape sur la main.

Forte, la tape. Elle massa ses phalanges endolories. « Excusez-moi, dit-il, mais je tiens à mes poils. »

Les joues rouges de honte, elle baissa la tête pour étudier ses chaussures de tennis. « Je vous comprends : ils sont tout à fait remarquables. C'est sans doute pourquoi j'en voulais un. »

Quand elle leva les yeux, elle le vit en train de s'arracher le poil en question. Il le déposa sur la paume de Willy. « Voilà, il est à vous. »

Elle referma les doigts sur ce talisman improbable, ne sachant que dire. Elle ne savait pas flirter.

« Eric ? » C'était la première fois qu'elle prononçait son prénom. Elle le fit timidement, sa langue

1. Centre de percussion optimal du tamis de la raquette.

n'ayant pas l'habitude de ces deux syllabes, mais le nommer était une reconnaissance officielle de son existence. Une prodigieuse nouveauté. « J'ai fait mes études secondaires dans un lycée puis je suis passée professionnelle tout en préparant une licence d'espagnol. Je n'ai pas dix-neuf ans, j'en ai vingt-trois. Je suis très en retard selon les critères de ma profession, et j'ai très, très peu de temps devant moi. »

En récompense d'un échange aussi réussi (un poil contre une confession), il l'embrassa. Willy ne pouvait enlacer qu'une seule de ses larges épaules car, de l'autre main, elle tenait son étrange cadeau. Une fois chez elle, sans savoir pourquoi, elle le rangea dans un endroit sûr.

2

Sweetspot, pour Max Upchurch, était une « école » de tennis. La Florida Academy de Nick Bollettieri, plus renommée que la sienne, il la désignait par le terme méprisant de camp. Chez Max, l'entraînement allait de pair avec un bon niveau scolaire ; un formidable coup droit n'était pas une excuse pour confondre Tienan men avec chow-mein. Il avait évité les pièges du genre maison de redressement dans lesquels était tombé Bollettieri : contrôles antidrogue avec chiens renifleurs entraînés à Bradenton, amendes de cinq dollars infligées aux mâcheurs de chewing-gum, et un seul programme de télévision par semaine. Pour Max, si des parents payaient deux mille dollars par mois pour que leurs rejetons fassent claquer des bulles devant des séries débiles du genre *The Munsters*, c'était leur droit. D'ailleurs, si ses élèves passaient professionnels, autant qu'ils s'entraînent à regarder la télé. Enfermés dans une succession d'hôtels identiques à attendre la fin de la pluie ou le résultat du tirage au sort, la plupart des joueurs en tournée passaient plus de temps à regarder en solitaire des rediffusions de feuilletons américains que sur le court.

Malgré ce libéralisme démodé, Willy n'était pas la seule à penser que le mode opératoire de Max était plus élitiste que celui de son rival de Floride.

Bollettieri acceptait d'un coup deux cent vingt-cinq petits phénix en puissance ; Upchurch, seulement soixante-quinze. Ce dernier avait un brillant palmarès : sixième joueur au classement mondial en 1971, et participant majeur à la supériorité américaine sur l'Australie en coupe Davis. Simple débutant à la fin des années 60, il avait travaillé dans l'ombre, avec une poignée d'autres iconoclastes, pour faire de ce sport snob, élitiste, cul serré et intrinsèquement amateur ce qu'il deviendrait à l'ère open : un sport ouvert à tous, fruste, populiste, dépourvu de fair-play, gangrené par le fric, bref, cette foire d'empoigne dont raffole la modernité masochiste.

Il y avait pourtant une différence, et de taille, avec son concurrent : la qualité du jeu. Les protégés de Bollettieri, cantonnés sur leur ligne de fond, canonnaient telles des machines à lancer les balles. Pour Max, ce bing-bang primaire n'était pas du tennis – il privilégiait l'astuce, la classe, la finesse. Nick produisait à la chaîne des cogneurs tandis que Max fabriquait artisanalement des stratèges et des ballerines. L'entraîneur de Willy croyait que dans chaque joueur se cachait un jeu singulier qui ne demandait qu'à s'exprimer – un jeu dont les aberrations étaient, paradoxalement, les meilleures armes. Il considérait comme sa mission de concrétiser le potentiel de ces joueurs encore mal dégrossis avant que leur originalité intrinsèque soit enterrée à jamais sous les règles génériques du coaching ordinaire.

Quand Max accepta de se charger d'une Willy de dix-sept ans, il démolit les douze années de pratique de la gamine pour lui construire un nouveau jeu. Elle avait grandi en se battant – contre ses parents ; contre les devoirs d'algèbre importuns alors qu'elle venait tout juste de maîtriser l'art du revers lifté ; contre l'United States Tennis Association pour se faire rembourser l'argent des transports que son père ne voulait pas financer quand elle disputait les tournois juniors ; et, plus tard, contre sa taille, quand s'imposa l'évidence douloureuse qu'elle ne dépasserait pas le mètre soixante. Cet appétit pour la lutte, Max l'encourageait. Sauf quand elle le retournait contre elle-même. Il voulait qu'elle cesse de se battre contre ses faiblesses pour commencer à jouer sur ses forces.

Durant toute sa scolarité, elle n'avait cessé de monter au filet pour prouver qu'une naine pouvait en tirer profit, smashant à un rythme effréné et jubilatoire. C'est Max qui la convainquit de cesser de défier la nature : elle était petite, il lui fallait donc choisir l'approche sélective. Elle était légère, elle ne pourrait jamais dominer les costaudes lance-roquettes de Bollettieri. Ce qui jouait en sa faveur, c'était la rapidité. De plus, ferrailler contre papa, l'USTA et le lycée Montclair lui avait forgé des défenses en béton. Enfin, elle était intelligente, rien de tel pour effrayer l'adversaire.

Elle pouvait sans problème écraser les jeunes de son âge, mais, dans le circuit professionnel, il lui était impossible d'espérer gagner grâce à des prouesses physiques. La matière grise, en revanche, était son petit capital. Se retenir – s'empêcher de bastonner, alors qu'on avait là l'occasion de castagner en toute légalité – était pour elle une contrainte sévère, même après qu'elle eut découvert les délices du jeu en finesse. Certains de ses coups, dont les touchers à effet rétro qui passaient en fraude la bande blanche du filet, la faisaient rire tout haut. Max lui avait fait visionner une vidéo de la finale Ashe-Connors, à Wimbledon, en 1975. Au lieu de renvoyer à Jimmy, cette bête de fond de court, des balles de même calibre, Arthur avait choisi... le pourrissement. Le jeu se traînait et Connors était devenu fou. Il s'était mis à écraser la balle, qui finissait chaque fois dans le filet, ou dehors. Morale de l'histoire : la tortue avait battu le lièvre.

En réalité, aucun des enseignements de Max n'était étranger à Willy. Les joueurs astucieux, les kamikazes du service perdu, les pratiquants de l'artifice, du lob, du passage brusque à la vitesse supérieure – tous ceux-là, en fait, jouaient un tennis traditionnel, un tennis de femme. À ce sport, on gagnait systématiquement par la ruse avant l'invention des raquettes surdimensionnées et les coups rythmés par des ahans de bûcheron – style Monica Seles. On y revenait d'ailleurs – pas aux cris, mais au jeu rusé. Willy soupçonnait Max de vouloir faire d'elle une icône des tactiques obsolètes par nostalgie des temps où les joueuses étaient minces, souples et astucieuses ; le temps où les joueuses étaient encore des femmes.

Grâce à Max, « vieillir » n'était plus pour Willy un drame quotidien. Quand chaque anniversaire était encore pour elle un calvaire, Max lui rappelait la gloire précoce mais vite éteinte de Kathy Rinaldi, Andrea Jaeger et Thierry Tulasne. « Tôt levés, tôt couchés », lui serinait-il quand, lors de son dix-neuvième anniversaire, elle se désespérait de devoir perdre une année à UConn[1] à plancher sur les verbes espagnols. « Le tennis, c'est pour les grandes personnes, Will. Tu ne seras au top qu'à vingt-cinq ans. Tu as encore du temps devant toi. »

Six semaines auparavant, une ombre était venue ternir les bons souvenirs qu'elle gardait de ses nombreux séjours à Sweetspot. Max et elle étaient tombés d'accord pour renouer des relations « normales », mais quand elle était descendue de l'Amtrak à Old Saybrook, c'était un élève de l'école de tennis qui l'attendait. Une fois encore, son entraîneur n'était pas venu la chercher à la gare, ce qui, loin d'être « normal », trahissait une acrimonie mesquine.

1. Université du Connecticut.

L'élève lui demanda, en postillonnant avec véhémence : « Alors, tu as vu Agassi à Wimbledon ? Pourtant, l'herbe et la tenue blanche de rigueur, c'est pas son truc. J'étais sûr qu'il allait se pointer en polo et short à carreaux orange, juste pour la provoc, mais non… »

Desmond était si excité qu'il oublia d'attendre la réponse. Willy remarqua avec envie que sa crinière brune touchait presque le toit de la voiture. S'il continuait ainsi, il dépasserait facilement le mètre quatre-vingts. De plus, il avait cette silhouette dense aux membres longs si bien adaptée à ce sport. Si Willy avait aimé les jeunots, elle aurait trouvé à Sweetspot des morceaux de choix. Mais elle avait passé sa propre adolescence dans un dédain trop virulent des garçons comme Desmond ; les prendre au berceau aurait été pour elle un reniement. Avec un peu de mélancolie, elle admirait, mais ne lui enviait pas, son entrain naïf, vierge de la terreur qu'apporte l'expérience.

De toute façon, si envie il y avait, elle fonctionnait plutôt dans l'autre sens. Desmond ne s'était pas encore distingué du commun des mortels, alors que Willy faisait partie de la caste privilégiée des « pros » plus âgés que Max formait pour les tournées. Il les triait sur le volet, les prenant pour la plupart en dernière année de stage, celle de la remise du diplôme. D'autres, plus rares, étaient le produit de ses voyages ; il les avait ramenés dans ses bagages, telles des emplettes. Willy n'avait jamais été une interne à Sweetspot, et elle se demandait parfois comment elle jouerait si elle n'avait pas été coincée dans un lycée Montclair dépourvu du moindre court de tennis. Utilisant ceux du parc public, l'école leur avait offert une unique leçon, dans le cadre des cours de gym. Elle était en seconde à l'époque et, avec quelque malice, s'y était inscrite. Ce souvenir la titillait maintenant, et elle repensait à ce que cet Eric Underwood lui avait dit au restaurant : qu'il était persuadé qu'elle n'avait pas beaucoup d'amis. Il avait raison. Pas étonnant : elle avait écrasé ses camarades au service, leur laissant rarement l'occasion de gagner un point, ce qui était méprisant. À la fin de la leçon, plus personne ne voulait jouer avec elle. Elle était allée taper la balle contre un mur, sauvagement, comme pour briser une autre barrière, moins tangible mais apparemment tout aussi infranchissable, celle qui la retenait prisonnière dans une école secondaire publique du New Jersey banlieusard.

Ils se rapprochaient maintenant de Westbrook, une petite commune du détroit de Long Island où les prix de l'immobilier auraient été astronomiques si les maisons n'étaient pas restées dans les familles depuis plusieurs générations ; le bourg avait gardé son aspect bourgeois sans prétention. Le centre, si on pouvait l'appeler ainsi, comportait un drugstore mal achalandé à l'exception de ses délicieux caramels maison, un restaurant italien qui servait des *linguini* trop cuites, l'inévitable monument aux morts érigé en souvenir des victimes d'on ne savait plus quelle guerre, et l'irremplaçable Muffin Korner, où l'on payait indistinctement un dollar quarante-neuf pour des œufs, des biscuits chauds au babeurre, ou un café d'une légèreté excusable. À la périphérie de la ville, où des bardeaux rébarbatifs pourrissaient près du rivage, de robustes douairières barbotaient dans l'écume clapotante en maillot de bain bardé de baleines.

Westbrook, dans le Connecticut, était un endroit tranquille, au mode de vie établi. C'est sans doute ce qui avait poussé Max à y créer Sweetspot. Le tennis professionnel, c'était les montagnes russes ; en dix années frénétiques, il s'y passait autant de choses que dans une vie entière. C'était donc un facteur d'équilibre pour de jeunes adultes de résider dans un lieu serein et pérenne où, cerise sur le gâteau, le tennis ne signifiait pas grand-chose. Les courts municipaux, situés à côté de la caserne des pompiers, ressemblaient à une décharge.

Desmond demanda à Willy de le regarder servir, espérant sans doute qu'elle glisserait à Max un mot en sa faveur. Il entamait sa dernière année, un moment décisif où son mentor lui demanderait de rester, ou bien lui serrerait la main en lui souhaitant bonne chance. Il considérait de bon augure qu'on lui ait, ce soir-là, confié le véhicule de l'école. Elle avait envie de lui dire que sa recommandation aurait été beaucoup plus utile six mois plus tôt, mais elle se retint, ne voulant pas gâcher une longue période de discrétion par une confidence intempestive. Regarder son visage à la fois ardent et angélique lui faisait mal. La première déception que ces gosses connaîtraient à Sweetspot était le début d'un processus d'élimination rapide et cruel, parfois barbare, au cours duquel ni l'ambition, ni même un coup droit que des néophytes auraient décrit comme « foudroyant » n'avait la moindre importance. Ce qu'elle ne pouvait lui dire non plus. Son père l'avait assez découragée pour qu'elle n'ait pas envie de tomber à son tour dans un défaitisme haïssable. Desmond devrait se prendre des coups tout seul, à commencer par l'improbabilité d'un classement, sans même parler de ses fantasmes à la Agassi, son idole, du genre : « Un jour, moi aussi, je condescendrai à porter la tenue blanche exigée par Wimbledon, cette institution moisie, cent pour cent anglaise. »

À la sortie de la ville, après avoir emprunté de multiples chemins vicinaux, ils s'engagèrent dans l'allée sinueuse de Sweetspot. Ses bâtiments se fondaient avec l'architecture de Westbrook : bardeaux blancs bordés de vert dans le style néocolonial, flanqués de vastes vérandas à piliers de bois. Là, des rocking-chairs recouverts d'un tissu bouclé et de confortables fauteuils de rotin aux coussins moelleux invitaient à des parties de gin-rummy longues et pinailleuses. Ce décor harmonieux qui incitait à la paresse ne laissait nullement subodorer les litres de sueur répandue – sauf que la cloche avait sonné le dîner deux heures auparavant et que les vérandas étaient vides. Les élèves qui se respectaient étaient retournés sur les courts dès vingt heures.

Willy entra sans enthousiasme dans la salle à manger où elle vit son entraîneur, assis à une table latérale avec l'horrible Marcella Foussard. Il finissait de nettoyer son assiette – ce qui signifiait, une fois de plus qu'elle et lui n'iraient pas occuper leur box habituel à La Botte italienne, pour enrouler avec indolence des linguini flasques autour de leurs fourchettes. Elle attrapa un plateau en riant un peu plus fort que nécessaire à une remarque de Desmond. Max, sans lever la tête, pouvait sans doute subodorer l'exagération de cette gaieté. Quel désastre. Quelle erreur ils avaient commise ; oui, mais la faute à qui ?

Ce qui distinguait cette cafétéria de celle d'un lycée, c'était ce qu'on y mangeait. Ici, pas de marmites géantes de *macaroni* au fromage solidifié, ni de chou frisé liquéfié. Max croyait au régime en haute teneur en protéines : oubliée, la rengaine sur les vertus des hydrates de carbone. On servait des blancs de poulet sans la peau et des steaks maigres dans le filet, le tout accompagné de haricots mange-tout encore croquants. Des théories de bananes trônaient sur le comptoir. Desmond les regarda en tordant le nez. « Tu sais qu'Agassi se nourrit de cochonneries ? »

Elle fit glisser son plateau, accolé à celui du jeune homme, vers le côté opposé à celui de Max. Elle l'aurait bravé en allant à sa table s'il n'avait pas été avec cette Foussard qui passait plus de temps à jouer des coups tordus qu'à peaufiner son coup droit. À plusieurs égards, la salle évoquait un mess. Willy ne souhaitait qu'une chose : sortir. L'appétit coupé, elle éparpillait ses morceaux de poulet dans son assiette. Elle demanda brusquement à Desmond s'il voulait taper quelques balles. Comme électrisé par cette proposition, il flanqua joyeusement son steak à la poubelle.

En sortant, elle se força à tourner la tête vers la table de Max. Il la regardait calmement, avec une expression indéchiffrable. Elle agita deux doigts en un salut qu'il ne lui rendit pas. Pointant l'index vers Desmond, elle fit le geste de frapper la balle. Max inclina imperceptiblement la tête. Durant tout cet échange muet, Marcella n'avait pas cessé de jaboter, mais, en poussant la porte-moustiquaire, Willy se dit avec satisfaction que Max n'avait pas écouté un mot de ce qu'elle lui disait.

Les vingt courts en dur et les quatre courts en terre battue de Sweetspot étaient construits en bordure du détroit, une situation agréable car il y avait de l'air. Max était pourtant un partisan des conditions extrêmes. Il avait implanté son école dans le nord-est des États-Unis en prétendant que la rigueur du climat avait favorisé la primauté des cultures nordiques sur les méridionales. Selon lui, le froid développait l'activité et l'esprit d'entreprise tandis que ces feignants des tropiques étaient étendus sur la plage à mâchouiller des graines de pastèque. Toujours, selon lui, les Tahitiens n'auraient jamais pu inventer le tennis. En écoutant ce discours, Willy en avait déduit à coup sûr que, dans sa généralisation abusive, Max détestait tout simplement la Floride, uniquement parce que son concurrent y était installé.

Le ciel se constellait d'étoiles et la lumière des courts se segmentait dans l'air salé, produisant un halo bleu visible à des kilomètres à la ronde. De près, les puissants projecteurs émettaient un léger bourdonnement évoquant un chœur où chacun pose sa voix avant le concert. Postés aux quatre coins du court choisi par les deux nouveaux arrivants, ils grésillèrent avant d'émettre une lumière grise. Une fois chauffés à blanc, leur éclat intense et magnétique fit du terrain une scène de théâtre. Desmond défia Willy :

« On fait une vraie partie ?

— Non, Desmond, juste des balles. »

Déçu, il perdit un peu de sa superbe. Plus tard, il sauterait sans doute avidement sur les trop rares occasions de faire de simples balles, mais là, tout de suite, il voulait une épreuve de force. Willy, réputée pour rechercher l'affrontement, avait besoin d'un sursis ; elle rêvait de pouvoir se retirer un temps de ce monde simpliste de vainqueurs ou de vaincus.

« Pourquoi cette bouderie ? demanda Willy à Max. Je croyais qu'on devait reprendre nos relations d'avant.

— Ce n'est pas moi qui suis allé m'asseoir à l'autre bout de la salle, rétorqua-t-il sèchement.

— Ce n'est pas moi qui ai choisi de dîner à la cafétéria. »

Ils étaient dans la bibliothèque, dont Max faisait son salon après l'extinction des feux. Instinctivement, les jeunes cachaient leurs bouteilles dans leurs étuis de raquette, pourtant l'alcool n'était pas interdit par le règlement. Max s'offrait un bourbon solitaire.

Il leva les yeux et ferma son livre, *L'orage approche*, le premier tome des mémoires de guerre de Winston Churchill. Il lui demanda :

« Tu espérais que je viendrais te chercher à la gare et t'emmènerais dîner chez l'italien, où on aurait mangé des calamars frits, bu du chianti et...

— Et où, un peu soûls, on aurait pu parler. »

Son tee-shirt était moite de sueur ; elle se frotta les bras.

« Et de quoi aurait-on parlé ? demanda Max.

— Comme d'habitude. De Marcella, cette séductrice de bazar. De ton ex-femme, je ne sais pas, moi... puis on aurait fait des schémas sur les serviettes en papier avant le tiramisu. » Son ton sonnait vaincu à ses propres oreilles. Sa passe d'armes avait échoué.

« Souviens-toi de notre accord, dit Max. "Normaliser nos rapports" ne signifie pas revenir à ceux d'avant, mais, de ma part, te traiter comme tout le monde – ce que je n'ai jamais fait depuis tes dix-sept ans, l'âge que tu avais quand on s'est connus. Je peux donc difficilement revenir en arrière, n'est-ce pas ?

— Je te trouve agressif et désagréable avec moi, depuis un certain temps.

— J'ai toujours été agressif et désagréable avec toi. Sauf qu'avant tu aimais ça. N'essaie pas de m'attendrir, Will. Ce n'est pas bon pour ton tennis.

— Ça fait un certain temps que je me demande si tu t'intéresses au moins à mon jeu.

— Je croyais que c'était dans l'intérêt de ton putain de jeu que nous avions ces relations irréprochables depuis six semaines.

— Tu vois ? Tu dis : "ton putain de jeu"... »

Max frappa la table de son livre relié.

« Ça suffit ! Tu travailles ton coup droit depuis des semaines. Fort heureusement, tu ne le loupes presque plus, c'est déjà ça, mais, en termes de style, il vieillit sans se bonifier.

— "Vieillit" ! Et voilà ! Le maître mot, soi-disant vidé de son contenu fatidique, depuis qu'on a parlé en mai dernier.

— Will ! (Le ton, cette fois, était implorant.) » En croisant son regard, elle se demanda une fois encore en quoi le Max d'aujourd'hui était différent de celui d'il y a vingt ans. Elle avait passé maintes soirées à regarder l'album de ses tournées, dans lequel articles et photos de *Sport Illustrated* et du *New York Post* étaient conservés sous plastique. Max avait gardé sa densité physique, son torse solide où des poils bruns frisaient à l'échancrure de sa chemise Lacoste. Il avait toujours le même profil à angle droit, sans aucune trace de relâchement ni de boufissures. Ses pattes-d'oie, déjà naissantes sur les clichés jaunis, s'étaient simplement accentuées. Il avait coupé les rouflaquettes en vogue dans les années 70 mais n'avait jamais modifié une coupe de cheveux plutôt stricte. Physiquement parlant, les photos « avant » et « après » étaient presque identiques. Alors, d'où venait le fait que Max accusait ses quarante-cinq ans ?

« Il est tard. Il faut que j'aille au lit, dit Willy. (Au mot de lit, Max se versa encore un doigt de bourbon.) Je vais peut-être avoir une visite demain. Pas d'objection ? »

Il avait sans doute envie de demander qui, et pourquoi, mais sa maîtrise de soi avait permis à Max Upchurch de gagner des millions de dollars. Il haussa les épaules. Elle sortit.

Durant leur séance d'entraînement, le lendemain après-midi, Max ne mentionna pas leur prise de bec de la veille au soir. Rien ne clochait en apparence aux yeux d'un quelconque spectateur dans ces échanges énergiques et profitables entre élève et professeur. Si Willy voyait juste, c'était précisément sa capacité à refouler ses émotions au profit du travail intensif qui avait usé Max, provoquant probablement chez lui une légère dépression.

En tout cas, son changement d'attitude était criant. Depuis mai, leurs séances étaient bien plus formelles et la brusquerie était de mise. L'intervalle entre deux drills ne s'était raccourci que d'une quinzaine de secondes, mais Max, au lieu de remettre en place les mèches échappées de son bandana, lui ordonnait d'un ton bourru : « Ôte-moi ces cheveux de ton visage. » Il était dur avec elle – il l'avait toujours été –, mais ses critiques cinglantes étaient désormais empreintes d'une vraie dérision. Les fautes qu'elle faisait semblaient le rendre heureux, et elle se soumettait à ce traitement blessant avec une humilité inhabituelle.

Ils travaillaient le revers de fond de court, de coin à coin, quand Willy vit une silhouette au front dégarni traverser les pelouses en direction de leur court. Elle plia davantage les genoux, accéléra son swing arrière, et porta tout son poids sur son pied droit. La balle, jouée par effet rétro, rasa la bande du filet et fila à toute allure dans le camp adverse.

« Voilà, c'est mieux », concéda Max. Il avait l'air de le regretter.

Elle lui réservait une surprise pour l'échange suivant : la balle frôla la ligne de fond de court et bondit selon un angle situé au-delà de la raquette de Max. Le Juif dégingandé siffla, et Willy comprit qu'elle frimait.

« Désolée, mais nous en avons encore pour une heure », lui cria-t-elle.

Elle avait orchestré ce spectacle en suggérant à Eric de prendre un train qui le conduirait à Sweetspot avant la fin de son entraînement. Maintenant elle se sentait prise en flagrant délit de cabotinage : voyez comment joue une vraie pro avec son vrai pro de coach. L'heure qui suivit, sous le regard de son visiteur adossé au grillage du court voisin, lui fut pénible. Loin de rester bouche bée devant ses prouesses, il semblait s'ennuyer. Elle avait l'impression d'être une gamine qui bassine un invité avec ses exercices de piano. Cette manigance conçue pour habituer Max à l'existence d'un admirateur tout neuf était une faute de goût. Depuis l'âge de cinq ans, Willy avait appris à contrôler la balle, mais elle avait aussi abandonné la gageure de contrôler les gens avec le même aplomb. Elle aurait dû continuer.

Entre deux exercices, elle se penchait pour saisir ses mollets et presser sa tête sur ses genoux. La tension de l'antagonisme qu'elle avait suscité raidissait ses muscles. Max roula des yeux et, du doigt, lui fit signe de regagner son poste. Un claquage au mollet aurait pu l'empêcher de jouer pendant des semaines : il ne voulait pas en prendre le risque.

Tandis qu'elle rassemblait ses forces pour l'exercice suivant, son entraîneur s'approcha. Il s'agenouilla devant elle, posa la cheville droite de Willy dans le creux de son épaule puis se releva, pas complètement toutefois. À la fin du mouvement, il avait l'aine au niveau de l'entrejambe ouvert de Willy. Sa cuisse lui faisait mal, et elle grogna. Il abaissa sa jambe et se préparait à faire de même pour l'autre quand elle regarda Eric. Il était ostensiblement occupé à enrouler une bande de grip neuve autour du manche de sa raquette.

Quand cette pénible séance fut finie, elle bâcla les présentations.

« Eric Underwood, Max Upchurch. »

Les coins de la bouche d'Eric frémirent.

Max sauta les politesses convenues – « Alors vous êtes un ami de Willy ? et autres : « Comment vous êtes-vous connus ? » – pour aller droit au but. Il désigna du menton la raquette d'Eric : « Vous jouez ?

— Non. C'est juste pour frimer. (Visage de marbre.)

— Une partie, ça vous dit ? » lui demanda Max avec une fausse désinvolture. Il n'était jamais désinvolte quand il proposait un match à quelqu'un.

En guise de réponse, Eric entra dans le court voisin et, pour s'échauffer, se mit à lancer des balles que, manifestement, il s'attendait à ce que Willy ramasse.

Elle détestait regarder jouer les autres. Elle en était consumée de jalousie. Elle avait flanché, durant l'heure écoulée, mais reprenait soudain du poil de la bête. Comment osait-on lui piquer son partenaire tant qu'il y avait encore en elle assez de ressort pour renvoyer la balle ?

Pendant que les deux hommes s'échauffaient – Eric avec une décontraction insolente, Max, avec un flegme de statue –, elle aurait eu du mal à dire lequel elle soutenait. Elle les détestait tous les deux. Et elle s'en voulait. Bouder, assise en tailleur sur la touche, sur ce court dur et chaud, c'était minable. Quand la partie commença, elle regarda un bon moment le ciel où les mouettes viraient sur l'aile ; mais elle ne pouvait faire semblant d'ignorer les grognements familiers qui étaient, de la part de Max, sa version d'un compliment, ou le pif paf, pif paf, pif paf régulier d'un échange prolongé, suivi du paf paf paf accéléré de sa conclusion.

Le calcul du score étant pour elle un automatisme, elle devait se donner beaucoup de mal pour ignorer qui gagnait – entre gentlemen, on n'annonce pas le score. Elle s'attendait à ce que Max expédie le parvenu en trente-cinq minutes chrono, mais elle eut le temps de réaligner manuellement les cordes de sa raquette, de faire rebondir une balle cinq cents fois sur la même face sans jamais faillir et ils y étaient encore après une demi-heure de jeu. Max avait le visage moite. Eric faisait beaucoup de fautes, mais ses coups faisaient souvent mouche. Elle finit par aller regarder une partie moins exaspérante deux courts plus loin. Quand elle se retourna, ils étaient en train d'échanger une poignée de main contrainte au-dessus du filet. Elle se leva et épousseta son short tandis que les deux gladiateurs marchaient d'un pas tranquille vers leurs sacs.

« Vous êtes un pro, dit Max.

— Oui, répondit Eric.

— Quel classement ?

— 972e.

— Encore du chemin à faire. (Max fit la grimace.)

— Je n'ai pas tenu sérieusement une raquette avant l'âge de dix-huit ans. En première année, à Princeton, je faisais partie de l'équipe de basket-ball.

— Dix-huit ans, c'est tard.

— C'est mieux que rien. »

Tous deux ignoraient Willy, qui jetait des regards assassins à son nouvel ami, le pro. Elle aurait dû s'en douter. Devant sa porte, il lui avait touché le cou d'une main calleuse. Il n'était pas venu à Sweetspot avec une raquette, mais trois, et, comme il rangeait la Prince dans son luxueux étui capitonné, elle remarqua l'asymétrie classique entre ses deux bras : le droit était si développé qu'il suggérait un déséquilibre entre les deux lobes cérébraux, comme si, littéralement, un joueur de tennis mettait en balance, sur un seul plateau, tout le poids de sa vie.

« Je vous montre les douches ? » proposa-t-elle. Eric ne répondit pas. Ses gestes étaient saccadés, ses manières, abruptes. La dernière fois qu'il s'était fait battre, il jubilait. Fallait-il déduire de son agressivité que, cette fois-ci, il avait gagné ?

Elle se dirigeait vers les vestiaires avec son invité quand Max la retint par un signe. Il lui dit tout bas : « Son style est imparfait et brouillon, je sais, mais derrière ce bazar, il y a un vrai joueur. »

Ils traversaient la pelouse, Eric en tête, Willy marchant précipitamment dans la foulée d'un homme de plus d'un mètre quatre-vingt-sept. Ils étaient prisonniers du silence qui sépare deux personnes qui viennent de jouer, mais pas ensemble. Et Willy pouvait difficilement faire des commentaires sur un match que son agressivité l'avait empêchée de suivre, et dont elle ignorait qui l'avait gagné.

« Alors, on va être obligés d'avaler du rata de cantine avec une équipe de tarés chouchoutés qui seront les champions de demain ?

— Il y a un restaurant italien en ville. Max nous prêtera la voiture.

— Max *vous* prêtera la voiture. » Eric shoota dans l'ambroisie.

« S'agissant d'un sport que vous voulez maîtriser, vous me semblez avoir bien peu de respect pour ceux qui le pratiquent.

— Vous en avez, vous ? (Ton incrédule.)

— Respect est peut-être un bien grand mot. Mais la chose en soi…

— … n'est qu'une parmi mille autres choses faisables. On n'est pas obligé d'idéaliser un sport pour le pratiquer. C'est justement en ne se plaçant pas sur leur terrain qu'on peut battre les gens à leur propre jeu. »

Willy, trottinant pour le suivre, admirait ses longues enjambées qui dévoraient l'espace avec tant d'aisance. Elle aurait dû défendre ses pairs, mais, sur le moment, elle trouva le dédain d'Eric libérateur. En un sens, il avait raison. Le respect que la plupart des joueurs professionnels vouaient à leur métier était ridicule, et il engendrait un sentiment de supériorité illusoire. Ses collègues, en majorité, étaient des crétins bornés et teigneux. Ils ne souhaitaient qu'une chose : la voir se planter. En vérité, elle ne leur devait rien. Alors qu'elle avait toujours essayé de séparer mentalement le jeu et les joueurs, Eric, ce tentateur, lui offrait la liberté grisante de considérer le tennis comme « une parmi mille autres choses faisables », une technique maîtrisée qui devait lui servir sans l'asservir. De fait, son respect pour le tennis était devenu une tyrannie qu'elle s'infligeait. Plus elle prenait ce sport au sérieux, plus il la broyait quand elle dérogeait à ses critères intraitables. Être capable de le relativiser devait être un avantage incroyable.

Eric agita la main en direction des pelouses superbement entretenues. De là où ils se trouvaient, les bâtiments de style néocolonial parurent soudain à Willy « néo » tout court, c'est-à-dire toc, faussement Nouvelle-Angleterre – précieux, mièvres, quoi.

« Ces gens me donnent envie de vomir, dit-il.

— Pourquoi ce désir de se joindre à eux, alors ?

— Pour les cravacher, leur mettre le nez.... sur leurs faiblesses.

— Vous ne croyez pas qu'un jeu spectaculaire suppose un joueur hors du commun ? » Se ranger du côté d'Eric en critiquant ses collègues ne lui épargnerait pas d'être mise dans le même sac, et cette idée la rendait nerveuse.

« Je crois qu'il y a quelque chose de spécial dans votre façon de jouer. (Une pause.) Ou peut-être quelque chose de spécial en vous, tout simplement, et au diable le tennis. »

Willy avait longtemps considéré qu'elle et son jeu étaient liés. « Aimez-moi, aimez mon jeu », hasarda-t-elle.

De la partie charnue de la paume, il lui donna une calotte. « Vous êtes tordue », déclara-t-il.

« La serveuse connaît votre nom, nota-t-il d'un ton accusateur.

— Il n'y a pas tellement de restaurants dans le coin.

— Avec qui venez-vous ici ?

— Toutes sortes de gens, répondit-elle, impassible.

— Certes. » Il crucifia d'un seul coup de fourchette quatre rondelles de calamar qu'il plongea dans la sauce épicée.

« Vous considérez-vous comme un homme jaloux ? lui demanda-t-elle.

— Pas spécialement. Mais s'il le faut, je peux me montrer à la hauteur de la situation. »

La Botte italienne, soudain, inhibait Willy. En chemin, elle s'était demandé si c'était une bonne idée d'emmener Eric dans ce refuge qui l'avait longtemps enchantée, en dépit de ses lumières rouges kitsch et de ses bouteilles de chianti, dégoulinantes de cire, transformées en chandeliers. Laisser le passé tranquille et s'éviter la déception de découvrir que c'était une gargote aurait été plus judicieux.

« J'espère que vous ne m'en voulez pas de vous avoir fait poireauter sur le court, cet après-midi, lui dit-elle, conciliante, en s'attendant à des dénégations polies.

— Veillez à ce que ça ne se reproduise pas », lança-t-il. Au lieu de s'en tenir là et d'attendre avec élégance qu'elle aborde un sujet plus neutre, il poursuivit : « Les types comme Max Upchurch me tapent sur les nerfs. Ils se font un fric fou avec une discipline qui devrait rester de l'ordre des loisirs. Mais, bon, ce ne sont pas eux qui ont fait les règles, je suppose. »

Elle sourit. « Désolée, mais Max a bel et bien fait les règles. Si Wimbledon s'est ouvert aux professionnels et aux amateurs, c'est en partie grâce à lui.

— Bon, disons alors qu'il est le maître de l'arnaque légale. Mais ce qui me contrarie, ce sont ces messieurs muscle quadragénaires qui s'attendent, de la part des petites filles, à des chuchotis extasiés : "T'as vu, il a été classé 6e !" Par contagion, ces types filent la grosse tête à n'importe quel sale gosse mâle, capable de pousser vaguement une balle de l'autre côté du filet, en le persuadant qu'à vingt ans il roulera en limousine. Les parents du rejeton cracheront vingt mille dollars par an pour une éducation de troisième ordre, ce qui est toujours ça de pris. Je décerne toutefois un *satisfecit* à Upchurch : pour un vieux schnock, il sait encore jouer. Il m'a écrasé tout à l'heure. J'ai eu beau faire, sa victoire, il l'a remportée dans un fauteuil. Non, ce qui me déplaît, c'est qu'il vous traite comme si vous étiez sa chose. Je n'aime pas sa façon de vous toucher. Et avant d'aborder ce sujet plus en détail, je pense que vous feriez mieux de me dire ce qu'il y a entre vous. »

Tout compte fait, Willy était contente que Max ait gagné. C'était sa façon de dire à Eric : « Max est mon coach ; son excellence est la mienne. Prenez la défaite qu'il vous a infligée comme le gage de ce que je vaux pour vous. »

3

« Alors, comme ça, ce vieux crade d'Upshmock[1] vous culbute depuis que vous avez douze ans ? » Eric rompit un gressin.

« J'avais déjà dix-sept ans quand nous nous sommes rencontrés. » Willy croisa les bras devant son assiette de pâtes collantes qu'Eric finirait forcément à sa place.

« Bon. Il ne s'attaque pas aux petites filles. Un type réglo.

— Réglo au point d'en être exaspérant, si vous voulez savoir.

— Comment avez-vous fini avec lui, en tout cas ?

— Max fut le seul résultat heureux de l'obstination de mon père à me refuser de passer professionnelle. Max et moi nous sommes connus en “vacances”, un mot déplaisant qui tient toutes les promesses du vide qu'il évoque. »

Devenue à seize ans la numéro 3 junior du New Jersey, Willy avait épuisé toutes les compétitions d'amateurs sans bénéficier du financement ou des exemptions scolaires accordés par l'administration du lycée aux jeunes athlètes désireux de participer

1. « Shmock », ou « schmuck », mot yiddish pour désigner un imbécile. Quelque chose comme « Supercon ».

à des tournois autres que locaux. En 1986, lors de l'open voisin, celui de Flushing Meadows, Willy avait décidé de sécher son boulot habituel de ramasseuse de balles pour tenter de décrocher une dernière étoile à titre junior, même si cela signifiait être interdite de matchs de qualification. Naturellement, cela se passait l'été où son père avait décidé de traverser l'Amérique en voiture, équipée dans laquelle Willy se trouva embrigadée d'office.

Indignée d'être privée de National Tennis Center[1], elle passa tout le voyage tassée sur le siège arrière, obstinément coite. Elle se tenait tout particulièrement à l'écart de Gert, qui la ramenait sous prétexte d'avoir accepté de bon cœur ce périple familial tout en étant déjà en seconde dans un internat. Gertrud incitait sa petite sœur révoltée à « mûrir » – qu'elle prononçait comme « mourir » : l'inconscient parle.

Mûre, Willy ne le fut pas une seconde durant ce voyage. Elle abandonna sa famille dans une boutique de souvenirs du mont Rushmore pour aller courir dix kilomètres. La seule chose qui l'intéressait, c'était qu'ils trouvent, au terme de ces ennuyeuses virées, un motel avec un court où elle tâcherait de se dénicher un partenaire avant la tombée de la nuit. À l'instar de ses camarades de classe au lycée, ni Gert ni son père ne voulait plus jouer avec elle.

Chuck Novinsky était près de ses sous, mais l'affluence touristique dans le Nevada conduisit par force la famille dans un motel de luxe. L'Oasis, qui comptait trois courts de tennis, mettrait au moins fin aux bouderies de sa cadette, s'était dit le père.

Le lieu avait un prof attitré, un « pro », jadis 600e et quelques au classement mondial, qui, tel l'oiseau de proie, guettait les voyageurs friqués, prêts à évacuer

1. Le plus grand stade de tennis du monde, situé à Flushing, dans le Queens, New York City.

leurs excès de crèmes glacées de l'après-midi. Bien que cet Ed Sanders se fût laissé aller – il s'arsouillait au rhum citron –, il frimait dans la fournaise de ces trois courts en dur comme s'il venait d'obtenir une seconde chance au « Foro italico ». Comme Willy le dirait par la suite à Max Upchurch : « Grosse bite, petit bras. » Enjambant avec adresse un impedimenta de vieilles biques et de mômes encombrant le lobby, elle marcha droit sur Sanders. Il travaillait son service ; ses lifts dévastateurs tombaient tous soixante centimètres trop loin.

« Hé, monsieur. » Elle se glissa vers la ligne de fond où il officiait. « On fait une partie ?

— Je prends soixante dollars de l'heure, mon chou. Il vaut mieux que tu demandes d'abord à ton papa. » Le sourire fat qui accompagnait cette mise en garde était gratuit.

Dormir à L'Oasis ruinait déjà son père. Il péterait un plomb devant les frais supplémentaires qu'occasionneraient les conseils inutiles de ce charlatan.

« Vous savez quoi ? (Elle topa sa Wilson contre celle du prof.) Vous gagnez, je vous paie le double. Vous perdez, les soixante dollars sont à moi, proposa-t-elle.

— D'accord trésor. Ça marche. »

C'étaient les jours bénis où Willy ne doutait pas une seconde de pouvoir battre le tout-venant. Elle se dira par la suite que si elle avait conservé sa mégalomanie, elle serait aujourd'hui dans le top 10. Ahurissant de constater jusqu'où pouvait vous mener l'amour-propre aveugle, même en réaction à une prétention arrogante et assurément non fondée. Willy commettait l'erreur de tous les adolescents : prendre un simple potentiel pour de l'excellence.

« Je n'étais pas aussi bonne que je le croyais, confia-t-elle à Eric. N'empêche que jouer contre Ed

Sanders, pour une gamine, c'était comme accepter des bonbons offerts par un vieux cochon. »

Le serveur de La Botte italienne leur apporta l'addition. Willy plongea son bras dans son sac pour en extraire son porte-monnaie mais Eric la retint. Apparemment, il payait par bonté d'âme, jamais par obligation.

Au retour, en voiture, elle lui résuma le match : « Un coup tiré en vitesse. Pif paf, merci monsieur. J'avais repéré un visage derrière le grillage – une apparition un peu comme la vôtre : yeux de fouine, doigts crispés sur le fil de fer. J'ai eu envie de montrer à ce spectateur ce dont j'étais capable. J'étais tellement frustrée. Les qualifications juniors de Flushing Meadows avaient commencé et moi, je me retrouvais à regarder la forêt pétrifiée du parc national de Yellowstone, depuis la voiture. J'ignorais qui était cet homme. Quand il vit Sanders allonger les soixante dollars, il me demanda si j'étais fatiguée. Sûre de doubler la mise, je répondis en posant les billets sur la ligne. Pour rire. Mais cette fois, je l'ai eu dans l'os. Je jouais contre Maximilian Upchurch. Il m'a remise à ma place, ce qui, à l'époque, était la meilleure façon d'attirer mon attention.

» Il empocha les soixante dollars, pour me donner une leçon. Puis il m'offrit une eau gazeuse et me cuisina sur mon entraînement. Pour moi, c'était un soulagement de rencontrer quelqu'un qui s'en souciait. Mes parents et mes professeurs me gonflaient avec le théorème de Pythagore ; pourtant, jamais un seul échange sérieux sur mon coup droit. Bizarre, non ? Je me sentais comme le vilain petit canard qui finit par rencontrer un cygne. »

Willy gara le véhicule de l'école sur le parking de Sweetspot, puis, d'un pas tranquille, presque distrait, elle se dirigea vers les courts.

« Ce soir-là, nous nous sommes retrouvés au piano-bar, reprit-elle, tout en sachant qu'elle parlait trop.

Sa femme refusait de passer un été de plus à se farcir les tournois et acheter aux clients de son mari des barres de céréales énergétiques. Elle voulait de vraies vacances, sans rien à voir avec le sport. Pour sauver son mariage, il a accepté. D'après lui, elle ne s'intéressait pas au tennis. Ou plutôt, elle le détestait – une façon détournée de s'y intéresser, croyait-il.

» Perplexe, mais surtout scandalisée, je me décidai à lui demander comment on pouvait épouser un entraîneur de tennis et détester ce sport. Il m'a souri tristement en me disant que j'étais trop jeune pour comprendre. "C'est parfaitement explicable. Presque inévitable", décréta-t-il. Je précise ici que Max adorait ma naïveté. Il me disait presque tout, un peu comme on se confie à son chien.

» "Mais se retourner contre le tennis, c'est pareil que de se retourner contre vous, non ? poursuivis-je.

— Bravo !" »

Apparemment, cette cure à base de paysages époustouflants ne fut pas salutaire à leur couple puisque, au retour de chaque excursion, Max avalait en vitesse son dîner puis se ruait dans sa chambre où, télécommande en main, il faisait défiler toutes les chaînes câblées jusqu'à trouver Ivan Lendl. De surcroît, pour se reposer d'innombrables tortillas avalées dans divers Taco Heavens, ainsi que du sempiternel travail de la perle par les Navajos, Max traînait furtivement autour des courts de tennis publics, l'œil enamouré, caressant le but secret de découvrir quelque talent local. Le quasi-harcèlement qu'il exerça à l'encontre de la gamine Willy, sa dernière découverte, fut le coup fatal porté au mariage Upchurch. À la fin du séjour du couple à L'Oasis, Max était libre de suivre, seul, la Chrysler des Novinsky jusqu'au parc national de Yellowstone. Sa femme était rentrée en avion à Hartford, dans le Connecticut, pour demander le divorce.

En traversant les pelouses de Sweetspot, Eric décida de pousser Willy dans ses derniers retranchements.

« Alors, de retour dans le New Jersey, dit-il, Max vous a demandé de devenir sa femme.

— De devenir son élève, tête de nœud ! »

Labourant l'allée de la maison des parents à Montclair à force de l'arpenter, Max avait fini par proposer un contrat à leur fille. Il l'entraînerait bénévolement en échange de vingt pour cent de ses gains les cinq premières années de sa carrière professionnelle. « Vous êtes jolie, lui dit-il cyniquement, appuyé contre la carrosserie de sa Saab Turbo. L'argent, ce sont les sponsors qui l'ont. Votre visage sera vendeur. » Verdict prononcé au terme d'une inspection visuelle détaillée, style maquignon. Par la suite, pendant des mois, elle se fit plus capricieuse qu'elle ne l'était vraiment pour lui montrer qu'elle était une fille, pas une vache.

« Max m'a offert une prise en charge totale à Sweetspot, sportive et scolaire, pour mon année de terminale. » Elle dénoua la chaîne et poussa du pied la porte du court. « Mon père n'a pas voulu en entendre parler.

— Upschlong[1] l'inquiétait, rapport à fifille ?

— Ses inquiétudes se révéleront non fondées. Contrairement à vos suppositions grivoises, Max n'a jamais porté la main sur moi. J'avais pourtant tellement envie qu'il le fasse ! La nuit, dans mon lit, je fantasmais à mort : je gagnais tel ou tel grand tournoi et Max me saisissait par la taille et me soulevait au-dessus de sa tête…

— Comme moi.

— Comme vous, acquiesça-t-elle timidement. Mais je n'ai jamais rien eu de plus qu'une tape de

1. « Schlong », pénis en yiddish. Quelque chose comme « Superbite ».

félicitation sur l'épaule et un coup de Gatorade basses calories. (À l'évidence, elle le regrettait encore.) Quoi qu'il en soit, on me permettait seulement de prendre le bus pour le Connecticut le week-end, si je promettais d'entrer plus tard en fac. J'ai tenté par la suite de renégocier les termes du contrat, mais Max était du côté de mon père. Il disait qu'il ne voulait pas former une ignorante. Plus tard, je me suis demandé dans quelle case "formative" il me mettait, étant donné qu'il ne poussait pas ses autres élèves vers l'université.

— Jusqu'ici, je ne comprends toujours pas pourquoi je ne suis pas en train de parler à la seconde Mme Upchurch. C'est pourtant le scénario classique.

— Il attendait. Il voulait que je prenne une décision mûrement réfléchie, une décision d'adulte. C'était une erreur de sa part. »

Les courts déserts n'étaient éclairés que par la lune. Willy, s'asseyant sur celui qui, pour aucune raison rationnelle, était son favori, posa ses paumes à plat sur le bitume encore chaud.

« Au printemps de cette année-là, la tension est devenue insupportable, poursuivit-elle, le dos appuyé contre le grillage. Il m'attendait à la sortie des vestiaires afin de me donner de pseudo-conseils mille fois rabâchés, juste pour qu'on continue à parler. Ou bien nous nous attardions devant mon dortoir, un peu trop loin l'un de l'autre car, plus près, nous aurions été obligés de faire quelque chose. (Elle haussa les épaules.) Nous l'avons fait d'ailleurs.

» Mais ça n'a pas duré longtemps, s'empressa-t-elle d'ajouter. Juste quelques semaines. Oh, je ne prétends pas que les premières nuits n'ont pas été magiques, dans le genre fantasme consommé. Mais, à l'entraînement, plus rien n'était pareil. Nous avons commencé à nous disputer. Je rechignais chaque fois qu'il me donnait un conseil ; je ne supportais plus qu'il me bouscule. Je suis sûre qu'il m'avait déjà dit auparavant de “bouger mon gros cul”, mais soudain, je me suis sentie offensée au point de trépigner comme une gamine avant de quitter le court. Puis un matin de mai… encore frisquet, je crois – il était huit heures et demie, tard pour moi, je voulais me lever. Il m'a arrêtée en marmonnant : “Il fait froid. Recouche-toi.” C'était la fin.

— Je ne comprends pas.

— Il ne faisait pas froid. Enfin, pas vraiment. Même s'il avait fait moins cinq, et alors ? C'était l'heure de mon entraînement, et il n'en avait plus rien à foutre. J'ai soudain tout remis en question : pourquoi m'avait-il choisie dans le Nevada ? Me croyait-il vraiment douée ou aimait-il simplement mes jambes ? Avec le recul, ses rares compliments m'ont semblé une façon de me draguer. J'étais sûre que les autres joueurs riaient de moi derrière mon dos. Pendant des années, j'ai cru que tout ce que je voulais, c'était Max. En réalité, il y avait quelque chose que je voulais davantage. »

Elle s'étendit sur le court et sentit la chaleur du bitume à travers son jean et son chemisier de coton. Eric s'étendit sur elle et murmura : « Vous êtes en train de me dire que je ferais bien de rester du bon côté de votre raquette ? »

Prise en sandwich entre Eric et le numéro 7, elle eut pour la première fois l'intuition qu'elle pouvait avoir un homme d'un côté, et un court de l'autre. « Je vous préviens seulement qu'entre la baise et le tennis, je préfère le tennis, souffla-t-elle.

— Moi, je préfère le tennis… (Il sortit le chemisier de Willy de son jean et glissa sa main le long de sa cage thoracique.) Et la baise tout de suite après. »

Ce matheux, major de sa promotion, ce calculateur, sortit un petit sachet en alu du gousset de son jean.

« Quoi, ici ? » s'affola-t-elle.

Eric roula sur le dos en l'entraînant. « J'en ai envie depuis des années. Après tout, le tennis, c'est comme le sexe, non ? Vous l'aimez pour ça, j'en jurerais. Ces coups de boutoir de part et d'autre du filet… cette balle, simple médium, ce compact messager d'amour et d'aversion. Cet antagonisme… vous êtes des ennemis, mais vous avez besoin l'un de l'autre. Et ce vocabulaire, écoutez ce vocabulaire : longueur du manche, point "G", euh, je veux dire zone idéale de centrage, gorge – ceci pour l'anatomie de la raquette. Bûcheronner, ou cogner, coup en touché, coup profond, jouer du poignet – ceci pour les modes opératoires. Pornographique, non ? (Il fit glisser le Levi's de Willy le long de ses cuisses.) Pour le côté romantique, nous avons approche, contrôle, break, attaque en réponse – la réponse du berger à la bergère –, rencontre. Et nous connaissons tous deux cet acmé libidinal que procure le fait de trouver enfin LE partenaire, celui qui élève l'autre. On ne pensait jamais qu'on pourrait être si bon, l'autre ne pensait jamais qu'il pourrait être si bon, et plutôt que se soucier qui gagne, chacun veut surtout que le jeu ne s'arrête jamais. Bon Dieu, Wilhelm… (Il avait saisi ses fesses, une dans chaque main.) Ton cul est aussi ferme que des Goodyear à carcasse radiale. »

Willy devait s'avouer qu'elle aussi avait toujours souhaité faire l'amour sur un court. Il était significatif qu'elle et Max n'y aient pas pensé, comme si le numéro 7 et le lit étaient incompatibles pour Max Upchurch. Quand elle s'écarta un instant d'Eric en se tortillant pour se dépêtrer de son jean, la nudité lui parut naturelle. Elle se sentait toujours nue en jouant, d'une nudité morale puisque le tennis dévoilait tout : présomption, frilosité soudaine, apathie, fléchissement moral, ou désespoir. Le corps, en comparaison, réduit à lui-même, n'était qu'un camouflage.

D'un seul geste, Eric se débarrassa de son tee-shirt noir cradingue, révélant un torse artistement travaillé, de cette élégance sournoise évoquant une volée surprise que seule signalait l'ouverture *in extremis* du tamis de la raquette. Willy avait eu quelques aventures avec des athlètes d'UConn, mais la médiocrité de leur conversation occultait leurs physiques avantageux, qui finissaient par ressembler aux planches descriptives et figées du Gray, le manuel d'anatomie. Avec plus d'un adonis, elle était restée si froide qu'elle avait fini par se rhabiller et regagner son propre dortoir. Elle se demandait s'il ne lui fallait pas une imperfection criante – un ventre mou, une cicatrice d'appendicite – pour stimuler son imagination. Le corps d'Eric était sans défaut, mais une curieuse crête ondulatoire traversait ses épaules d'une omoplate à l'autre, reflétée par la lune comme les facettes d'une boule en miroir.

Il se débarrassa de son propre jean, en équilibre sur une jambe, puis l'autre. Il avait l'air content qu'elle le regarde. Willy trouvait souvent ridicules les bites, tant le petit champignon rabougri au repos que le bâton frénétique en action, étrangement dissocié du reste du corps. Par bonheur, Eric se redressa au moment précis où un homme parvient à ce stade voluptueux, détendu où il est le plus attirant : quand il commence à bander.

Écartant ses vêtements du pied, il vint vers elle, debout, appuyée au filet. Il marchait avec grâce, contrairement à l'athlète infatué qui, une fois nu, plastronne, torse bombé et ventre rentré. La sûreté de sa démarche et l'ironie de son sourire prouvaient qu'il n'était pas dépourvu de vanité. Mais rien à voir avec la vanité de ces corps durs, roulant niaisement des deltoïdes afin de cacher d'autres manques et qui n'ont à offrir que des pectoraux triangulaires aussi dérisoires qu'un dernier petit sandwich abandonné dans un plat vide. Eric Underwood lui, avait dénudé son corps comme s'il n'était qu'un accessoire plaisant, telle la garniture en cuir qu'on vous offre en prime quand vous achetez une voiture.

S'il semblait n'attacher aucune importance à son physique, Willy, elle, l'admirait. Mais l'admiration n'étant pas un sentiment fréquent chez elle, elle ne savait trop qu'en faire. Elle cherchait une laideur cachée pour se reposer le regard. Il avait de trop grands pieds ? Normal pour sa taille élancée. D'ordinaire, Willy se satisfaisait de son propre corps, ferme et bien fait. Mais en voyant avancer cet homme dans le clair de lune, elle se dit, paniquée, que ses seins, quoique petits, pendaient juste assez pour louper le test du crayon. Elle tenta de se convaincre qu'elle était en forme, que toutes les femmes avaient une couche de graisse sous-cutanée. Quand Eric posa ses mains sur sa taille, elle entendit très distinctement résonner dans sa tête les mots « graisse sous-cutanée ». Son torse était lisse et banal, sans ces ondulations expressives, cet intéressant conflit de muscles sur celui d'Eric. Il soupira en enserrant ses hanches, dont elle déplora brièvement l'évasement trop marqué, lui enviant ces deux parallèles bien nettes qui filaient de l'os iliaque à la cuisse.

En la caressant, il lui griffa les côtes avec le sachet d'alu qu'il tenait dans sa main droite. Sous les poils noirs, se dessinait le relief des muscles de ses avant-bras, tandis que ceux de Willy, blanchis par la lumière de la lune, lui semblaient lisses comme ceux d'une poupée de chiffon. La main gauche d'Eric quitta sa hanche pour glisser sur sa cuisse, qu'il caressa, taquinant ensuite la face interne en remontant lentement vers l'entrecuisse. Elle éprouva un sentiment de panique en se demandant ce qu'il pouvait trouver entre ses jambes susceptible de rivaliser avec ce cinquième membre, légèrement arqué et parfaitement présent, pressé contre son estomac. Un degré de plus de subjugation et elle ne pourrait même plus concevoir qu'un sexe aussi fascinant puisse être attiré par le sien.

« Oberdorf », énonça-t-il, énigmatique. Ces syllabes semblèrent à Willy aussi mystérieuses que la formule magique des Mille et une Nuits, celle qui faisait pivoter le rocher obstruant l'entrée de la caverne.

« Quoi ? murmura-t-elle d'une voix rêveuse.

— Mon nom : c'est Oberdorf. Underwood, c'est l'autre, celui qui aime le porc répugnant[1]. »

Quelque chose dans cette nouveauté patronymique l'oppressait. Underwood, c'était ce grand garçon mince et manipulable qui s'était entiché d'elle après un unique dîner, au point de la poursuivre jusqu'à Westbrook ; une présence adventice ; quelqu'un qui, en fin de compte, aurait pu se révéler un enquiquineur mais qui, à court terme, pouvait servir à Willy d'antidote contre les camouflets que Max lui infligeait. Le numéro de téléphone d'Underwood, elle l'avait griffonné sur un bout de papier et jeté accidentellement. Underwood lui avait envoyé des fleurs qu'elle avait oublié de mettre dans l'eau. Underwood avait un jeu accrocheur mais bizarre – rien d'inoubliable. Underwood n'avait pas la moindre chance dans le tennis professionnel. Oberdorf, en revanche… Oui, un Oberdorf pouvait y arriver.

« Eric Oberdorf », soupira-t-elle. Cette prise en compte de son vrai patronyme sembla répondre chez lui à quelque attente secrète, car il déchira l'enveloppe du préservatif.

Si, jadis, utiliser ce genre de protection indiquait de la considération pour la fille, ce n'était plus le cas. À cet instant, Willy cédait à un homme dont elle ignorait s'il voulait lui éviter une grossesse ou

1. « Oberdorf » : « village d'en haut » en allemand. « Underwood » : « sous-bois » en anglais. Et aussi une marque de jambon en conserve.

s'épargner une MST. Elle ne pouvait pas non plus dire s'il avait empoché des préservatifs pour la baiser, elle, personnellement, ou s'il les trimbalait partout, avec l'arrogance générique du type sûr de trouver une bonne fortune. Sauf qu'il était trop tard de sa part de se demander pour qui il la prenait car, justement, il la prenait.

Le câble du filet grinça sous la pression de son dos. Eric Oberdorf la souleva pour la caler confortablement sur la bande, puis il se baissa, se releva et ferma les yeux. En conséquence, Wilhemena Novinsky découvrit ce qu'était le tennis sans la balle.

Le lendemain matin, elle pressa Eric de partir. Introduire chez Max un homme auquel elle faisait semblant de s'intéresser, c'était vulgaire, mais lui agiter sous le nez un homme auquel elle s'intéressait vraiment, c'était sadique. Eric une fois expédié, elle s'échauffa avec Max sur le 7, où elle eut du mal à réprimer son sourire. Il lui semblait que le câble du filet, trahissant la pression de son dos, gémissait du plaisir qu'elle avait éprouvé. Elle avait manigancé la rencontre entre les deux hommes, mais elle décida que, désormais, elle les garderait aussi éloignés que possible.

« Ta frappe est bonne, lui dit Max d'un ton accusateur. Meilleure que d'habitude. »

Willy s'excusa de ne pouvoir rester un jour de plus, prétextant qu'elle avait des papiers à remplir pour un tournoi satellite en août.

De fait, elle voulait de nouveau jouer au tennis sans la balle.

4

Après, eric la courtisa. Un mot qui contenait « court ». Willy loupa la qualification en demi-finale de la Fresca Cup de Dayton, et il vint la chercher à l'aéroport de LaGuardia, muni de sa Prince ; il demanda au chauffeur de taxi de les déposer à Riverside Park, où il la traîna aussitôt sur leur terrain habituel. À force de travailler l'action du poignet, le centrage, et le choix des balles (de préférence celles à forte injection d'air comprimé), il faisait des progrès ; sa technique restait élémentaire, mais quelque part sous la brusquerie du Néandertalien pointait un jeu prometteur .

S'agissant de l'autre, le jeu amoureux, il n'avait aucun orgueil – du moins c'est ce qu'il sembla à Willy lorsqu'il lui annonça que, ses propres tournois exceptés, il se mettait constamment à sa disposition. Quand elle était en ville, il n'avait pas honte de son empressement à la voir tous les jours, et, au lieu de se centrer sur sa propre vie professionnelle ou amicale, il acceptait avec joie de tout sacrifier pour elle si elle avait quelques heures à lui consacrer. Au début, cette carte blanche qu'il lui donnait fit croire à Willy qu'il était un paillasson, un homme d'une abnégation suicidaire.

Il la matraquait d'invitations à des *spaghetti parties* avec son colocataire, ou il lui apportait une pizza qu'ils partageaient à l'heure du déjeuner, et il était toujours disponible pour l'entraîner quand elle le souhaitait, même s'il devait pour cela décommander d'autres partenaires. Il lui étalait devant les yeux, tel un jeu de cartes, des billets pour l'US Open dont elle pouvait user à son gré. Sa prévenance était d'autant plus notable qu'elle s'appliquait à de petites choses, et qu'elle était totalement spontanée : il ne s'attendait jamais à être remercié d'une tape dans le dos. S'il se servait un verre dans l'appartement de Willy, il remplissait le bac à glaçons. Il remplaçait les sacs plastique de la poubelle sans qu'on le lui demande, lavait sa tasse à café, et ne laissait jamais de traînées de dentifrice dans le lavabo. Un après-midi d'août, au moment de faire son sac pour aller disputer un tournoi satellite dans le Norfolk, elle s'aperçut que toutes ses chaussettes de sport étaient sales. Eric, les empaquetant parmi ses shorts et ses polos puants, descendit au sous-sol faire une machine. Il revint avec les affaires propres, soigneusement pliées, chaussettes réunies par paires.

Quand ils sortaient, il venait la chercher chez elle muni de maints petits témoignages d'affection : un bandana en soie du même rouge foncé que son tee-shirt préféré, ou une cassette piratée de Janis Joplin sur laquelle il avait écrit tous les titres des chansons. Des cadeaux modestes superlativement emballés.

Willy, qui avait grandi en faisant le coup de poing, trouva au début sa générosité suspecte. Si Eric tentait de lui extorquer quelque chose, elle mettrait un point d'honneur à le lui refuser. De plus, comme beaucoup de femmes, elle avait une répugnance instinctive pour la gentillesse. Les hommes qui la gâtaient étaient des faibles à ses yeux, une attitude qu'elle remit totalement en cause le jour où Eric lui tendit un pot de mayonnaise. S'être rappelé qu'il en fallait pour les sandwichs était attentionné. Avoir noté que le pot précédent avait été raclé jusqu'au fond l'était aussi. Alors, où était le problème ? Préférait-elle un mufle, un parasite, un minable sans aucun égard ? Ce qui clochait, finit-elle par comprendre, ce n'était pas la gentillesse d'Eric, c'était elle.

Aussi, lors de leur rendez-vous suivant, lui tendit-elle timidement un paquet. Trouver un cadeau n'avait pas été facile. Alors que ceux d'Eric étaient toujours charmants dans leur modestie, le sien lui semblait pingre. Elle se confondit en excuses. Ce n'était qu'un tee-shirt de Sweetspot, un geste peut-être indélicat de sa part, vu les circonstances. À sa grande surprise, il se montra ravi, insistant pour le porter au Flor De Mayo le soir même. De fait, il ne le quitta plus pendant plusieurs jours, jusqu'à ce qu'il fût crasseux et malodorant, ce qui ne défrisa nullement Willy. Elle était fière d'elle... tout en se demandant si les nombreux témoignages de considération de son ami n'avaient pas pour but de lui enseigner la réciprocité.

Bien plus, le premier été de leur idylle lui permit de comprendre que sa stratégie n'était pas fondée sur l'obséquiosité, mais sur le sens de sa propre valeur. Eric Oberdorf était un homme déterminé qui, une fois son but fixé, n'avait de cesse de l'atteindre. Il avait fait la cour à Willy sans même penser à se protéger en cas d'échec, car l'idée d'un échec ne l'avait pas effleuré. Cette propension à foncer tête baissée pour obtenir ce qu'il estimait être un dû était à la fois sympathique et déconcertant. Quand Willy obtenait ce qu'elle voulait, elle laissait un cadavre étendu sur le sol. Eric, lui, semblait n'avoir jamais eu besoin de se battre pour arriver à ses fins. Il était tout simplement un enfant gâté.

Il se vantait peu de ses conquêtes féminines, tout en avouant volontiers d'autres centres d'intérêt. Encore tout jeune adolescent, en 1984, il s'était lancé dans la politique, militant activement pour la réélection de Ronald Reagan – à l'horreur d'une

Willy démocrate, les Oberdorf étaient républicains, une rareté s'agissant de Juifs new-yorkais. Au moment où la campagne Clinton-Bush devint houleuse et, en conséquence, quand les joutes électorales entre elle et Eric montèrent en intensité, celui-ci cessa les hostilités en s'émerveillant narquoisement qu'une joueuse de tennis professionnelle sût les noms des candidats à la présidence. À quatorze ans, tous les jours de la semaine, en sortant de Trinity School, il avait distribué des tracts dans son quartier du Upper East Side. Ses dissertations traitaient d'économie, expliquant en détail comment accroître le budget de la défense et baisser les impôts tout en réduisant la dette nationale. Pas étonnant qu'ensuite, à Princeton, il eût développé une passion pour les nombres imaginaires.

Après la politique, ce fut le basket-ball qui l'obséda. « Rick the Slick[1] » restait, semble-t-il, une légende à Trinity. Quand ils se baladaient tous deux dans Riverside et qu'un groupe de « jeunes » disputaient une partie à quatre contre trois, Eric faisait le quatrième. Willy eut maintes occasions de constater qu'il était loin d'être empoté. Bousculé par ces « potes », des grandes gueules terriblement baraquées, il rapportait plus de points à son équipe que n'importe qui d'autre. Il est intéressant de mentionner que Willy n'avait aucune réticence à le voir marquer, alors qu'elle n'avait pas supporté de le voir jouer au tennis contre Max. Elle le trouvait beau, avec ses mouvements rapides, souples, précis ; ses feintes de tête, comiques mais redoutablement efficaces. Willy criait : « Vas-y, Slick ! » Elle applaudissait avec un enthousiasme et un empressement qui l'embarrassaient. De fait, ce n'était pas seulement son art du basket-ball qu'elle appréciait, c'était aussi

1. Ce surnom est un pastiche de celui du rappeur « Slick Rick ». « Slick » : malin, astucieux.

le sentiment, pour une fois sans nuance, qu'il lui inspirait : une franche adoration.

Eric excellait dans tout ce qu'il entreprenait. Le fait d'avoir obtenu son diplôme de Princeton avec les félicitations du jury prouvait, sans nul doute, qu'il était compétent en matière d'équations. En vérité, il était d'un flegme quasi mathématique, même sur le court, où il se distanciait de son jeu tel un programmateur informaticien ; pour lui, les défaites n'étaient que des données comme les autres, de petites anomalies passagères pas plus significatives que les victoires pour établir la courbe qu'il avait déjà tracée mentalement.

Eric Oberdorf était foncièrement joueur. Une fois arrivée à cette conclusion, Willy fut tentée d'adopter une position plus cynique s'agissant du domaine affectif : il envisageait peut-être leur relation comme un match, avec l'arrière-pensée que, sur ce terrain-là, tous les coups étaient permis. En tant qu'homme aux passions multiples, il tenait peut-être Willy pour un amusement passager et interchangeable. Sa capacité à concentrer toute son énergie sur des engouements de hasard la laissait perplexe. Pour elle, se fixer le but de devenir une valeur sûre du tennis sans en avoir nourri l'ambition depuis l'âge de cinq ans était inconcevable.

Elle se rendait compte qu'il s'adonnait sérieusement à son projet. Il jouait au tennis plusieurs heures par jour. Il s'entraînait un matin sur deux dans un Gold's Gym – musculation des bras et huit mille sauts à la corde. Il avait, comme elle, et sur toute l'année suivante, bouclé un programme de tournois satellites de plus en plus difficiles. Même si son classement paraissait exécrable à un profane, il avait accumulé des points de bonification depuis qu'il avait passé son diplôme, et aussi quand il était parti disputer plusieurs matchs en juillet et août. Les étagères au-dessus de son lit croulaient sous les manuels de pratique et d'histoire du tennis ; son savoir sur les champions et sur les statistiques était encyclopédique. En dépit de cet acharnement louable, Willy se demandait si son embrassement capricieux d'une nouvelle cause qui, pour elle, était une passion de longue haleine, méritait une récompense rapide.

En conséquence, au Flor De Mayo – Fleur de mayonnaise, avaient-ils surnommé ce lieu devenu leur cantine –, elle lui demanda ce qu'il éprouverait en cas d'échec. Elle mit l'accent sur une éventualité qu'Eric, avec son goût pour les chiffres, avait certainement envisagée, à savoir que si les top 10 arrivaient à se faire dix millions de dollars par an, la courbe des gains décroissait rapidement. Classé entre 11ᵉ et 25ᵉ, un homme pouvait espérer gagner un million de dollars par an – une femme, seulement la moitié, souligna-t-elle, furieuse. Entre 26ᵉ et 75ᵉ, le revenu total ne dépassait pas deux cent ou trois cent mille dollars, et encore, si on arrivait à rester dans les 75 premiers ; or se maintenir à ce niveau usait vite un joueur. Classé 125ᵉ, on ne devait pas s'attendre à gagner plus de cent mille dollars, dont on dissipait la moitié en billets d'avion en classe économique et en petits-déjeuners d'hôtel, toujours excessivement chers. Au-delà des 200 meilleurs, le cas de figure était simple : au mieux, on s'en tirait sans rien perdre. Imperturbable, Eric tendit la main vers le plat de riz de Willy. « Tu arrives à payer ton loyer, non ?

— Tout juste. L'an dernier, j'ai gagné trente mille dollars, car j'ai remporté deux tournois satellites. Six mille sont allés droit dans la poche de Max, à titre de pourcentage, et cinq mille autres ont couvert mes frais. Si tu réintroduis dans les comptes ce que je ne paie pas – le coaching de Max, ma chambre à Sweetspot – je suis dans le rouge. Comment espères-tu t'en tirer ? »

Eric piquait les morceaux de porc dans le riz qu'elle avait laissé. « Mon père, déclara-t-il.

— Quoi ?

— Pourquoi cet air choqué ? Il me finance pendant deux ans. Si je réussis, je n'aurai plus besoin de son argent. Si j'échoue, je ferai autre chose. Mais je doute que ce soit nécessaire. (Il se lécha les doigts.)

— Mais je croyais que tu souhaitais y arriver tout seul...

— Je n'ai jamais dit ça. J'ai simplement dit que je souhaitais y arriver. Comment, cela n'a pas grande importance. Si tu dois aller à Indianapolis et que tu sois fauchée, qui te paie le billet ? Upchurch. Moi, c'est mon père. Où est la différence ? »

Willy se tut.

Eric lui releva le menton. « La profession est truquée, de toute façon. Comment gagne-t-on des points d'ordinateur ? En gagnant des tournois qui rapportent des points d'ordinateur. Comment se retrouve-t-on dans les tournois qui rapportent des points d'ordinateur ? En ayant des points d'ordinateur. Et le côté serpent qui se mord la queue du système ne s'arrête pas là. Comment arrive-t-on à vivre du tennis ? En figurant dans le top 200. Comment parvient-on au top 200 ? En consacrant cent pour cent de son temps au tennis, ce qui exclut toute autre possibilité de gagner sa vie. Avec un boulot régulier, on n'y arrive pas, Wilhelm. Ce sport est encore élitiste. Je suis désolé que ton père ne t'ait pas aidée, tout comme je suis heureux, financièrement parlant du moins, que tu aies Max. Mais tu n'arriveras pas à me culpabiliser par rapport à mon père. Tout est affaire de sponsoring, dans ce domaine. »

Elle préféra laisser tomber le sujet, car une nouvelle question lui brûlait les lèvres : « Underwood, pourquoi tiens-tu absolument à devenir un tennisman professionnel alors que ton diplôme de maths, obtenu dans l'une des plus prestigieuses universités d'Amérique, vaut de l'or ?

— Tu accepterais d'être la petite amie d'un mordu de mathématiques financières ? Non, n'est-ce pas ? Je t'ai répondu.

— Je parle sérieusement. »

Eric pianota sur la table. « D'accord. C'est un défi. Ça me maintient en forme physiquement. Je n'ai aucune objection à gagner beaucoup d'argent. Et je sais que je devrai prendre ma retraite au plus tard à quarante ans, ce qui me laissera le temps d'entamer une seconde carrière.

— Ça te plaît, à toi, l'idée de devoir abandonner ? (Ton incrédule.)

— Pourquoi pas ? Je me lasse vite. Qui a envie de jouer au tennis jusqu'à quatre-vingt-douze ans ?

— Moi !

— Oui, mais toi, tu es dingue. (Ton affectueux.)

— Bon sang, l'idée de la retraite me terrifie. Quand je pense au peu d'années qui me reste, j'ai l'impression d'être une morte en sursis.

— Dis-moi, Wilhelm, pourquoi as-tu voulu passer professionnelle ?

— Quelle question idiote ! lança-t-elle.

— Pas plus idiote que la tienne. (Il rit.)

— Sauf que moi, c'est comme si tu me demandais pourquoi je m'obstine à respirer. »

Eric la dévisagea, incrédule. « Tu ne t'es jamais posé la question, n'est-ce pas ?

— Jamais. Moi, contrairement à toi, je n'ai pas besoin de trouver des raisons. Je suis une joueuse de tennis, point. Impossible de m'imaginer être autre chose tout en restant moi-même. Si je cherchais des explications, elles ne seraient qu'*a posteriori*. Des rationalisations, quoi.

— D'accord pour ne pas “rationaliser”. Mais ne pas “raisonner”, en général, ce n'est pas faire preuve d'intelligence. »

Willy eut l'impression bizarre qu'il était jaloux. Elle lui prit la main et lui dit gentiment : « Tu as grandi avec toute une panoplie d'ambitions dans de multiples domaines : politique, basket-ball, mathématiques. Moi, en revanche – et tu peux me définir comme limitée, obsédée même –, je n'ai jamais eu qu'un seul amour. »

En plissant imperceptiblement les yeux, il retira ses doigts nichés dans la paume de Willy. « M'accuserais-tu d'être un dilettante ?

— Je ne t'accuse de rien du tout. (Elle était exaspérée.) Je suis sûre que tu es plus souple que je ne le suis. Tu es brillant dans plusieurs disciplines, et, que je sache, le relever n'est pas une critique. Mais je ne suis pas la seule à être irrationnelle, ou, si tu préfères, à manquer de franchise. Parce que tu n'as jamais répondu à ma question. Je la répète : que feras-tu si tu échoues au tennis ? Que se passera-t-il si, au bout de deux ans, tu es, disons, 800e ? Ou plus du tout classé ? Cela arrive, et à des joueurs très honorables. Comment le prendras-tu ?

— Je te l'ai dit. Je ferai autre chose. » En général, il ne parlait jamais la bouche pleine. Si sa réponse fut inaudible, c'est qu'il la souhaitait telle.

« Quoi, par exemple ?

— J'en sais rien. Et toi ? (Ton abrupt.)

— Moi quoi ?

— Si tu échoues ? »

Willy était tentée de se justifier, de lui dire que trente mille dollars par an, cela semblait peu, mais que c'était beaucoup par rapport à son classement ; qu'elle commençait à gagner sa vie, et qu'elle n'avait donc pas « échoué », contrairement à un certain fils à papa qui dépendait de son chèque mensuel.

« Je n'arrive pas à me l'imaginer. Je… J'essaie de ne pas y penser.

— Exactement ! »

Il s'essuya la bouche en posant sur elle ce regard de prof, comme s'il l'avait soumise à un nouveau test qu'elle aurait réussi, mais tout juste. « Statistiquement parlant, je ne crois pas à la contingence. Donc pas aux plans de secours. L'imagination, même indigente, est dangereuse. Visualise le naufrage à venir et, avant que tu ne t'en rendes compte, il sera là, triste tableau fixé à jamais au mur de ton salon. Colle plutôt des affiches de voyage. Tu réussiras. Je réussirai. On réussira. »

Il repoussa les grains de riz qui avaient échappé à ses baguettes. Willy n'avait qu'un an de plus qu'Eric, mais, pour une fois, elle se sentait nettement plus vieille.

Le National Tennis Center avait piètre réputation chez les joueurs. Les foules y étaient exubérantes, irrespectueuses, et le stade, construit exactement sous un couloir aérien de l'aéroport de LaGuardia. Willy n'écoutait plus depuis longtemps ce genre de critiques. Tout comme elle avait mis au point une surdité sélective quand elle devait se concentrer dans un vacarme d'alarmes de voiture, de tintements de cloche des camionnettes à glaces, et de concerts de rock en plein air dans presque chaque tournoi minable qu'elle avait disputé. En ce qui la concernait, le National Tennis Center ou la basilique Saint-Pierre de Rome, c'était pareil : un lieu révérencieux, le royaume du silence. Si Steffi Graf râlait qu'elle n'y parvenait pas à se concentrer, Willy Novinsky aurait pris sa place avec joie.

Willy adorait donc Flushing Meadows. Elle y avait été ramasseuse de balles à l'ère McEnroe et, depuis l'âge de quinze ans, elle avait le béguin pour l'enfant terrible du tennis. Depuis ce temps-là, elle se baissait pour passer sous le cordon de sécurité et venait saluer l'homme qui dirigeait toujours l'équipe de ramasseurs ; elle le tenait régulièrement au courant du déroulement de sa carrière. Connaissant par cœur ce que le public ignorait, à savoir les voies souterraines et les vestiaires, elle éprouvait, s'agissant du lieu, un instinct de propriété. Au NTC, elle osait croire, tout comme Eric et ses certitudes déconcertantes, qu'elle était destinée à jouer sur le court central.

Le 7 septembre, à sa grande stupéfaction, son petit ami la tira par la main non pas en direction des passerelles en forme de montagnes russes menant aux gradins supérieurs, ceux réservés aux prolos bruyants, mais vers les tribunes à ras du court réservées aux huiles municipales et aux familles à sang bleu. Vissées au dos de leurs fauteuils, deux plaques de plastique orange miroitantes annonçaient : OBERDORF. Puisque la coutume veut qu'on puisse léguer par testament des sièges permanents à l'US Open, ces deux trônes auraient pu un jour revenir à Eric. Willy concéda que, du point de vue du bénéficiaire, le privilège n'était pas tout à fait odieux.

Pourtant Willy et Eric étaient destinés à rester chacun de son côté du filet. De même qu'en 1984 il avait soutenu Reagan, le président alors en exercice, il décida ce jour-là de soutenir Stefan Edberg, le favori désigné car vainqueur de l'US Open de l'année précédente. Eric savait qu'elle encourageait son adversaire, Larry Punt – un espoir au classement modeste qui avait réussi à se qualifier après avoir survécu à huit épreuves éliminatoires.

« Tu es contrariant à dessein ? Chaque fois qu'on regarde un match, tu soutiens l'autre, lança-t-elle.

— C'est parce que tu as un faible pour les types improbables, Wilhelm. Chaque fois qu'un pauvre bougre est en queue de classement, ou se remet d'une blessure qui finira par l'éloigner à jamais des courts, tu es pour lui. Qui est contrariant ?

— Ton propre classement n'étant pas si éloigné de la queue, tu devrais sympathiser avec les humbles.

— Pour la plupart des gens, ce sport est un divertissement, murmura-t-il, penché en avant. Mais pour toi et moi, c'est un vécu par procuration. D'où l'importance du choix du joueur à qui tu t'identifies. Même si, hypothèse saugrenue, ce raté en puissance qui a tes faveurs remportait ce match, il serait mis en pièces en quart de finale. Tu tiens absolument à sombrer avec cet anonyme ? Je t'en prie, simplifie-toi la vie en misant sur le favori. Si tu te projettes corps et âme sur les humbles, il n'y a plus de limites logiques à la régression. Tu peux aussi bien caresser le rêve fou de devenir ramasseuse de balles.

— Je l'ai été, dit-elle, glaciale, en nouant les manches de son pull autour de son cou. Edberg est terne. Le Suédois type. Il n'a aucune personnalité, et son visage est aussi expressif qu'un bout de bois.

— Qui a besoin de personnalité avec une volée pareille ?

— Le tennis devrait être un test d'évaluation du caractère.

— Du caractère, peut-être. Pas de la personnalité.

— Quelle différence ? »

Eric prit un ton patient :

« La personnalité implique des caprices du genre : "Impossible de jouer sans mon bandeau porte-bonheur." Le caractère consiste à jeter aux chiottes toutes ces fioritures émotionnelles et à faire le boulot. »

Elle le regarda avec stupéfaction. Son visage était aussi blême que si c'était lui qui jouait. Il était un grand admirateur de la technique, du jeu extérieur, et, à supposer que le jeu intérieur existât à ses yeux, il lui fallait l'oblitérer. Pour lui, les joueurs exemplaires étaient probablement ceux qui n'existaient pas. Willy, en revanche, trouvait fascinants les orages de frustration et de panique, puis le regain de détermination qui dévastaient le visage d'un joueur comme la tempête dévaste une île. Pour elle, le jeu noble, le violon qui vous permettait d'exprimer vos émotions au lieu de les subir, c'était le jeu intérieur. La solution d'Eric consistait non pas à maîtriser les émotions, mais à les supprimer. S'il réussissait ce tour d'escamotage sur lui-même, il était alors soit un chaman, soit une machine.

Quand elle tourna de nouveau son visage vers le court, Punt venait de recevoir un avertissement pour avoir brandi sa raquette en direction de l'arbitre. Joueur en sursis, il en était maintenant aux vociférations, tandis que l'arbitre en question, les yeux au ciel, faisant semblant de regarder un avion.

« Aucune classe ! ragea Eric.

— Mais l'arbitre a mal jugé...

— Son jugement ne devrait pas être contesté, même si la balle d'Edberg était suffisamment out pour atterrir dans notre panier à pique-nique. Bon Dieu, quelle sortie minable !

— Mais le score est de 5 à 1 contre lui ! Il est lessivé.

— Si Punt ne sait pas jouer, qu'il sache au moins se tenir. Perdre avec élégance, c'est plus seyant.

— Oui, mais jamais sincère. Si j'étais à sa place, humiliée devant un millier de spectateurs alors que le tennis est ma vie, j'en voudrais à l'arbitre. »

Dans l'intervalle, Punt se donna à fond. En sueur, il courait sur toutes les balles, sans réussir, bien évidemment, à les renvoyer toutes. Edberg s'était mis à tenir en défense et il devait courir au fond du court pour intercepter les lobs très hauts qui avaient des chances d'être gagnants. Willy tenta de faire admettre à Eric que Punt avait au moins le mérite de ne pas se résigner. Il haussa les épaules.

« Ça crée du spectacle, mais ça ne changera rien au résultat.

— Ce que tu peux être méprisant… Ce type met ses tripes sur le court, et toi…

— Silence ! chuchota une femme derrière eux.

— Baisse le ton, murmura Eric.

— De quoi se mêle-t-elle, celle-là ? On s'en fiche.

— Toi peut-être. Pas moi.

— Oui, bien sûr. Le qu'en-dira-t-on, les apparences… Cette obsession de faire bonne figure, de ne jamais élever la voix alors que tu n'es même pas anglais… (Willy fondit en larmes.)

— Willy ! Qu'est-ce qui te prend ? »

S'excusant auprès de leurs voisins, il la prit par le bras et l'éloigna de la tribune.

« Mon chou… » Il l'enlaça sous ce qui était probablement l'unique arbre, grêle, qui poussait dans le voisinage bétonné de l'Open Single. « Qu'est-ce qui ne va pas ? On était censés prendre du bon temps. »

Maintenant qu'elle pouvait parler, Willy n'y arrivait plus. « La seule chose qui t'intéresse… (Sa gorge se serra à nouveau.) la seule chose que tu veuilles… c'est gagner. »

Elle s'attendait à la formule convenue, apaisante : « Allons, allons, chaton, tu sais combien je tiens à toi… » Au lieu de quoi, Eric rit. Il lui caressa les cheveux et lui dit : « Oh, Willy, tu sais quoi ? Pas autant que toi. »

Quand elle cessa de renifler, ils regagnèrent leurs places. Elle découvrit soudain que son antipathie pour Edberg était moins virulente. Pourtant, dans le métro qui les ramenait à Manhattan, elle garda ses distances, choisissant de rester debout tout en lisant le « Poème de la semaine » choisi par la MTA[1], même quand deux sièges se libérèrent.

« Petite Miss Macho », lui murmura Eric à l'oreille. Pendu à la poignée voisine, il lui enfonça un doigt discret dans les côtes. « S'asseoir, c'est déchoir ? »

Il voulait détendre l'atmosphère, mais Willy résistait. La pilule amère avalée durant le match n'était toujours pas passée. « Alors, tu es content ? lui cria-t-elle dans le fracas des roues. L'impertinente nullité a été battue à plate couture. Encore des lauriers pour l'automate.

— Je suis fou de joie », dit-il en se jetant dans l'un des sièges. Ne souhaitant pas provoquer un nouvel esclandre, il s'empara d'un *New York Times* abandonné.

Willy se demandait si elle n'était pas allée trop loin en relançant la polémique. Elle craignait maintenant qu'Eric ne veuille plus l'accompagner chez elle, une perspective qui lui donnait des sueurs froides. Elle serra les dents. Quand elle vit qu'il ne se levait pas à Grand Central pour rejoindre la ligne 6, elle en éprouva un tel soulagement que, se sentant défaillir, elle se laissa tomber sur le siège à côté de lui. Ils n'étaient pourtant plus qu'à une station de chez elle. Ce qui lui arrivait était nouveau et terrible : comment pouvait-elle attacher tant d'importance au fait qu'il rentrerait ou non avec elle ? Elle avait dormi seule – et bien contente de l'être – presque toute sa vie.

Une fois chez Willy, il claqua la porte de l'appartement derrière eux.

« Bon, j'abandonne, déclara-t-il. La vérité, c'est que tu te fous complètement de Larry Punt. Alors c'est quoi, ton problème ? »

---

1. Metropolitan Transportation Authority.

Il alluma le plafonnier et, sous la lumière crue, elle se sentit vulnérable, le teint terreux.

« Je suis... un peu peinée que... nous admirions des joueurs si différents. (Elle cherchait ses mots.)

— Tu aimes Boris Becker ? » Il posa la question comme on tire une salve, tout en s'effondrant dans le canapé.

« Oui, je...

— Bingo. Nous avons donc quelque chose en commun. Tu te sens mieux ?

— Il y a un joueur sur lequel nous n'avons pas le même avis. » Willy, gênée, regardait ses mains.

« Je ne vois pas ce qui peut davantage unir un couple qu'une détestation partagée d'Andre Agassi. Alors, qui as-tu en tête ?

— Moi, souffla-t-elle.

— Eh, viens ici. » Il l'attira à lui. Quand elle fut assise, il alluma une bougie et éteignit le plafonnier dont la lumière crue évoquait un interrogatoire du troisième degré chez les flics. « Tu aimes le genre figé, stoïque, gémit-elle, nichée au creux de son épaule. Moi, je piétine, ou je sautille, ou...

— Ou tu te parles sans cesse à toi-même, finit-il pour elle, avec un sourire. Tout bas, bien sûr. Mais on entend : "Reprends ta raquette, finis-moi ce fils de pute, exécute-le à la volée !"

— Tu te moques de moi.

— Bien sûr. » Il l'embrassa sur le front. « Tu sais combien tu me charmes sur un court : le short m'en tombe, métaphoriquement.

— Mais tu es si réservé... je ne t'ai jamais vu exprimer la moindre émotion durant un match.

— C'est illégal ?

— C'est inhumain. Si ton visage ne te brûle jamais d'humiliation quand on te fait avaler ton chapeau, si tu n'éprouves pas un soupçon d'exaspération quand tu loupes un coup droit facile – l'enfance de l'art depuis que tu sais tenir une raquette –, eh bien, je ne vois pas comment tu peux avoir des sentiments, dans quelque domaine que ce soit.

— C'est-à-dire ? »

Elle biaisa. « Je ne sais pas, peu importe.

— C'est-à-dire ? » Il plongea dans son cou, lui broutant le dessous du menton, là où elle était chatouilleuse.

« Pour moi ! Des sentiments pour moi. » Elle essayait de ne pas rire. « Pour moi-moi-moi ! » Sur le même mode ludique, il passa à sa gorge, ce qui excluait de sa part toute intention d'aborder cette importante entité anatomique avec le sérieux qui convenait. « Tu vois, Eric, tout ton bla-bla fasciste sur le contrôle de soi... toutes ces foutaises archaïques et décadentes sur la dignité... (Elle parvint à échapper assez longtemps à ses griffes pour s'en libérer.) Et pour couronner le tout, tu as besoin de changement, car tu t'ennuies vite ! »

Eric laissa tomber les chatouilles et secoua la tête. « De sorte que, si je peux me fatiguer du tennis, je peux me fatiguer de toi, c'est ça ?

— Va savoir... Tu es un rationnel inflexible. Le tennis n'est pas pour toi un engagement puisque tu envisages déjà le jour où tu le quitteras. Où sont la dévotion, le feu sacré ? Poussée à l'extrême, la maîtrise de soi devient une maladie mentale. »

En un seul geste, Eric glissa un bras sous ses genoux, l'autre derrière son dos et la souleva du canapé. La tenant contre lui, il marcha solennellement vers la chambre et jeta sur le lit son fardeau qui rebondit sur le matelas. Il se laissa tomber sur elle et lui étendit les bras, qu'il maintint d'une seule main, par les poignets, derrière sa tête.

« La maladie mentale, c'est de ne pas faire la différence entre un petit sport imbécile et la réalité. (Ton sentencieux.) Une des raisons pour lesquelles j'aime Edberg et Becker, c'est qu'ils savent mettre leur carrière en perspective. Ils admettent que la terre continuera à tourner joyeusement sans eux, ou le tennis, le cas échéant. Bon, maintenant, est-ce que je ressens quelque chose sur un court ? (Question rhétorique qu'il posa le front pressé contre celui de Willy.) Parfois, je ne le montre pas, et c'est une manœuvre de ma part. Je joue mieux quand je ne trahis rien. Cela dit, crétine, sache que le tennis n'est pas tout : son domaine est très, très limité. Quant à la maîtrise de soi et la dignité, je les apprécie, mais je sais les laisser à leur place. Et ici (Il caressa le bras de Willy.), elles n'ont pas leur place. »

Il glissa sa main sous son chemisier, faisant sauter un bouton. Elle se dit que ce n'était pas le bon moment pour le chercher. Il ouvrit sa braguette et sa queue jaillit. Sans leur laisser le temps de se déshabiller, il plongea en elle, les cuisses entravées par son jean – attitude peu digne, en vérité. Elle avait toujours trouvé tarte de baiser à moitié vêtus, mais là, elle changeait d'avis ; l'urgence primait sur l'esthétique. À l'évidence, Eric ne se souciait pas toujours des apparences ni du qu'en-dira-t-on ; il grognait suffisamment fort pour émoustiller les voisins d'à côté. Toutefois, dans la fièvre du moment, il ne se débarrassait pas de sa prévenance aussi aisément que de son sens du décorum puisqu'il prit soin de mettre un préservatif.

Galamment, il roula sur lui-même pour qu'elle soit dessus, puis, la saisissant par la taille, les tendons saillants, il la souleva à bout de bras. Quand il la descendit sur lui, pelvis contre pelvis, il beugla – un cri rauque, sonore qu'elle n'avait encore jamais entendu sortir de sa gorge. Son écho encore dans les oreilles, elle regarda, ébahie, le changement que subissait son visage : les muscles contractés, les méplats, d'habitude accusés, soudain brouillés, imprécis – il était pratiquement méconnaissable. Intelligence, causticité, maîtrise de soi : abolies. On aurait pu trouver laids ses traits convulsés. Pour Willy, rien n'était aussi beau. Elle jouit.

Ce changement radical d'attitude, était, de la part d'Eric, un signe de fair-play. Si le très convenable Oberdorf junior pouvait réveiller la moitié de la 112ᵉ Rue par ses mugissements orgasmiques, la volcanique Willy Novinsky pourrait alors se contenir au moins pour la durée d'un match de tennis. Le lendemain, tentatrice, elle lui proposa une nouvelle partie à Riverside. Elle insista pour qu'ils jouent sur le 8, un des courts nord dont la surface extravagante horrifiait Eric. Pour lui, si l'on posait bien ses équations, un terrain de tennis devait être un schéma idéal qui permettait d'envisager toutes les trajectoires de la balle. Cet Oberdorf-ci, germanique par nature, aimait l'ordre. Cette Novinsky-là, comme les Européens de l'Est, avait une prédisposition congénitale au chaos. Elle fut ravie de constater que les branches qui surplombaient le court numéro 8 l'avaient fraîchement baptisé d'une pluie de baies pourpres qui roulaient dans le paysage comme autant de billes mauves.

Cet après-midi-là, au lieu de claquer des talons à chaque coup gagnant, ou de se frapper le front après avoir saboté le retour d'un passing shot pourtant facile à maîtriser, Willy arborait un masque impassible – qu'elle tenait d'Eric. Pas de sifflements d'admiration, de lancers de raquette du genre bâton de majorette, ou de tapotements du cadre contre sa chaussure. Pour se placer au service, elle marchait avec raideur, en se gardant bien de frapper du pied. Pas de monologue à voix basse : pour se contenir, elle pressait si fortement les lèvres que si leur ligne avait été un électrocardiogramme, le patient serait mort. Chaque fois qu'Eric lui demandait si une de ses balles de service était à remettre, elle se contentait d'un signe de tête.

« Ça ne va pas, ou quoi ? » lui demanda-t-il au premier changement de côté.

Elle secoua stoïquement la tête, comme si « ne pas aller, ou quoi » ne l'empêchait nullement de faire le boulot, pour reprendre les propres termes d'Eric.

Tout ce qu'il souhaitait faire dans cette partie, elle le lui refusait. Il adorait plonger pour rattraper les balles sifflantes des passing shots ; aussi, chaque fois qu'il montait au filet, elle lobait, produisant de parfaits arcs liftés trop hauts pour lui de quelques centimètres enrageants. Il regagnait comme un fou sa ligne de fond et renvoyait poussivement – floc, faisait la balle. Quand il imprimait de la vitesse à son jeu, Willy ralentissait le sien au point de l'obliger à se traîner.

De surcroît, elle n'avait jamais été aussi froidement calculatrice. Ses effets latéraux jouissaient de l'heureuse assistance des baies qui jonchaient le terrain, avec un résultat létal pour l'adversaire. Déployant le bras comme si elle allait taper telle une forcenée, elle retenait son mouvement au dernier moment. Pfuit, la balle frôlait la bande du filet et venait s'écraser mollement aux pieds d'Eric. Enfin, quand elle l'avait bien endormi et qu'il s'attendait à un coup tordu de plus, elle renvoyait une balle fulgurante qui mordait la ligne de fond avant d'aller se planter, cling, dans le grillage. Imperturbablement mécanique, Willy expédia le premier set 6-1.

Dans le second set – 5-1 pour elle, et son adversaire au service –, elle était cent pour cent consciente qu'elle cherchait à faire sortir Eric de ses gonds, lui donner une leçon, le persuader qu'il pouvait être ardent ailleurs qu'au lit. Malheureusement, son plan commençait à avoir des effets pervers. Le score était sans risque pour elle ; il lui fallait seulement arracher ce jeu à son adversaire, ou s'accrocher pour gagner le prochain. Mais, au lieu de perdre la tête, par exemple en envoyant une fois de plus une des balles gagnantes de Willy dans le filet, ou au moins, de la fusiller du regard, Eric éclata de rire.

Ses services, bizarrement entortillés, se rabattaient dans le carré de service de Willy, comme pliés en deux par la même hystérie que celle du joueur. Elle les aplatissait en smashant. Il ne tentait même pas de les renvoyer, essuyant à la place une larme d'hilarité. Willy plissa les yeux et serra encore plus les dents, pour prouver sa volonté de nuire. Mais Eric s'esclaffait maintenant à en perdre l'équilibre et le souffle. À 0-40 – balle de match –, elle reçut de lui, dans son tiers de court, un ovni pelleté, mouillé comme un flotteur de chasse d'eau. Elle l'écrasa. Il prononça quelque mots, couverts par ses hoquets.

Le match était terminé. Ils étaient libres de parler.

« Pardon ? » lui demanda-t-elle poliment.

Il répéta sa phrase, en la hurlant cette fois.

« Épouse-moi ! »

Willy envoya sa raquette en l'air, à quatre bons mètres de hauteur, puis la rattrapa expertement par le manche. Oberdorf avait enfin manifesté un peu de passion sur un court de tennis.

5

En 1992, vingt-trois ans, c'était tôt pour se marier, mais Willy ne se sentait pas un échantillon représentatif des mœurs de sa génération. Elle ne se sentait pas non plus américaine. Sa patrie, c'était le terrain dont les lignes figuraient un pays distinct ; et c'était aux lois strictes et bizarres du tennis qu'elle adhérait avec la ferveur du patriotisme. Bien plus, en termes d'espérance de vie, sa courbe rejoignait celle des humains du XVIIIe siècle. En tant que sportive, elle pourrait tenir, au mieux, jusqu'à quarante ans ; avoir vingt-trois ans, c'était pour elle l'équivalent de la cinquantaine dans le monde moderne.

Le discrédit dans lequel était tombé le mariage avant sa naissance n'empêcha nullement Willy d'accepter la proposition d'Eric dans les dix secondes. Certes, ses parents constituaient un piètre exemple ; Willy n'enviait ni son père, ce patriarche triste, ni son acolyte, cette esclave joyeusement consentante. Mais elle aurait pu envier ses parents en 1961, l'année de leur rencontre. Sa mère, Colleen, était une frivole étudiante en danse moderne bondissant d'un récital à l'autre au rythme des bongos dans une spirale de couleurs formée par ses écharpes ; son père, Charles, était un indéfectible gribouilleur beatnik aux poches gonflées de serviettes en papier griffonnées et de stylos à bille qui fuyaient. Willy s'accrochait à l'idée que rien dans le mariage lui-même n'avait condamné sa mère à renoncer à ses ambitions de danseuse, ni son père à ses naïves aspirations littéraires, répudiées au prix de tant d'amertume. Si elle s'était mariée dans les années 90, une époque plus libérale, la soumise Colleen aurait dit à Charles de se ressaisir et cesser de grogner, puis elle se serait probablement battue pour se faire sa place. Malgré les preuves accablantes que le grand amour et l'équilibre des pouvoirs dans le couple sont des mythes, Willy croyait encore en la possibilité d'une union entre égaux, ardente et durable, comme certains agnostiques croient à l'au-delà simplement parce que l'alternative est insupportable.

Sa vie de jeune adulte durant, tout en défendant son indépendance d'une façon quasi militante, elle avait attendu. Et Eric Oberdorf était arrivé, rayonnant de ce courage lucide qu'on voit, sur les photos, briller dans les yeux de Charles Novinsky au début des années 60, avant qu'il ne rejoigne le camp des opposants – une façon de célébrer sa propre défaite. De sa mère, Willy avait hérité une grâce à laquelle elle avait donné une structure et un but. Ensemble, Eric et elle pourraient récrire l'histoire, ce qui incombe probablement aux enfants.

S'agissant d'Eric, Willy craignait surtout qu'il n'envisage le mariage, tel son diplôme de maths inutilisé, comme une fin en soi. Il avait un esprit modulaire. Sans forcément concevoir le tennis professionnel comme le couloir de la mort, il pensait sa vie en termes de blocs, autant dire une succession de petites morts. Willy, elle, en savait assez sur le mariage pour être sûre qu'il n'était pas seulement la réalisation d'un projet, mais le début d'une expérience risquée et astreignante.

« Papa ? C'est Willy.

— *¡ Hola !* »

Elle fit pivoter le combiné. Son père ne lui avait jamais pardonné son choix de l'espagnol à la fac. « Tu comptes devenir interprète à l'ONU ? » lui avait-il demandé, sarcastique, quand elle l'avait informé de sa décision. « Non, je compte vendre des burritos végétariens à Flushing Meadows, avait-elle rétorqué, ajoutant : Le temps que j'obtienne ma licence, ce sera mon seul contact avec l'US Open. » Son père n'avait rien de particulier contre les Hispaniques – pas plus que contre n'importe quel autre groupe ethnique, ce qui, en réalité, signifiait qu'il avait une dent contre eux. Mais il savait qu'elle avait choisi une matière principale facile pour avoir le maximum de temps libre pour le tennis.

« *¿ Qué tal ?* demanda-t-elle.

— Rien ne change jamais ici, Willow, tu le sais.

— Tu pourrais toujours vieillir et mourir, recommanda-t-elle. Au moins, ce serait fait.

— Il est important de se garder un but dans la vie.

— Écoute, je voudrais te présenter quelqu'un.

— Un autre chirurgien du cerveau ?

— Oui, encore un joueur de tennis, papa. (Il était agaçant.) Mais diplômé de Princeton.

— Un joueur de tennis avec un cerveau ? Tu m'avais dit que ça n'existait pas. »

Elle faillit raccrocher. Si un simple coup de fil était déjà trop pour elle, comment survivrait-elle à la soirée qu'elle allait suggérer ? « Que dirais-tu d'un dîner chez vous vendredi soir ? On pourrait prendre le bus à Port Authority.

— Je crois pouvoir vous caser, toi et ton soupirant, dans mon calendrier mondain surchargé.

— Écoute, papa... (La suite n'était pas facile à exprimer.) Je tiens à ce garçon. Pourrais-tu te montrer... amical ?

— Willow, je le suis toujours, tu le sais.

— Oui, mais, pour une fois, pourrais-tu ne pas jouer les éteignoirs, du genre corso sous la pluie ? C'est lugubre.

— Lugubre ! Mais au terme d'une semaine ingrate passée à enseigner à des mômes le vocabulaire de base de la mécanique automobile, je frétillerai comme une anguille !

— Laisse tomber », soupira Willy en raccrochant.

« Quand tu m'as parlé pour la première fois de ton père, j'ai cru qu'il était un prolo réac. (Eric fit tournoyer le sac en plastique contenant le châteauneuf-du-pape.) Professeur d'anglais, je ne l'aurais jamais imaginé.

— Navrée si je t'ai semblé dédaigneuse, marmonna-t-elle. Je me suis trop bien entraînée à me protéger sur tous les fronts, je le crains. »

Ils faisaient la queue porte 413. Willy était soulagée que le bus soit en retard. Un triple nœud à l'estomac, elle regrettait qu'ils n'aient pas acheté deux bouteilles.

« Quand j'étais gosse, mon père sentait que je l'admirais, poursuivit-elle. Toutes les petites filles admirent leur papa. Un jour – je devais avoir onze ans –, j'étais seule avec lui en voiture. Il m'a confié que la plupart de ses élèves savaient à peine lire ; si le critère pour juger un professeur était le niveau de sa classe, il était alors la "lie" de l'enseignement. Il me l'a annoncé avec une jubilation étrange, quasi haineuse.

— C'est quoi, au juste, son problème ? » demanda Eric. La queue s'ébranla. « Bloomfield College n'est pas une école de premier plan, mais elle n'a rien de déshonorant.

— Chuck Novinsky n'est pas de ton avis. Tu sais quand je l'ai compris ? À quinze ans, toute seule, sans que personne ne me l'ait dit. En farfouillant au grenier, j'ai trouvé une boîte contenant deux exemplaires d'un livre relié à la couverture peu attrayante, moche car bon marché sans doute. *Au commencement était le verbe*, de Charles Novinsky. »

Eric gloussa. « Un rien pédant, si je peux me permettre. Quel genre : critique littéraire ? »

Elle lui jeta un coup d'œil. Sous le flot de lumière de la porte 413, elle voyait son « fiancé » sous un aspect neuf. Non du fait de sa chemise, repassée pour l'occasion, mais pour des raisons vitales : lui, il n'avait pas gaspillé une jeunesse à s'engluer dans le bourbier de l'opposition systématique. Cela sautait aux yeux. Le sous-sol, ou tout autre espace de rangement, s'il y en avait un chez ses parents, dans leur très chic East Side, ne devait pas sentir l'odeur rance de la désillusion.

« Un roman », répondit-elle. Elle grimpa dans le bus où elle se nicha près d'une fenêtre. « Begpool Press, 1962. Éditeur inconnu au bataillon.

— Tu l'as lu ?

— Intuitivement, j'avais compris que je ne pouvais pas en parler à mon père. Conduite transgressive oblige, je me glissais au grenier pour le lire à la lampe électrique.

— C'était bien ?

— Je ne sais pas. »

Difficile pour elle d'en juger. Naturellement, le sujet principal du roman, c'était la littérature, sa valeur intrinsèque. Qui voudrait lire un truc pareil ? Bien plus, l'ouvrage célébrait le pouvoir du langage, un pouvoir que son père tournait maintenant en dérision. L'intrigue était ludique : chaque mot couché sur le papier par un écrivain prenait vie. (Willy avait adoré le passage où une métaphore bigarrée engendrait un monstre grotesque qui rôda autour de la maison du narrateur jusqu'à ce que celui-ci, terrifié, la récrive.) Mais cette prose sentait le pillage du thésaurus. Par exemple, un chapitre entier avait été conçu dans le seul but de loger le concept de stéréotropisme. Pourtant, cet opuscule était une réussite s'agissant de la confiance passionnée de l'auteur en la nature humaine. Il ne méritait probablement pas les critiques cinglantes qu'il avait suscitées. Il les avait fourrées au fond de la boîte.

« Des critiques infectes, dit-elle en frissonnant. Toutes parues dans des feuilles de chou locales ou des magazines éphémères, dues à des journalistes débutants qui essayaient probablement de se faire un nom en pratiquant le sarcasme. Dans l'un des articles, l'auteur disait qu'*Au commencement était le verbe* était si atroce qu'il avait "bien rigolé". »

Sa curiosité éveillée, Willy avait trouvé quatre manuscrits, attachés par des élastiques de couleurs différentes, entassés dans un second carton mouillé, leurs pages, repliées, mouchetées d'œufs de cafards. Elle répugnait à se salir les mains avec ce qui, jadis un trésor, n'était plus maintenant que des rames de papier souillées, bourrées d'adjectifs insolites pêchés dans le Rogers puis jetés en vrac dans cette boîte, tout bruissants du froissement d'élytres des insectes. Elle avait parcouru le plus récent, placé en haut de la pile et protégé par un pathétique : « © 1967, Charles Novinsky », sur la page de titre.

La fin de l'histoire avait été d'une lecture pénible pour Willy. La prose sèche, le style dépouillé – là, elle reconnaissait la griffe de son père. Une satire décrivant une peuplade mythique chez laquelle tout plaisir direct était aboli, où tout était supplétif. Dans la culture faisant l'objet du roman, le monde était instrumentalisé, dichotomisé entre spectateurs et acteurs. Résultat : tout art ne pouvait être que réflexif. Les films traitaient des scénaristes, les programmes télévisés se branchaient sur la « vraie vie » des actrices de sitcom, et les romans, notait l'auteur avec un dégoût tout particulier, exposaient en détail l'activité taille-crayon régressive des traîne-savates littéraires. Le manuscrit s'arrêtait abruptement à la page 166, au beau milieu d'une phrase. Rien d'étonnant vu le thème du livre, à savoir que l'art de raconter des histoires était mort ; de plus, le narratif regorgeait de haine de soi au point que conclure eût été antithétique.

« Ce manuscrit était démoralisant, dit Willy. Mon père y avait même inséré la phrase employée par le type qui l'avait descendu : “Ça m'a bien fait rigoler.” Il en avait été piqué au vif, c'est sûr. Mais je doute qu'il le soit encore, et c'est probablement cette absence de vulnérabilité que je trouve… pathologique.

— Tu crois que c'est en tant qu'écrivain raté qu'il t'a découragée de jouer au tennis ?

— Ce serait simpliste de ma part. Non, je crois qu'il – et ma mère aussi – a sincèrement cherché à me protéger. Mais mettre la barre trop haut, dans notre famille, c'est une tare ontologique. »

Willy était assise à côté de sa mère sur son lit de jeune fille. Elle avait dix-sept ans, et était en pleine bagarre avec son père à propos de son avenir. Colleen lui tapotait la main en lui disant : « Tu sais, chérie, tous les jeunes veulent être des artistes célèbres, des mannequins adulés ou des sportifs de haut niveau. En fin de compte, seuls très peu d'entre eux parviendront à travailler pour IBM, ou, comme ton père, à enseigner l'orthographe à une nouvelle génération qui veut devenir célèbre, etc. Il n'y a aucune honte à mener une vie ordinaire. Nous tenons simplement à t'y préparer. Si tu rêves de devenir Chris Everest…

— Evert, corrigea Willy en pinçant les cordes de sa raquette.

— Nous avons peur que tu tombes de haut.

— Vous avez peur, ça je le sais. » Willy s'était levée et refermait son étui. « Mais ce dont vous avez le plus peur, c'est que j'y arrive ! »

Elle était sortie de la chambre en faisant un maximum de bruit. Sauf que, plus tard, son père s'était montré inflexible.

« Je n'ai rien contre le tennis. (Mensonge éhonté !) Mais vouloir passer professionnelle, c'est exactement comme si tu m'annonçais qu'au lieu de préparer un diplôme, tu filais à Las Vegas jouer au casino ton chèque de Noël.

— Max pense que mon jeu vaut mieux qu'un chèque de Noël. (Riposte pétulante.)

— Un pari reste un pari, et celui-ci est désastreux pour ton avenir. Quand je pense que, de mon temps, on rêvait de travailler dans un cirque…

— Ou d'écrire un livre, corrigea-t-elle, venimeuse.

— Ou d'écrire un livre, répéta-t-il froidement – avec un petit temps de retard tout de même. Sauf qu'après, on grandit.

— Épargne-moi le couplet sur l'âge adulte.

— Je le ferais si je le pouvais, Willow. (Il semblait chagriné.) Mais tu ne vas pas jeter aux orties une éducation universitaire pour un rêve d'enfant. C'est mon dernier mot. »

« Tu ne lui donnes pas raison ? demanda Eric.

— Toi aussi, tu t'y mets ! Le tennis n'a plus été une source de conflits entre mon père et moi à partir du moment où j'ai décroché une bourse de sport. C'est clair ?

— Oui, mais ce que je ne comprends pas, c'est pourquoi tu as laissé tomber la fac après ta licence d'espagnol.

— Papa ne voulait pas que j'aie des diplômes sur lesquels compter après m'être fait un nom dans le tennis, il voulait que j'aie un bagage auquel m'accrocher après m'être cassé la gueule. Tu vois la différence ? Il m'a mise dans l'obligation de laisser tomber UConn pour passer pro. Continuer mes études, ç'aurait été lui donner raison. »

Eric lui caressait la main avec une gêne qui évoquait tout à fait à Willy celle de sa mère le fameux jour de leur conversation.

« Ce que je n'arrive toujours pas à avaler, reprit-elle en regardant, à la tombée de la nuit, défiler le paysage du New Jersey industriel, c'est qu'il m'ait appris à jouer au tennis. Quand j'étais petite, nous faisions des balles trois fois par semaine. Nous nous amusions comme des fous.

— Alors, pourquoi son hostilité, à ton avis ?

— Une hypothèse : parce que, à dix ans, j'ai commencé à le battre à plate couture ? Non, je n'y crois pas. L'écraser me peinait, mais lui, à l'évidence, il jubilait. »

Un souvenir lui revint, en demi-teinte. Ils jouaient sur le court en dur, complètement défoncé, le plus proche de leur maison. Elle ne se rappelait plus la partie, seulement être restée plantée sur la ligne de fond, un peu hébétée par sa victoire après la balle de match. Son père s'était précipité vers elle en enjambant le filet qu'il aurait pu contourner, comme si sa fille était une apparition fugace qu'il ne fallait pas laisser échapper. S'agenouillant devant elle, il lui avait dit tout bas : « Tu as quelque chose de spécial, Willow. Un don. Je ne sais pas d'où tu le tiens – pas de moi, en tout cas. Mais fais gaffe de ne laisser personne te le voler. »

Au même moment, sa mère était arrivée, venue les chercher en voiture. Elle avait rompu le charme avec son air affairé. « Chuck, qu'est-ce que tu fais par terre ? Le dîner est prêt depuis une heure. »

Son père avait tendu les mains vers elle, les paumes ouvertes : « Elle m'a battu.

— Parfait, chéri. Fifille est une vraie petite terreur avec sa petite raquette, hein, ma puce ? Bon, assez traîné. Les pommes de terre ne peuvent plus attendre.

— Colleen, tu ne comprends pas, l'avait-il interrompue, irrité. Je n'ai pas laissé Willy me battre. Elle n'a que dix ans, bon sang, et elle m'a battu alors que j'ai tout fait pour gagner.

— Tais-toi, Chuck, l'avait-elle grondé. Tu vas lui filer la grosse tête. »

Depuis cet instant où il avait reconnu que sa fille cadette avait un don, il avait cependant tout fait pour le contrarier. Il était moins disponible pour jouer après le travail. Il lui avait refusé l'argent de la cotisation du Montclair Country Club, et Willy avait dû devenir ramasseuse de balles pour se la payer. La plupart des joueurs n'ayant pas vraiment besoin d'elle, elle s'était imposée – mascotte ou enquiquineuse, au choix. Parallèlement, les disputes avec son père à propos des tournois juniors censés « interférer avec sa scolarité » étaient devenues incessantes.

L'antagonisme culmina le jour de son seizième anniversaire. Elle était assise devant l'habituel gâteau, affaissé, sa mère ratant systématiquement le glaçage à la noix de coco. La pseudo-« neige » – des blancs d'œufs insuffisamment battus – retournait à l'état glaireux, tandis que le pseudo-« glaçage » dégoulinait sur les côtés, le tout exprimant un découragement qui était l'image même de la Weltanschauung Novinsky. L'intérieur du gâteau était constitué de plusieurs couches molles vaguement architecturées par un biscuit de Savoie étouffant, caoutchouteux – triste, quoi – en parfaite conformité avec l'atmosphère dépressive de la maisonnée. Devant elle trônait une unique enveloppe à son nom : Wilhemena.

Comme on était en mai, Willy en tira la conclusion hâtive qu'il s'agissait de la permission tant attendue de s'inscrire au camp de tennis Vitas Gerulaitis, dans le Queens. Quand elle ouvrit l'enveloppe, son visage s'allongea, rivalisant en déconstruction avec le gâteau.

« Disons que Gertrude reçoit son cadeau d'anniversaire avant l'échéance, parce que toi, Will, tu es trop jeune pour partir seule », lui dit son père.

On lui offrait trois semaines en Europe avec son ennuyeuse sœur aînée, ce qui était aussi excitant pour elle qu'un séjour à Newark tous frais payés. Elle écrasa une petite part de gâteau avec sa fourchette. « Il y a seulement trois endroits où j'ai envie d'aller en Europe, dit-elle posément. Roland-Garros, le Foro Italico et Wimbledon – en tournée. Autrement, je n'ai aucune intention de passer trois semaines d'un temps clément, idéal pour jouer au tennis, enfermée dans des musées moisis où je serai obligée de me traîner avec Gert. »

Par convention, son père usait du calme comme d'une arme. Mais cette fois, il devint écarlate. Renversant sa chaise, il glapit que sa fille était une ingrate, qu'à son âge il aurait donné n'importe quoi pour qu'on lui offre ce voyage...

Willy, dès sa petite enfance, avait appris justement de lui comment utiliser l'arme de la non-violence. Sans élever le ton, en repoussant l'assiette avec son gâteau écrasé, elle lui répondit : « Si tu peux te permettre de m'envoyer en Europe, tu peux te permettre de m'envoyer en camp de tennis. »

Elle eut gain de cause. Au camp, elle fut instinctivement attirée par les gosses boursiers, allant jusqu'à prétendre qu'elle était issue d'une famille de prolos. Un bobard qui lui venait aisément, la rue où ils habitaient, Walnut Street, n'étant pas spécialement opulente. Chez eux, plus que d'argent, c'était d'affect qu'on manquait, ce qui semblait cependant à Willy tout aussi rédhibitoire et désespérant que la pauvreté matérielle. À part l'amertume, elle ne savait pas ce qu'elle pouvait attendre de son père, dont les propres espoirs avaient été anéantis ; de plus, comment pouvait-elle lui demander d'être généreux dans la défaite quand elle-même tenait les bons perdants pour des hypocrites ?

Après avoir découvert son œuvre en train de se décomposer lentement comme le corps d'un homme assassiné, Willy se mit à voir le Charles Novinsky jeune et résolu qu'il avait jadis été comme un personnage distinct. C'est celui-ci qu'elle voulait garder dans son cœur, cet étranger, cet esthète plein de vie, cet écrivain bourré d'imagination et de talent, et non l'homme acrimonieux, enclin à la dérision qu'il était devenu. Son père, le vrai, c'était l'autre, l'homme d'Avant. Le désagréable Chuck Novinsky qui l'avait élevée était un imposteur. En feuilletant les manuscrits piqués par l'humidité, elle aurait pu aussi bien avoir exhumé la preuve qu'elle était une enfant adoptée.

Peut-être que Chuck, à l'âge adulte, tentait de remédier sur le tard à la confiance heureuse que ses propres parents avaient eue en lui, et que, bizarrement, il décrivait comme une certaine forme de maltraitance. Issus de l'Europe de l'Est, gros travailleurs tous les deux, leur modeste entreprise de nettoyage à sec n'avait commencé à prospérer que dans les années 50. Ce confort matériel auquel ils ne s'attendaient pas les avait poussés à adhérer avec enthousiasme à la formule consacrée : « En Amérique, n'importe qui peut devenir président. » En conséquence, sûrs de l'avenir du petit Charles, ils s'extasiaient sur l'intelligence de ses mots d'enfant, ils scotchaient ses vers de mirliton sur la porte du réfrigérateur, et poussaient des « Oh » et des « Ah », en présence du reste de la famille, devant ses talents de rédacteur en chef du journal du lycée. Selon eux, l'éditeur Alfred A. Knopf n'attendait que lui. En résumé, Charles Novinsky reprochait à ses parents d'avoir trop cru en lui, une erreur qu'il ne répéterait certainement pas avec ses propres enfants. En effet : il avait appris à ses filles à se planter à la fenêtre et à contempler, d'un œil noir de frustration, l'horizon étriqué qu'on embrassait de leur maison mal tenue du New Jersey.

Colleen, contrairement à son mari, avait conservé sa fraîcheur d'adolescente, un constat que Willy fit à l'âge de douze ans. La pluie ayant interrompu sa partie de tennis, elle était rentrée plus tôt à la maison. Elle entendit le beat torride d'une salsa dans le salon. Passant sa tête dans l'entrebâillement de la porte, elle vit sa mère, pieds nus, en leggings, son justaucorps un peu fatigué glissant de ses épaules, roulant des hanches en « figure huit » et ondulant des bras en S. Les yeux fermés, elle conclut par un grand écart parfaitement réussi. La chorégraphie était plutôt éclectique – conga cubaine à la Desi Arnaz mâtinée de danse athlétique à la Twila Tharp –, mais elle était vraiment une bonne danseuse.

Willy siffla d'admiration. Sa mère poussa un cri, rougit et se précipita pour éteindre la stéréo. Willy fut désolée d'avoir trop tôt révélé sa présence : elle aurait voulu la voir danser plus longtemps, puis s'éloigner furtivement et faire une seconde entrée théâtrale, en claquant la porte. Elle aurait voulu que maman garde son secret, car le rêve de Colleen O'Hara de devenir danseuse avait été conçu en privé et devait rester tel. Pas étonnant qu'elle poussât Willy à jouer au tennis pour le seul plaisir. Elle-même n'était une étoile que quelques minutes par jour, en un firmament caché, et elle voulait *a minima* le même traitement pour sa fille : feux de la rampe éteints pour tout le monde ! L'improvisation que venait de surprendre sa cadette était une façon muette de lui dire : « Le terrain sur lequel tu es souveraine, garde-le en toi, miniaturisé ; sois une star, mais seulement dans le ciel sombre de tes paupières closes ; sans moi, ta mère, *Au commencement était le verbe* serait parti depuis longtemps à la poubelle, ou il aurait allègrement servi d'allume-feu à ton père ; il a ouvert son cœur un bref instant, et tu as vu où ça l'a mené ? Enferme tout ce qui t'est cher à double tour, sois sourde aux sifflements d'admiration des étrangers. Ne te fais pas trop d'illusions, danse quand la maison est vide. »

Eric et Willy descendirent au coin de Walnut Street, une rue à la population stable, bordée d'arbres, aux maisons construites dans le style victorien ou colonial hollandais. Rien dans ce voisinage modeste mais agréable n'était intrinsèquement austère. Willy traîna les pieds et serra la main d'Eric. « J'ai quelque chose à te dire à propos de notre maison : tout est marron. »

En effet. Brun à l'extérieur. Brun à l'intérieur. Quand ses parents avaient acheté cette bâtisse de style Queen Ann, un remake Tudor fin XIXe, ils pensaient remplacer la moquette chocolat présente dans toutes les pièces et arracher les lambris de mauvaise qualité qui rétrécissaient l'espace en l'assombrissant. Leur esprit d'entreprise fut malheureusement vaincu par le sentiment d'oppression que suscitait la maison ; ils furent pris de lassitude, et leurs plans grandioses dépérirent. Confrontés à un cadre d'une esthétique discutable qu'il aurait été fatigant de modifier, ils préférèrent changer leurs goûts. Les adaptant au décor, ils proclamèrent qu'ils adoraient le brun. Ils en rajoutèrent en achetant des meubles d'acajou et des tentures marron. Que la redécoration de leur foyer fût restée un vœu pieu ne surprenait pas Willy. Tant son père que sa mère piétinaient au stade verbal même lorsqu'il s'agissait de nettoyer le garage. (« Je n'ai jamais dit que je le ferai *ce* samedi ! ») Idem pour un mythique voyage au Japon, à propos duquel elle les entendait marmotter depuis des années. En fin de compte, les seuls voyages que son père se fût soucié d'entreprendre, ce furent ceux qui contrecarraient systématiquement les projets tennistiques de sa fille.

Willy monta d'un pas lourd les marches brunes, traîna des pieds sous le porche brun et se décida à passer la tête dans l'entrebâillement de la porte brune. « *¡Hola !* » annonça-t-elle.

Son père s'appesantit une seconde sur ce qu'il lisait avant de lever les yeux – le temps de se préparer à faire face, se dit-elle. Elle avait toujours l'impression de l'épuiser. Avant qu'il puisse échauffer ses muscles zygomatiques, elle lui trouva l'air tendu.

Les instantanés craquelés de Charles Novinsky à l'âge de Willy évoquaient ceux du fils aîné courageux tué à la guerre qui trônaient, dans nombre de familles, sur la cheminée du salon. Droit comme un « I », avec un regard intense, quasi visionnaire, sauf que ce n'étaient pas les mortiers à venir que pressentait ce visage-ci. Il fallait un gros effort pour établir un rapport entre le jeune homme fougueux et l'ancien combattant fatigué qu'elle avait sous les yeux. Les boucles abondantes n'étaient plus qu'un maigre frisottis sec. Son teint naturellement coloré était rougi par un psoriasis, avec des zones grises là où la peau se desquamait.

Il ajusta ses lunettes sur son nez.

« Tiens, je viens de livre un livre de Chomsky qui se rapporte à votre vocation, claironna-t-il. D'après Noam, dans les sociétés laïques, les sports sont devenus l'opium du peuple. Il semble que les masses, qui vivent par procuration les tournois de gladiateurs, soient abruties par ces spectacles, comme elles étaient autrefois opportunément hypnotisées par le baragouin des curés.

— Eric, dit Willy, je te présente mon querelleur, mon atrabilaire de père qui fait de son mieux pour t'offenser avant même de savoir ton nom.

— Princeton, m'a-t-on dit. » Ils se serrèrent la main. « Que vous a-t-il pris, avec un tel bagage, de rejoindre le contingent des crétins ?

— La sueur étant d'un bon rapport, Willy et moi comptons devenir riches en faisant de la pub pour des déodorants. »

Willy nota avec soulagement qu'Eric ne manquait pas de repartie.

Ils s'assirent dans des fauteuils marron. Eric désigna du menton les feuilles posées sur les genoux de M. Novinsky. « Cela n'a pas l'air d'être du Chomsky. Que lisez-vous ? » demanda-t-il.

Willy se mordit les lèvres pour ne pas lui dire : « Ne le pousse surtout pas sur ce terrain ! »

« Oh, lire est un bien grand mot. Je joue à de petits jeux pour ne pas m'ennuyer. Certains de mes élèves croient que la virgule est le bacille du choléra – ce qu'elle est, on en jurerait, tellement elle brille par son absence ; d'autres, qu'elle est une petite fioriture qu'on met partout pour faire joli. Alors, j'organise pour eux des concours à faire à la maison. Et le gagnant est… celui-ci. » Il souleva un devoir entre deux doigts. À un mètre de distance, le papier était rouge de corrections. « Trente-cinq virgules superflues en une seule page. Quel talent !

— Qu'essaies-tu de faire, papa ? Nous impressionner par ton sens de la ponctuation, ou nous faire pleurer sur ton triste sort ? »

Ce lamento, l'un des nombreux effets de la condescendance de Charles Novinsky, elle le connaissait bien, et elle disait « pouce ». Willy avait grandi avec l'impression bizarre que sa famille était supérieure aux autres. Pas au plan social, non. Mais il y avait dans les manières de ses parents une hauteur qui les isolait. Son père avait l'aura d'un prophète de l'Ancien Testament qui aurait essayé de prêcher une fois ou deux sans être écouté et qui, depuis, se taisait par dépit. Et tant pis si cela supposait de laisser les hordes sauvages affronter le déluge et les sauterelles.

La pierre angulaire de la suprématie de son père, c'était – pour lui, pas pour sa cadette – son réalisme vaillant. Il n'ignorait pas que la planète grouillait d'adolescents boutonneux se voyant déjà qui réalisateur, qui chevalier d'industrie, qui grand reporter et futur prix Pulitzer. Il établissait alors avec eux le calcul statistique de leurs chances d'y parvenir. Seuls les faibles et les simples d'esprit s'accrochaient à leurs illusions. Chuck tenait à ce que ses propres enfants grandissent dans le monde réel.

Mme Novinsky sortit de la cuisine. Elle essuya sa main à son tablier avant de la tendre à Eric. Elle se tenait toujours, les mains jointes à la taille, dans la position ancestrale de la suppliante. Après avoir accepté la bouteille de vin d'Eric en balbutiant qu'il ne fallait pas, etc., elle s'occupa de leur servir un verre avec des précautions qui frisaient l'hystérie.

Eric était allongé dans le fauteuil inclinable, la pièce maîtresse du mobilier Novinsky. Les parents de Willy, avec un mouvement de recul instinctif, éloignèrent leurs propres sièges pour le regarder comme s'il était un ovni, avec une franchise totalement dépourvue de sophistication. Tout était brun dans cette pièce, sauf lui. Il flottait sur son siège, sa silhouette légèrement surlignée de blanc, comme le trait de colle débordant de l'image sur papier glacé que les parents de Willy auraient découpée dans un magazine et placée dans leur album. Il étendit ses longues jambes, croisa les chevilles, puis les mains qu'il glissa derrière sa tête ; sa pomme d'Adam, très mobile, accrochait la lumière de la lampe. Cette maisonnée-là, à la fois flegmatique et agitée – curieux mélange – contemplait la pose ludique, tout à la fois affectée, contorsionnée et gracieuse du petit ami de leur fille, avec une admiration incrédule.

« Vous devez être fier de Willy, monsieur, roucoula le soupirant. La semaine dernière, elle a gagné à l'arraché la demi-finale à Des Moines. Un exploit. C'est rare de passer de la 612e à la 394e place en un an. »

Son père agita la main. « Je ne comprends rien au système de classement.

— Simple arithmétique, monsieur. Il suffit de savoir compter.

— La seule chose qui nous importe, c'est qu'elle parvienne à survivre dans ce métier. Corps et âme, je veux dire.

— J'aurais tendance à penser que tu t'inquiètes plus pour mon corps que pour mon âme, intervint Willy.

— Je m'inquiète pour les deux. J'aimerais que tu arrives à gagner ta vie tout en te respectant.

— Tu définirais ton propre gagne-pain comme respectable à tes propres yeux ?

— C'est un gagne-pain, en tout cas. Je ne vois pas pourquoi tu n'aurais pas un vrai métier, car il te servira de solution de rechange.

— On ne peut pas être un professionnel du tennis à mi-temps, monsieur, objecta Eric. On est tout le temps sur la route. C'est un métier qui exige une totale abnégation. (Exactement ce que Willy se tuait à leur répéter depuis des années. Pourquoi ses parents écoutaient-ils soudain un étranger ?) Et Willy se débrouille très bien. Je ne devrais pas avoir à vous rappeler qu'elle a un don.

— Peut-être, mais elle est endettée jusqu'au cou vis-à-vis de ce Max Upchurch. Que se passera-t-il si elle se casse une jambe ? (À Walnut Street, se casser une jambe était toujours pris au sens littéral[1].)

---

1. « Break a leg ! » est la version superstitieuse de « Bonne chance », censé porter la poisse.

— Nous sommes tous à la merci d'un accident. En attendant, imaginez ce que cela représente de pouvoir gagner sa vie en jouant au tennis ! C'est aussi immoral que d'être payé pour écrire des romans. »

Charles Novinsky, sans flancher, évalua Eric du regard. Puis il tapota les quelques livres de poche posés près de lui sur la table. « Ce qui est immoral, c'est d'écrire des choses aussi nulles, déclara-t-il.

— Et vous, madame, que faites-vous ? » Poser cette question à une femme de la génération de Colleen Novinsky était risqué ; elle pouvait l'embarrasser si elle n'était qu'une femme au foyer, en impliquant que passer l'aspirateur ne suffisait pas. Mais s'abstenir de la lui poser, si elle était active professionnellement, pouvait être vexant. Eric, toutefois, ne pariait qu'à coup sûr. Il savait que la mère de Willy travaillait dans une maison de retraite.

« Quand on voit l'évolution démographique, intervint Charles d'un ton guilleret, on sait qu'on finira tous par travailler dans une maison de vieux – si on ne vous y a pas déjà fourré en tant que pensionnaire. Colleen est simplement en avance sur son temps.

— Maman a étudié la danse moderne, dit Willy, soucieuse de vérité.

— C'est de l'histoire ancienne. Je n'avais pas assez de talent pour être engagée dans une troupe, et pas non plus la silhouette qu'il fallait : j'aime trop les sucreries. »

Willy leva les yeux au ciel. Ces arguments avaient servi au point de devenir un sketch. Les deux sœurs en avaient été dupes pendant des années, répliquant que non, non, elle avait eu un corps merveilleux, qu'elle aurait pu le garder sans faire trop d'efforts, et que, d'ailleurs, elle avait encore un port de reine.

« Bien sûr, maman. C'est ce que ton prof t'a dit quand il t'a choisie, l'année décisive du diplôme, pour danser la créature évanescente de *Pavane pour une Infante défunte*. En réalité, il pensait tout bas : "Cette empotée ferait mieux d'aller s'empiffrer de biscuits meringués en compagnie de vieillards incontinents." (Cette manie d'obliger les autres à la défendre était, de la part de sa mère, une forme de paresse intellectuelle.) Bon, maintenant, on dîne ?

— On attend Gert. »

Formidable !

Si Willy n'avait pas détesté à ce point sa sœur, elle aurait pu la plaindre. Née à l'époque des manuscrits de Charles fourrés au grenier, surnommé le motel des cafards[1], l'aînée Novinsky, contrairement à la cadette, avait subi de plein fouet le choc du pragmatisme barbare de son père. Celui-ci aurait aussi bien pu lui maintenir du pied la tête sous l'eau. Dès sa naissance, Gertrude avait été une adulte, témoignant de cette modération de manières et de ton un peu inquiétante chez une enfant. Au début, quand les sœurs jouaient encore ensemble, Gert ne voulait jamais être Kojak mais Mary Poppins. En première, elle rêvait de devenir, non une rock-star, mais une maîtresse d'école. Elle pratiquait le tennis sans prendre de risques, avec mollesse, et dès que Willy excella dans ce sport, elle y renonça sans lutter. Au lycée, quand l'époque était à l'extravagance farfelue du style nouvelle vague, elle s'habillait comme une mémère. Adulte, elle se choisit un conjoint assorti à sa mise – raisonnables, ils étaient. Souliers – pas de talons aiguilles, quelle horreur ! – et mari feraient de l'usage. Charles avait réussi son coup : Gertrude était assommante. Sa

1. Jeu de mots sur « motel », qui signifie aussi « piège à cafards ». Slogan publicitaire : *On y entre mais on n'en sort pas.*

seule prétention était de clamer qu'elle n'en avait aucune.

Quand elle entra, d'un pas leste et décidé, vêtue d'un tailleur brun, elle demanda à Willy, tout en rangeant soigneusement ses clés dans son sac : « Alors, comment va le tennis ?

— Très bien », répondit Willy.

Elles en restèrent là.

Pendant le dîner, Eric délivra un baratin si rodé et si fluide qu'il aurait pu se passer de la présence de sa promise. Celle-ci, en l'examinant, avait l'impression loufoque de ne pas avoir amené chez ses parents un futur gendre, mais un substitut d'enfant. Contrairement à leur fille cadette ombrageuse, réservée et secrète, ce jeune adulte était charmant, décontracté et amusant. Incroyable mais vrai, il les faisait rire. D'ordinaire, lors de ces repas familiaux, quand Willy se lançait dans des ragots tennistiques d'initiés, Gertrude redemandait des pommes de terre et Charles enfourchait aussitôt son cheval de bataille, à savoir que, bien heureusement, on en avait fini avec la théorie de la déconstruction. Mais là, quand Eric, agaçant, caquetait sur Agassi – « Qui ? » demanda Mme Mère –, tous trois, assis au bord de leurs chaises, le bombardaient de questions. Charles, avec une curiosité qui ne semblait pas feinte, demanda à Eric comment il dominait sa nervosité avant un match, une question qu'il n'avait jamais posée à sa fille.

Après avoir fait une lèche honteuse à Colleen en reprenant trois fois d'un poulet chasseur immangeable car à moitié cru, Eric recula sa chaise et s'étira ostensiblement. La suspension au-dessus de la table éclairait son col ouvert, jouant avec sa clavicule comme un petit poisson d'argent sautant sur l'onde avant de replonger dans l'ombre. Pour Willy, c'était le commencement de la fin. Le physique « extrême » d'Eric, on pouvait le qualifier soit de

« saisissant », soit de « caricatural ». Dans un passé proche, elle avait accordé à son soupirant un crédit esthétique révocable à tout instant. Ce soir-là, elle ne pouvait s'empêcher de trouver les veines ramifiées sur ses avant-bras plus appétissantes que des rubans de réglisse offerts dans une coupe de cristal. Sa beauté était un cadeau qu'elle refusait. Il poursuivait son babillage :

« En 1989, à Buenos Aires, lors du match de coupe Davis contre l'Argentine, Agassi jouait contre Martin Jaite, un talent local qui faisait battre le cœur du public. Andre était en train de donner la raclée de sa vie au pauvre type – 6-2, 6-2 pour lui. Au troisième set, à 40-0, Jaite aurait encore pu avoir une chance de gagner un jeu. Mais Agassi cria à son entraîneur : "Eh, Nick, regarde ça !" Jaite a servi et Agassi a attrapé la balle de la main gauche.

— Pourquoi ? demanda Gert, fascinée, en fronçant les sourcils.

— Par histrionisme. Pour humilier Jaite et offenser son public. Ç'a marché. Ensuite, il a eu le culot de déclarer à un journaliste qu'il avait toujours rêvé de faire ce geste. »

Willy fronça à son tour les sourcils. Elle avait essayé de raconter cette anecdote au déjeuner de Thanksgiving de l'année précédente. Sa mère avait continué à débarrasser la table ; Gert s'était mise à feuilleter rapidement une liasse de questions types en vue de son examen de comptabilité et son père, au lieu de rapprocher sa chaise de la table pour l'écouter, s'était tourné pour prendre le *New York Times*. Willy avait renoncé à son histoire bien avant d'en arriver à la chute.

Ne serait-ce que pour qu'on lui accorde un peu d'attention, Willy tapa sur son verre, qu'elle leva. « Portons un toast. Nous allons nous marier. »

Les Novinsky étaient aux anges.

Quand ce fut l'heure du coucher, sa mère, avec un regard qui en disait long, leur indiqua des chambres séparées. Willy aurait pu protester pour la forme, mais plus son fiancé fraternisait avec son père – « S'il vous plaît, Eric, appelez-moi Chuck. » – plus elle devenait conciliante. Quand sa mère se retira, elle grogna, devant la porte de la chambre désignée à Eric. « Eh bien, tu les as complètement mis dans ta poche.

— Ils sont plutôt sympas.

— Oui, avec toi ! Bon sang, le gendre parfait est un fayot !

— Willy… ? »

Elle ne l'embrassa pas pour lui souhaiter bonne nuit. Avant ce dîner, elle craignait que ses parents n'aiment pas Eric. Maintenant, elle craignait qu'ils ne l'aiment trop.

6

Chaque fois que Willy approchait de Montclair, dans le New Jersey, elle avait l'impression de rapetisser, comme si la seule proximité de sa mère pouvait la réduire à l'état fœtal. Par contraste, dans l'immeuble de la 74e Rue Est, marchant à côté de lui qui traversait à grands pas le hall parqueté après avoir salué le portier par son nom, elle avait l'impression qu'Eric grandissait à vue d'œil. Elle craignait presque qu'il ne se cogne la tête en passant la porte.

Après moult étreintes et tapes dans le dos de son aîné, Axel Oberdorf se tourna pour accueillir Willy. « Ravi. À l'évidence, il ne nous amène que les jolies filles ! » Il lui fit un clin d'œil.

Elle s'attendait à une version plus dégingandée et plus chauve d'Eric. Pas du tout. Axel – « Axe » – Oberdorf avait une tête de moins que son fils, et il était robuste et trapu. Un gabarit de *linebacker* : au football américain, il devait être un défenseur impitoyable. Sa chevelure noire abondante était assortie à l'épaisse toison qui couvrait ses bras. Chirurgien-chef au Mount Sinai Hospital, il sentait violemment le détergent – deux volumes d'âcreté contre un volume, douceâtre mais insuffisant, d'eau de toilette. Il donna à Willy une poignée de main vigoureuse ; ses ongles coupés court étaient impeccables.

Lors de ce premier contact, où ils échangèrent des propos anodins, son visage n'arborait qu'une gamme limitée d'expressions : un sourire épanoui d'autocélébration – « Nous sommes des gens formidables, non ? » –, un attentisme impassible indiquant un jugement retenu – « Faut voir ! » – et l'occasionnelle lueur de soupçon dans le regard – « Une intrigante ? »

« Qu'est-ce que tu veux boire, Eric ? J'ai fait entrer deux packs de cette Pickwick Ale que tu dis aimer. À moins que tu ne préfères une boisson bonne pour la santé. Du jus de chiendent bio, par exemple ? Les garçons se feront un plaisir de répondre à tes demandes, aussi bizarres soient-elles. » C'était un détail, mais si Willy avait dit à ses propres parents qu'elle aimait la Pickwick Ale, ils auraient fait un grand détour pour lui acheter de l'Old Milwaukee.

Axel conduisit le couple dans un vaste living dont le somptueux tapis ivoire semblait passé à l'aspirateur trois fois par jour. Les sièges duveteux étaient modulaires, comme l'esprit d'Eric. Des rectangles, des cônes, des pyramides et des cylindres dans des couleurs primaires, avec des bandes Velcro permettant de les assembler comme bon vous semblait, dans toutes les configurations possibles. On n'avait aucun mal à se représenter Eric enfant mettant en pratique des théorèmes de géométrie, ou créant son propre Rubik's Cube avec le mobilier. Sa mère dirigeait une galerie d'art, et il y avait aux murs des toiles qui auraient pu elles-mêmes passer pour des diagrammes de maths ou des casse-tête géométriques à trois dimensions – impressionnistes abstraits, futuristes et cubistes, lithos russes dont les caractères cyrilliques mettaient quiconque dans la pièce au défi de les prononcer, et quadrillages blancs sur fond blanc plus ludiques qu'esthétiques. Dans cette pièce qui était un festival de couleurs vives, il n'y avait rien de marron, pas même un coussin.

Eric se construisit un fauteuil. Willy se contenta d'un simple cube – un mauvais choix, car elle ne pouvait appuyer son dos nulle part. Déjà sur les nerfs, elle allait finir le derrière par terre.

« Alors, mon fils, où en es-tu ? demanda Axe, assis sur une sorte de trône aux accoudoirs en forme de boudins bodybuildés. Que s'est-il passé à Toronto ?

— Oh, j'ai gagné. » Eric avait entrepris de vider, précautionneusement tout le contenu de sa bouteille de bière dans son verre, ce qui était une gageure. Il y parvint et sembla content.

Axe approuva par un hochement de tête vigoureux. « Bien, excellent. Pas surpris, note. » Il omettait souvent le sujet dans ce genre de phrases, comme si jouer le rôle principal lui permettait de prendre des libertés avec l'énoncé.

« Ce n'était pas un tournoi important, commenta Eric. De la petite monnaie. Une fois le score passé à l'ordinateur, je n'y gagne pas grand-chose.

— Il a été fantastique, intervint Willy, et, contrairement à ce qu'il prétend, ce n'était pas un tournoi mineur. » À Walnut Street, elle avait été bien contente que quelqu'un la fasse mousser. Dans la 74e Rue, lui rendre la pareille était manifestement superflu.

« Une victoire est une victoire, dit le père. Ce doit devenir une habitude, et je suis heureux que vous mettiez ça dans la tête de mon fils. (Il le désigna de sa main qui tenait un verre de vodka tonic.) Il a ramassé une raquette à dix-huit ans et, deux ans après, il faisait partie de l'équipe de tennis de Princeton.

— Incroyable, dit Willy.

— Pourrais juste me donner des coups de pied au derrière de ne pas l'avoir fait commencer enfant. Mais maintenant, si ça se trouve, il va filer une dérouillée à Agassi. Quand avez-vous commencé, Willy ?

— À cinq ans. Mais je n'ai commencé à jouer sérieusement qu'à…

— Et votre classement ?

— 386ᵉ.

— Elle va gagner des places, intervint Eric. Ce mois-ci sera payant en termes de…

— 386ᵉ », répéta lentement M. Oberdorf, comme s'il énonçait les chiffres en lettres – cela faisait un gros chiffre.

Mme Oberdorf entra sans bruit dans le salon, un plateau de petits sandwichs à la main ; les triangles de saumon pointillés d'olives et striés de bandes de raifort étaient un rappel miniaturisé des tableaux. C'était de sa mère qu'Eric tirait sa beauté. Alma Oberdorf était grande, svelte, avec un port de reine, des pommettes saillantes et un grand nez osseux. Elle était vêtue avec une simplicité coûteuse. Son abord était serein et sa voix, un murmure harmonieux. Elle se pencha vers son fils aîné et, lui posant un baiser sur le front, nota avec espièglerie qu'il s'était encore dégarni depuis la dernière fois. De toute la soirée, ce fut là l'unique suggestion d'une imperfection chez le fils prodigue.

« Willy, je suis si heureuse qu'Eric ait quelqu'un avec qui jouer », déclara-t-elle avec une ambiguïté plaisante. Willy accepta un sandwich.

« Ta mère, pour dîner, nous fourgue de nouveau sa pâtée de maïzena rebaptisée polenta. Un plat de paysans italiens détourné par les New-Yorkais chichiteux.

— La recette vient de l'Union Square Café, protesta-t-elle calmement, sans doute habituée à ne pas céder du terrain sans non plus en gagner. Et ce n'est qu'une garniture, chéri. » Sans accorder plus d'attention au sujet, elle sortit aussi silencieusement qu'elle était entrée.

Quand Axe entreprit de louer les vertus de son merveilleux rejeton, Rick the Slick, l'étoile de l'équipe de basket-ball de Trinity College, Eric l'interrompit avec impatience. « Papa, réveille-toi ! Willy est déjà amoureuse de moi. Si tu continues, elle ira voir ailleurs. »

Il aiguilla la conversation sur sa fiancée, dont il débitait inlassablement les mérites : numéro 3 junior du New Jersey, interdite néanmoins de tournois en dehors de la zone des trois États[1] ; numéro 1 de son équipe de tennis à UConn ; récente qualification pour les demi-finales des Norfolk Masters, une manne de points d'ordinateur sans commune mesure avec le petit match de rien du tout de Toronto. Bien que flattée, Willy se demandait pourquoi Eric se sentait obligé de lancer ces informations, sur un rythme de mitraillette de surcroît. Il était simplement censé la présenter à sa famille, non rédiger son CV comme si elle postulait pour un job.

« Votre père est votre entraîneur, Willy ? demanda Axel, du bar, où il ajoutait du tonic dans sa vodka.

— Son entraîneur est Max Upchurch, l'un des meilleurs de la profession, intervint Eric, qui ajouta en déglutissant : Ils sont très proches. Willy est son astre montant pour les années 90.

— Et que fait votre père, Willy ?

— Il est professeur, s'empressa-t-elle de répondre avant d'être court-circuitée par Eric.

— Il dirige le département de littérature anglaise dans une université du New Jersey.

— Rutgers ? »

Willy rougit. « Non, Bloomfield. Ce qui l'intéresse vraiment, c'est d'écrire des romans ; alors, que l'institution soit prestigieuse ou pas, pour lui, c'est égal.

— Comment s'appelle-t-il ?

1. Zone où trois États se rejoignent, ou presque. En l'occurrence : New York, New Jersey et Connecticut.

— Chuck... Charles Novinsky. »

Axe se frotta le menton. « Ça ne me dit rien. Qu'a-t-il publié ? »

Willy se tassa autant que le permettait son cube sans dossier. « Un seul livre. Vous n'en avez certainement pas entendu parler. Excellent, mais sous-estimé à sa sortie.

— Je ne connais pas un seul professeur qui n'ait pas trois romans planqués dans un des tiroirs de son bureau. Votre père, lui, s'est débrouillé pour en faire publier au moins un. »

Willy redressa les épaules. « Je crois que mon père est un écrivain doué. Mais, vous savez, nous ne pouvons pas tous devenir célèbres.

— Oui. (Axel sourit. Ses dents étaient petites et parfaites.) Le labeur des gens méritants est rarement récompensé, n'est-ce pas ? » Ce style fleuri ne lui convenait pas ; pire, il desservait les bons sentiments qui l'inspiraient. Il leva sa vodka tonic. « Aux génies méconnus. »

Les yeux baissés sur son verre de vin, elle s'abstint de porter un toast.

Avant qu'on ne les appelle pour dîner, Eric fit faire à Willy le tour de l'appartement – un duplex. Quand il lui montra son ancienne chambre, elle fut surprise par son dépouillement. Rien aux murs, aucun souvenir posé sur les meubles. Sa mère avait-elle effacé toute trace de lui ?

« Non. Je l'ai toujours voulue ainsi », expliqua-t-il.

La vérité émergea quand Eric lui montra la chambre de ses parents. Sur l'un des murs, étaient exhibés absolument tous les diplômes amassés depuis l'école primaire. Ses excellents bulletins scolaires, les notes brillantes obtenues à Trinity dans son groupe de lecture avancée. Les couvertures de ses dissertations sur Ronald Reagan, récompensées d'une étoile d'or. La lettre de remerciement du

Republican National Committee ; plusieurs médailles attribuées pour diverses performances en athlétisme. Huit mentions sur la liste des meilleurs étudiants de Princeton ; sa carte de membre d'ancien élève du Phi Beta Kappa de Princeton, ce club estudiantin élitiste ouvert aux plus brillants, accompagnée d'une clé d'or. Enfin, fraîchement encadré, son diplôme de mathématiques avec félicitations du jury. Au-dessous, une console croulait sous des trophées sportifs. Ébaudie, Willy inspectait cet étalage, qui lui évoquait le kitsch catholique – bougies et cartes de prières pour neuvaines, crucifix, saintes vierges en plâtre entassés dans un coin sacré de leur domicile. Pas de doute, ce qu'elle voyait là était un oratoire.

« Que fait ce bazar dans la chambre de tes parents ? demanda-t-elle, incrédule.

— Je m'estime encore heureux que ce bazar ne soit pas exposé dans le salon. » Il semblait à la fois irrité et penaud, mais c'était intentionnellement qu'il l'avait amenée là ; pour lui faire comprendre certaines choses sur lui, puisqu'ils allaient se marier.

« Mais pourquoi ne pas garder ces objets dans ta chambre ?

— Je l'ai fait, ou du moins j'ai essayé. Je les fourrais dans les tiroirs de mon bureau, mais, chaque fois, mon père les exhumait. En mai, quand il m'a aidé à déménager mes affaires du dortoir, il m'a obligé à lui refiler mon diplôme de Princeton, prétendant que puisqu'il avait payé mes études, je le lui devais bien ! Quand j'étais à Trinity, il se montrait si envahissant que je jetais mes zinzins aux ordures. Devine quoi ? il allait les déterrer. Tu vois, ces rubans bleus de la victoire, il est allé les ramasser dans la poubelle, entre deux peaux de banane et pire. Celui-ci est encore taché de gras.

— Tu as toujours été aussi modeste ?

— À vrai dire, ce n'est pas de la modestie, mais peut-être son contraire. Ce que j'ai déjà obtenu ne m'intéresse plus. Je vise l'obstacle suivant. Demande à n'importe quel cheval ce qui se passe quand son cavalier se retourne pour se féliciter d'avoir franchi la haie précédente avec tant de virtuosité ; c'est au cheval qu'il faut demander, car lui, il sait. Oui, cette camelote est le comble de la ringardise. Je sais, Wilhelm.

— J'essaie d'imaginer mon propre père m'édifiant un mausolée.

— N'essaie même pas, dit-il à mi-voix. Et réfléchis un peu avant de te montrer envieuse. Si ces pauvres trophées sont dans la chambre de mon père, c'est qu'il les considère comme siens. Son exercice d'adulation, tout à l'heure, là en bas (Il désigna d'un geste le salon.), n'a rien à voir avec moi. C'est lui-même qu'il encense. »

Ils redescendirent. Les trois frères d'Eric étaient déjà assis à la table en teck aux lignes épurées. Les deux plus jeunes se chicanaient à propos du gratte-ciel le plus haut du monde.

« T'as perdu. La Sears Tower ! Mille quatre cent cinquante-quatre étages, disait l'un.

— Pieds, crétin, disait l'autre. C'est pas les étages qu'on prend en compte, c'est la hauteur. Tu crois que ce truc monte jusqu'à la lune ?

— On s'en fout, intervint Eric. Les gars, je vous présente Willy. Willy ? voici Robert, Mark et Steven », dit-il, en les nommant dans l'ordre croissant.

Ils étaient assez beaux, mais, le cadet excepté, bâtis comme leur père, c'est-à-dire petits et trapus. Peut-être n'avaient-ils pas encore fini de grandir, mais aucun n'avait les traits anguleux et frappants d'Eric, sa grâce désinvolte. Se tournant vers Willy, ils la regardèrent avec un mélange d'admiration et d'animosité. Leur grand frère amenait à la maison une belle nana de plus. Pas de quoi sauter au plafond.

Le cadet, Steven, avait dix-sept ans. C'était sans doute le moins séduisant de la fratrie. Il était en train de soumettre le frère « en dessous de lui » à un quiz consistant à fournir le nom des cinq présidents sur qui on avait tiré. Le Dr Oberdorf arriva juste à temps pour faire l'arbitre. « L'un d'entre eux commence par un G, intervint-il.

— Interdit de lui fournir des indices ! Moi, tu ne m'aides jamais, râla Steven.

— Garfunkel ? » hasarda Mark.

Steven hurla de rire. « Alors comme ça, dans les années 60, tout le monde écoutait "Simon et Garfield" ? »

Quand Alma apporta le premier plat – un consommé de venaison –, l'attention de Willy se mit à vagabonder. Mark citait tous les films où jouait Robert de Niro. Steven, à l'évidence, connaissait par cœur tous les noms des membres du gouvernement Bush. Quelque chose dans cette escalade verbale la gênait. Chez les Oberdorf, on mettait tous les faits au même niveau. L'important n'était pas de savoir dans quel film de Niro jouait le diable mais que Mark sût qu'il s'agissait d'*Angel Heart*, alors que Steven l'ignorait. Quand le savoir est considéré comme une arme, toutes les informations deviennent triviales, fongibles. Ces gosses se jetaient les faits à la figure comme les plus turbulents se jettent de la nourriture.

Seul Robert, le petit dernier, un enfant de douze ans chétif et maussade, s'était retiré de la joute verbale à l'arrivée de son père. Après avoir bu le bouillon, mais laissé les éléments solides qui surnageaient, il en avait fait des boulettes assez semblables à des étrons ; par la suite, il négligea complètement son dîner pour jouer avec le notebook posé sur ses genoux.

Le chef de famille rappela la tablée à l'ordre :

« Les garçons, je vous annonce que votre frère Eric vient de remporter un tournoi important au Canada.

— Pitié ! se récria Eric. C'était un petit tournoi de rien du tout. Je te l'ai pourtant expliqué, papa.

— Je parie que toutes les filles lui ont jeté des fleurs et, d'excitation, ont fait pipi dans leur culotte, dit Robert dans sa barbe. On meurt d'envie de tout savoir.

— Mince alors ! s'exclama Mark. Tu as gagné, disons, un million de dollars ?

— J'ai gagné... que dalle. Même pas assez pour acheter à Robert le jeu vidéo qu'il convoite – le Microsoft Golf, n'est-ce pas ? On n'avait même pas besoin d'être classé pour s'inscrire à ce tournoi. Le tableau était dominé par les amateurs. »

Ses protestations semblèrent de peu d'effet sur ses frères. Sa modestie devait seulement les agacer un peu plus.

« Mon groupe de débats vient de gagner le premier round contre Dalton, papa, claironna Steven.

— On m'a rendu ma dissertation sur *Goodfellas*[1], l'interrompit Mark. Mon prof de cinéma m'a mis un A + ! » Ce « + » sentait un peu son enjolivement.

Dans le tohu-bohu du début, Willy n'arrivait pas à se faire une opinion sur les frères. Elle commençait maintenant à percevoir leurs centres d'intérêt, qui étaient tous d'un conformisme de bon aloi : tennis, politique, cinéma et jeux vidéo. Chaque garçon avait sa chasse gardée, comme les animaux du zoo qu'on doit tenir dans des enclos séparés pour ne pas qu'ils s'entre-dévorent.

Alma apporta le plat principal, un filet de porc farci, à la grande surprise de Willy. Eric lui avait dit que sa famille n'était pas du tout religieuse, mais

1. *Les Affranchis,* film de Martin Scorsese.

ce choix de viande semblait une marque ostentatoire de laïcité. Celles de Robert exceptées, les manières de table des frères Oberdorf étaient parfaites. Alma, en remplissant de San Pellegrino le verre de Mark, lui fit discrètement signe qu'il avait un petit morceau de gibier sur le menton. Il l'essuya en jetant à sa mère un regard de gratitude complice. Le pilier familial, c'est elle, se dit Willy ; celle qui doit recoller les morceaux quand un de ces fils modèles revient à la maison l'oreille basse, car – ce qu'à Dieu ne plaise ! – le prof d'art dramatique lui a refusé le rôle principal dans la pièce.

Willy était assise à côté de Steven. Il avait l'ambition de devenir un homme politique, héritant, comme un veston déjà porté, l'ancienne fascination de son frère aîné pour cette fonction. Quand elle lui demanda s'il comptait faire des études de droit, il resta dans le vague, comme écrasé par la perspective inéluctable d'entrer à Harvard. Il revint sur le fameux « coup » du débat contradictoire, gagné l'après-midi même, d'une voix assez intelligible pour être entendu de son père. Tout en exaltant le rôle qu'il y avait joué, il ne mentionna pas une seule fois le sujet de ce concours de rhétorique. Bien plus, sous la fanfaronnade, Willy perçut un soulagement qui l'emportait de beaucoup sur le plaisir de la victoire. Elle avait déjà rencontré cela chez les joueurs de tennis : la peur intense de la raclée se mue en un soulagement non moins intense d'avoir échappé à la honte ; le triomphe devient alors une simple petite victoire à l'arraché, davantage un sursis qu'une récompense. Un avatar mortel, car chaque défaite que l'on choisit de différer au lieu de l'exclure endosse le caractère inéluctable qu'on lui prête. On peut même en arriver au point où, pour en finir avec ce supplice, on accueille la débâcle à bras ouverts, comme une vieille amie.

Elle scrutait son futur mari, assis de l'autre côté de la table, guettant en vain chez lui des signes de contamination. Axel s'était livré verbalement à une exécution sommaire des losers ; à l'évidence, il ne s'intéressait pas aux complexités des êtres et ne leur accordait pas de circonstances atténuantes. Eric, malgré l'angulosité de ses traits, avait un air de gentillesse dont était dépourvu le visage de son père, pourtant rond et jovial, déformé par moments par le tic d'impatiente cruauté qui lui étirait la bouche. Axel promouvait un darwinisme que seule une vie de succès illimités peut permettre. Willy se disait que la réussite est susceptible d'abîmer quelqu'un lorsqu'elle produit cette insensibilité méprisante à l'égard des perdants. Si Eric ne semblait pas avoir souffert de son éducation, c'était sans doute parce qu'il avait rarement déçu son père. Mark, en comparaison, offrait ce visage crispé du garçon qui n'a pas réussi à être premier violon, et ce je-ne-sais-quoi furtif et vibrionnant du menteur. Bien que considérant l'infirmité comme universellement injuste, Willy souhaitait à leur robuste père au torse en barrique de n'être plus tout jeune. Pour la sévère intolérance à la faiblesse à laquelle il avait soumis sa famille, Axe méritait le châtiment de la vieillesse.

« Si tu remportes des trophées, l'entendit-elle dire à Eric, tu dois avoir endurci ce tendre cœur. Je m'inquiétais, depuis cette histoire de la rencontre sportive.

— J'étais encore au lycée à l'époque, et j'aimerais bien que tu laisses tomber le sujet.

— Écoutez-moi ça, murmura petit Robert à Willy. Non seulement mon grand frère est Magic Johnson, Albert Einstein et Andre Agassi combinés, mais il est aussi Manhattan Gandhi.

— Je vous raconte, Willy, dit Axel. La veille au soir d'une importante course sur piste, ce gars-là se met à boiter. Foulure, dit-il. Il se bande la cheville et se procure même une canne. Le lendemain de la course, je trouve le petit salaud au gymnase de Trinity, en train de faire des tours de piste, bande Velpeau abandonnée sur un gradin et béquille au sol. Je l'ai pris par le col et lui ai dit : "Laisse les accessoires, fils. Maintenant, tu vas m'expliquer." Je croyais qu'il s'était dégonflé par peur de perdre. C'est Alma qui a réussi à lui tirer les vers du nez. Son meilleur ami... comment s'appelait-il, déjà... ?

— Yossi Brenner, dit Eric d'un ton las.

— Yossi, donc, participait à la compétition. Eric était sûr de le battre mais il ne voulait pas qu'il se sente dominé. Il a donc prétendu s'être blessé pour lui laisser la vedette. J'ai dû lui expliquer qu'il ne lui rendait pas service : si lui ne le battait pas, quelqu'un d'autre le ferait.

— Il a gagné, papa, soupira Eric. Et la médaille comptait plus pour lui que pour moi. Je ne courais sur piste que pour améliorer ma mobilité au basket-ball.

— Je trouve très bien qu'Eric se soit effacé devant son ami, dit calmement Alma.

— C'était gentil, concéda Axel. Mais je suis désolé de dire qu'il y a peu de place pour la charité dans les sphères que vise Eric. Que vous visez tous, les garçons », précisa-t-il en se souvenant qu'il avait d'autres fils.

Willy croisa le regard d'Eric.

« À votre place, je ne m'inquiéterais pas trop pour l'esprit de compétition d'Eric, dit-elle à Axel. Pour satisfaire vraiment son copain, il aurait dû rester dans la course et se laisser distancer. À l'évidence, c'était trop pour lui. Il a choisi un compromis : la cheville prétendument foulée. Ainsi, dans sa tête, il a quand même gagné.

— Je t'avais dit qu'elle était intelligente », fit remarquer Eric à son père.

Alma proposa à Willy de se resservir de la polenta. Axel fit barrage au plat. « Elle n'en veut plus, Alma. Elle doit surveiller sa ligne.

— À vrai dire, monsieur, je me suis entraînée trois heures aujourd'hui et je meurs de faim. Je reprendrai volontiers de ce plat, qui est délicieux. » Elle tendit son assiette à Mme Oberdorf et toutes deux échangèrent un sourire.

« Pouvez-vous m'expliquer, demanda Axel, pourquoi tant de championnes de tennis sont grosses ? Capriati est un poids lourd, Seles est une vache et même Sanchez-Vicario est courtaude.

— Eh bien... (Elle avala une bouchée de semoule.) Les sponsors poussent les joueuses à avoir l'air sexy. Parfois, ces pressions ont des effets pervers : elles provoquent des troubles du comportement alimentaire. En réalité, nous ne sommes pas payées pour ressembler à des mannequins.

— Bien sûr que non. Mais un joli visage comme le vôtre donne du piquant au jeu. Il n'y a pas de mal à ça, je suppose. De plus, votre légèreté doit être un avantage, question jeu de jambes. »

Willy décida de lui faire plaisir : « Quand Martina a perdu quelques kilos, elle a gagné en agilité.

— Dommage qu'elle soit lesbienne. Je suis pourtant un libéral en matière de mœurs, mais je n'ai jamais trouvé que Martina ou Billy Jean servaient la réputation du tennis. Tous les fans ne sont pas aussi tolérants que nous.

— Le lesbianisme au sein de la WTA est très exagéré par la presse. » Elle se mordit la langue pour s'empêcher de lui répondre vertement.

« Je suis sûre que Willy n'est pas une gouine, papa, dit Mark en haussant les sourcils. Demande à Eric.

— Dites-moi, Willy, quand vous jouez contre Eric, qui gagne ? (Une question indiscrète, qu'il posa penché en avant sur sa chaise.) »

Les garçons s'étaient tus. Comme aucun nouveau plat n'arrivait, Willy eut l'impression que, le dessert, c'était elle.

« Willy me bat facilement, papa », dit Eric.

Axel sembla ignorer cette information. « Ce doit être dur, dit-il avec commisération, de lutter pour réussir dans la profession en étant 386e.

— C'est effroyable d'être classé tout court ! (Elle n'avait pu s'empêcher de hausser le ton.)

— Inutile de s'énerver, la calma-t-il. Je sympathisais avec vous, car ce doit être frustrant d'être relativement inconnue.

— Je m'en voudrais d'être impolie, mais combien de gens, croyez-vous, ont entendu parler d'Axel Oberdorf ?

— Tous les spécialistes en chirurgie vasculaire du pays, répondit-il froidement.

— Exactement. Moi aussi, ce sont mes pairs qui me notent.

— C'est sûr, roucoula-t-il. Et vous avez une grande expérience des tournois puisque vous avez vingt-trois ans, m'a dit mon fils. Mais, justement, n'est-ce pas un âge quasi mûr pour le tennis féminin, de nos jours ?

— Papa, intervint Eric, je suis ravi que Willy ait vingt-trois ans. Tu crois que je pourrais épouser une mongolienne de treize ans ?

— Que dis-tu ?

— Je dis que la femme que tu en train d'insulter va devenir ma femme. »

La bouteille de champagne subséquente ne parvint pas à ralentir le pouls de Willy.

Heureux de se retrouver seuls, ils analysaient la soirée dans le bus qui les ramenait. Se soumettre à une telle épreuve valait le coup, juste pour le plaisir de la dissection.

« Tes frères vont avoir du mal à te suivre, hasarda-t-elle.

— Pas vraiment. J'ai un diplôme universitaire ? La belle affaire. Je suis l'aîné. J'ai fait partie de plusieurs équipes au lycée et à la fac. J'ai un cursus académique correct. Je suis encore très loin de pouvoir faire carrière dans le tennis. Je ne vois pas en quoi tout ceci est tellement intimidant.

— Ils me semblent juste... sur leurs gardes. Vous êtes proches, eux et toi ?

— Je ne vois pas comment nous le serions ! (Il avait presque crié, attirant l'attention de la clocharde installée sur le siège réservé aux handicapés.) Steven est trop gentil pour me mépriser franchement, alors, je le déprime. Mark est un peu idiot, mais ça doit être l'âge, ça lui passera – il est fuyant, il cherche la facilité. Il est sûr que j'ai un truc et veut que je le partage avec lui. Il sera très déçu quand il comprendra que mon secret, c'est le dur labeur. Quant à Robert, il me prend pour le lèche-botte, le lèche-cul, le petit saint de service. Et tu sais quoi ? Il a probablement raison.

— Question révolte, tu n'es pas exactement James Dean, concéda-t-elle.

— Je ne vais pas foutre ma vie en l'air par simple rébellion contre ce père détestable. Parfois, je me demande même si ce n'est pas ce qu'il souhaite, en réalité, s'il ne m'appâte pas pour que je rompe avec lui, pour que je devienne un zéro juste pour l'emmerder et lui montrer que je suis un homme.

— C'est triste, soupira-t-elle. Ces gosses auraient probablement besoin d'un grand frère.

— Mon père fait tout pour les en priver. Merde, je ne blâme pas mes frangins de m'en vouloir. Si j'étais à leur place, rien qu'à cause des trucs exposés dans la chambre des parents, je mettrais un contrat sur la tête de ce frère qui a reçu l'onction sacrée. Mon père sait exactement ce qu'il fait : il veut que mes frères me détestent, pour que, tous les quatre, nous ne fassions pas allégeance contre lui. Diviser pour mieux régner, voilà sa devise ; ça l'arrange qu'on soit prêts à se sauter à la gorge. Et, bon Dieu, ça marche ! Tu as vu quand il t'a demandé qui de nous deux gagnait quand on jouait ensemble ? Il cherche à susciter un antagonisme, nous monter l'un contre l'autre.

— Tu sais, cette histoire concernant ton ami Yossi m'a surprise. Honnêtement, je ne t'aurais jamais cru capable de te soustraire à une compétition quelconque.

— Eh bien... la vérité est un peu plus compliquée. » Il tira le cordon du prochain arrêt, suggérant à Willy de continuer à pied jusqu'à la 86e Rue.

» Yossi a été mon meilleur ami pendant deux ans, reprit Eric, alors qu'ils remontaient Broadway. Nous avons toujours été rivaux. Vers la fin, je pensais que le problème venait de son côté ; mais comme je l'emportais désormais sur lui, c'était facile de ma part de me montrer noble. Dans le cas contraire, j'aurais peut-être été un vrai con – on ne se rend pas compte qu'on est “compétitif” quand on gagne. Mais quand même, ça devenait fatigant : qui de nous deux grandissait le plus, qui mettait le plus de jolies filles dans son lit. Tu vois, c'est tout juste si nous n'avons pas pris un double centimètre pour voir qui avait la plus grosse. Vulgaire, non ? Ce n'était pas la série *Happy Days*, mais presque. Mon nom figurait au tableau d'honneur alors que, du fait de sa notation, Yossi l'avait manqué de très peu. Il a boudé des jours entiers, m'envoyant des piques et traînant ostensiblement avec les trublions en compagnie desquels il fumait de la dope dans la cage d'escalier. »

Les mains dans les poches, ses jambes interminables le propulsant avec une aisance rythmique, Eric leva les yeux vers un ciel d'automne d'une grande pureté. Willy, qui le croyait terriblement populaire, comprit soudain qu'il n'avait eu jusqu'alors personne à qui parler.

« Quand Yossi a tenu à s'inscrire lui aussi à cette course, poursuivit-il, j'ai failli plaquer l'équipe. (Il allongea encore le pas.) J'avais pourtant besoin de cette mise en condition pour le basket. Cette année-là régnait une sale ambiance, ouvertement querelleuse, au sein de l'équipe de course à pied. Tous évoquaient leurs records dans la conversation, en mentant, bien sûr, pour énerver les mecs plus lents. Yossi et moi travaillions sur le huit cents mètres. C'est une distance difficile – suffisamment longue pour devoir se ménager, mais assez courte pour être tout de même obligé de sprinter. Je connaissais le meilleur temps de Yossi, car il n'arrêtait pas de le mentionner. Et je connaissais le mien, que je gardais pour moi. Je le battais de quelques secondes.

» Cette course qu'a évoquée mon père n'était pas décisive : juste une rencontre entre deux écoles – cela dit, quoi de plus stimulant ? Nous attachions plus d'importance aux épreuves internes – les courses entre coéquipiers – qu'aux grandes rencontres entre États. De toute façon, ma prétendue foulure fut une invention de dernière minute, inspirée par le dégoût. Je me voyais laisser Yossi derrière moi, dans la poussière, pour me retrouver avec ce regard noir, meurtrier, qu'il m'aurait lancé quand nous aurions repris notre souffle. Je me suis dit : "Qu'il gagne." Je crois que j'en avais marre de Yossi, tout simplement.

— Tu trouves ton attitude sympa ?

— Condescendante, je dirais. J'étais écœuré, ou fatigué de tout ça. Eh, mais là, tu me démasques : si j'avais été sympa, comme tu dis, j'aurais participé à la course et laissé Yossi me doubler. Tu as raison : je me suis retiré pour ne pas perdre. Je me crois incapable de perdre en faveur de qui que ce soit. »

Il semblait morose, comme si cette particularité congénitale le déprimait.

« De plus, poursuivit-il, ses chaussures en chevreau fin effleurant à peine le trottoir, j'aurais été plus fier de moi sans le foutu épilogue. Après le huit cents mètres, Yossi, fou de joie de m'avoir pour une fois damé le pion, la ramenait tellement que j'ai fini par lui dire que j'avais simulé ma blessure pour le laisser gagner.

— Comment a-t-il réagi ? »

Eric haussa les épaules. « Il m'a traité de connard, ce que j'étais, et m'a assuré qu'il aurait gagné de toute façon. Mais j'avais détruit ses illusions. Il n'a plus jamais fanfaronné sur la course. Je sais que j'ai été infect, mais, après tout, je n'étais qu'un gosse. »

Les portions exquises de sa mère ayant été un peu trop justes, il s'arrêta devant un stand pour acheter des fruits.

« Qu'est devenue votre amitié ? demanda Willy.

— Elle est morte instantanément après ce clou planté dans notre cercueil, avoua Eric en avalant une banane. Il ne m'a pas manqué. Passer son temps à comparer nos notes, nos victoires et nos bonnes fortunes respectives, c'était trop nul. On ne peut pas être vraiment copains dans cette situation. Ce genre de jeu n'est amusant que lorsqu'on s'en remet au sort. Comme au début, quand on faisait un concours de mots croisés du *Times* et qu'on était à égalité. Mais, arrivés en terminale, je m'octroyais un handicap en me chargeant exclusivement des définitions horizontales tandis qu'il enchaînait avec les verticales. Je continuais pourtant à le battre d'un poil. À cause de moi, il se sentait minable. À cause de lui, je me sentais penaud. Aucun de nous deux n'avait à y gagner. »

Willy trouvait cette histoire troublante. Elle changea de sujet. « Crois-tu que la nouvelle de notre mariage fasse tellement plaisir à ta famille ?

— À ma mère, sûrement. Tu lui as plu, ne serait-ce que parce que tu as tenu tête à mon père. Tu t'es certainement rendu compte que mes frères étaient livides de trouille. Quant à papa, il se servira de l'événement pour, une fois de plus, me faire mousser et réduire les frangins à l'état de vers de terre. Comme il ne peut pas lui-même m'épouser, il finira par s'habituer à toi.

— Il a sauté à la gorge de toutes les filles que tu as emmenées chez toi ?

— Non. Tu es la première qu'il ait ainsi harcelée. J'en suis profondément désolé. En même temps, j'ai admiré ta retenue et ton sang-froid. Il adore tester les gens. Sa façon de te prendre au sérieux, c'était de t'attaquer. Ça n'a pas l'air d'un compliment, mais tu devrais être flattée. Il t'a jaugée, te considérant comme une adversaire valable.

— Mais comment peut-il se moquer de mon classement de 386e alors que tu n'es que 927e ?

— Pourquoi crois-tu que tu lui as tapé sur les nerfs ? Parce que ton classement me fait passer pour un minable.

— Mais, Eric, tu viens tout juste de commencer…

— Justement. Cette histoire de tennis le rend nerveux, c'est ce qu'il se dit à lui-même – il se le dit trop fort, en fait.

— Pas toi ? Ça ne te rend pas nerveux ?

— Non, pas spécialement.

— Pourquoi pas ? »

Eric lui lança une pomme. « Tu connais la règle essentielle du funambule ? Ne jamais regarder en bas. »

7

Les turbulents élèves de Sweetspot s'étant tous éclipsés pour le dîner, le silence de la salle de musculation n'était troublé que par le crissement de la barre ramenée aux épaules et l'expiration sifflante que Willy tentait de contrôler à chaque développé couché. L'ombre de Max se découpa sur le mur d'en face.

« Tu penches à droite », nota-t-il d'un ton las.

Elle bloqua la barre au-dessus de sa tête. Elle se reposait trente secondes entre deux extensions, ce qui lui laissait tout juste le temps d'énoncer une phrase entière. « Le déséquilibre est dû à l'hypertrophie de mon épaule droite. On n'y peut rien », affirma-t-elle.

La chose à ne pas dire.

« Puisque tu juges impossible de suivre mes conseils, fais comme tu veux. » L'ombre se déplaça, démesurée, puis disparut.

« Attends ! Dis-moi si c'est mieux. » Willy serra les manchons glissants en courbant la tête. Avec les yeux fermés, elle semblait en prière.

« Ça va, tu ne penches plus », admit-il sans enthousiasme. Quand Willy lui résistait, il se fâchait. Quand elle lui obéissait, il était triste. C'était à n'y rien comprendre. L'ombre grandit de nouveau, et elle entendit le déclic de la poignée de porte.

« Max, il faut qu'on parle. » Willy s'essuya les mains sur son short et fit quelques mouvements de rotation avec ses épaules. La gauche lui faisait mal. Elle pivota vers la presse verticale réglée à deux kilos et demi de plus que ce qu'elle était habituée à manier. Réajuster l'appareil aurait provoqué de tels grincements qu'elle préféra le laisser en l'état. Appuyant son dos contre le dossier capitonné, elle saisit les manchons spongieux.

Max se tenait près de la porte, très droit – elle ne l'avait jamais vu faire le dos rond. Il y avait dans sa posture une décontraction surnaturelle qui évoquait la mort. Elle avait remarqué ce phénomène chez d'autres entraîneurs – la pose blasée d'une âme réincarnée une fois de trop. Ces transfuges de l'autre monde, ces désabusés, n'étaient probablement pas enviables. Max, à l'évidence, n'avait plus rien à prouver, or Willy ne concevait pas de vie sans preuves à faire.

S'étant tournée vers lui, les bras ouverts, elle opta pour la franchise, tout en notant qu'il regardait ses seins avec le plaisir habituel.

« Max, je vais me marier. »

Cette phrase lui prit à peine huit secondes. Il ne broncha pas. Willy se demanda si la crainte de lui annoncer la nouvelle qui l'habitait depuis un mois n'était pas de sa part un signe d'orgueil démesuré : il avait vraiment l'air de s'en taper.

« Underwood ? demanda-t-il d'un ton égal.

— Oberdorf. Je m'étais trompée.

— Si tu dois l'épouser, tu ferais bien de te mettre son nom dans la tête.

— Je garde le mien : Novinsky.

— Vous avez pensé la chose au détail près, je vois.

— Une véritable obsession, c'est vrai. »

Max porta le poids de son corps sur l'autre pied, comme s'il se sentait écartelé entre Willy et la porte. « Déconcentration maximale, cette histoire : le New

Freedom Satellite a lieu la semaine prochaine », bougonna-t-il en reprenant appui sur le pied gauche.

Willy poussa la barre devant elle. Dans ce genre d'exercice, la disparité entre ses deux bras était maximale. Le droit se déployait pleinement, le gauche avait du mal à suivre. Ce déséquilibre était un rappel de plus qu'en se fixant sur un seul but elle avait développé une compétence unique au prix d'une inaptitude certaine dans quantité d'autres domaines.

Entre deux expirations, elle arriva à articuler : « Depuis l'âge de cinq ans, je n'ai pensé à rien d'autre qu'au tennis.

— Et regarde où cela t'a menée. »

Les plaques de fonte s'immobilisèrent en cliquetant.

« Pas assez loin, répondit-elle.

— J'ai fait en sorte que tu sois prête ; les deux prochaines années vont être déterminantes pour ta carrière. Je trouve curieuse ta programmation de l'affaire.

— Le mariage n'est pas une “affaire”.

— Oh que si ! Tu découvriras vite l'effet négatif qu'il aura sur l'autre, ta vie professionnelle. Et, par répercussion, sur mes propres affaires. »

Max, qui semblait décidé à rester, enfourcha la machine à muscler les jambes, trois postes plus loin, tortillant la serviette que Willy y avait laissée.

« Tu ne t'es jamais dit que je pouvais me sentir seule ? Aucune fille ne me parle, au vestiaire…

— C'est bon signe. Si elles se montraient amicales, cela voudrait dire qu'elles ne te craignent pas.

— Mais moi, il me faut peut-être… Je pourrais avoir besoin de tenir une main. Peut-être joue-t-on mieux au tennis quand on est heureux. » Les poids, mis au repos, claquèrent. Max la lorgna du coin de l'œil.

« Tu sais, je n'ai jamais rencontré un joueur de tennis heureux », affirma-t-il.

Willy, les coudes posés de part et d'autre de sa taille, caressa de l'index la poignée de l'appareil. Le haut de son corps lui faisait mal. « Quand j'étais gosse, le tennis, pour moi, c'était l'extase, dit-elle.

— Tu veux dire que ça ne l'est plus ?

— Sauf que j'ai encore envie de m'arracher les cheveux quand je reste loin d'un court plus de deux ou trois jours.

— Quand es-tu restée trois jours loin d'un court de tennis pour la dernière fois ?

— Je ne sais pas, sourit-elle. Il y a cinq ans ?

— L'extase n'a pas sa part dans le tennis adulte. (Il tortilla la serviette jusqu'à en faire une corde.) Confronter quotidiennement tes faiblesses ne t'apportera pas la paix de l'esprit.

— Peut-être. Mais rien de tout cela n'explique pourquoi je ne devrais pas me marier. » Son thorax se mit à frémir sous l'effort. Son bras gauche tremblait tellement que la vibration la faisait claquer des dents. Il y avait trop de poids sur la machine, mais, sous le regard de Max, il était hors de question pour elle de ne pas faire ses douze tractions.

« Ne parle pas en manipulant des poids aussi lourds. Ce que je veux dire, Will, c'est que c'est déjà difficile de lutter contre ses propres démons. Tu te vois vivre avec ceux de l'autre en sus ? »

Willy se força à poser les poids en contrôlant son expiration. Puis elle reprit lentement son souffle pour lutter contre une légère nausée.

« Eric n'a pas de démons dans la tête, récita-t-elle. Eric est sûr de réussir. Il est tout aussi sûr que notre mariage marchera. »

Max la mesura du regard. « Il y a quelques mois, une main à tenir était le dernier de tes soucis.

— Pas la tienne, Max ! Pas celle de mon entraîneur. » Comme il lui avait piqué sa serviette, elle s'essuya le visage avec son tee-shirt.

« Je te garantis (Il prit ce ton raisonnable que son père adoptait avec elle et qui la mettait en fureur.) que si tu venais me dire que tu as rencontré un gentil garçon qui ne te bat pas, qui comprend qu'il doit se dévouer à ta carrière – un type correct capable de fabriquer et de se servir lui-même ses propres croquettes, puis d'attendre à la maison, en bon toutou, que tu rentres de Tokyo, sois sûre que je te souhaiterais bonne chance.

— Eric est gentil. Il ne me bat pas et comprend mieux que quiconque les exigences de ma carrière puisque c'est aussi la sienne. Alors, les félicitations, j'y aurais droit quand ? »

Max fouetta le vinyle de l'appareil d'un coup de serviette. « Tu es délibérément stupide ! » Il ne se maîtrisait plus. Au moins, se dit Willy, ils avaient leur première vraie conversation depuis le matin fatidique où il lui avait lancé : « Il fait froid, reviens te coucher », un commentaire qui lui avait fait quitter à jamais le lit de Max.

Elle ajusta son siège pour le travail des abdominaux selon un angle sévère, en déplaçant bruyamment les fixations sur le rail. Glissant ses chevilles sous la barre capitonnée, elle posa ses pouces sous le menton et ses auriculaires sur les tempes. À chaque traction, ses coudes se refermaient comme pour protéger ses seins. Cet exercice, qu'elle effectuait un jour sur deux, évoquait ce matin-là, avec les bras en défense et les mains sur les oreilles, un refus d'entendre ce que Max avait à lui dire.

Debout près de la machine, il la harcelait. « Tu es la seule fille que je connaisse qui soit à peu près consciente de ce qu'il faut de miracle pour qu'une carrière tennistique réussisse. La moitié de ces pauvres petits morveux que j'entraîne claqueront la porte de mon école en croyant qu'ils vont signer avec Évian un contrat annuel de trois millions de dollars. Tu es dépourvue de ce type de sottise. C'est pourquoi je suis choqué par ton absence d'imagination.

— Je n'ai pas la moindre idée de ce dont tu parles. » Ses abdominaux contractés ne laissaient passer dans son larynx qu'un filet de voix.

« Tu as toujours manifesté cette pointe de cynisme qui me rend ta crédulité présente tout à fait étrange, répondit Max.

— Ma crédulité envers Eric, tu veux dire ?

— Envers toi-même.

— Croire en soi est essentiel en matière de sport, non ?

— Seulement dans le meilleur des cas. »

Le sang affluant à ses oreilles lui donnait un léger vertige. Elle se pencha en avant et, attrapant ses pieds, appuya sa tête contre ses chevilles.

« C'est un joueur de tennis, Will », dit Max.

Elle plaqua de nouveau ses paumes sur ses oreilles et reprit ses exercices. « Oui, et un bon joueur. Le rêve, non ?

— C'est la pire des situations. »

Elle continua ses abdos, les yeux fermés, avec Max, debout près d'elle, personnifiant tout ce qu'elle ne voulait pas envisager. Elle était heureuse, et la nouveauté de cette émotion ébranlait totalement les fondements de sa vie passée. Elle ne s'était jamais sentie malheureuse auparavant, mais, rétrospectivement, son expérience de jeune adulte lui paraissait étriquée. Elle n'avait pas de petit ami quand elle était au lycée. Tous les garçons la croyaient bêcheuse, ou engagée dans quelque activité qui leur était étrangère, ce qui était le cas. Elle avait enfin dans sa vie un homme souple, svelte, séduisant, et ses nuits étaient devenues délicieuses, un luxe en soi et non plus un temps mort qu'il fallait bien subir. À vingt-trois ans à peine, elle était déjà lasse ; la persévérance exigeait du répit. Et voilà que Max essayait de transformer son unique salut en un obstacle supplémentaire.

Roulant sur elle-même, elle quitta le banc de musculation pour la barre en forme d'agrafe. Les bras écartés, elle la saisit aux extrémités en faisant face à Max, le menton tendu vers lui, prête à le considérer comme un ennemi si l'alternative qu'il prônait consistait à retrouver une vie, aussi acceptable fût-elle jadis, qui lui semblait maintenant indigente.

« À tout le moins, j'ai trouvé quelqu'un avec qui faire des balles, un excellent partenaire que nous n'avons même pas à payer.

— Un mari, pour toi, c'est un simple additif gratuit à ton environnement, nota Max, sardonique, les mains sur les hanches de son pantalon de jogging. Une commodité économique, en quelque sorte. »

Willy s'écarta de quelques centimètres. « Nous pourrons nous entraîner ensemble, courir ensemble...

— Vraiment ? » Max saisit la barre fixe et se pencha vers l'oreille de Willy, sa joue effleurant ses cheveux. Depuis mai dernier, il n'avait pas osé l'approcher d'aussi près. « Et quelles autres visions idylliques as-tu de cette vie sportive partagée ? demanda-t-il.

— Nous pourrons participer aux mêmes tournois...

— Dans le circuit satellite, il y a peu de matchs mixtes. Mais comme ton classement est trois fois meilleur que le sien, tu joueras dans la cour des grands. Oberdwarf[1], lui, jouera dans celle des tout-petits. De plus, tu ne comptes pas t'incruster dans les tournois satellites, n'est-ce pas ? (Son ton patient était celui qu'on prend avec un enfant ou un idiot.)

1. « Supernain ».

L'objectif n'est-il pas d'amasser autant de points que possible dans les deux années qui viennent pour réussir à participer au circuit international de la WTA ?

— Bien entendu.

— Et Oberdork[1], il veut lui aussi s'inscrire au circuit ATP hommes ?

— Naturellement.

— Te rends-tu compte, à part les tournois du Grand Chelem, combien il y a de manifestations internationales invitant hommes et femmes à concourir au même endroit et au même moment ? Deux. Je suppose que ton partenaire et toi brûlez d'y participer.

— J'espérais des félicitations, pas des sarcasmes.

— Je suis simplement pragmatique. (Un des mots préférés du père de Willy.) Envisageons les possibilités l'une après l'autre, tu veux bien ? (Il les énuméra, son index droit pressant d'abord le gauche.) Un : vous réussissez tous deux magnifiquement, faisant partie du top 200, ou même mieux. Vous voilà alors lancés, mais sur des routes différentes. Votre seul point de rencontre : Noël. Joyeux Noël ! Dans l'intervalle, vous aurez tous deux des aventures, entre Munich et Tel-Aviv, puisque c'est la seule façon pour vous d'éprouver quelque chose au-dessous de la ceinture. Dans quinze ans, quand vous serez à la retraite, tu te retrouveras avec un étranger chauve, affligé d'un genou en bouillie et de problèmes de dos, que tu appelleras Underwood, car tu auras oublié son vrai nom.

— Je l'appelle déjà Underwood, protesta-t-elle. C'est une blague.

— Très mignon. Deux. (Max pressa son médius.) Jetons un coup d'œil derrière le rideau de scène. Le tennis étant le tennis, disons que vous vous êtes tous

1. « Supergland ».

deux ramassés. Oberklutz[1] parce qu'il n'utilise jamais son revers croisé du bon côté du couloir. Toi, parce que tu recommences à foncer sur un filet que tu ne parviens pas à couvrir…

— C'est fini. J'assure…

— Tais-toi. Ratatinés, vous zonez dans le top 700, où vous arrivez tout juste à survivre, comme tous les autres joueurs dans votre cas. Peut-être arrivez-vous à vous supporter un temps, puisque, dit-on, l'amour, ah-ah, est consolation… Mais après un an ou deux, je parie que votre incapacité à saisir le monde à pleines mains vous fera déraper. Résultat : vous vous saisirez mutuellement à la gorge.

— Ces dioramas frappants de justesse sont le plus beau des cadeaux de mariage, Max. Rappelle-moi de t'envoyer un mot de remerciement…

— Attends, laisse-moi entrouvrir tout d'abord le troisième rideau », l'interrompit-il en continuant à compter sur ses doigts. Ceux-ci étant désarticulés, son annulaire gauche forma avec son index droit un angle terriblement obtus. « Willy, mon amie que voici, réussit à entrer dans le circuit international. Underwood, tragiquement, n'y parvient pas. Mais, en un sens, c'est une chance, n'est-ce pas ? Parce que, maintenant, ce partenaire qui te renvoyait la balle gratis est libre de te suivre au bout du monde : de louer les courts où tu t'entraîneras, de te masser les épaules, de gérer ton florissant compte en banque, etc. Tu veux que je continue ?

— Non, merci, dit-elle froidement.

— Excuse-moi, mais j'ai oublié une quatrième possibilité. (Il agita son auriculaire laissé pour compte.)

— Ça ira comme ça. »

Elle fit demi-tour en direction du tapis de course dont le vrombissement assourdirait ce monologue

1. « Supercorniaud ».

fielleux. À huit kilomètres à l'heure, le rythme de Willy était harmonieux et facile. À onze, en revanche, elle ne parvenait pas à s'éloigner de plus d'un mètre de Max et de son catastrophisme. Essoufflée, la voix hachée, elle lui dit :

« Il y a de nombreux couples dans les circuits tennistiques.

— Ah bon, qui ? (Il croisa les bras.)

— Chris Evert et John Lloyd.

— Ils ont divorcé, dit-il, impassible. Et, d'après toi, John Lloyd est connu pour quoi ? »

Elle accéléra la vitesse de la machine pour dissimuler par l'effort la honte qui lui colorait les joues.

« Pour avoir été le mari de Chris Evert, admit-elle. Mais, un bout de temps, ils ont formé une bonne équipe.

— Depuis quand as-tu l'esprit d'équipe, ma chère ? Tu es incapable de jouer en double. Tu es en compétition avec la fille de ton côté du filet.

— Oui, mais c'est parce que je ne suis pas amoureuse d'elle, haleta Willy.

— Moi qui croyais que tu aimais la musique classique et la vraie littérature, ricana Max. Et tu me sors quoi, là ? le top 40 de la chanson sentimentale et Harlequin – baby, baby, baby. Tu crois vraiment que l'amour vainc tout ? Je refuse de croire que t'envoyer en l'air avec un beau mec sexy ait réduit ta cervelle en purée.

— Tu oublies Liz et Peter Smylie. (Elle augmenta encore la vitesse de la machine.)

— Quand Liz a atteint le top 30, Peter a abandonné. »

Lancé à seize kilomètres à l'heure, le tapis passa du roulement à la plainte stridente. Le piétinement des tennis de Willy et son souffle râpeux obligeaient Max à crier. « Tu oublies que je te connais comme ma poche ! Tu aimes tellement les challenges que tu battrais le record d'une mouche si elle s'avisait de grimper au mur plus vite que toi. Tout ce qui bouge est en compétition avec toi. C'est une grande qualité chez une sportive. Pas chez une épouse. »

Elle appuya sur le bouton stop. « Personne ne te demande de m'épouser ! »

Le tapis s'arrêta abruptement. Max la retint quand elle fut propulsée en avant. Il garda la main sur son bras. Dans le silence retrouvé, il dit doucement : « Rends-moi un service. Brosse-toi mentalement le tableau de ton avenir glorieux. Vois s'il n'inclut pas Underboy[1] portant ton sac à Kennedy Airport et demandant en dix langues qu'on te réveille à telle heure. Quand ta carrière décollera et qu'il sera toujours en train de renvoyer la balle dans le top 900, tu crois que, mis sur la touche, il sera pour toi un supporter généreux, un ange de douceur ? Parce que, Will, mon amie, si tu es devenue aussi gaga d'un mec après être restée des années Miss Glaçon, je parierais mon dernier dollar qu'il est exactement comme toi.

— Est-ce si terrible ?

— Ça l'est. (Il retira sa main du bras de Willy.) Un désastre. »

Le championnat New Freedom se tenait dans la ville peu coquette de Worcester, dans le Massachusetts, où l'hôtel beige et brun dans lequel elle logeait lui rappelait la maison de ses parents. Si un événement sportif soutenu par une marque de protège-slips était embarrassant, la WTA, loin d'être aussi en fonds que l'ATP, ne pouvait pas se permettre de faire la difficile s'agissant des sponsors. La WTA n'était pas parvenue à se débarrasser de son addiction à Philip Morris, et à ses cigarettes dites « de femme », les Virginia Slims, malgré les diverses affiches brandies par les manifestants devant les

1. « Sous-fifre ».

stades où elles jouaient : LA VIE DES FEMMES PART EN FUMÉE ; TU AS FAIT DU CHEMIN, WTA[1] : DIVORCE DES VIRGINIA SLIMS. En comparaison des fabricants de cigarettes, les promoteurs d'hygiène menstruelle étaient un don du ciel.

Willy se serait inscrite même si les tournois avaient été financés par des marchands d'armes d'assaut ou de pornographie infantile. Le New Freedom ne payait ses joueuses que huit mille dollars, mais il compensait la modicité de cette somme par des points d'ordinateur. Et les points, c'était de l'argent... c'était même mieux que de l'argent.

Max l'avait dit : le Worcester Satellite était une compétition strictement féminine. Mais, même dans le cas contraire, le rang d'Eric l'aurait empêché d'y participer. Il partit pour l'Oklahoma prendre part au Jox All-Comers, un tournoi ouvert au tout-venant, comme l'indiquait son nom. Jox payait très mal à tous égards, mais Eric ne pouvait pas se permettre de manquer une manifestation qui rapportait des points, même chiches. Willy ne pouvait s'offrir le billet d'avion pour aller l'applaudir à Oklahoma City – il avait gagné ses deux premières parties. Tant que ses victoires tennistiques ne lui auraient pas permis d'amasser une petite fortune, elle devait économiser sou par sou pour payer ses impôts. Cette contrainte récurrente assombrit vite ses visions d'Eric et elle en champions globe-trotters.

Jusqu'au Jox / New Freedom, ils avaient réussi à passer ensemble des moments d'une longueur trompeuse. Les trois mois précédents, leurs tournois respectifs s'étaient fortuitement échelonnés dans le temps, et dans la prodigalité irréfléchie d'une passion neuve, chacun avait acheté un billet d'avion

1. Inversion du slogan « féministe » de Philip Morris : « Les femmes ont fait du chemin », illustré par une femme libérée qui fume des cigarettes conçues pour elle : les Slims.

pour voir jouer l'autre. Charmante mais irresponsable, leur petite société d'admiration mutuelle ne pouvait durer.

La soudaine solitude de Willy à Worcester la ramena – une régression ! – à une vie de célibataire qu'elle trouvait morne et languissante. À l'aller, dans le train, voulant partager une partie du journal qu'elle lisait, elle s'était tournée vers un siège vide. Le temps avait continué à se traîner entre le remplissage de la fiche d'hôtel et le dîner, un repas beigeasse assorti au lieu. Une longue plage de temps s'étira ensuite entre le dîner et le coucher. S'ennuyant à mourir, elle finit par s'étendre sur son lit, les yeux grands ouverts, en se demandant comment elle pourrait s'endormir sans faire d'abord l'amour.

L'idée de laisser traîner ses doigts là en bas la révulsait. Cela lui semblait non seulement une trahison, mais une aberration : le sexe sans Eric n'était pas le sexe, tout au moins au regard de la conception qu'elle s'en était récemment forgée. Pour elle, même le verbe baiser ne pouvait plus fonctionner syntaxiquement sous la forme intransitive. C'était cela, la différence : Eric baisait avec elle. Avant lui, Willy aurait pu aussi bien jeter à ses partenaires le morceau de foie cru de Portnoy avant de se lever pour aller lire. Si elle l'avait fait, elle se serait en maintes occasions moins ennuyée. Eric, lui, l'appelait souvent par son prénom, pour lui signifier qu'il savait qu'elle était là : Willy ? Willy ! Rien à voir avec les Oh, baby ! que lui hurlait un athlète de UConn, qui le hurlait sans doute à toutes ses partenaires sexuelles. De plus, avec les hommes qu'elle avait connus avant, l'opération était devenue physiquement trop compliquée – d'abord, ils la léchaient, puis elle les suçait, et ils essayaient ensuite des positions exotiques. Rien de tout cela avec Eric : l'amour, pour lui, n'était pas un échange de services, comme ces voisins qui s'empruntent quelques morceaux de sucre. Plutôt que de se coincer dans un enchevêtrement insolite de membres, leurs corps à tous deux semblaient fondre jusqu'à disparaître. Quand Willy fermait les yeux et ouvrait les jambes, la partie d'elle qu'Eric pénétrait, c'était sa tête.

Ainsi donc, dans sa chambre de Worcester, Willy ferma les yeux et laissa les contours de son corps s'estomper jusqu'à ce que les murs de la chambre se dissolvent. Ses doigts, ignorant ses parties intimes, s'aventuraient au-delà des frontières entre États. Franchissant les limites obscures du pays, Willy, dans la fraîcheur des draps, atteignait l'Oklahoma et tâtonnait pour trouver la main d'Eric. Elle s'endormit en la serrant tendrement dans la sienne.

Le tennis, comme d'habitude, la rendit à elle-même. Max avait envoyé Desmond par le premier train pour qu'elle puisse faire quelques balles d'échauffement. Plus tard dans l'après-midi, alors qu'elle laçait ses tennis dans les vestiaires, ce geste la renvoya brutalement à elle-même : qui elle était, ce qu'elle faisait – pour elle, les deux se confondaient.

Son adversaire, Robin Lascombe, avait fini de jacasser sur la dévotion que lui manifestait son père pour évoquer son régime à base de protéines, qui excluait une longue liste de produits de contrebande hautement tentants telles les pizzas à la saucisse et les barres Mars glacées. Willy cacha une ébauche de sourire en se penchant pour s'étirer les mollets. À dix-sept ans, Robin était jeune, mais, pour ainsi dire, elle l'était à son détriment – trop espiègle, trop confiante. Max avait peut-être raison de prétendre que l'âge adulte était un avantage. S'il n'avait pas été aussi vide, le visage de cette gamine aurait été joli, mais la rondeur charmante des joues était voilée par la peur qui les embrumait comme les bouffées de vapeur dégagées par le goudron chaud après une averse. Une profusion de grains de beauté, semblables à des éclaboussures de boue, les salissait. Ses traits mous se fondaient l'un dans l'autre, finissant par évoquer, pulpeux et sans ossature, un cadavre d'animal. Willy, elle, avait des traits anguleux ; son nez fendait son visage en ligne droite ; son menton était pointu ; ses pommettes, saillantes ; ses sourcils formaient un promontoire bien net ; même le regard de ses yeux légèrement obliques avait quelque chose de tranchant. En s'examinant rapidement dans le miroir du lavabo, Willy conclut qu'au chapitre de la seule beauté elle passerait au travers du jeu de cette fille aussi aisément que le fil à couper le beurre.

Elle coinça les dernières mèches récalcitrantes sous le bandana rouge offert par Eric, baissa, par décence, l'élastique de sa culotte sur ses fesses, et tira sa simple robe de tennis blanche sans manches en la lissant sur la poitrine, au-dessus de son soutien-gorge de sport. Sous les bandes élastiques, ses seins ne bougeaient plus. C'était comme avoir de nouveau dix ans, ou être un garçon. Elle vérifia une fois encore que ses quatre raquettes étaient bien dans leurs étuis, qu'elle avait une serviette, de l'eau et un pull – dans l'air piquant d'octobre, on pouvait attraper froid pendant le break, quand on était en sueur. Son sac à l'épaule, elle se dirigeait vers les courts du petit stade quand Robin, qui lui emboîtait le pas, lui cria : « Bonne chance. » Willy roula des yeux.

Elle posa ses affaires sur l'unique et austère chaise pliante disposée sur la ligne de double comme pour signifier qu'à partir de là, le joueur est seul. Au premier tour de ce qui n'était qu'un tournoi modestement connu, le public était rare et éparpillé, mais, de toute façon, Willy n'avait jamais compté sur ses fans pour se doper le moral. Elle regrettait que Max ne puisse venir avant les quarts de finale, et encore plus qu'Eric soit en Oklahoma. Mais ce n'était pas aux acheteurs de tickets ni aux gens bien disposés en sa faveur qu'elle se donnait : c'était au tennis même – une abstraction hantée par la présence intangible et les observations muettes de Dieu.

Même durant l'échauffement, Robin envoyait les balles dehors tout en faisant un grand sourire à une brute assise au premier rang. « Bouge ton gros cul, Rob ! » aboyait l'homme en réponse, ou : « Anticipe ! » Le sourire de Robin s'élargissait, à vous soulever le cœur.

Willy gagna le tirage au sort du service, et à peu près tout le reste. Lascombe avait mal commencé, et elle se désintégra totalement par la suite. Elle loupait des coups immanquables ; elle tentait une volée puis, quand la balle lui revenait, elle semblait plus pressée de déserter le milieu du court que de la renvoyer. Il y avait quelque chose de presque érotique dans sa façon de présenter, vulnérable et nu, son flanc lors d'un revers. Le tout avec ce sourire de gratitude exaspérant. Il fallait de la concentration pour ne pas la plaindre, mais Willy savait que la pitié c'était la mort. Sympathisez avec votre adversaire et, avant que vous puissiez dire ouf, ce sera elle qui vous plaindra.

Willy attendit d'être de retour aux vestiaires pour se permettre un regard compatissant. Robin était assise, les jambes écartées, sa jupe remontée laissant entrevoir sur sa cuisse une contusion qui semblait ancienne, large comme la main. Elle en avait également une sur le visage. Willy crut tout d'abord que, en vraie gamine qu'elle était, elle avait joué à relier tous ses grains de beauté avec un feutre brun quand elle comprit : la bouche et les mains de Robin Lascombe étaient barbouillées de chocolat.

Au téléphone avec Eric, tard dans la soirée, Willy, dont l'excitation n'était pas tout à fait retombée, lui racontait ce match durant lequel son adversaire n'avait pas marqué un seul point. « Le public s'ennuyait tellement qu'il se levait sans cesse pour aller acheter des Coca. Je me sentais presque coupable. »

Eric lui sembla étrangement peu communicatif. Quand elle eut fini de lui détailler sa victoire, il y eut un silence gêné qu'ils rompirent en parlant tous les deux en même temps.

« Excuse-moi, lui dit-elle. Comment s'est passé ton quart de finale, aujourd'hui ?

— 6-4, 6-7, 6-3.

— Ah, trois sets, hein ? Tout de même, ce n'est pas mal.

— Pas mal pour John Reilly. J'ai perdu. »

Pour Willy, c'était un choc, mais surtout une surprise. Eric avait participé à trois tournois mineurs depuis qu'elle le connaissait, et il avait rapporté deux trophées. Jox était le moins prestigieux de ces événements : trop loin, pas assez sélectif, avec trop peu à offrir, c'était difficile d'y décrocher le gros lot. « Que s'est-il passé ? demanda-t-elle.

— La faute à mon revers croisé. Trop ample.

— Bride-le un peu, alors.

— Je ne veux pas le brider. (Ton agacé.) Sans vitesse, il n'est pas efficace. Il faut simplement que je le retravaille.

— Nous le retravaillerons ensemble.

— D'accord. (Ton sec.) Maintenant, je n'ai plus de raison de traîner à Okie City. Je pourrais te rejoindre à Worcester et assister à la fin de tes exploits.

— J'ai justement besoin d'un partenaire pour m'entraîner.

— Et aussi d'un ramasseur de balles, je suis sûr. »

Il semblait si amer qu'elle voulut lui donner l'occasion de retirer ce commentaire.

« Qu'est-ce que tu as dit ? »

Un murmure rauque dont elle crut sentir la chaleur lui envahit l'oreille : « Que tu me manques, Wilhelm.

— Toi aussi, tu me manques. (Elle faillit l'appeler Underwood mais elle se retint.) Et, plus que d'un partenaire pour échanger des balles, j'ai besoin d'un partenaire tout court. »

Elle allait lui dire au revoir quand elle l'entendit glapir dans le récepteur. « Eh, je suis content que tu aies gagné, Willy. Continue. » Ce ton, cette emphase ne lui étaient pas naturels.

Cette nuit-là, elle n'eut aucun mal à s'endormir. Naturellement, la défaite d'Eric au Jox la peinait ; d'où venait donc cette étrange sensation chaude et apaisante dans sa poitrine ? Peut-être était-ce cela, la tristesse.

En retrouvant Eric à l'hôtel, elle sentit de nouveau entre eux une contrainte qui s'exprimait chez elle par une loquacité forcée, et chez lui par du laconisme. Ils n'avaient été séparés que quinze jours, et pourtant Eric l'embrassait dans une langue étrangère : leurs dents se heurtèrent. Quand ils firent l'amour, elle crut plus prudent de retenir une plaisanterie ; au début, il ne trouvait plus sa place en elle, comme si leurs corps, pendant la période où ils avaient été éloignés l'un de l'autre, avaient perdu l'habitude de s'emboîter. Le lendemain, il leur fallut la journée entière pour restaurer le badinage facile qui, avant leur séparation, leur semblait aussi évident que de respirer.

Eric s'était débarrassé du Jox All-Comers d'un haussement d'épaules. « Pas grave », décida-t-il. Il était capable d'enterrer ses déceptions six pieds sous terre, conscient que, s'il les gardait en tête, elles finiraient par puer. Chaque fois qu'un résultat démentait sa vision optimiste de lui-même, il l'oblitérait – le résultat, et non sa vision de lui-même. Mais certains aspects de sa personnalité demeuraient opaques à Willy. Elle se demandait s'il oblitérait vraiment la défaite ou s'il se contentait de le prétendre. Excepté son curieux revers, Eric faisait tout bien ; si son insouciance était feinte, elle l'était parfaitement.

Comme promis, Max vint la rejoindre à Worcester pour son quart de finale. Eric et lui se livrèrent, autour de sa personne, à une chorégraphie pesante. Eric insistait pour étirer lui-même les tendons des jarrets de sa belle. Plus question que Max muse autour de l'entrejambe de Willy. Quand son entraîneur énuméra à son élève les faiblesses de son adversaire, Eric mit son grain de sel en prétendant avoir suffisamment espionné ladite adversaire pour être formel. Malheureusement, ce qu'il avait vu n'était pas ce que Max avait vu. L'entraîneur le contredit, assurant que la volée de revers de la fille était extraordinaire. Résultat : Willy, ne sachant plus si elle devait renvoyer sur le coup droit ou le revers, décida de lober.

Une décision qui se révéla gagnante. Ils célébrèrent tous trois la victoire de Willy par un dîner à l'hôtel. Un cauchemar qu'elle se jura de ne jamais revivre. Max exprima une sympathie agressive pour la défaite d'Eric à Oklahoma City. Il glissa le nom des anciens confédérés du top 10 avec la régularité experte de Hansel semant ses miettes. Eric fut d'une politesse glaciale, omettant volontairement de mentionner que ses parents avaient été des amis intimes de Ted Tinling. On gagne mieux certaines parties en refusant de les disputer.

Le lendemain matin de sa victoire en demi-finale, elle s'entraînait sur un court du fond avec Eric. Quand celui-ci alla ramasser une balle tombée près de la clôture, Max, d'un pas décidé, prit sa place au centre de la ligne médiane. En revenant, Eric ne comprenait plus. Max tendit sa raquette pour qu'il lui donne la balle, ce qu'il ne fit pas. Au lieu de quoi, s'avançant vers le filet, Eric s'avisa de conseiller Willy : « Tu devrais accélérer encore la négociation de tes coups d'approche...

— À la balle précoce, on perd le contrôle, l'interrompit Max. Dans un coup d'approche, c'est le placement qui fait toute la différence...

— Je ne parlais pas de demi-volée, Upchurch...

— Willy, ici », glapit Max. C'était un ordre, comme celui qu'on donne à son chien pour qu'il vienne au pied. Elle s'approcha, à pas feutrés. Max criait rarement, il ne savait pas le faire. Mais là, il explosa : « Tu peux baiser ce type. Tu peux même l'épouser. Mais s'il doit aussi devenir ton entraîneur, tu ferais bien de me le dire tout de suite.

— Bien sûr que non. Il est juste en train de...

— Bon. Aujourd'hui, c'est la finale. Elle a beau ne rapporter que huit mille dollars, mille six cents dollars sont à moi sur cette somme. Tu as salement besoin de ces points. Et si tu en as besoin, moi aussi. Alors vire-moi ça du court.

— Eric, je crois que tu ferais mieux... »

Eric, nerveux, refermait l'étui de sa raquette d'un geste saccadé. Max lui cria : « Vous connaissez l'adage ? Trop de cuisiniers gâtent la sauce. »

Eric avait raison. Le tennis, c'était comme le sexe. On se rappelait surtout les fois où c'était raté. Le succès grisant d'une rencontre finissait par s'estomper : tout ce qui restait, c'était le score. En revanche, les maladresses, l'absence de coordination, le mauvais partenaire au mauvais moment laissaient des souvenirs plus durables ; ils titillaient la mémoire comme les dessins d'enfant à trous-trous qu'on regarde en les tenant devant une lampe. Quand elle essayait de se souvenir des temps forts de sa carrière, Willy ne voyait que des balles let, ou envoyées dans le filet, des balles de break qu'elle n'avait pas réussi à convertir en points, des fentes avant terminées en chutes. Malgré tous les trophées accumulés, l'année en images lui semblait un catalogue de désastres. Comme si l'expertise ne valait pas d'être retenue ; comme si la mémoire ne servait qu'à se torturer délibérément soi-même.

En conséquence, aussitôt que la raquette de Willy eût accompagné la balle dans ce smash victorieux qui lui fit aussi gagner la finale du New Freedom, il ne resta de l'événement que des calculs statistiques. Après la poignée de main échangée avec son adversaire, de retour à sa chaise, elle scruta le crépuscule, en quête de l'image rémanente de la balle de match avant sa disparition définitive. Cela avait dû être un moment exaltant, mais elle n'en était plus du tout sûre. Comme pour le sexe, c'était sans doute pourquoi on y revenait toujours : parce que, quand c'était bon, il n'en restait rien.

Tout en s'épongeant, elle serrait les mains tendues des spectateurs du premier rang, quand elle vit Max s'approcher, l'ombre de l'esquisse d'un sourire sur le visage. Elle scruta le premier rang en question : pas d'Eric. Son siège était vide, et il n'avait pas bondi vers elle à la fin du match.

Pendant ce temps, Max l'obligeait à lever les pieds pour qu'elle enfile un jogging, essayant d'écarter les élastiques des chevilles pour les passer sur ses chaussures de tennis.

« Max, sous une robe, c'est ridicule.

— Tu vas attraper froid. »

Une fois emmaillotée, la jupette de sa robe sortie sur le pantalon gris, elle vit Eric franchir une porte de tribune pour se faufiler dans sa rangée, en s'excusant de devoir faire lever tout le monde pour regagner son siège. La musique pompier des *Chariots de feu* – un pom-pom-pom rythmé par le cling des balais de la batterie – venait de retentir dans les haut-parleurs. Plus le temps d'échanger un mot avec son chéri avant de s'avancer vers le micro et d'accepter son trophée en cristal taillé.

Le bras autour de la coupe, elle donna de l'autre main une pichenette à sa jupe, et fit une révérence. « Je sais que vous êtes fatigués des joueuses qui remercient leur entraîneur et leur fiancé, mais si je ne le fais pas, je vais entendre la musique », dit-elle d'une voix sonore qui couvrait largement les gradins.

L'assistance gloussa. Le public américain n'est que de la glaise dans les mains de n'importe quel gagnant ; à l'évidence, elle pouvait se permettre de dire ce qu'elle voulait. Elle poursuivit donc :

« Je vous épargnerai toutefois ma gratitude pour le soutien de mon père : depuis des années, il me bassine avec l'expertise comptable, un métier à ses yeux plus fiable que le tennis professionnel. (Éclat de rire général.) Mais, plus que tout, je tiens à vous remercier d'être venus à ce satellite. Nous préférons tous regarder jouer les stars, mais les top 10 sortent bien de quelque part, n'est-ce pas ? »

Elle leva le poing et la foule l'acclama.

« Où étais-tu passé ? s'exclama Willy quand ils purent enfin regagner leur chambre d'hôtel. À la fin du match, je t'ai cherché partout. Tu avais disparu.

— J'étais allé pisser, dit Eric en posant sur le lit son blouson d'aviateur.

— Quoi ? Juste dans le dernier jeu ? » Ils n'avaient pas le temps de se disputer. Il leur restait une demi-heure avant le début de la réception de fin de tournoi, et la gagnante ne pouvait pas être en retard. Willy, dans sa hâte, s'empêtra dans les élastiques de son jogging, qui refusaient de glisser sur ses tennis.

« Ce n'aurait pas été le dernier jeu si tu l'avais perdu », raisonna Eric avec une impatience réprimée, en lançant ses vêtements à travers la pièce.

« On en était à 5-3 pour toi au second set, ton adversaire menait ce jeu par 30-0, et, en cas de balle de break, Patterson serait revenue au service. Mais moi, je me retenais depuis une heure de foncer aux toilettes. On peut péter un joint, comme ça, tu sais.

— Puisque tu t'es retenu une heure, tu aurais pu attendre encore cinq minutes, maugréa Willy en luttant pour ôter son sweat-shirt. Tu n'aurais jamais quitté ton siège si ç'avait été la balle de match d'Edberg. »

En boxer-short, Eric se tourna vers elle, les mains sur les hanches.

« En principe, ce n'est pas Edberg que je suis venu voir jouer.

— Que veux-tu dire par "en principe" ?

— Ton discours sur le *top 10*...

— Je n'ai jamais dit que j'en ferai partie...

— Franchement, c'était de trop. »

Les joues brûlantes de honte, Willy croisa les bras sur ses seins nus. « La foule aime les discours excessifs. La WTA aussi.

— J'ai fait tout ce chemin pour te regarder jouer. (Il enfila le pantalon de son costume sombre, remonta sa fermeture Éclair d'un geste définitif et boucla sa ceinture de cuir.) Pendant une semaine entière, je n'ai frappé la balle qu'avec des partenaires de rencontre, c'est-à-dire les nullards locaux. Et maintenant tu me tombes dessus parce que je suis allé aux toilettes...

— Excuse-moi. » Laissant ses seins bouger librement, elle tendit le bras pour toucher celui d'Eric, sous le tissu blanc amidonné de sa chemise. Les quelques centimètres qui les séparaient lui semblaient infranchissables. Elle entendait son petit réveil à pile égrener poussivement les secondes, chacune plus pénible que la précédente, et l'air, dans la minable petite chambre brune, semblait se raréfier. Elle n'avait pas l'habitude de le toucher quand il se montrait désagréable, et découvrir qu'elle avait dû se forcer pour le faire lui fit un choc. « Je te sais gré d'être ici », ajouta-t-elle en le tenant fermement par la manche et en employant le même ton guindé dont Eric, en Oklahoma, s'était servi en lui disant : « Je suis content que tu aies gagné. » « Je te remercie infiniment, poursuivit-elle. Ta présence m'a inspirée. C'est peut-être à cause de toi que j'ai fait mieux... je veux dire, que j'ai bénéficié de ces acclamations. J'aime jouer bien pour toi. Et tu as manqué le dernier jeu. J'étais déçue, c'est tout. »

Eric ne la serra pas contre lui, mais du moins il ne libéra pas son bras. Ses propres gestes étaient aussi heurtés que ceux de Willy, comme si leurs jointures à tous deux avaient besoin d'un bon graissage. Pourquoi une simple conversation était-elle devenue si laborieuse ? Il lui répondit d'une voix accablée : « Je fais de mon mieux, de toutes les façons possibles pour te soutenir. Mais je dois parfois, comment dire, satisfaire mes propres besoins. D'accord ? »

Cet échange épuisant terminé, il retira son bras.

« Tu n'es pas content que j'attache autant d'importance à ta présence durant un match ? lui demanda-t-elle avec douceur.

— Ravi », lui dit-il en passant sa cravate autour de son col relevé.

En silence, elle fit glisser la soie de sa robe sur sa tête. D'un rouge somptueux, c'était sa préférée, mais, soudain, elle la trouvait déplacée ; trop décolletée, tape-à-l'œil, ostentatoire, comme si la femme qui la portait se croyait sexy. Elle tira brusquement sur la jupe et ne se permit qu'un rapide coup d'œil dans la glace, pour ne pas avoir l'air de faire sa coquette. Elle lissa ensuite le collant blanc sur ses jambes. Comme Eric avait le dos tourné, elle traça d'un index admiratif les muscles fuselés de son mollet, un geste dont elle se sentit coupable. Elle secoua ses cheveux comme pour remettre en place un boulon desserré dans sa tête. D'habitude, après avoir gagné un tournoi, elle ne se sentait pas aussi déprimée – elle n'éprouvait aucune exultation, aucun soulagement, seulement une nette appréhension à l'idée de devoir se rendre à cette réception. C'était comme avoir remporté une demi-victoire, puisque Eric en était exclu.

En réalité, l'espace d'une seconde, elle regretta de ne pas avoir loupé le dernier smash et perdu la finale. Cette bouffée de regret, si étrangère à sa nature, était déstabilisante, car la soirée à venir aurait été tout autre : après avoir dit à la WTA qu'elle n'y assisterait pas, elle se serait éclipsée avec Eric pour se payer une vraie folie : un dîner compensatoire que ni l'un ni l'autre ne pouvait se permettre. Vaincus tous les deux, ils n'auraient peut-être pas jubilé, mais, au moins, ils se seraient sentis proches.

Alors que le matin même les points informatiques supplémentaires que lui valait le New Freedom étaient aussi précieux pour elle que des lingots d'or, ils lui semblaient une petite monnaie dérisoire maintenant qu'elle les avait en main. Impulsivement, elle aurait voulu pouvoir les donner. Debout, sans ses chaussures, derrière le dos d'Eric qui enfilait sa veste sur ses larges épaules, elle tendit la main, paume ouverte, comme pour lui faire ce cadeau – un vrai cadeau, pas le minable tee-shirt de Sweetspot. Mais les ordinateurs ne sont pas programmés pour qu'un gagnant puisse offrir ses points à quelqu'un d'autre ; elle était coincée avec, et c'était peut-être parce qu'ils étaient intransmissibles qu'elle les trouvait insignifiants.

« Chéri, chuchota-t-elle à son futur époux, tu n'es pas obligé d'aller à cette réception si tu n'en as pas envie.

— Je n'ai jamais dit que je ne voulais pas y aller, dit-il d'un ton contraint, en serrant son nœud de cravate plus qu'il ne semblait nécessaire.

— C'est un médiocre cocktail de la WTA destiné à fêter un tournoi de second ordre. Ce sera certainement ennuyeux...

— Ce n'est donc pas un événement destiné à célébrer tes succès ? demanda-t-il, impassible.

— En un sens, oui. Mais c'est surtout pour faire plaisir aux sponsors...

— Alors ma présence est plus ou moins nécessaire, trancha-t-il. C'est clair, non ? Quelle raison aurais-je de ne pas y aller ? »

Elle lui jeta un regard furtif et haussa les épaules « Aucune, répondit-elle.

— Bien. Mets ton manteau. »

Le cocktail ayant lieu dans les locaux de l'association d'étudiants, un certain nombre de deuxième année s'y étaient incrustés pour boire à l'œil. Des gobelets en plastique remplaçaient les verres et le vin était en carafe – un mauvais signe. Indifférente à cette intendance bas de gamme, Willy se souciait surtout des réactions d'Eric. Elle avait tort. Il était parfait – trop. Charmant et réticent tout à la fois. Quand une administratrice de la WTA, une femme archibronzée et ridée comme un pruneau l'entreprit sur la technique de Willy, il garda une expression courtoise et quelque peu absente. Sa championne, accrochée à son bras, mettait son grain de sel : « Eric, lui aussi, est professionnel, disait-elle.

— Ah bon ? finit par répondre un porte-parole du New Freedom Satellite, un homme. (Ce sexe était censé s'intéresser aux menstruations des femmes quand il y avait de l'argent à la clé.) Quel est votre classement ? »

Un autre tournoi, qu'il avait également perdu, lui avait coûté des points. Mais, du moins, pas celui d'Oklahoma.

« 926e, répondit Eric d'un ton neutre.

— Bravo ! Et bonne chance si vous comptez suivre les traces de cette petite bombe ici présente. Ne la laissez pas partir.

— Je n'en ai pas l'intention », dit Eric avec un sourire sans chaleur.

Willy ne savait pas au juste pourquoi, mais, durant toute la soirée, il resta les bras ballants, ne but qu'un verre de vin et ne parla que lorsqu'on lui adressait la parole, avec le calme distrait d'un homme en train de prendre des résolutions.

8

« Bien sûr que tu seras invité, promit Willy. Mais j'avais peur qu'assister à ça te soit pénible.

— Je gagne ma vie en tant que voyeur.

— Comment peux-tu le supporter, Max ? Regarder quand les autres jouent ?

— Je gagne sur tous les tableaux. » Dans l'atmosphère confinée de la bibliothèque de Sweetspot, la fumée de son cigare était nauséabonde. « Quand tu remportes une victoire, c'est à mon crédit. Quand tu perds, je mets quelqu'un d'autre à ta place. Je gagne de l'argent sans rien risquer.

— C'est comme ça que tu voies ton métier ?

— De plus en plus. »

Willy avait découvert un tout autre aspect de la personnalité de Max, les quelques semaines du printemps précédent. Un aspect qui lui permettait de prendre le risque de perdre la partie en jouant au jeu de la séduction devant la porte de sa chambre de dortoir ; l'aspect qui lui permettait de frapper la balle de front, de se positionner lui-même sur la ligne au lieu de placer des paris minables par personnes interposées. Ce beau courage, il n'en restait désormais pas grand-chose. Installé dans son coin habituel, dans le cocon de lumière de la lampe posée près de son fauteuil, il semblait content de lui, en sécurité. Son attitude la confortait dans sa décision d'épouser Eric. Max avait jadis connu les affres de la réussite, alors qu'Eric et elle étaient en train de les vivre – deux situations aussi dissemblables que le jour et la nuit. Max, dans son splendide isolement, ne comprendrait jamais son élève.

« Pourquoi ne le fais-tu pas ici ? proposa-t-il. Ça te coûterait moins cher. » Elle aurait été touchée s'il n'avait pas soutenu son regard de façon cavalière, en tapotant son cigare pour en faire tomber la cendre. L'offre ne lui coûtait rien. L'histoire d'amour de Willy se réduisait-elle peut-être à ses yeux à un match qu'il aurait suivi de loin.

« C'est extrêmement généreux de ta part, dit-elle cérémonieusement.

— Utilise cette bibliothèque comme salle de réception. C'est petit, mais tu n'as pas tellement d'amis.

— Quand aurais-je eu le temps de m'en faire ?

— Tu le regrettes ?

— Moins que je le devrais. (Elle souleva son sac de voyage.) Mais, toi, Max, tu es mon ami, n'est-ce pas ?

— Je suis ton entraîneur. Faire d'une relation comme la nôtre quelque chose de personnel est désastreux. Tu te souviens ? C'est ton mot. »

Eric était gêné par l'idée de se marier à Sweetspot ; que Max leur offrît son école avait un relent d'obscure vengeance. Mais Willy était encore plus gênée par l'idée de demander à son père de débourser les frais de location d'un établissement commercial. Toute son enfance, il avait refusé de payer les billets d'autocar et les chambres économiques de la chaîne Motel 6, l'obligeant à faire du baby-sitting pour s'offrir la raquette de rechange qu'il considérait comme de l'extravagance pure. Elle avait besoin de continuer à trouver son père mesquin pour ne pas le trouver méchant.

De toute façon, pour leur genre de mariage, ni la synagogue ni l'église méthodiste ne convenait. Eric n'avait jamais possédé de kippa, et le temple de la 74e Rue avait le mauvais goût de promettre à ses fidèles l'Ascension en ce bas monde. Willy avait été élevée dans le culte de l'abstention, où le royaume des cieux appartenait aux immaculés qui avaient refusé de se compromettre. Les Novinsky suivaient le culte des perdants et les Oberdorf celui des vainqueurs, mais il s'agissait toujours de la même Église, où leurs deux familles s'asseyaient dans deux travées distinctes, et Willy ne se sentait à l'aise sur aucun de ces bancs. Il y avait quelque chose d'horrible dans la férocité avec laquelle Axel escaladait l'échelle sociale new-yorkaise en écrasant les doigts de ceux qui aspiraient à le suivre ; en même temps, il y avait quelque chose de quasi dissuasif à l'idée de voir son père bouder, les bras croisés, au pied de ladite échelle.

En ce qui les concernait, Eric et Willy étaient attirés par des sanctuaires d'une architecture plus sommaire : d'immenses chapelles vertes à ciel ouvert exposées au passage des avions. Les commandements de leur bible n'étaient pas toujours faciles à respecter, mais son catéchisme était succinct, et sa théologie, fort simple : « Tu ne commettras point la double faute ; tu ne contesteras point les décisions du juge de ligne. » Leur religion était celle de l'impitoyable, mais aussi celle de l'égalité des chances, et s'ils révéraient la manne éminemment matérielle dispensée à certains, ils faisaient tous deux partie du peuple élu. En conséquence, si leur mariage devait être célébré en terre sacrée, celle d'un court de tennis était, dans leur cas, le choix le plus logique pour se jurer fidélité.

Ils se décidèrent donc de concert pour Sweetspot, programmant l'événement pour décembre, le seul temps mort du calendrier tennistique. En dressant la liste des invités, ils s'aperçurent qu'Eric avait beaucoup de relations mais peu d'amis intimes. Ses loyautés étaient rares, absolues et successives. La majorité de ses confidents ne l'étaient plus. D'autres, moins chanceux, auraient pu cesser d'exister, physiquement parlant – l'une de ses amitiés intimement litigieuses avait fini à coups de poing. Eric poursuivait chacun de ses projets avec une intensité monomaniaque, puis, d'une façon ou d'une autre, lui imposait un terme. C'était typique de sa part d'avoir demandé Willy en mariage sans même lui suggérer qu'ils vivent d'abord ensemble. Tous ce qui n'était pas définitif lui paraissait gnangnan, déplaisant. Cette tendance à finaliser le servirait professionnellement, pensait-elle, et elle l'avait aussi aidé à sauter le pas – le mariage ; sauf que l'institution, avec son côté « pour la vie », était, mis à part l'engagement – on y va –, un projet commun assez brumeux.

Ils se décidèrent en faveur d'un certain nombre de relations, parfois vagues, car si on n'atteint pas un quorum, une cérémonie est ratée. En conséquence, la majorité de leurs invités étaient des gens de tennis : partenaires, ex-membres des équipes de Princeton et UConn, diplômés de Sweetspot, poulains de l'écurie Upchurch que Willy pouvait supporter – pas Marcella Foussard –, tous venus à Westbrook cachés derrière leurs lunettes Vuarnet. Les promis n'avaient invité personne qu'ils méprisaient, mais même des gens individuellement sympathiques peuvent se révéler épouvantables en groupe. Un seul invité venu en Mazda Miata c'était incongru ; inversement, une pièce pleine de gens à grosses cylindrées, c'était vulgaire.

Après avoir bu un café dans la bibliothèque pour se réchauffer, les invités, en moufles et capuchons doublés de fourrure, grimpèrent la colline en direction du court numéro 7, où Willy et Eric les attendaient en compagnie du juge de paix de Westbrook.

De loin, Willy reconnut le rire aigu, théâtral, d'athlètes habitués à être interviewés. Une phalange de belles anatomies s'approchait, telle une photo découpée dans *Vogue*. En queue, rien moins que sélecte dans ce défilé de mannequins, venait la famille de Willy. Le costume de son père était froissé par le voyage – pourquoi pas celui des autres ? – et ses cheveux en bataille, assortis à l'herbe folle qu'il foulait. Sa mère arborait une profusion consternante de bijoux fantaisie. Pour une fois, Willy rendait grâce à Gertrude pour son physique quelconque. Les Novinsky étaient les seuls hôtes de ce mariage qui ressemblaient à la famille Tout-le-monde.

Cela relevait peut-être du gadget, mais Willy s'était amusée à s'habiller comme l'occasion l'exigeait. Une tenue de tennis sans manches à jupette plissée, mais en satin blanc, portée, en ce mois de décembre, avec un collant et un sweat-shirt en angora blanc nacré. Elle avait eu du mal à trouver les chaussures : des bottines à talons lacées comme des tennis.

Eric était appuyé au poteau du filet avec ce calme impénétrable que tout court suscitait en lui. Il aurait dû jouer à l'âge d'or aristocratique de ce sport. Ses longues jambes étaient faites pour la flanelle blanche. Avec son pull marine et bordeaux à torsades, un col blanc amidonné étincelant dans l'encolure en V, il semblait sorti d'une photo de la grande époque du tennis : un véritable Ellsworth Vines – le champion des années 30. Comme les fringants gentlemen de l'époque, il avait lissé et coiffé ses cheveux en arrière. Ne lui manquait que la raquette en bois.

Il faisait froid, mais se marier par un temps invitant à se précipiter au lit, n'était-ce pas pertinent ? Quelques flocons flottant sur le court rappelaient à Willy les après-midi de décembre où elle s'appliquait à repousser les limites de la saison. À la fin de nombre de sessions d'entraînement avec Max, elle devait ouvrir ses doigts crispés sur le manche, tout comme on serait obligé de lui arracher la raquette de la main quand la rigidité cadavérique aurait fait son œuvre. Sweetspot possédait quatre courts couverts, mais sans aération aucune. Une atmosphère stérile, ce n'était pas du tennis. Jusqu'à ce qu'on eût tendu une bâche sur le revêtement du court numéro 7, elle jouait donc dehors. Le tennis, comme le mariage, c'était pour le meilleur et pour le pire. Le juge de paix expédia la cérémonie en tapant des pieds pour se réchauffer. Lorsqu'elle embrassa Eric pour sceller leurs vœux, elle défiait les éléments, tout comme elle l'avait fait en jouant dehors en décembre. Elle voulait prouver à son époux qu'aucune force extérieure, fût-elle adverse, ne pouvait geler une passion. Par le passé, elle avait manqué maintes splendides occasions, mais elle était désormais bien décidée à ne plus les laisser filer.

Le souvenir qu'elle garda de la réception s'estompa vite. Les Novinsky et les Oberdorf étaient assis chacun dans leur coin, comme si arrivisme et défaitisme étaient des maladies contagieuses. Max arborait une expression de détachement amusé que la lassitude le contraignit vite à abandonner. Vers la fin des festivités, affalé dans un fauteuil, son nez chaussé de lunettes, il lisait un ouvrage de psychologie du sport avec l'attention feinte du premier de la classe égaré dans une boum qui n'ose pas inviter les filles à danser.

Tout autour de lui, la bibliothèque regorgeait de jeunes adultes arborant un bronzage hivernal, et certains, un poignet bandé. Max avait réformé le coup droit de maints d'entre eux. Willy se demandait pourquoi elle restait plantée seule dans un espace vide. Dans ce naufrage de petits sandwichs dédaignés et ces flots de champagne tiède, elle devait se forcer pour jeter en direction d'Eric des coups d'œil destinés à lui rappeler ce que cet océan de bavardages – le même murmure continu que dans tant d'autres célébrations importunes du genre du New Freedom Satellite – était censé marquer. D'habitude, le prix, c'était la partie ; le trophée n'était qu'accessoire. Cette fois, la « party » n'était qu'anecdotique ; le trophée, c'était la perpétuité.

Un souvenir très net s'inscrirait pourtant dans la mémoire de Willy : des blancs étincelants, une main gercée effleurant la bande du filet pour lui passer l'alliance, le juge de paix débitant les paroles rituelles : « Je vous déclare unis par les liens du mariage. » Une union scellée entre un homme et une femme plantés chacun de son côté du filet.

Le bonheur des premiers mois évoquait une balle au sommet de sa trajectoire : solide, sereine, équilibrée. À son apogée, elle semble figée à jamais, mais l'ascension implique la chute. À aucun moment Willy ne s'était dit qu'elle mangeait son pain blanc, parce qu'on ne peut pas étiqueter les jours heureux comme tels. Ce n'est possible qu'après coup.

Eric emménagea officiellement dans l'appartement de Willy, 112e Rue, où, depuis cinq mois, il s'immisçait subrepticement, une paire de chaussettes après l'autre. Mariage ou non, elle faillit s'étrangler la première fois qu'elle le vit violer le sanctuaire de sa boîte aux lettres avec un double de la clé. Les fragiles verrous qui l'avaient jusqu'alors protégée de toute intrusion avaient été crochetés. Il feuilletait son courrier, il franchissait la porte sans s'annoncer, autant de signes physiques indiquant qu'il la connaissait suffisamment pour deviner quelles autres privautés elle pourrait l'empêcher de prendre. De fait, c'est de Willy elle-même dont il avait désormais la clé.

Conformément au mode de vie de son occupante, le deux-pièces de la jeune femme était conçu pour les départs en hâte, les retours aux yeux rougis de fatigue et les semaines de désertion dans l'intervalle. Son congélateur recelait une douzaine de boîtes de lasagnes à réchauffer au micro-ondes, et un carton de glace Häagen-Dazs, à moitié mangée, orné d'une dentelle de givre. Après être rentrée chez elle pour trouver les oignons liquéfiés et les pommes de terre ratatinées et germées, elle avait appris à ne stocker dans le garde-manger que des boîtes de thon. Elle avait suffisamment épousseté de débris végétaux noirâtres sur les bords de fenêtre pour se dispenser de garder des plantes assoiffées, ne conservant qu'un cactus capable de survivre à sa négligence. Bulbeux, poussant par à-coups du fait d'un arrosage capricieux, ses boules difformes et hérissées alertaient Willy sur les dangers d'un mariage nomade : elles lui rappelaient que la tendresse sporadique engendre des monstres épineux.

Les emblèmes d'une présence intermittente devenaient poignants les soirs où Willy se retrouvait seule. Sans conviction, elle prenait un paquet dans la corbeille débordant de cacahuètes, choisissait l'un des nombreux shampoings Sheraton ou petits savons Hilton qu'elle emportait sous la douche, et s'offrait finalement une boisson forte, choisie parmi les innombrables flacons miniatures offerts par les compagnies aériennes. Tous deux aimaient l'ordre, mais quand Eric était en déplacement, Willy regrettait de ne pas voir traîner son polo trempé de sueur, ses chaussettes hautes effilochées, ses slips de sport en train de sécher sur la barre du rideau de douche. Elle avait la nostalgie de ses sweat-shirts drapés sur les radiateurs brûlants dont l'odeur de transpiration imprégnait l'appartement comme la pâte qui lève.

Elle retardait le moment de défaire le lit ; la couverture piquée blanche ne l'incitait jadis qu'au sommeil bien mérité de l'athlète épuisé ; mais maintenant, quand elle regardait les draps, elle ne les voyait plus tirés au carré mais voluptueusement froissés. Incapable de tenir en place, elle roulait soigneusement la corde à sauter de son mari, avant de la remettre dans le vestibule, elle en reniflait les poignées de mousse odorantes de sueur. Avec un peu de chance, elle les trouvait encore humides.

En réalité, la présence d'Eric était plutôt trop discrète. Son poil de sourcil mutant scotché au mur était son unique contribution à la décoration de la chambre. En revanche, il y avait un polaroïd de Willy, sa Davis Imperial brandie, perchée sur les épaules de son père ; des articles découpés dans des journaux sportifs, les photos annuelles de Sweetspot. Eric répugnait à mélanger les trophées placés audessus du bureau de Willy avec les siens. Il n'avait rien accroché non plus. Dans la salle de séjour, il y avait deux sous-verres antérieurs à sa présence : une belle affiche du New Jersey Clas, la première victoire satellite de Willy, en 1990 ; et une gravure débordante d'allégresse et d'énergie achetée au MOMA. Elle représentait un sportif de la Belle Époque qui jaillissait quasiment du cadre, un ballon à la main. Le bas de son maillot rayé rouge et jaune ressemblait à un caleçon long, et sa moustache en guidon de bicyclette était légèrement excentrée. Ce qu'il tenait, c'était un ballon de volley, mais l'abandon comique du personnage, son exubérance insouciante capturaient la joie pure et sans entrave que Willy ne pouvait ressentir que sur un terrain de tennis.

Concernant le reste de l'appartement, mis à part l'exhibition de ses vêtements de sport sur toutes les surfaces possibles, l'apport esthétique d'Eric s'était réduit à l'aide qu'il avait apportée à Willy pour remplir la table basse, un meuble bizarre pour lequel il s'était pris de passion. Une boîte de Plexiglas transparent, que Willy avait fabriquée elle-même en collant des panneaux, avec, au centre, un trou rond de sept centimètres de diamètre. Elle y jetait depuis deux ans ses balles de tennis usagées, diversement colorées selon le revêtement du court : le rouille de la terre battue, le violet des baies de Riverside, le gris des après-midi pluvieux où elle n'avait pu s'empêcher de jouer. Il y en avait maintenant beaucoup, entassées dans le Plexiglas comme des photos pixellisées jusqu'à l'absurde.

En fin de compte, Eric n'avait pas envahi l'espace de Willy puisqu'il était absent plus de quinze jours par mois et que sa femme elle-même était hors de la ville une bonne partie du temps où lui s'y trouvait. Ainsi, la séparation et les retrouvailles de l'époque Worcester devinrent une routine, et Willy ne s'attendait pas à le reconnaître tout à fait quand il passait la tête dans l'entrebâillement de la porte. Obligée qu'elle était de réévaluer constamment les méplats de son visage, elle n'était jamais arrivée à cette familiarité blasée qui, de la part de l'épouse classique, revient à ne plus voir du tout son conjoint. À l'affût de signes qui lui permettraient de se rafraîchir la mémoire, elle découvrait souvent un trait nouveau qui, dans des circonstances normales, lui aurait échappé – un nouveau poil fou à son sourcil, les prémices d'une ride au coin de l'œil, le cerne mauve indiquant qu'il avait pris le dernier vol de Houston pour, une fois n'est pas coutume, passer la journée du lendemain avec elle. Ils se mettaient tous deux en ordre de combat à ces occasions. Chez Fleur de mayonnaise, Eric mangeait deux plats de riz cantonais, plus la moitié de celui de Willy, tandis qu'ils échangeaient les résultats des batailles que chacun avait livrées au loin.

L'année 1993 s'annonçait fructueuse pour Willy, quoique particulièrement harassante, car vient le temps où tout se paie, où un don inné ne suffit plus. Elle avait épuisé son capital à l'adolescence. À vingt ans, elle ne pouvait plus compter exclusivement sur son talent ; devoir soudain travailler pour le parfaire lui avait fait très peur au début, mais elle avait essayé de se convaincre que ne compter que sur ses dons pour faire son chemin était peut-être de la triche.

De plus, alors qu'elle s'employait à réduire la distance entre son classement et le top 10, chaque incrément lui coûtait davantage que le précédent. Eric lui avait expliqué le calcul : en approchant la limite d'âge, la moitié des gains d'une année sur l'autre exigeait le double d'effort. Passer de 400e en avril 1992 à 355e après le New Freedom avait déjà été difficile, mais décrocher ensuite, bec et ongles, la 321e place dans le même laps de temps, avait été éreintant.

La compétition allait devenir de plus en plus sévère. Willy n'était pas la seule joueuse déterminée à passer du circuit national à l'international. Techniquement, il suffisait d'être dans le top 500 pour conquérir le monde à partir de JFK et ses vols long-courriers. De fait, flirter avec de plus gros numéros que le sien était financièrement prohibitif. Max refusait de l'envoyer en Argentine pour qu'elle se fraie un chemin à la machette parmi les athlètes qualifiées. Il voulait que sa prestation soit payante : son inscription devait se faire sur la base de ses points, afin d'en gagner encore plus en cas de victoire. Il n'était prêt à la financer à l'étranger que lorsqu'elle serait dans le top 200, et pas avant. Vieillissante, anxieuse et impatiente, elle trouvait pourtant que c'était de bonne guerre. Max avait raison : il n'était pas son ami, mais son entraîneur, doublé d'un homme d'affaires.

Tandis que Willy ne pouvait plus tirer profit de ce « quelque chose de spécial » qui avait poussé son père à s'agenouiller devant elle quand elle avait dix ans, Eric, qui avait enfin trouvé son filon, « traçait ». Son jeu semblait mûrir tout seul. Ceux qui réussissent grâce à leur seul don, comme Willy quand elle était lycéenne, ne comprennent pas ceux dont les progrès ne se font pas « naturellement ». Pire, le sportif qui a exploité le sien jusqu'à épuisement du gisement, prend cet aspect un peu robotisé trahissant des progrès assidus et douloureux, comme si l'athlète sur le déclin escaladait à mains nues une falaise dépourvue d'aspérités ; les petits prodiges, eux, trouvent une prise. En une seule journée, ils se débrouillent pour avancer à une allure époustouflante. L'aisance étant tellement plus séduisante que l'effort, Willy craignait qu'Eric trouvât pathétiques ses deux heures d'exercices monotones au filet.

Elle s'apprêtait justement à les assumer, ces deux heures, au club de Forest Hills – où, à sa consternation muette, son beau-père avait usé de son influence pour faire inscrire son rejeton –, quand Eric, comme s'il s'agissait d'un brusque caprice, voulut qu'elle lui fasse travailler son lob diagonal. Il alla nonchalamment se placer sur la ligne de fond en demandant à Willy de lui renvoyer les balles sur son revers. Après deux ou trois coups expérimentaux, annonciateurs d'instincts brillantissimes, il assaisonna ledit revers d'un zeste de lift, à l'instar d'un cuisinier qui lâche une pincée de sel. Résultat : il ne tarda pas à placer son lob exactement dans le coin opposé. Pour réussir ce coup, il ne lui avait pas fallu la matinée, et encore moins deux ans : seulement dix minutes. Il volait sur les ailes de l'inspiration alors que Willy, en comparaison, semblait vissée au sol. Ce type voyageait en jet privé quand sa femme prenait le bus.

Willy transpira donc pour passer de 355e à 321e, et au cours des mêmes six mois Eric passait de 926e à 708e. Se gardant de répéter les erreurs du Jox All-Comers, il fut bientôt en mesure de s'inscrire à des tournois de meilleur niveau, offrant une perspective de points plus appréciable, sans avoir à se soumettre aux éliminatoires. Il y avait quelque chose de magnifique dans le processus de maturation de son jeu, mais aussi quelque chose d'un peu répugnant dans son essor. Willy souffrait de la même ambivalence que si elle voyait un chiot mignon aux grosses pattes maladroites se transformer d'une semaine à l'autre en un molosse aux muscles puissants.

Ils se contentaient le plus souvent de faire des balles ensemble. Les rares fois, pendant l'été 1993, où ils se lançaient dans une partie, Eric n'avait toujours pas réussi à battre son astucieuse et agile épouse. Mais il tenait trois sets, et les tie-breaks étaient nombreux ; ils étaient souvent à égalité. Willy était obligée d'adopter des tactiques diaboliques. Pire, elle en était venue à miser sur les erreurs qu'il commettait de moins en moins. Il était enfin arrivé à « serrer » son revers croisé, et, quand sa balle était bonne, elle était irrattrapable. En vérité, il la talonnait dangereusement. Plus Eric était près de renverser le score, plus il devenait vital pour Willy de l'emporter. Quelque chose de plus important que le simple orgueil était probablement en jeu pour elle, car il n'y a pas de parité possible au tennis. Dès le début de leur mariage, les parties qu'ils disputaient avaient cessé d'être vraiment amusantes. Quand Willy s'apprêtait à jouer contre son mari, elle avait l'estomac noué.

Gagner du terrain, rattraper l'autre, en revanche, c'était ça, son élément. Grâce à ce boulet qu'avait été sa déprimante famille, elle excellait surtout là où on attendait qu'elle échoue ; la frustration la stimulait. Que personne, récemment, n'ait tenté de l'arrêter était déstabilisant, comme si on l'avait enfermée derrière une porte brusquement déverrouillée de l'autre côté. L'adversité lui permettait de se concentrer sur la tâche, mais si on lui offrait sa chance, elle ne savait pas trop comment la saisir – le terrain était trop vaste. Elle regrettait d'avoir perdu son ennemi juré – son père – au point d'être parfois sujette à une impression de dissolution, de perte de soi, comme l'agoraphobe dans un stade de football qui ne rêve que d'un placard.

À force de regarder par-dessus son épaule pour voir où en était Eric, elle avait attrapé un torticolis. Quand on veut dépasser l'autre, le changement est un allié, mais quand on veut simplement rester en tête, le changement est intrinsèquement répulsif. Que risque un numéro 1 ? Devenir numéro 2, que pourrait-il lui arriver de pire ? Alors que ceux qui le talonnent sont optimistes et intrépides car ils n'ont rien à perdre, le coureur de tête est tout naturellement conservateur et parano.

Un mariage ne devrait pas être une course. Pourtant, ce mariage-ci l'était. Eric est seulement 708e, se marmonnait Willy en route pour l'aéroport de LaGuardia. Mais dans son taxi, elle calcula qu'Eric, en six mois, avait gagné 218 places alors qu'elle-même, clopin-clopant, n'en avait gagné que 34. À ce rythme, dans deux ans, Eric passerait à la télé tandis que Willy tripoterait le récepteur pour régler l'image.

En attendant, avec une désinvolture agaçante, il excellait dans tout ce qui aurait dû n'avoir aucune importance aux yeux de Willy. Lorsqu'ils jouaient au fer à cheval dans le jardin des Novinsky, Eric couvrait le piquet à chaque lancer, envoyant valdinguer les fers de Willy. Lorsqu'ils jouaient au billard dans une salle de Houston Street, il empochait toutes ses boules quand elle en était encore à se préparer. Lorsqu'ils jouaient au bowling dans le New Jersey, Willy envoyait toutes ses boules dans les rigoles tandis que la feuille de score d'Eric s'emplissait de croix.

Si bien qu'un soir de juin, lors de l'un des rares et précieux moments qu'ils passaient ensemble, Willy lui proposa de rester à la maison pour faire un Scrabble, un jeu auquel elle avait toujours écrasé sa sœur Gertrude. Dès la première partie, il tira toutes les lettres à gros numéros tandis que le chevalet de Willy était encombré de voyelles.

« J'avais ça en stock depuis une demi-heure, admit-il quand il ne restait plus que trois lettres dans le sac. J'avais peur de rester coincé avec. » Il plaça le seul Z du jeu, dans le mot zwieback[1].

— C'est quoi, ça ?

— Oh, un truc dégueulasse, une sorte de tranche de pain racornie... Ça me fait donc 29 points, et comme le mot chevauche deux cases rouges, je triple et je retriple : soit 261 points. Comme j'ai utilisé mes sept lettres, je me rajoute 50 points. (Pour un matheux, prendre le temps de compter ce bonus était pur sadisme.) Ça fait donc 311.

— Tu veux dire que tu as déjà 311 ?

— Non, davantage. Les 311, c'est juste sur un seul coup. »

Eric, avec une minutie obsessionnelle, venait tout juste d'aligner son zwieback quand Willy balaya d'un revers de main le plateau de jeu posé sur la table basse.

Il resta assis, les mains sur les genoux, et son expression de jubilation enfantine mit un certain temps à s'effacer. « Willy, ce n'est qu'un jeu », finit-il par dire.

Elle respirait plus fort que ne le méritait un simple lancer de carrés de plastique. « Y a-t-il un

1. « Zwieback » : biscotte.

seul domaine dans lequel tu n'excelles pas ? » demanda-t-elle.

Son hésitation à répondre était révélatrice.

« Les langues, finit-il par reconnaître.

— Tu as essayé d'en apprendre une ?

— Juste assez pour passer un examen. » À quatre pattes, il cherchait les lettres éparpillées sous le canapé. « J'ai fait deux ans d'allemand.

— Mais tu as obtenu des notes brillantes.

— Et alors ? Rien d'étonnant, compte tenu du nombre de films de guerre que je regardais. »

Cette minimisation de ses dons fortifia Willy dans l'idée que si Eric avait étudié le chinois et le grec classique il aurait été également un crack en philologie. Il n'avait qu'à choisir un domaine pour devenir un expert. Willy était vaguement consciente de l'existence de gens comme lui, mais elle ne se serait jamais attendue à partager le lit de l'un d'entre eux. De près, ses facilités terrifiantes étaient si inhumaines qu'elle était tentée de regarder son mari non comme un surdoué, mais comme quelqu'un souffrant d'un déficit… de normalité.

« Tu aurais préféré que je joue mal au Scrabble ? » demanda-t-il, toujours à plat ventre.

Facile, comme question. « Oui ! »

Il leva la tête et l'examina d'un œil critique.

« Tu te serais ennuyée, dans ce cas.

— Oui, mais j'aurais gagné.

— Battre un mauvais joueur, je ne vois là aucun motif de satisfaction.

— Celle de te battre au moins à quelque chose.

— Tu me bats au tennis, qui est notre gagne-pain, du moins le tien. (Que les tie-breaks qu'Eric infligeait à Willy avant les victoires à l'arraché de celle-ci fut le seul facteur d'égalité entre eux ne la consolait nullement.) Et même si je te battais, poursuivit-il, se rappelant peut-être leur dernier score (7-6, 4-6, 7-6), quelle importance ? »

Une question idiote de la part d'un garçon aussi brillant.

« Imagine comment tu te sentirais si c'était moi qui excellais partout et que toi tu échouais systématiquement, l'implora Willy. Si je lisais, courais, comptais plus vite que toi. Si je sortais d'une des meilleures universités privées du pays quand tu aurais été accepté de justesse dans une université d'État sur la base d'une bourse de sport. »

Une lettre était tombée dans le trou de la table. Eric ôta le dessus de Plexiglas pour la récupérer parmi les balles.

« Dans ce cas, je serais tout simplement fier de toi, dit-il.

— Et dans le cas présent, demanda-t-elle doucement, avec une femme qui est nulle en tout ? Eric, franchement, qu'est-ce que tu me trouves ?

— Quelles sont toutes ces choses dans lesquelles tu es nulle, Wilhelm ? » Il replaça le couvercle en plastique de la table et la rejoignit sur le canapé, un bras passé autour de ses épaules. Willy se recroquevilla, les mains étroitement serrées entre les genoux.

« L'informatique… par exemple. Moi, tout ce que j'obtiens, ce sont des messages d'erreur. Et je suis incapable de programmer le magnétoscope ; d'équilibrer mon budget ; de me souvenir en quelle année Bill Tilden[1] s'est fait paner à cause de son goût pour les petits garçons.

— Années, au pluriel, corrigea Eric. Il a été arrêté deux fois. Il ne pouvait s'en empêcher.

— Tu vois ! Et quand je ferai 312 points au Scrabble en un seul coup, les poules auront des dents ! »

Eric l'embrassa sur le front. « Si jamais tu me fais ça, j'ouvre la fenêtre, je prends le jeu et le jette dans l'Hudson. »

---

1. Champion de tennis américain des années 1920 et 1930.

C'était l'aveu qu'elle attendait de lui. Elle l'en remercia par un long baiser.

« J'ai faim, marmonna-t-il. Il n'y aurait pas une zwieback dans la maison ? »

Elle lui assena sur les pectoraux, censément pour rire, un coup de poing plus brutal qu'elle n'en avait l'intention. Ses yeux lançant des éclairs, Eric plaqua le bras gauche de Willy derrière son dos, puis, par saccades, lui remonta le poignet tout juste assez pour qu'elle glapisse de surprise plus que de douleur. Elle resta un instant impuissante avant de se tortiller pour se libérer – sans doute parce qu'il l'avait bien voulu. Elle lui cogna le plexus avec le poing, cette fois de manière prudemment calculée pour lui couper légèrement le souffle.

Eric se jeta sur elle et la plaqua au sol. Ils avaient déjà fait ça. Ils aimaient lutter. C'était à la fois sérieux et ludique ; à part un bleu, ou une égratignure occasionnelle, ils ne se faisaient jamais vraiment mal. Eric lui immobilisa les poignets et lui bloqua les jambes en passant ses pieds derrière ses mollets, qu'elle parvint à dégager d'un mouvement glissant. Ramenant ses genoux contre la poitrine d'Eric, elle se mit à pousser en se balançant, pour utiliser son poids contre lui. Ils se retrouvèrent couchés sur le flanc, et Eric passa brusquement sa main derrière la tête de Willy pour qu'elle ne se blesse pas contre la table.

Ses coudes bloqués par les genoux de sa chérie, il avait les bras assez longs pour sortir le pan de sa chemise. De ses mains libres, elle agrippa les bords de son tee-shirt, et quand, d'un mouvement de reins, il la plaqua de nouveau au sol, elle tint bon. Comme prévu, il ne pouvait se libérer qu'en se laissant dépouiller de son vêtement. Un autre de leurs jeux familiers : le premier qui parvenait à déshabiller l'autre avait gagné. Une fois Eric torse nu, Willy tenait le bon bout. Ils ne se lassaient pas de ce jeu, un combiné de lutte classique et de strip-poker, qui n'allait toutefois jamais jusqu'au viol « pour rire ».

En un rien de temps, Eric fut debout. Il empoigna le bas du jean de Willy étendue par terre. Il était si moulant que, pour le lui ôter, il dut la traîner sur la moquette comme un tracteur tirant une charrue, une traction quelque peu contrariée par des carrés de plastique cireux – les lettres éparpillées du jeu de Scrabble qui roulaient sous le dos nu de Willy. Plus tard, les épaules de la jeune femme porteraient probablement les marques de ce transport forcé, mais, sur le moment, cela l'amusait. Le fou rire était contre-indiqué si elle voulait garder la main dans ce genre de situation. Seul le fait qu'Eric ne portait pas de caleçon sous son jean donnait à Willy un léger avantage vestimentaire.

Ne leur restèrent bientôt plus que les chaussettes.

Suant et soufflant, ils conclurent par un combat presque immobile, tendus, exerçant force contre force. Willy sentit contre son estomac le pénis d'Eric durcir. Pendant un instant, le reste de son corps se détendit et elle en profita pour lui arracher sa dernière chaussette, qu'elle lui agita victorieusement sous le nez.

« Salope », lui dit-il tendrement. Dans ce tournoi-ci, ils étaient tous deux gagnants. « Mets ton diaphragme », lui conseilla-t-il.

Quand elle sortit de la salle de bains une minute plus tard, il était toujours couché sur le tapis du living, qu'il préférait manifestement au lit. Willy s'abattit sur sa poitrine et leurs mains s'unirent étroitement. Eric essaya d'abaisser les poignets de sa femme ; elle résista. Il essaya plus fort : elle tint bon.

« Bon sang, quelle force tu as », lui dit-il d'un ton admiratif, tout en regardant des parties du corps de sa belle qui semblaient l'intéresser davantage que ses biceps bandés.

De nouveau, il se moquait d'elle, ce qui l'agaçait. À tout moment pendant ce bras de fer inégal il aurait pu lui tordre les poignets en la faisant crier de douleur. Elle, en revanche, serrait à mort ceux d'Eric sans les faire bouger d'un millimètre. Les mains tremblantes, elle baissa les yeux vers ce torse mince, magnifiquement proportionné. Bien sûr, il n'aurait pas été un homme s'il n'avait été le plus fort. Tout de même, c'était rageant. Dans un crêpage de chignon, elle aurait gagné haut la main, mais ce match-ci était artificiel. Elle lâcha prise.

Eric la pénétra, mais la bagarre n'était pas tout à fait terminée. Durant les vingt minutes suivantes, ils jouèrent à « Qui est au-dessus », un autre combat qui bénéficiait même au perdant.

Quand leurs culbutes prirent un tour plus sérieux, Eric choisit d'exercer sa force supérieure. Quand ils eurent fini – avec Willy dessous –, elle se releva pour ramasser ses vêtements, et, titubant d'un épuisement délicieux, elle balaya de la main les lettres de Scrabble collées dans son dos. Elle ne l'aurait jamais admis mais, malgré leur joute amoureuse, elle pensait encore avec quelque irritation à ces 311 points gagnés en un seul coup.

9

Ses parents avaient appris à Willy la relativité du succès. En récompense de leur résignation, ils avaient obtenu un statut de notables parmi les ratés. À Bloomfield College, son père dominait largement ses étudiants du simple fait qu'il était l'empereur de la subordination grammaticale. Il n'avait jamais cherché un poste plus prestigieux. Un colosse parmi les nains ne souhaite pas la compagnie d'autres géants.

De la même façon, le choix de sa mère de devenir diététicienne à la maison de retraite The Golden Autumn, était probablement tout aussi roublard. Son travail auprès d'êtres rétrécis et baveurs la renforçait au quotidien dans sa croyance en la futilité de l'ambition. Ses responsabilités, quelles qu'elles fussent, étaient encodées par une sénilité ambiante qui réduisait à des fragments confus des jours meilleurs mal remémorés sur lesquels les soignants se penchaient avec une bienveillance distraite. Quand Willy était venue visiter The Golden Autumn, elle en avait trouvé l'atmosphère suffocante ; sa mère, elle, respirait l'air vicié et médicamenteux comme un oxygène revigorant, arpentant d'un pas vif les couloirs de l'institution, l'air radieux, tout en saluant de la main ses protégés à la mâchoire pendante. Elle semblait trouver une revanche dans le nivellement par l'âge.

Elle ne pouvait plus effectuer un jeté battu, mais elle contrôlait ses intestins. Son père ne déployait pas son éloquence dans la *Paris Review*, mais sa maestria en matière d'accord du verbe avec le sujet était irrécusable. Le métier de Willy, en revanche, fixait d'autres règles : l'étalon, c'était le classement. Très simple : vous étiez peut-être meilleure que la fille derrière vous, mais votre ambition, c'était de rattraper votre retard par rapport à celle qui vous précédait. Le contexte, c'était l'excellence. Avant son mariage, dans le milieu ultracompétitif de Sweetspot, Willy se considérait à juste titre comme une athlète disciplinée, concentrée. Mais à partir de décembre 1992, le contexte avait changé. Quand Eric Oberdorf courait, il couvrait non pas six kilomètres et demi, mais neuf et demi, et en moins de temps qu'elle ; il choisissait de se lever non à sept, mais à six heures du matin ; et, en déplacement, il emportait sa corde à sauter, avec laquelle il arrachait plus d'un plafonnier de chambre d'hôtel. Si Willy était concentrée, Eric était fanatique. Il lisait des biographies, des ouvrages sur l'histoire du tennis, et une flopée de magazines. Quand il rentrait de l'aéroport de LaGuardia, son sac était bourré de quotidiens tels que l'*Austin Star* et le *Cleveland Plain Dealer* ouverts à la page des sports. Leur magnétoscope commun était préprogrammé pour enregistrer en leur absence ESPN et USA, les chaînes de sport en continu, et son idée d'une soirée relax à la maison consistait à rembobiner et à prendre des notes sur les masters et Indian Wells, en Californie. S'il louait une cassette vidéo, il rentrait non pas avec *Last Exit to Brooklyn*, mais avec la finale de Wimbledon 1980, McEnroe-Borg, qu'il revisionnait point par point. Willy Novinsky, qui aurait préféré regarder *Last Exit to Brooklyn*, pouvait raisonnablement se considérer comme une flemmarde velléitaire et mollassonne.

Possédée par une foi en l'entraînement analogue à la sienne, elle se sentait tiraillée. D'un côté, quand Eric repoussait les couvertures et sautait du lit dans une aube laiteuse évoquant un vieux café tourné, Willy, boudeuse, était encline à se prélasser au lit jusqu'à midi. De l'autre, elle était tentée de faire sonner son réveil dans une nuit d'encre pour pratiquer une heure de gymnastique suédoise pendant qu'Eric dormait encore. Hésitant entre le défi et le désir de triompher, elle opta pour l'attitude du bon petit soldat, se forçant à accélérer un peu le rythme pour rester en phase avec Eric. Elle aussi se levait au chant du coq – ou plutôt sa version new-yorkaise : le passage du camion-benne –, courait neuf kilomètres et demi au lieu de six et demi, et sautait à la corde.

En guise de cadeau de mariage, Alex leur avait offert un abonnement au Hamilton Jordan Raquet Club, qui proposait des courts couverts. Willy se mit à y accompagner son mari à midi, quand ils étaient tous deux en ville. Il retenait, pour soixante minutes d'entraînement intensif, un court de squash, seul espace qu'il assurait assez spacieux pour eux deux. Sauter à la corde ensemble leur offrait l'occasion de passer plus de temps dans la même salle, et Willy pensait qu'Eric accepterait avec gratitude sa compagnie tellement cette activité devait être monotone. Pourtant, dès sa première visite au club en juin, elle découvrit qu'elle devait revoir sa copie : à regarder Eric, cette pratique était tout sauf monotone.

Durant les quelques centaines de sauts initiaux, il évolua dans le carré de service gauche jusqu'à ce que le mince boudin de plastique noir se mette à baratter comme un fouet à œufs. Puis il accéléra le rythme et le vrombissement étouffé de la corde devint un sifflement aigu. Il semblait léviter, immobile, à huit centimètres du sol.

Il lui avait prêté une Everlast en cuir qu'il avait raccourcie par des nœuds. Pendant les mois suivants, elle continua à l'utiliser au lieu d'investir dans son propre équipement, un rappel que le régime auquel elle se soumettait était, lui aussi, d'emprunt. Elle prit possession de l'autre carré de service, leurs deux cordes fouettant le sol au même rythme. Après le deux cent cinquantième saut, Willy fut larguée. Comme elle dépêtrait la corde de ses socquettes, le gémissement strident de celle d'Eric montait en puissance.

Échauffé, il zigzaguait sur toute la longueur du court sur la pointe des pieds, telle une machine à coudre folle effectuant un point de bâti. Ensuite, de ses longues jambes raidies, il effectuait une série de ciseaux, son short de cross en Lycra fendant obliquement l'air comme des lames. Willy, tout en poursuivant ses propres exercices d'élève appliquée, le regardait du coin de l'œil claquer plusieurs fois des talons dans l'air comme quelqu'un qui vient de gagner à la loterie. Puis il retombait au sol, une jambe pliée, une jambe tendue, à la cosaque. Quand il se mit à faire des ciseaux avec les bras, effectuant avec la corde des méandres soutenus qui évoquaient la sinuosité du serpent, elle perdit le rythme et se fouetta les mollets avec l'Everlast.

Les yeux rétrécis, elle se repositionna dans son propre carré, prit de la vitesse et croisa les bras.

Pfut. Raté.

Cela lui prit du temps pour établir un tempo régulier capable de lutter, au niveau sonore, contre le chhhee-BAM des doubles sauts d'Eric. Elle comptait mentalement : « 6,7,8,9 – CROISE ! »

Pfut. Encore raté. Elle se prit la corde dans les pieds en tirant sur les poignées de bois qui heurtèrent bruyamment le sol.

Le fracas ne troubla pas Eric ; il continuait ses exercices panachés : doubles sauts, croisement des bras, bonds de cosaque et claquement de talons. Derrière le mur de squash noir transparent, des membres du club s'étaient groupés pour regarder.

Après avoir ramassé sa corde, Willy observa son mari. Ses lèvres étaient légèrement ouvertes. Ses yeux mi-clos fixaient un point dans l'espace, leurs prunelles conservant l'éclat que l'extrême concentration peut faire passer pour de l'émotion. Le seul indice de fatigue, c'était cette petite indentation, semblable à une fossette, entre ses sourcils, comme si un doigt divin invisible s'était posé sur son front. Le fouet noir esquissant un halo ovale autour de son corps semblait le sanctifier. Elle n'avait peut-être jamais vu son visage plus serein, plus réceptif, plus attentif – mais toute cette splendide, cette esthétique absorption, convergeait vers lui-même. Il n'avait même pas entendu les grognements d'exaspération de sa femme qui avait lâché la corde après avoir trébuché dedans. Elle voyait soudain le côté d'Eric qui s'intéressait à Eric, et c'était troublant de se heurter à toute cette grâce au service d'une autocélébration complaisante dont elle était exclue. D'autant plus qu'elle avait jusqu'alors caressé l'idée farfelue que, en son absence, Eric n'existait pas tout à fait.

Il enroula la corde sur les poignées dans un chuintement de lanière de cuir, essuya son visage en sueur sur son tee-shirt et se tourna vers Willy comme si elle venait tout juste de passer la porte.

« Huit mille ? lui demanda-t-elle.

— Comme d'habitude. » Il haussa les épaules.

Elle n'en n'avait fait que six mille dans le même temps.

« Tu ne foires jamais, n'est-ce pas ? demanda-t-elle.

— Si. Ça m'est déjà arrivé, se défendit-il.

— Quoi ? Un raté sur huit mille sauts ?

— Bon sang, Willy, où est le mal ? Il faut que je te demande la permission pour tout ?

— Ne sois pas ridicule. Tiens, c'est à toi. » Elle lui tendit l'Everlast d'un geste dégoûté.

« Tu manques simplement d'entraînement. Moi, je fais ça depuis des années ! » lui cria-t-il.

Elle se résignait difficilement à admettre ses insuffisances – tout autant que la supériorité des autres, d'ailleurs. Cet été-là, entre deux tournois, elle accompagna son mari dans la salle de squash, véritable étuve, où elle se rua sur toutes les variations d'Eric avec l'ambition de les maîtriser l'une après l'autre : le pas en zigzag et les ciseaux, notamment. Elle gagna en vitesse et en régularité. Mais dès qu'elle eut acquis l'art du double saut, son tigre bondissant en était déjà au triple.

Willy avait gagné en cohérence et coordination, mais elle n'atteignit jamais vraiment la perfection zen de son époux. Il parlait de ratés lors de « certaines séances », mais, en réalité, c'était peu de chose au regard de ses performances. Une ou deux fois par mois, le derviche cafouillait et cessait un bref instant de tourner. Ces maladresses, qui emplissaient Willy d'une joie mauvaise, avaient surtout pour fonction de rappeler leur caractère exceptionnel. Bien plus, quand elles se produisaient, il était si flegmatique – yeux fixés sur la ligne d'horizon et lèvres angéliquement entrouvertes – que lorsqu'il reprenait ses exercices comme si de rien n'était, on en venait à douter de l'incident.

En novembre, Willy en était venue à exiger d'elle-même la dextérité sans heurts d'Eric, se reprochant les rares faux pas qui ternissaient ses exercices routiniers. Résultat : leurs séances d'entraînement étaient devenues infernales, empoisonnées par les crises de rage de plus en plus fréquentes auxquelles elle cédait. Tandis qu'Eric cabriolait tel un danseur de polka polonais, Willy se gourmandait, ponctuant ses efforts d'« empotée, abrutie, grosse conne manchote ! » Tout d'abord marmonnées, ces insultes devenaient plus sonores quand elle s'énervait vraiment, perdait le rythme, et qu'Eric, en contrepoint, sautait maintenant avec la grâce magique, quasi baroque d'un danseur de ballet. « Lavette ! Bonne à rien ! Gros tas de merde fumante ! » hurlait-elle alors. Le sol était couvert de crachats, une douleur fulgurante lui vrillait la base du front, et les points rouges qui tournaient dans son champ de vision se projetaient sur le mur. Le jour où Eric maîtrisa le saut à la corde à reculons, Willy se dit que le court de squash, avec sa nudité blanche et son marquage rouge au sol, ferait un excellent décor pour un massacre à la tronçonneuse.

Quand la fin de la séance approchait, Willy, les tempes ruisselantes de sueur, crevait de honte. Dans son for intérieur, elle analysait ses crises, se demandant avec horreur quel point obscur et poisseux de son cortex les faisait naître. En décembre, elle décida de louer un court de squash pour elle seule. L'air y était moins étouffant ; la salle cubique lui semblait plus propre, plus simple, alors qu'avec Eric elle remarquait les traces de balles en forme de spermatozoïde qui maculaient le haut de la ligne de service comme des tortillons obscènes. Et là, elle se rappela qu'elle n'avait jamais aspiré à devenir un as du saut à la corde, que sa dextérité dans cet exercice lui importait peu.

Libérée des fantaisies acrobatiques d'Eric, elle trouva son rythme, heurté, mais grosso modo régulier. Les huit mille sauts obligatoires exécutés, elle contempla avec perplexité sa corde, retombée mollement à ses pieds. Sa prestation ne méritait pas de lauriers, mais pas non plus ce traitement sauvage auto-infligé. À court d'idées, elle essaya de sauter les mains croisées, mais dans le dos, une variante difficile ; après plusieurs efforts infructueux, elle rangea la corde. Impossible ? Pas grave.

Réconfortée par la révélation que le saut à la corde était une activité digne de Mickey Mouse, elle décida de recommencer à accompagner Eric au Jordan Club, dans la 86e Rue, arpentant le bitume d'une foulée légère. L'esprit dispos, elle se mit à sauter à l'unisson avec lui. Elle se fendit d'une formule de regret d'une désinvolture feinte en constatant qu'en compagnie elle ne pouvait même pas effectuer les cinq cents premiers sauts sans se planter. Résolument, elle replaçait la corde derrière ses talons, respirait un bon coup et se récitait la formule magique : « Pas grave. »

Elle garda son sang-froid enjoué jusqu'à ce qu'Eric se lance dans des sauts de cosaque. Voir du coin de l'œil le bout de ses orteils battre l'air titilla quelque chose dans son cerveau. Flop. L'Everlast, s'écrasant au sol, cessa de bouger. « Saloperie ! » lança-t-elle.

L'injure lui avait échappé. Elle ne pouvait pas la retirer. Elle ne pouvait désormais que se taire et continuer à sauter. Quand Eric se lança dans une sorte de fox-trot, elle eut du mal à respirer, comme si elle venait d'être discrètement frappée au plexus. S'efforçant de regarder fixement le mur d'en face, elle ne pouvait s'empêcher d'entendre le message qui tambourinait à travers les lattes de plancher : « Ce type est parfait. »

Pas comme une certaine Willy. Elle pivota pour s'obliger à regarder Eric et se punir encore plus sévèrement d'avoir vasouillé trois fois dans les cent derniers sauts. Affronter l'agilité à l'état pur l'obligerait à se convaincre qu'elle n'était qu'un gros tas de graisse tressautante.

Les muscles d'Eric ondulaient comme si un pianiste fantôme jouait des arpèges sur ses cuisses. Sous les spots brûlants du court de squash, des stries d'ombre doublaient les tendons de ses avant-bras. Ses cheveux mouillés s'étaient raidis, mais leur désordre inspiré évoquait celui des génies. Il avait toujours été superbe à voir, mais sa beauté présente était totalement intimidante, exquise et alambiquée, c'était celle d'un homme qui lui était refusé.

En un sens, il était à elle, bien sûr, puisqu'il était son mari. Mais ce qu'elle voyait là était la part exclusive d'Eric, celle qu'elle ne pourrait jamais s'approprier. On dit que les femmes des générations précédentes pouvaient tirer leur statut de celui de leurs époux, s'arrogeant transitivement leurs succès comme s'ils étaient les leurs. Mais, tandis qu'Eric enchaînait avec une série de trois cents croisements de mains consécutifs – exercice devenu le symbole de sa propre impuissance –, Willy ne voyait pas comment l'aisance et la grâce surhumaines de son mari pouvaient lui conférer à elle quoi que ce soit.

Dans l'intervalle, un public plus fourni que d'habitude s'était rassemblé dans les gradins noirs et les galeries du haut. Sous observation, Willy abandonna tous ses tours d'adresse. Elle aurait seulement eu l'air d'une apprentie aux prises avec des figures trop compliquées pour elle ; sa prestation serait passée pour une pâle copie de celle du maestro, qui venait maintenant d'entamer son morceau de bravoure : le numéro mixte, avec esquives de boxeur – la valse –, fentes avant – la polka –, sautillements compliqués – la gigue irlandaise –, et passage du saut avant au saut arrière, dont l'apogée fut dix triples sauts consécutifs.

À ce stade, les spectateurs se mirent à applaudir spontanément ; écœurée, Willy eut l'impression que tous les vaisseaux sanguins de sa tête allaient se rompre.

On peut spéculer, avec le sérieux comique qu'inspire une conversation un peu arrosée, que l'aversion pour un amant n'est que l'envers de l'attirance.

Willy, elle ne pouvait trouver le moindre lien entre cette antipathie hargneuse et les chaudes, les vertigineuses bouffées d'adoration qu'il suscitait parfois en elle. À quoi bon un mot spécifique pour l'amour s'il était synonyme de haine ? Une haine comme elle n'en n'avait encore jamais éprouvé, pas même contre une adversaire odieuse et sans noblesse, pas même contre Marcella Foussard. Elle détestait soudain tout d'Eric : ses vêtements vertueusement trempés de sueur, son corps outrancièrement parfait, son numéro à la con d'exhibitionniste fanfaron qu'avalaient ces pseudo-sportifs constituant la claque. Envahie d'une bouffée de réprobation généralisée et rétrospective, elle se mit à détester la cuistrerie de ses leçons – « Qui a gagné en 1963, en Italie ? » –, son attitude studieuse – « Regardez-moi : je planche » –, avec bloc et stylo, devant les vidéos de tournois ; sa gloussante supériorité en étalant ce zwieback qui ne prouvait qu'une chose : sa chance d'avoir tiré le « z » ; mais, plus que tout, elle haïssait sa présomption bourgeoise vaniteuse et conquérante : du simple fait qu'il avait tenu une raquette de tennis à dix-huit ans, il pourrait se pointer comme une fleur au panthéon de la profession – celle de Willy –, une profession pour laquelle elle se crevait le cul depuis l'âge de cinq ans ?

Il se reposait maintenant avec des sauts simples, le parquet clair de son côté du court moucheté des taches sombres que formait sa sueur. Quelques spectateurs s'éclipsèrent, mais le spectacle n'était pas encore terminé.

Son orgie de haine n'avait pas amélioré la modeste performance de Willy, qui se prit de nouveau les pieds dans la corde. « Putain de saloperie de merde ! » cria-t-elle.

Eric dérogea à sa règle de silence :

« Willy, tu n'es pas seule ici. Tu es grossière.

— C'est çui qui dit qui y est. » Le commentaire était stupide, pas même pertinent. Le problème avec la colère, c'est qu'elle est incompatible avec la présence d'esprit.

Eric lui tourna le dos, en signe de désaveu.

Elle reprit ses exercices, accélérant le mouvement. Un moment, elle toucha le talon de ses chaussures et la corde vint lui fouetter l'avant-bras où elle laissa une longue estafilade rouge au-dessus de sa montre. Cette flagellation impromptue procura à Willy un plaisir vengeur, presque érotique.

« Espèce de merde ! » Elle n'aurait pas pu dire si elle parlait d'Eric ou d'elle-même. Elle ne pouvait maintenant plus faire plus de deux sauts sans trébucher, et, à chaque faux pas, la corde fouettait son bras gauche, le marquant d'un réseau de marbrures luisantes et violacées qui commençaient à enfler. « Espèce de saloperie, zéro pointé ! »

Quand Eric lui posa la main sur l'épaule, elle fit un bond en arrière.

« Eh ! » Il prit le ton faussement raisonnable du médecin qui tente d'apaiser un malade mental, ou du flic qui cherche à persuader un candidat au suicide de ne pas sauter. « On lève la séance ?

— Je n'ai pas fait mes huit mille. Je ne peux pas rentrer avant de les avoir faits, tu le sais bien. » Elle haletait. Eric jeta un coup d'œil sur le mur de verre noir. Les spectateurs s'étaient retirés derrière les gradins, ne jetant que des regards furtifs sur le court de squash pour ne pas sembler les épier. Puis ils se fixaient les uns les autres avec un amusement complice en échangeant des chuchotements incrédules. Qu'ils aillent se faire foutre ! pensa Willy.

« Tu es mécontent que je me sois donnée en spectacle. Mais toi, ce n'est pas ce que tu viens de faire aussi, te donner en spectacle ?

— Willy, te dénigrer ne t'aidera pas.

— Quoi ? Il faudrait que je sois comme toi, que je me donne une petite tape de congratulation sur l'épaule toutes les deux minutes pour me rappeler quelle grande championne je suis ?

— Oui.

— Alors, c'est ça le secret ? Être un prétentieux trou du cul ?

— Oui. »

Elle se tut, prise de court.

« Parce que ça facilite la vie, ajouta-t-il. Et de plus, ça marche. »

Il lui prit l'Everlast des mains.

Ils rentrèrent chez eux en silence. Eric étendit ses vêtements de sport trempés sur le radiateur et sortit taper quelques balles. Quand il revint en fin d'après-midi, Willy, comme si elle avait vécu une expérience de mort imminente, voulait, verbalement, « aller de l'autre côté des choses », mais elle ne put s'arracher les mots.

Eric, en revanche, n'hésita pas. « Willy, tu m'as dit que tu sautais mieux toute seule, n'est-ce pas ? »

Elle se débattait avec le couvercle d'une boîte de sauce pour spaghetti, mais n'était pas d'humeur à demander à Eric de l'aider. « Parfois, oui.

— Pourquoi alors ne pas retenir chacun un court ? Ma compagnie ne semble pas te convenir.

— Inutile de poser le problème en termes d'intérêt personnel. Ce que tu veux, c'est la paix, le plaisir délicieusement complaisant de communier avec toi-même.

— C'est vrai. »

Le couvercle résistait. Elle remit le pot dans le placard en se disant que s'obstiner serait un défi de trop pour la journée. Puis elle alla se pelotonner sur le canapé pour lire *Tennis Magazine*. Son bras gauche la brûlait : certaines marques rouges s'étaient transformées en plaies. En balançant le pied, elle heurta le jeu de Scrabble, poussé là-dessous après le fameux zwieback et qui n'avait plus, depuis, revu la lumière du jour, aucun des deux n'ayant suggéré une partie.

Eric avait raison bien sûr ; ils devaient s'exercer au saut dans des salles séparées. La conduite de Willy, ce jour-là, avait été odieuse. Elle n'aurait jamais dû lui infliger cela, et, d'ailleurs, elle s'entraînait mieux quand elle était seule. C'était la fin d'une époque – encore que celle où ils sautaient ensemble n'était pas précisément jubilatoire. Elle aurait dû se dire « bon débarras ». Pourquoi, alors, la proposition d'Eric la déprimait-elle ?

La réponse à la crise de nerfs de Willy durant la partie de Scrabble fut de ne plus toucher à ce jeu. La réponse à la rivalité à la corde à sauter était maintenant de le faire séparément. Ces deux activités, en elles-mêmes, étaient insignifiantes, superflues. Mais Willy se demandait si leur mariage n'était pas tant mesuré à l'aune de la nature de leurs problèmes qu'à celle des remèdes qu'ils y apportaient, des « remèdes » qu'elle trouvait de mauvais augure.

10

« Je ne crois pas… Non, mardi, c'est mon anniversaire de mariage, mais le problème n'est pas là. Je pense qu'on est simplement arrivés au bout de la route, John. S'il n'y a plus de compétitions, je ne vois pas l'intérêt de poursuivre. Je peux te filer quelques noms si tu… Oui, ces mecs sont mes "rebuts", si tu insistes pour les appeler ainsi… Allô ? » Eric posa le téléphone. « Ce salaud m'a raccroché au nez. »

L'appartement était petit. Willy n'avait pu qu'entendre la conversation. « Tu le lui reproches ? Je croyais que John Lance était ton ami ?

— C'est quelqu'un avec qui frapper la balle, pas un ami. Tu devrais faire la différence. »

Elle la faisait. Les causettes avant une partie, qu'elles aient pour sujet les histoires d'amour ou la météo, camouflaient le caractère purement utilitaire des « amitiés » sportives. À part une bière partagée après le match, et seulement quand le score avait été serré, on invitait rarement les partenaires dans le cercle social. Pourquoi ? Parce qu'ils s'usaient. Mais ceux de son mari s'usaient plus vite que les autres. Il les consommait puis les recrachait à une allure folle, ingérant au passage, comme on avale des huîtres ou du poulet, quelques bribes de stratégie ou de technique en ne laissant que des coquilles et des os.

« Pourquoi ne choisis-tu pas plutôt une excuse, du genre : “Je m'absente quelque temps” ? suggéra Willy. Tout plutôt que : “Tu joues comme un manche, ne m'appelle plus.”

— Il saurait que je mens. Je l'ai écrasé 6-0, 6-0 lors de notre dernier match. Il ne sera jamais mieux classé que 700e.

— Toi aussi tu étais 700e il y a six mois. Pourquoi tordre le nez devant le classement de John ?

— Parce que moi, je serai 400e au début de l'année prochaine. (Ton impatient.) Toi non plus tu ne supportes pas les partenaires que tu écrases.

— Peut-être. Mais je trouve moche que tu dises brutalement à quelqu'un qu'il n'est plus assez bon pour toi.

— Le tennis est un sport sans pitié.

— Peut-être, mais il fait ressortir un côté de toi qui m'inquiète.

— Ce qui devrait t'inquiéter, ce serait qu'un altruisme déplacé me pousse à m'entraîner avec des joueurs moins bons que moi qui m'empêchent de progresser.

— Et si John s'améliorait ? Tu sais comme ce jeu est imprévisible : il pourrait te dépasser, qui sait.

— Impossible. (Ton méprisant.) »

Impossible, en effet. Eric ne s'était jamais fait battre par un adversaire sur lequel il avait établi sa supériorité. Aucune de ses tentatives pour monter plus haut ne s'était soldée par un échec ; la perspective d'une régression était pour lui aussi ridicule que l'idée de se réveiller un matin plus petit de cinq centimètres. Willy était dans le métier depuis plus longtemps que lui. Elle avait vécu, quoique brièvement, l'horreur de voir son classement osciller dans la mauvaise direction pendant un mois au deux. Elle avait côtoyé, dans divers vestiaires, une tripotée de *has been*, batifolant jadis dans les verts pâturages du top 200, qui erraient à présent, totalement paumées, dans le terrain vague des 800es. Elles avaient toutes cet aspect cabossé, cet air ahuri qu'ont les accidentés en état de choc. Surtout pour les Américains, dont la vie, par définition, est une suite de progrès, un changement pour le pire défiait quelque règle de physique jusqu'ici immuable – comme si le temps lui-même retournait en arrière. Régresser, c'était trahir, éprouver la foi branlante des survivants d'un tremblement de terre en la fermeté du sol sous leurs pieds. Mais aucun séisme n'avait jamais grondé sous les pieds d'Eric ; les aiguilles de son horloge, implacables, tournaient dans le bon sens. Son innocence lui donnait de la force, et aussi de la dureté.

« Bon, poursuivit-il, j'ai rayé un type sans talent de ma liste. Je ne comprends pas pourquoi tu t'inquiètes.

— Peut-être parce que, après les partenaires, ce sera le tour de l'épouse », lui lança-t-elle.

Il rit, mais elle avait parlé sérieusement.

La prenant par les aisselles, il la souleva à bout de bras jusqu'à ce que ses fins cheveux blonds effleurent le plafond.

« J'utilise mes partenaires de tennis. Toi, je t'aime. »

Heureusement pour moi, se dit-elle. Elle était l'objet officiel des ardeurs de cet homme peu intéressé par l'amitié ; depuis leur mariage, il n'avait pas revu son ancien colocataire, et il n'exprimait pas le moindre enthousiasme pour les dîners, ou les simples invitations à prendre un verre. Si Willy organisait quelque chose, il était mécontent ; il défendait jalousement les moments où ils étaient ensemble, se montrant possessif à l'égard de sa femme : lors de leurs soirées en ville, il tenait à être seul avec elle. C'était un absolutiste attaché à l'efficience. Il avait résolu ses exigences émotionnelles comme une équation. Il y avait bien sûr sa famille, à laquelle il était consciencieusement attentif, mais les Oberdorf étaient rangés dans une case à part, et les liens du sang qui l'unissaient à eux diluaient son affection à leur égard, la rendant diffuse. Sa passion, Eric l'avait investie massivement dans sa femme, comme on met toutes les économies d'une vie dans un bas de laine.

L'absence de diversification de son portefeuille émotionnel, sans être précisément un fardeau, était pour elle une responsabilité. Il n'avait aucun autre grand amour. Le tennis conservait à ses yeux son aspect clinique ; contrairement à Willy, pour qui il était une passion adultère, il restait étranger aux montagnes russes de l'extase et du désespoir. Elle avait parfois contrarié Eric, mais elle était sûre qu'il n'avait jamais éprouvé à son encontre cette antipathie furieuse qu'il avait suscitée en elle par ses prouesses à la corde. Le souvenir de cette détestation suppurait encore – un vilain secret qu'elle s'était juré de garder. Si Eric avait pu pénétrer les pensées de sa femme à cet instant, il aurait endurci son cœur contre elle.

Comme nombre d'hommes, il ne respectait que les gens qui lui donnaient du fil à retordre. Dès qu'il avait pris l'avantage sur quelqu'un, son intérêt faiblissait. Il devenait railleur et nerveux quand un adversaire vaincu téléphonait, irritable quand approchait l'heure de leur rencontre, puis finissait par faire du numéro de téléphone du pauvre type une boulette qu'il envoyait d'une pichenette dans la corbeille à papier. Il aimait écumer les courts à la recherche de talents cachés, comme il l'avait fait à Riverside, où il avait traqué sa proie – en l'occurrence sa future femme –, avant de lui sauter dessus. Tous les deux mois, il rentrait de ces safaris avec un nouveau numéro de téléphone qu'il brandissait en souriant tel le matou mâchouillant une souris qu'il compte torturer pour son plaisir avant d'en finir avec elle.

Willy grinçait des dents quand il vantait les mérites extraordinaires de sa récente acquisition, un peu comme s'il bavait d'admiration devant les jolies guibolles et les gros seins d'une autre femme. Que les adversaires choisis par Eric, son séducteur de mari, fussent tous des hommes attisait encore plus sa jalousie. Seuls les hommes pouvaient fournir à Eric le tempo qu'il lui fallait, seuls les hommes pouvaient produire ces services à cent quatre-vingt-dix kilomètres à l'heure. Elle ne faisait pas le poids.

Vu l'appétit féroce d'Eric pour la viande fraîche, ils ne jouaient ensemble que toutes les six semaines. Depuis déjà des mois, elle ne le battait que de justesse. L'automne venu, elle commença à se dire, troublée, que la rareté de leur matchs lui offrait un sursis.

Pour leur premier anniversaire de mariage, Eric s'était déchargé de toute obligation afin d'inscrire dans son agenda un match de célébration. Décembre supposait de jouer sur court couvert : ce serait Jordan. En avançant vers le poteau du filet, Willy avait les mains tremblantes, un signe familier lors d'un match décisif. Quand elle ouvrit le couvercle, une odeur caoutchouteuse monta de la boîte cylindrique de Wilson. D'habitude, c'était le parfum de la chance, dont la seule âcreté, cet après-midi-là, lui sauta aux narines.

La même odeur piquante et acide montait des vêtements de sport neufs d'Eric : short d'entraînement en Lycra, surshort en coton, et grande chemise de styliste – le tout noir. Willy portait sa robe blanche de tournoi, et l'esthétique européenne l'emportait haut la main sur la mode made in Japan. Un bandana noir plié en triangle obscurcissait le front déplumé d'Eric – sa seule imperfection physique.

Quand il souriait, ses dents, à la lumière artificielle, étincelaient comme des lames de couteau.

Durant l'échauffement, au lieu d'essayer de trouver un tempo mutuel, il passa son temps à mettre les balles dehors. Si Willy commençait un point par un facile coup droit à mi-court, Eric renvoyait une balle foudroyante qui dérapait sur la ligne de couloir et que Willy avait du mal à rattraper. Au service, il précipitait le mouvement alors qu'elle était encore loin d'avoir trouvé son rythme.

Quand ce fut le tour de Willy de servir, elle le vit, penché en avant, qui faisait tourner entre ses mains sa raquette en se balançant d'un pied sur l'autre, les muscles bandés et l'écume aux lèvres, genre chien de meute qui va lever un lièvre. Elle fit rebondir la balle au sol puis la lança en l'air, vaguement consciente que quelque chose n'allait pas. Un peu bas, le lancer ? Elle frappa, reconnaissant soudain la sensation : c'était celle qu'elle éprouvait chaque fois que le bus 66 arrivait à Monclair.

Faute !

Double faute ! Un début calamiteux. Eric trotta vers le carré de service gauche, se pencha de nouveau et lorgna son adversaire tout en faisant tourner son manche de raquette pour ajuster sa prise. Il lui arracha le premier jeu, on peut dire en fanfare.

« Faut-il vraiment que tu mâches du chewing-gum ? l'implora-t-elle lors du changement de côté.

— J'en mâche toujours, la rembarra-t-il.

— C'est détestable.

— C'est exprès. » Il le fit claquer avec la même jubilation que s'il venait de crever la bulle d'illusions dans laquelle elle vivait.

Les difficultés de Willy résidaient toujours dans les préliminaires qu'Eric, ce jour-là, avait expédiés en cinq minutes. Il entrait tout de suite dans la partie, comme on allume la radio. Le jeu de Willy, en revanche, ne chantait pas d'emblée ; tant que son corps n'avait pas créé sa propre musique, la raquette lui semblait encombrante, étrangère à sa personne.

Eric, tapant comme un forcené, était si avide de se débarrasser de la balle que leurs échanges furent rares. Les premiers jeux, grinçants, n'avaient rien d'harmonieux. Eric avait gagné le premier set 6-4 quand Willy commença à sentir que l'objet tenu dans sa main droite était une raquette, et non une pelle.

Avant le deuxième set, ils vinrent s'éponger. « Tu sais bien que j'ai besoin d'un quart d'heure pour trouver mon jeu, dit-elle. Je te l'ai même confié.

— Pas la peine : j'avais remarqué. Après le premier quart d'heure, tu commences à jouer cinq fois mieux.

— À la Bourse, on viendrait t'arrêter. Ça s'appelle un délit d'initié.

— Ça s'appelle un mariage ! »

Au deuxième set, la légendaire impassibilité d'Eric se fit légèrement narquoise. Il se déplaçait avec nonchalance, comme si chaque échange était une promenade. Alors que, d'ordinaire, il se tenait très droit, il cultivait une posture avachie qui frôlait l'impudence. Il ramassait la balle contre son pied avec le haut de son cadre de raquette puis la faisait sauter sur le tamis en tournant la raquette entre deux rebonds, comme s'il avait besoin d'un amusement supplémentaire pour ne pas s'ennuyer. Continuant à faire claquer son chewing-gum sur la ligne de fond, il avait des allures de voyou plus que de tennisman.

Il dérogeait aussi, d'une façon détournée, à la politique du silence qu'il s'était fixée : à chaque faute qu'il commettait, même si l'échange avait été serré, il riait, comme si c'était hilarant de manquer une balle aussi facile.

Willy commença à avoir une migraine qui en disait long. En sport, la colère est aussi dangereuse que l'arme nucléaire. Il lui fallait donc la dominer, la canaliser avant qu'elle ne lui explose à la figure. Mais malgré tout le poids qu'elle mettait dans ses coups, elle ne faisait jamais que quarante-neuf kilos. Eric avait l'habitude de jouer contre d'autres hommes ; un boulet de canon ne l'aurait pas décontenancé. Willy pouvait jouer en force, mais une force de femme, toute relative, qui, en termes masculins, n'était qu'honorable.

Il était crucial pour elle de ne pas tomber dans le panneau consistant à jouer le jeu d'Eric, puisqu'elle ne pourrait pas le surpasser. Elle choisit donc la méthode de la fusion froide. Sur le moment, frapper comme une brute était gratifiant, mais la seule satisfaction durable, c'était la victoire. À 4-4, elle baissa le voltage et choisit le calcul : harceler plutôt que détruire. Sa prudente stratégie du gros dos suscita maints gloussements de la part d'Eric, mais elle ne voyait rien de mieux que de défendre son service, y compris dans le tie-break. Avide d'une revanche qui, malgré les trente-cinq dollars de l'heure que leur coûtait le court, pouvait durer jusqu'à la fin des temps, Willy, calculant ses chances, actionna le commutateur. Au lieu de renvoyer un lob d'Eric sur son revers et en fond de court, elle tourna autour de la balle pour le prendre sur son coup droit et smasher. Résultat : le reste du court était vide. Eric n'avait plus qu'à s'en emparer ; s'il se bougeait le cul pour renvoyer, elle était morte. Max, en voyant ça, aurait eu une attaque. En l'occurrence, le smash passa, à la hauteur requise – un petit centimètre au-dessus de la bande du filet –, et mordit la ligne médiane. Eric n'y était pas : il était reparti sur la ligne de fond, occupé à mâcher son chewing-gum et à rajuster son bandeau selon un angle coquet. Il n'avait même pas sa raquette en main ; elle était à côté de lui, appuyée contre son genou. « Touché ! » lui dit-il avec un sourire indulgent, comme si elle venait de lui jouer un charmant tour de gamine.

Ce n'est sans doute pas par hasard si la plupart des matchs de tennis un peu excitants se jouent en trois sets, comme les trois actes du théâtre classique. Chaque set est un minidrame discret dont les tenants et les aboutissants compliqués peuvent vous distraire de l'intrigue. En conséquence, le triomphe de Willy dans le deuxième fut promptement balayé durant la brève pause qui lui succéda. Théâtralement parlant, à 1-1 dans le troisième, on ne pouvait pas dire si le set précédent indiquait un tournant durable de la chance, ou s'il n'était qu'un rideau de fumée.

Dans les deux premiers sets, Eric l'avait exaspérée par ses faux rebonds, sa posture affectée, un insolent je-m'en-foutisme généralement associé au cowboy des cigarettes Marlboro. Dans le troisième, c'est au contraire son activisme qui la consterna. Finie, la nonchalance. Il se battait comme un fou. Il décolla de presque un mètre pour intercepter un sacrément bon lob. Il ne concéda jamais à Willy que sa volée était trop brillante pour qu'il se donne le mal de la renvoyer. Jouant les acrobates, il prenait tous les risques physiques imaginables pour rattraper des balles irrattrapables. Il se précipitait au filet pour y tenter un passing shot comme s'il voulait sauver un gosse sur le point d'être écrasé par un autobus. Bien évidemment, elle brûlait de le voir faire des efforts, puisque la désinvolture était insultante. Mais là, c'était trop. Il ne lui passait rien. Il était même prêt à se blesser si cela lui permettait d'arracher un point à Willy. Franchement, dans aucun tournoi où elle l'avait regardé jouer, elle ne l'avait vu se démener à ce point. Et dans quel but ? Donner du fil à retordre à sa propre femme le jour de leur anniversaire de mariage – sa femme dont il avait mémorisé le jeu tel un poème appris par cœur. Il savait où elle placerait la balle avant qu'elle l'ait frappée. Même lorsqu'elle misait sur l'effet de surprise, il prenait l'air sournois du gosse qui a ouvert son cadeau de Noël avant l'heure et, le moment venu, ne peut mimer la joie de la découverte.

Il y avait pis : Willy retrouvait ses propres coups les plus tordus revus et corrigés par lui. Bien entendu, elle n'était pas propriétaire de l'amorti coupé qui passait au ras du filet, tel le sauteur en hauteur effleurant la barre de son dos. Elle se sentait pourtant spoliée quand Eric copiait ses tours, et surtout quand il les améliorait, à l'instar du fabricant japonais qui produit une voiture américaine. Il imprimait tellement d'effet rétro à ses coups slicés que la balle, à une occasion, revint chez lui après avoir passé le filet et touché le court, côté Willy. Toutes ses allusions discrètes de sa femme à son jeu, l'année précédente, il les avait entendues. Il avait pris l'avis de Willy, mais au sens kleptomane du terme, se disait-elle avec rancune. Quand ils s'étaient rencontrés, le jeu d'Eric était décousu. Maintenant qu'il utilisait contre elle ses secrets professionnels, elle regrettait de les avoir partagés avec lui. Usurper en bloc tous ces coups estampillés Willy Novinsky était, de sa part, aussi inconvenant que s'il lui avait emprunté ses vêtements.

Un an auparavant, sa frappe était puissante, et sa stratégie, prévisible. Maintenant, ce sournois entrelardait ses coups droits foudroyants de ruse féminine – coups en toucher impétueux, effet névrotique imprimé à la balle et changement de tactique de dernière minute, puisque le caprice est, par convention, la prérogative des femmes. Sauf que ces stratagèmes se greffaient sur du muscle. Résultat : un jeu brillant mais saturé d'ambiguïté sexuelle. Eric évoquait à Willy un ouvrier du bâtiment, atteint par moments d'un maniérisme incongrûment féminin, dont les copains n'arrivaient pas à décider s'il était ou non homo.

Elle ne pouvait même pas se consoler en se disant que son propre jeu se délitait en conséquence. Eric jouait si fabuleusement bien qu'il la tirait avec lui vers le haut. Ses tactiques de fille, bien que de plus en plus défensives, étaient encore très efficaces. Au moment crucial du troisième set, à 3-2 pour Eric, Willy, au lieu de se fustiger, se dit qu'elle était en train, mais en vain hélas, de jouer mieux qu'elle ne l'avait jamais fait.

Sauf que mieux ne suffisait pas.

Contrairement aux points rugueux et brefs du premier set, leurs échanges, dans le troisième, étaient longs. Ils en arrivaient systématiquement à 40 partout à chaque jeu. Mais Willy n'éprouvait plus de colère. Même si elle l'avait voulu, elle n'aurait pu détester Eric. Haïr un matamore de la corde à sauter, c'était facile, l'activité étant stupide. Mais en tant qu'amateur de beau tennis, elle ne pouvait haïr un artiste. Car c'en était un, son séduisant mari, ce beau brun que sa grâce sur le court rendait irrésistible. Un artiste à la beauté assassine.

À 4-2, Willy sentit les muscles de ses bras se décontracter. Eric était au service. Elle ne fit même pas semblant de courir sur la balle, qu'elle laissa rebondir, intacte, superbe de vélocité, derrière le filet. Un ace. En souriant, elle concéda d'une petite voix tremblante : « Quel service ! »

Ce jeu-ci, ainsi que le sixième et dernier, ne fut que le tribut qu'elle acceptait de lui payer. Eric voulait son âme ? Soit. Il en avait tellement envie… Ce qui faisait mal à Willy, précisément, c'était la force de ce désir – voir sa femme, toute honte bue, transformée en agneau sacrificiel. Lors de la balle de match, elle lui servit délibérément une balle molle, ridiculement enfantine sur laquelle il pouvait fondre pour sa plus grande gloire, et, victime expiatoire, elle la regarda revenir en trombe après qu'il l'eut smashée. Elle ne sortit de sa transe que lorsqu'elle la reçut en pleine poitrine.

Il accourut : « Willy, ça va ?

— Depuis quand te soucies-tu de ma santé ?

— Chérie... » Il lui caressa la joue. Elle repoussa sa main.

« Heureux ? »

Il haussa les épaules. Elle insista :

« Non, dis-moi. Tu es heureux ? Tu as ce que tu voulais : tu as gagné. C'est notre anniversaire de mariage. Mon cadeau te plaît ?

— Trésor, ça fait plus d'un an que tu me ratatines. Il faut bien un gagnant, non ? »

Willy, dans son for intérieur, ne s'était jamais dit qu'elle avait « ratatiné » son mari. Jusqu'alors, ce qu'elle avait gagné, tout simplement, c'était du temps. Elle enfonça sa raquette dans l'étui, dont la fermeture Éclair se coinça. Elle n'était pas furieuse, elle était triste. Elle venait de perdre bien plus qu'un match.

« Félicitations, marmonna-t-elle. Personne ne pourra dire que tu n'y as pas mis tout ton cœur. »

Il lui toucha le bras. « Tu n'es pas contente, une fois n'est pas coutume, que je considère le fait de te battre comme un exploit ? »

« Une fois n'est pas coutume », c'était de la fausse modestie. Aucun des autres partenaires d'Eric n'était arrivé à inverser le processus. Il veillerait à ce qu'elle non plus. Il dénoua son bandana funèbre. « Tu n'aurais pas voulu que je te laisse gagner, n'est-ce pas ? demanda-t-il.

— Sûrement pas », répondit-elle sèchement. Mais la gamine en elle protesta en silence par un « si » passionné.

11

« Alors, pour toi, le tennis, aboya Max, sa voix résonnant sous la voûte du court couvert, c'est un sport qui doit se jouer sans spectateurs ?

— Cette balle, je ne l'aurais jamais eue de toute façon.

— Pas en restant plantée sur la ligne de fond comme une azalée en pot, c'est sûr. Tu me fais perdre mon temps. Pourquoi es-tu venue ? Pour faire tes achats de Noël ? »

Ces quelques jours offraient en effet des possibilités – la fin de la saison tennistique, les élèves rentrés chez eux pour les vacances, Max disponible. Jamais, depuis sa rencontre avec lui, Willy n'avait passé aussi peu de temps à Sweetspot que l'année écoulée. Il la traitait désormais avec une froideur glaciale. Depuis son mariage, il avait fait une croix sur elle.

« On va dîner ensemble ? », le supplia-t-elle au poteau du filet.

Il la dévisagea, semblant déceler en elle quelque chose d'inhabituel. « Le mess est fermé. Alors ce sera La Botte italienne, ou un sandwich dans mes quartiers privés, ce qui risque de rendre Mme Undershorts[1] nerveuse.

1. « Undershorts » : caleçon. « Sous-vêtements ».

— Je t'ai déjà dit qu'Eric ne s'appelle pas Underwood. D'ailleurs, j'ai gardé mon nom.

— C'est à peu près tout ce qui te reste.

— Max, l'année écoulée a été faste pour moi.

— C'est ça que je ne comprends pas. Dans six mois, tu devrais être prête pour le circuit international. Avec ma bénédiction, sans compter mon argent. Alors, pourquoi restes-tu là, au fond du court, à trembloter comme un bloc de gelée ? »

Elle comptait le lui expliquer devant un verre de vin, dont elle avait plus besoin que d'habitude.

« Tu ne te sens pas trop seul durant ces vacances ? lui demanda-t-elle poliment tandis qu'ils faisaient crisser sous leurs pieds la neige du parc. Ta famille doit te manquer.

— Je t'ai parlé de ma famille. Tu as déjà oublié ? »

Elle rougit. « Ah oui, je m'en souviens. » Les confidences sur l'oreiller de ceux qu'on plaque tendent à voleter dans l'air et disparaître comme autant de plumes.

« Ils me détestent. Tout le monde aime les gagnants, mais seulement s'ils sont de parfaits étrangers. Tu es bien placée pour le savoir.

— Ils nous aimeraient davantage si on perdait ?

— Non. Grincements de dents devant nos succès, ou fausse pitié pour nos échecs : tu n'as qu'à choisir.

— Tu as peu de foi en le genre humain, on dirait.

— J'avais foi en toi. »

Max laissait si rarement parler son cœur qu'elle lui jeta un regard à la dérobée pour voir s'il plaisantait ou pas.

Une fois au restaurant, Willy lui raconta en détail son match d'anniversaire de mariage, disputé la veille.

« C'est tout ? C'est un homme, Will. Je trouve ahurissant que ce ne se soit pas produit plus tôt.

— Tu m'as toujours dit que les gens qui font des excuses sont ceux qui ont besoin d'en recevoir.

— Il mesure presque trente centimètres de plus que toi ! De surcroît, Oberdork n'aurait aucune chance sur le circuit s'il n'était pas capable d'assaisonner une fille. Tu devrais être soulagée pour lui. »

Elle s'appliquait à tourner les spaghetti sur sa fourchette.

« D'autres hommes l'ont emporté sur toi auparavant, la harcela-t-il en réduisant ses propres spaghetti à l'état de purée d'asticots. Pour autant, tu ne t'es pas pointée le lendemain en tenant ta raquette comme un poisson mort et en inspectant mon côté du terrain à la jumelle.

— Cette fois, c'est différent.

— Tu acceptes que des camarades de balles te battent, mais pas ton mari ? Lui dont tu as, j'imagine, soigneusement testé la masculinité ?

— Je savais qu'il finirait par me battre, mais la dynamique... (Elle trempa une moule dans la sauce marinière.) Me flanquer une raclée lui a fait tellement plaisir...

— Et toi, tu n'étais pas heureuse de le battre ?

— Pas vraiment. Je pressentais le pire. J'avais le devoir de persévérer, mais je savais que je ne le pourrais pas très longtemps. Hier, il s'est donné tant de mal pour m'avoir, Max... Ça m'a fait mal. »

Max l'étudia de l'œil soucieux, clinique, du médecin qui vient de recevoir des résultats d'examen inquiétants. « Peut-être ne devriez-vous plus jouer ensemble, suggéra-t-il.

— Ça te plairait, hein ? le rabroua-t-elle.

— Ça me plairait si ça cessait de foutre ton tennis en l'air et de te bouffer la tête. Tu prends des airs de chien battu parce que tu n'as pas pu remporter quelque trophée domestique qui ne t'aurait de toute façon pas rapporté un sou si tu l'avais gagné. Je t'ai rarement conseillé la résignation, mais là, je le fais.

Cette idée fixe de vouloir battre Doberman me semble aussi folle que si tu te fixais le but à long terme de te faire pousser un pénis. »

Les festivités conjugales furent vite expédiées. Par dérision, Willy acheta à Eric un exemplaire d'*Apprendre le tennis en un week-end* et Eric offrit à sa femme une corde à sauter. Entre Noël et le jour de l'an, leurs partenaires de balles respectifs avaient quitté la ville, et Willy ne devait pas retourner à Sweetspot avant le début du mois de janvier. Ils étaient donc coincés l'un avec l'autre. Peu auparavant, Willy n'aurait pas envisagé de punition plus délicieuse. Maintenant, elle se préparait pour Jordan comme pour le bagne.

En arrivant sur le court, Eric avait l'air inquiet. Son grand front se plissa quand il posa un baiser sur la tempe de Willy. Ce fut la dernière vision qu'elle eut du Dr Jekyll car, dès que ses pieds touchèrent la ligne de fond, il se métamorphosa en Mr Hyde. Willy se dit qu'elle ne devrait pas lui en vouloir, que cet Eric alternatif était celui qui gagnait les tournois, et que sans ce côté teigneux, sa gentillesse naturelle le perdrait sur le circuit.

Tout de même, c'était dérangeant de se confronter à ses sourires carnassiers. La façon dont il courbait le dos et chancelait, comme un être à bout de patience, suggérait que le filet tendu entre eux ne servait qu'à protéger Willy. Cette fois, il la laissa s'échauffer aussi longtemps qu'elle le souhaitait.

Pendant tout le premier set, une sensation complètement nouvelle lui retourna l'estomac : une méfiance d'elle-même confinant à la nausée. Au milieu d'un échange, même quand des balles faciles lui arrivaient, elle se cramponnait à ses doutes avant l'impact : « Je la frappais comment, cette balle, avant, quand je savais jouer ? » Une hésitation infime, et la balle était longue. À 0-5 pour elle, ne se fiant plus à ses instincts, elle opta pour la défense – chandelles, volées accompagnées, coups prudents et mous qui atterrissaient, prostrés, au milieu du court – une véritable incitation au meurtre pour Eric. Au stade d'avilissement où elle s'était abaissée, elle aurait pu tout aussi bien utiliser le terrain pour y faire un strip-tease. Le temps qu'il l'écrase dans le premier set, elle était devenue l'auteur de sa propre disgrâce au point que le second prit les allures d'explosion de haine de soi d'une boulimique en crise.

Eric traita ses renvois de balle mollassons et futiles comme ils le méritaient : par l'agression. Fraîchement coupés, ses cheveux se dressaient sur sa tête comme de petites flammes noires et dansantes. Willy se disait que l'instinct du tueur était dans sa nature ; que lui demander de ne pas mettre sa femme en pièces était aussi absurde que de poser une antilope blessée devant un lion et s'attendre à ce qu'il détourne la tête. Toutefois, elle s'étonnait encore que cet homme de l'autre côté du filet, son mari, fût l'agent de son humiliation. Quand un brillant coup croisé d'Eric, qu'elle aurait dû recevoir sur son revers, passa à côté d'elle en sifflant, elle était trop anéantie pour soulever sa raquette.

En même temps que baissait son niveau d'adrénaline, les cheveux d'Eric s'aplatissaient. Il avait rentré ses griffes et ses pupilles avaient retrouvé une taille normale. Mais les deux zéros honteux et consécutifs qu'elle avait récoltés en deux sets continuaient à la fixer, accusateurs.

« Que se passe-t-il ? » Eric lui toucha le bras et elle sauta en arrière comme s'il l'avait brûlée. « Ça ne va pas, Willy. J'ai l'impression d'être une brute.

— Tu as eu ce que tu voulais, l'attaqua-t-elle. La magie du jeu de Willy Novinsky n'est qu'un écran de fumée. Me voilà discréditée, comme tous les autres qui t'ont un temps fascinés. Un partenaire d'entraînement de plus à jeter comme un Kleenex.

— On ne peut pas toujours gagner. Ça fait partie du jeu. Sois bonne j... (Il se ravisa.)... une chic fille. »

Elle baissa la tête, contrite. « Excuse-moi. Je me suis conduite en enfant gâtée. Tu as joué superbement. Je regrette d'avoir été aussi nulle.

— Disons que tu n'étais pas dans un bon jour. » Il lui releva le menton. « Mais la prochaine fois, faisons simplement des balles. On se corrigera l'un l'autre. Plus de parties pendant quelque temps. »

Ils savaient tous deux ce qu'il voulait dire : « plus jamais » de parties. Et ils savaient tous deux que même de simples balles, c'était loin d'être neutre, car flottait toujours le sceptre de la victoire ou de l'échec, du beau jeu et de l'autre. En conséquence, ils allaient être tous deux étrangement occupés dans les prochains jours. Ils ne trouveraient plus le temps de jouer ensemble. En février, chacun aurait des tournois à disputer dans des États différents. Mais jusque-là ? Sans défis, Eric s'ennuyait, et Willy ne pouvait supporter l'idée de se montrer soporifique sur un court. Chagrinée, elle refuserait même d'aller réveillonner chez les Oberdorf. Elle irait piteusement se coucher avant les douze coups de minuit.

D'une voix calme, elle résuma la situation. « Nouvelles résolutions pour 1994 : on ne peut pas jouer au Scrabble, au fer à cheval, au billard ni au bowling. On ne peut pas sauter à la corde sur le même court de squash. Et maintenant, on ne peut plus jouer au tennis. Qu'est-ce qu'on va pouvoir faire ensemble, à part baiser ?

— On pourrait faire pire. » Eric pressa son menton contre sa poitrine. Elle se mit à pleurer.

Le 2 janvier, à la consternation de son mari, elle faisait son sac pour Sweetspot.

« Tu emportes dix soutifs de sport ? nota-t-il en faisant un rapide inventaire de ses affaires. Combien de temps comptes-tu rester là-bas ?

— Probablement deux semaines, répondit-elle d'un ton neutre en ajoutant une pile de tee-shirts. Le personnel de la blanchisserie est en vacances, alors... »

Le visage d'Eric se ferma comme un stand à hamburgers de Coney Island barricadé contre les rigueurs hivernales. Il finit par dire : « Ça fait long. C'est le seul moment de l'année où nous pouvons...

— C'est le seul moment de l'année, l'interrompit-elle, où je peux avoir Sweetspot et Max pour moi seule.

— Il n'y aura personne d'autre ? Seulement toi et Upchuck[1] pour t'étirer les jarrets et fraterniser dans des restaurants à l'éclairage tamisé ?

— Je pense que Marcella y sera aussi, déclara-t-elle en retournant brusquement vers la penderie. Telle la bave d'escargot, elle ne manque jamais une occasion de s'insinuer dans les bonnes grâces de Max.

— Pourquoi emportes-tu ta robe rouge ?

— Eric, je ne peux pas vivre vingt-quatre heures sur vingt-quatre en survêtement.

— C'est pourtant ce que tu fais avec moi. »

Willy soupira et lança la robe rouge sur le lit. « Tu te sentirais mieux si je la laissais ?

— Prends-la. Je ne la porterai pas. » Le ton était bourru, mais, après en avoir brossé de la main les peluches, il la replia amoureusement. « Je croyais que tu avais abandonné la compétition avec Marcella s'agissant des faveurs d'Upchuck.

— Je ne suis pas en rivalité avec Marcella. Son jeu est répugnant. Elle ne gagne qu'en rendant fous ses adversaires : elle les pousse à prendre des

1. « Chuck » : gerber. « Supergerbant ».

risques parce qu'ils sont exaspérés par son style informe. Max préfère un tennis tonique à un stupide exercice d'usure.

— Mais Willy, deux semaines !

— Tu as vu mon jeu hier, non ? Il est malade. J'ai besoin d'un médecin.

— Alors (Proposition timide.), pourquoi je ne viendrais pas avec toi ? »

Willy s'agita en empaquetant bruyamment des chaussures de tennis dans un sac en plastique rigide.

« Wilhelm ? »

Elle ajouta les chaussettes. « Pas terrible, comme idée.

— Pourquoi ?

— J'ai besoin de me concentrer. Les six mois à venir seront...

— Tu veux prendre tes distances avec moi, c'est ça ? »

Une remarque surprenante de sa part, car il était un maître dans l'art de ne pas réveiller l'eau qui dort. Par convention, il prenait toute explication à la lettre par horreur des complications. Pour lui, un mariage, ça devait mijoter à petit feu sur un coin de fourneau, et quand certaines situations, du genre Scrabble, saut à la corde, et maintenant tennis, faisaient remonter les ingrédients à la surface, sa solution était de touiller, non d'écumer le pot. Pour un adepte de la politique de l'autruche, le commentaire d'Eric était pour une fois courageux, et elle lui devait d'être honnête en retour.

« Oui. Je le souhaite. En ce moment en tout cas. Depuis notre anniversaire de mariage, je suis... je ne suis pas bien. Tu as un effet néfaste sur mon jeu.

— Je te connais Wilhelm. Tu es en train de me dire que j'ai un effet néfaste sur toi.

— Chéri, j'ai juste besoin de me ressaisir. » Elle lui disciplina un poil de sourcil, long de deux centimètres, qui dépassait.

Eric insista pour l'accompagner à Pennsylvania Station et, tandis que, sur le quai, il lui disait au revoir de la main, elle ne le trouva pas, une fois n'est pas coutume, svelte et musclé, mais tout simplement décharné. Quelques boucles solitaires et désolées garnissaient sa tonsure. Willy eut besoin de toute sa volonté pour ne pas le tirer à elle de la portière, l'enlacer et lui chuchoter avec ferveur qu'elle avait été terriblement sotte, que le temps qu'ils passaient ensemble était trop précieux pour être gaspillé, et que, bien sûr, elle le voulait avec elle. Elle aurait lissé du doigt, une à une, les rides anxieuses de son front en s'excusant du fait que, par sa faute, il n'avait aucun bagage, ajoutant qu'ils pourraient lui acheter une brosse à dents et une chemise ou deux à Old Saybrook. S'affalant dans un compartiment vide, les pieds posés sur la banquette d'en face pour dissuader d'autres voyageurs de s'y installer, ils auraient fait les mots croisés du *Times* ensemble. Elle aurait admiré sa mémoire concernant les généraux engagés dans la guerre de Sécession, une main occupée à remplir les cases et l'autre, durant tout le trajet, posée entre les cuisses de son cher et tendre.

Au lieu de quoi les deux battants aux bords caoutchoutés se rejoignirent. Willy, exilée dans une voiture surchauffée, courut à la fenêtre pour agiter la main, mais les reflets des lumières de la gare masquèrent probablement son geste d'adieu. Juste avant que le train s'engage sous le tunnel, elle appuya le front contre la vitre froide et la condensation de son souffle embruma la dernière image de son mari se dirigeant d'un pas traînant vers les escalators ; elle ne lui avait jamais vu cette posture accablée. Le wagon fut plongé dans l'obscurité et, l'espace d'un instant, Willy eut peur du noir – le noir des adultes, qui n'est pas celui des enfants. Quand les lumières se rallumèrent, elle s'assit dans son compartiment et, le cœur gros, ouvrit son *New York Times* à la page des mots croisés. Incapable de remplir horizontalement la grille, elle ferma les yeux, se retranchant dans cette indépendance qui lui pesait, le visage caché derrière le journal replié.

L'objectif, en allant à Sweetspot, c'était de retrouver le bon vieux temps : Max et elle contre le monde entier. Ils passaient énormément de temps à travailler les coups de Willy, mais, cela fait, les soirées lui paraissaient mornes. Quand elle dînait dehors avec Max, la jacassante Miss Foussard se joignait souvent à eux. Même après le départ de Marcella pour une clinique d'amaigrissement, leurs soirées semblaient aussi longues qu'un jour sans pain ; les heures pendaient de chaque côté du dîner comme des temps morts. Elle bâclait ses ablutions d'avant le coucher, constamment tourmentée par l'idée d'avoir oublié quelque chose – son diaphragme, par exemple.

Son jeu, après des frissons et des suées évoquant la grippe, finit par retrouver son répondant musclé. Mais quand elle tirait un passing long et puissant, elle se retournait vers le grillage comme pour dire : « Tu as vu ça ? » et personne n'était là pour siffler.

Avec Max, elle était souvent à court de conversation. Ils en étaient réduits à parler politique. Willy était sincèrement déçue que la réforme du système de santé initiée par Hillary Clinton ait viré au désastre, mais commenter les articles de journaux avec de vieux amis, c'était déprimant. Dix jours après l'arrivée de son élève, Max se risqua : « Alors, comment ça se passe entre vous deux ? demanda-t-il.

— On a cessé de se sauter à la gorge.

— Je ne me rendais pas compte que c'était aussi grave.

— Entre Marcella et moi tu veux dire ?

— Entre Underwood et toi, espiègle.

— Je te rassure : Eric fait une belle carrière. » Elle ajouta du ton avec lequel on récite la table de multiplication : « En quart de finale Mennon, à Detroit, il était mené 5-1 au second set. Mais tu sais comment est Eric, ce maître du renversement de situation…

— À vrai dire, je ne connais pas Eric.

— La faute à qui ?

— À personne. Il ne m'intéresse pas.

— Je suis très fière de lui, continua-t-elle sur le même ton.

— Je répète : comment ça se passe entre vous ? Vous avez encore des problèmes ?

— Je n'ai jamais dit que nous en avions.

— Pas explicitement, non. »

Vers la fin du séjour de Willy, Max, dégoûté, jeta sa raquette. « Plus un seul mot ! lui lança-t-il.

— De quoi parles-tu ?

— Chaque fois que je te corrige, je m'entends dire : "Eric ne fait pas comme ça", ou : "Eric adore, ou déteste ce coup." Arrête de penser à Underfuck[1].

— Mais je n'y pense pas !

— Non, mais écoute-toi, femelle ! Moi, ce que je veux entendre c'est comment tu choisis, toi, de frapper la balle ; qu'est-ce que, toi, tu aimes faire et quelles sont les mauvaises habitudes qui te font grimper au mur. »

Soudain consciente du problème, elle fut ébahie du nombre de fois où elle aurait dû se retenir de parler du lob coupé d'Eric. Au dîner, elle aurait dû s'empêcher de déclarer qu'Eric, lui, aurait nettoyé

1. « Sous-baiseur ».

son assiette de pâtes, et, en fin de la soirée, s'excuser de devoir se retirer « pour passer un coup de fil », sans dire à qui. Effacer Eric de ses propos exigeait une vigilance et une maîtrise de soi de tous les instants. Avant de se marier, elle vivait dans un monde où Max comptait pour une demi-part – une demi-individualité, quand Willy, naturellement, en était une entière à ses propres yeux. Limiter comme elle le faisait son importance, le réduire à un simple prolongement de sa propre ambition était, de sa part, une injustice qui avait étouffé leur histoire dans l'œuf. On pouvait dès lors imaginer que le fait d'avoir désormais dans sa vie quelqu'un considéré comme son égal était une nouveauté attrayante.

Même si Willy avait dit au revoir à Eric sur le quai de la gare, il l'avait accompagnée à Sweetspot.

Elle brûlait de le revoir. Au retour, dans le train, elle relut vingt fois la même page du roman qu'elle finit par abandonner, l'esprit occupé par des visions de retrouvailles ardentes. Elle garda les yeux fixés sur la vitre, même sous le long tunnel noir menant à la gare de Penn. Quand elle parut à la portière, Eric leva à peine les yeux. Les règlements de l'ATP coincés sous le coude, il remplissait un formulaire sur son BlackBerry. Il ne se soucia même pas de lui dire bonjour. Au lieu de quoi, « justifiant » sa page, il lui marmonna :

« Cet organisateur de tournois, Bob Evanston, tu vois qui c'est ? Il nous a vus jouer pour notre anniversaire de mariage, et il semble impressionné.

— Pas par moi, j'imagine.

— En effet. » Il leva les yeux vers elle et elle lui trouva l'air fatigué, simplement irrité peut-être par la diplomatie forcée qui le poussa à corriger : « Ou plutôt, s'il a été impressionné par toi, il ne l'a pas dit. Il a organisé un petit tournoi ATP en février au Madison Square Garden. Ils ont Hans Sörle comme tête de série. Mais il y a eu des annulations de dernière minute pour blessures diverses. Evanston m'invite à jouer, m'offrant ainsi un créneau de remplacement.

— Sörle… Mais il est classé quelque chose comme douzième, non ?

— Dixième. Il est dans le top 10. »

Willy en fit tomber son sac. « C'est quoi, le tableau ?

— Je suis 32ᵉ après tirage au sort. On joue à New York. Peu de frais, donc.

— Depuis quand te soucies-tu des frais ?

— Je me suis toujours fixé un budget pour travailler, Willy.

— Mais par quel miracle, avec ton classement poussif, figures-tu au tableau ? »

Eric inspira un bon coup. « C'est une sorte de tournoi décoratif, comme Mahwah, dans le New Jersey, avec peu de points à la clé. Afin que le public en ait pour son argent, les matchs se jouent au meilleur des cinq manches. Sörle s'use ; son agent lui cherche des contrats publicitaires. Et Evanston aime l'intensité dramatique que crée un challenger modestement classé. Il m'assure que je n'ai qu'à gagner un seul match pour qu'il y gagne, lui, en termes de spectacle. C'est la chance que j'attendais, Willy. Se traîner dans les satellites, c'est bon pour les gogos.

— Les gogos comme moi.

— Que tu sois allée assez loin pour jouer des tournois de série B est manifestement à ton crédit. (Cette obligation de la complimenter semblait décidément l'excéder.) Mais dans les satellites, on est à la ramasse : c'est une lutte bec et ongles. C'est tellement plus efficace de battre un joueur excellemment classé… Putain, Willy, ça paie autant de points qu'une machine à sous qui se met à cracher. Le problème, en général, c'est comment arriver à rencontrer ces connards de champions ? Maintenant, j'ai un top 10 à portée de raquette.

— Quoi ? Tu espères battre Hans Sörle ?

— Pourquoi pas ? »

Willy haussa les épaules et porta ses bagages dans la chambre. « Tu le découvriras tout seul, je suppose. »

À l'idée des tournois à venir, Eric, durant quelques jours, manifesta cette insouciance joyeuse qui l'avait sans doute aidé à devancer au tableau des adversaires qui avaient tiré seulement la veille au soir. Sauf que, les six semaines suivantes, il perdit sa décontraction insolente. Il avait du mal à s'endormir. Au réveil, Willy le trouvait souvent, pieds bloqués sous le sommier et muscles bandés, occupé à faire des abdominaux. Il avait toujours avalé n'importe quoi et en grande quantité, mais il devenait soudain difficile, se soumettant même à des régimes propitiatoires. Jamais plus ne suggérait-il de travailler son style avec son humble femme. Avant le tournoi du Madison Square Garden, il se mit à choisir ses partenaires d'entraînement avec le même soin vétilleux qu'il mettait à éliminer, chez leur boucher d'Agostino, les côtes de bœuf persillées.

En 1994, quand Willy prit l'avion à LaGuardia pour participer au tournoi inaugural de Chicago, une rencontre sur court couvert en dur, elle fut heureuse de fuir l'atmosphère suffocante de suffisance qui régnait dans leur appartement. Il compte gagner, se dit-elle – un état d'esprit qui lui était congénitalement étranger. Elle s'était pris suffisamment de claques pour croire que cela ne ferait pas de mal à Eric de s'en prendre une à son tour, ne serait-ce que pour rester humain.

Quand elle revint de Chicago, son mari avait disputé son propre match de mise en jambes sur un court couvert de Paterson, dans le New Jersey. Qu'elle fût maintenant classée 265e lui sembla soudain moins brillant quand Eric lui annonça qu'il était passé sous la barre des 500. C'était conforme au plan initial, bien sûr, mais Willy peinait tandis que les choses s'emboîtaient plus qu'obligeamment dans le calendrier de son mari. Les flèches du destin, qui empoisonnaient les autres, semblaient ne jamais le viser. Facteur aggravant, les succès d'Eric suscitaient en elle une cruelle illusion d'optique, comme quand, en partant pour Westbrook, elle avait l'impression de reculer quand son train allait moins vite que celui qui roulait à côté.

Au Madison Square Garden, la composition du tableau était hétéroclite. Eric était pourtant le candidat le plus inattendu. Nombre d'autres joueurs étaient dans le top 75, et si, par chance, Oberdorf les battait, il récolterait un généreux bonus de points. Au premier tour, le tirage au sort lui attribua un adversaire classé 54e. Willy le plaignit pour son manque de chance, trouvant que devoir se livrer dès le début à une compétition d'une telle dureté empêcherait à coup sûr son chéri de se mesurer à Sörle. Mais il se libéra de l'étreinte désolée de ses bras consolateurs. « Ne sois pas ridicule, lui lança-t-il. J'ai beaucoup de chance. Réduire en bouillie un 54e va me valoir d'emblée une tripotée de points.

— Mais tu n'as jamais joué contre personne du top 100 ! Tu ne sais même pas ce qu'ils valent.

— Willy, ce sont des joueurs comme les autres. La plupart du temps, tu as de la jugeote, alors je m'étonne de te voir tomber dans le panneau de la mystique du classement. Le moindre arriviste gominé qui se hausse dans les 50 te fait trembler d'une admiration messianique. Tu crois que jouer contre un 54e est censé être un honneur pour moi ? Eh bien, non, merde. Il n'est pas meilleur que nous.

C'est lui qui devrait se sentir honoré de jouer contre moi. »

Willy recula. Quand Eric fanfaronnait de la sorte, elle était partagée entre l'admiration et l'horreur. « Un peu d'humilité ne nuit pas, Eric. L'orgueil...

— L'humilité, c'est du poison. Rappelle-toi de quoi est fait ce jeu. D'ailleurs, tu es toujours la première à me le rappeler. Tu prétends que j'accorde trop d'importance à la technique et que c'est le caractère du joueur qui rend le tennis fascinant ; que la différence de classe entre Untel et Untel n'est pas dans le coup droit mais dans la tête. Eh bien, tu as raison. Ne compte pas sur moi pour tituber d'effroi sur le court du Madison en minaudant : "Merci, Mister-Cinquante-Quatre, de vous abaisser à me renvoyer la balle." »

Se demander si l'arrogance d'Eric était superbe ou odieuse était futile. Cette attitude le servait, seul cela comptait. Il obtint son bonus de points, ce qui supposait moins de matchs à jouer. Qu'un 498e eût battu un 54e suscita un murmure de curiosité dans la foule. À l'évidence, le mari de Willy avait de nouveau réussi l'un de ses sauts périlleux dont il avait le secret. Car l'Eric Oberdorf qui jouait au Madison n'était pas l'athlète prometteur, brillant mais irrégulier, avec qui elle était au coude à coude. Non, cet Eric-là qui s'exhibait sous ses yeux, elle ne s'y serait pas frottée. Parmi les seize joueurs restés en compétition – pour les huitièmes de finale –, il fit du steak haché d'un 87e sans perdre un seul set. En quart de finale, il gagna en quatre sets ; en demi-finale, en cinq sets. Dans l'intervalle, Willy vit très peu son mari. Il s'entraînait. Après ses victoires, il la quittait cérémonieusement, invité par l'horrible Bob Evanston à des dîners de célébration. Elle y était conviée, mais ses migraines étaient réelles. Lorsqu'il rentrait à une heure du matin, à pas de loup, elle pouvait alors mettre la main sur lui, faire fi de sa personne publique. Essayer, à tout le moins.

La nuit qui suivit les demi-finales, il se déshabilla et se glissa dans le lit où Willy l'attendait, éveillée. Elle se retourna pour lui caresser le torse et lui tirer les poils. Quand, du bout des doigts, elle lui effleura le mamelon gauche, il lui saisit la main qu'il bloqua fermement contre sa clavicule. Elle la dégagea pour la lui placer sur l'estomac, dont elle sentit les muscles durcir.

« Willy, murmura-t-il. Il faut que je dorme.

— Tu dormiras... après. (Sournoise, elle le lâcha pour lui empoigner le scrotum, faisant rouler les testicules comme des billes dans un sac.) C'est la meilleure façon de se détendre. Tu m'as toujours dit que tu dors mieux ensuite, non ?

— Chérie, je joue demain contre Sörle.

— La finale a lieu demain soir. Le matin, tu pourras dormir autant que tu le souhaites. » Ses doigts remontèrent doucement le long de sa verge qui durcit. Eric lui saisit le poignet et écarta sa main de son entrecuisse. « Ça suffit. Arrête. »

Ce qu'elle fit, roulant en boule comme une anémone de mer. « Tu ne m'as même pas embrassée depuis le début du tournoi, murmura-t-elle, les genoux ramenés contre la poitrine. Et nous n'avons pas fait l'amour depuis des semaines, pas même avant mon départ pour Sweetspot. Qu'est-ce qui ne va pas ? Qu'est-ce que je t'ai fait ? Tu m'en veux toujours d'être partie début janvier ? Tu as rencontré quelqu'un d'autre en mon absence ? »

Eric, couché sur le dos, soupira, comme accablé par cette liste de questions angoissées dont, une par une, il devrait cocher les cases. À cela non plus, il n'était pas d'humeur. « J'étais préoccupé, c'est vrai. Mais je suis convaincu que nous ne devrions pas baiser avant la finale », hasarda-t-il.

Willy leva la tête. « Tu crois à ces conneries ? Répandre quelques gouttes de ton précieux élixir viril va pomper ton énergie ?

— Je sais, ce sont probablement des histoires de bonnes femmes…

— À coup sûr. Les médecins affirment au contraire que c'est énergétique.

— Oui, mais au cas improbable où elles auraient raison… les bonnes femmes, je veux dire, si ça ne t'ennuie pas, je préfère m'abstenir.

— Les bonnes femmes ont toujours inventé tous les prétextes possibles pour échapper au devoir conjugal. »

Willy bondit hors du lit en emportant la couverture, dans laquelle elle se drapa. « Mais au cas où cela ferait la moindre différence, tu n'as qu'a dormir seul. Pour rien au monde je ne souffrirais de réveiller mon seigneur et maître en me retournant dans le lit. »

Elle sortit en trombe de la chambre, la couverture traînant au sol. Eric qui la suivait marcha dessus. « Arrête de faire l'enfant et reviens te coucher, lui dit-il.

— Moi, l'enfant ? Alors qu'on t'a bourré le mou à sept ans pour que tu adhères à quelque superstition idiote à laquelle tu crois toujours.

— Je sais que c'est probablement dingue, mais si tu voulais bien me passer quelques lubies….

— Je t'en ai passé plein. Et si ça peut te soulager, je ne te laisserai pas poser une main sur moi, même avec un couteau sous la gorge. Bonne nuit. »

Tirant la couverture sous les pieds d'Eric, elle l'envoya au tapis dans le hall.

« Tu es folle ! Tu aurais pu me blesser.

— Quelle tragédie ! Tomber sur ce cul d'un million de dollars… »

Elle fila dans le salon et se laissa tomber lourdement sur le canapé.

Eric se releva et se tint un moment devant la fenêtre de la chambre. Le froid avait réduit son sexe à un petit paquet de mou noueux et bleuâtre rien moins qu'excitant. Elle se recroquevilla sur le sofa. Eric hésitait sur le seuil, écartelé entre le désir de la ramener au lit pour régler leur différend, et, sans doute, de lui faire l'amour ensuite, et celui de la laisser à sa bouderie pour jouir d'une bonne nuit de sommeil avant le premier match de sa vie contre un top 10. Son indécision ne dura pas longtemps. Le combat n'en valait pas la peine.

Comme si le succès, dans un sport lucratif, n'était pas déjà une satisfaction en soi, les pros des échelons supérieurs pouvaient, au moment crucial, souvent compter sur une victoire « par réputation ». Il n'était pas rare qu'un joueur obscur comme Eric anéantisse ses adversaires dans les premiers tours sans se montrer ensuite à la hauteur, contre l'un des sacro-saints top 10, peut-être en petite forme, qu'il n'y aurait plus eu qu'à cueillir. Mais l'auréole entourant les vedettes était telle qu'un challenger pouvait être aveuglé au point de laisser passer sa chance. Au regard de la hiérarchie des sports, participer c'était communément souscrire à cette hiérarchie ; personne ne voulait grimper des échelons fantômes. Suant sang et eau pour les obtenir, les joueurs se croyaient obligés de considérer les points informatiques comme un avantage de poids. En conséquence, des seconds couteaux, souvent, perdaient exprès des matchs pour payer un tribut non seulement à l'élite, mais au *statu quo*, plutôt que de semer la pagaille dans la laborieuse arithmétique du sport. La plupart des joueurs, en se soumettant à l'échelle, croyaient à son principe même, éventuellement prêts à sacrifier leur gloire personnelle à celle d'un univers codifié.

Eric n'avait pas ces scrupules. Il ne croyait pas au tennis en soi : ce sport n'était pour lui que le véhicule de sa propre béatification. Il avouait volontiers à Willy que, contrairement à elle, il ne vouait pas un culte à ce jeu. Il se trouvait qu'il y était bon, mais sans exclusive. En fait de culte, il mettait sur le même plan toutes les disciplines dans lesquelles il excellait. La seule religion d'Eric, c'était Eric, ce que Willy trouvait tout à la fois splendide et minable. Cette ambivalence, comme la friture entre deux poteaux électriques, créait une perturbation propre à entretenir sa passion ; peut-être Willy aimait-elle Eric, le mari, parce qu'elle n'avait jamais pu décider si elle supportait Eric, l'homme. S'il n'honorait pas le dieu suprême du tennis, il s'inclinait encore moins devant ses avantages matériels relayés par l'ATP. Il tolérait mal la pléthore de respect qui gangrenait ce sport. Il avait peu d'estime pour les joueurs en général et, s'il avait eu le pouvoir de créer un monde meilleur, il aurait joyeusement balayé le mythe du top 10. L'association, il est vrai, produisait nombre de mégalomanes, mais s'incliner devant la « réputation » signifiait, en définitive, s'abaisser.

Si Hans Sörle comptait sur un adversaire déstabilisé par un début de match bien entamé – Eric avait gagné le premier set 6-4 –, il devait revoir sa copie. Le visage d'Eric ne trahissait pas le moindre doute, pas la moindre insécurité. Les yeux de l'Oberdorf qui tint le service durant la plus grande partie du deuxième set n'étaient pas ternis par le trac ; ce petit arriviste ne se pinçait nullement pour s'assurer qu'il ne rêvait pas. Et même quand ce néophyte arrogant fut remis à sa place en perdant le set 7-5, il ne fit pas le dos rond de celui qui se dit : « Ça ne pouvait pas durer. » Il serra un peu les dents, sans plus.

Willy était assise au premier rang, au bord de son siège, à côté d'Alma Oberdorf qui lui tapotait la main. Entre les anxieux parents de ce challenger improbable, les trois frères d'Eric étaient rangés par âge, quasiment au garde-à-vous, arborant une nouvelle coupe de cheveux avec épis disciplinés à l'eau et peaux rosies par le récurage. Une étiquette dépassant de la manche de Robert révélait que les pulls de couleur vive des garçons avaient été achetés pour la circonstance. Alma rabattit le col de la chemise de son fils. Robert se tortilla d'embarras puis, jouant les durs, enfouit son menton dans l'encolure de son pull.

Axel tendit le bras pour donner une tape sur la tête de son cadet. « Tiens-toi tranquille », lui ordonna-t-il. Aussitôt, les deux autres se redressèrent sur leurs sièges.

Quand les deux joueurs furent à égalité, Willy laissa ses pensées vagabonder, revoyant l'époque préconjugale où elle regardait jouer Eric. Elle l'admirait, c'était certain ; et Willy étant Willy, elle n'avait pas été sous le seul charme de son sourire retors ni du culot avec lequel il avait monopolisé ses soirées. Quelque chose dans son jeu lui avait tapé dans l'œil. Pourtant, à cette époque, son admiration ne semblait pas lui coûter autant. En choisissant de l'aimer, elle s'était délectée de sa propre création. C'était presque comme si elle avait fabriqué cet homme-là.

Mais là, au Madison Square Garden, Willy, malgré toute sa bonne volonté, ne pouvait pas revenir sur le passé. Cet amour plus fort qu'elle, Eric le lui avait arraché d'emblée. Sous le regard de sa femme, il n'était plus l'œuvre grandiose de celle-ci mais le produit d'une énergie qui lui était propre, qui produisait des flots de lumière si étincelants que Willy se demandait maintenant si ce n'était pas elle qui avait été inventée. Devant des centaines d'autres spectateurs, il n'avait pas besoin du regard de sa femme pour exister. Alors, pendant les balles de double break, elle lisait les panneaux d'affichage Kodak en haut des gradins – tout pour ne pas voir ce visage : ne jamais regarder le soleil en face, lui serinait sa mère. Le voir évoluer avec cette grâce fluide durant tout un match, c'était trop. Plus elle admirait Eric Oberdorf, moins elle s'aimait.

Cette attraction à laquelle elle avait cédé avec joie avant son mariage, elle la combattait désormais. Elle ne donnait plus, on lui donnait. Tant de gens ordinaires tombaient amoureux et se mariaient… comment faisaient-ils pour vivre sans ressentiment, sans lutter contre des passions qui les dépassaient, sans se révolter contre ces prélèvements mensuels imposés en remplacement du chèque initial spontanément rempli ? Eric portait sa nouvelle tenue noire et Willy se décomposait devant tant de séduction. Au début fière d'être associée à un homme au physique si spectaculaire, elle se recroquevillait maintenant devant ce corps sans graisse, elle croisait sans arrêt sa veste sur son estomac dont les petits plis contrastaient avec cette belle viande maigre qui évoluait sur le court.

« Regarde-moi comment il a ramené cette balle, dit Alex à Steven, la voix rauque d'excitation, en lui donnant une tape sur la cuisse. Je n'aurais jamais rattrapé ce coup, même avec une raquette fixée à un manche à balai. »

Moi non plus, songea Willy. C'était cela, le problème : chaque hommage rendu à Eric lui laissait une image rémanente négative. Chaque échange se faisait l'écho de ses propres pensées : je ne pourrais jamais rattraper une balle aussi haute ; je ne pourrais jamais courir aussi vite ; je ne pourrais jamais frapper la balle aussi fort. Quand Eric eut un aparté avec un juge de ligne, Willy se dit que, si ç'avait été elle qui jouait son premier top 10, elle n'aurait jamais eu cette vivacité affable dont son mari était capable. Tout adjectif qu'elle lui appliquait glissait dans le comparatif : il était plus talentueux, plus intelligent, plus athlétique, car il n'est pas de don qui n'évoque un don supérieur. Était-ce pour cela qu'Eric l'avait draguée à Riverside ? Cherchait-il une partenaire, ou une fan ?

Axel, sautant sur ses pieds, tapa du poing dans sa paume : « Bravo, mon fils ! »

Sursautant aux vivats de la foule, elle regarda le tableau et découvrit qu'Eric venait de remporter le troisième set. Il lui suffisait maintenant d'en gagner un – sur deux – pour remporter le match. Plus question pour elle, dans ce cas, de se payer le luxe d'une attention errante. Quand Eric eut une balle de break, puis Sörle en eut une en retour, Willy se pencha au point de se cogner les genoux sur la rambarde, écrabouillant contre son estomac son gobelet de Coca en carton ciré. Alma serra le bras de sa belle-fille et, quittant un instant le court des yeux, prit le risque de lui jeter un coup d'œil plein de sympathie solidaire. Elle s'imaginait – à tort – que, pour sa belle-fille, voir Eric au bord du triomphe ou de la défaite était une expérience insupportable. Imaginez quelle triste nuit elle aurait passée si, après ce formidable suspense, son jeune mari manquait la victoire d'un cheveu. Elle devrait veiller ce jeune géant morfondu, inconsolable, incapable de contrôler sa déception.

La foule, qui aime les outsiders et, tout autant, l'éventualité d'un retournement de situation, soufflait et sifflait quand Eric gagnait le point. Elle retenait sa respiration et grognait sourdement quand l'une de ses balles passait au ras du filet, où elle vacillait avant de retomber de son côté du terrain.

Willy fit un bond quand une main se posa sur son épaule.

« Vous êtes sa femme, non ? » Willy hocha la tête. La jeune fille assise derrière ajouta : « Vous devez être folle de joie ! »

En tant qu'épouse d'Eric, elle aurait dû l'être. Pourtant, elle ne respirait pas au même rythme que le public. Quand les Oberdorf soupiraient, elle inspirait un bon coup. Quand la foule s'étouffait d'angoisse, elle soupirait de satisfaction.

Eric était déjà suffisamment guilleret en passant de 500e à 498e. S'il perdait ce soir-là, il retrouverait en dix minutes le respect de lui-même. Mais s'il revenait vainqueur 112e Rue, il serait insupportable. La fille du deuxième rang pourrait rentrer chez elle avec son amant sans que leur félicité ne dépendît du résultat d'un divertissement populaire. Willy, elle, devrait vivre des mois avec les conséquences de ce match.

Elle était pour Sörle.

12

Avoir corrigé le numéro 10 ne fit pas d'Eric le numéro 9 du tennis mondial. Mais il passa de 498e à 293e en une semaine, ce qui équivaut à sauter plusieurs gratte-ciel d'un seul bond. En tant que 265e, Willy partageait pour la première fois ce chiffre initial, ce 2 crucial avec son mari.

Après les célébrations obligatoires avec les organisateurs du tournoi, et un raout monstre chez les Oberdorf, qui avaient invité tout l'Upper East Side, Eric et Willy projetèrent une petite fête en tête-à-tête pour le surlendemain. Bien que suralimenté, Eric, qui avait gagné cinquante mille dollars, était assez en fonds pour proposer un dîner au Lutèce, le restaurant français le plus chic de New York. Le geste était généreux, aussi Willy retint-elle un commentaire grincheux quand il lui demanda de venir le chercher et de lui apporter sa veste de smoking et une cravate noire, au Jordan, où il avait cet après-midi-là un match d'entraînement. Elle s'envolait pour la Floride le lendemain matin et comptait faire des courses avant, mais tant pis.

Quand elle arriva avec l'accoutrement d'Eric sur le bras, cravate noire incluse, le match n'était pas terminé. Le Lutèce était strict en matière de ponctualité, mais Eric devait finir la manche. Elle s'éclaircit la gorge, et, avec humeur, se laissa tomber sur un siège. Génial. Mme Oberdorf était de nouveau enrôlée de force pour faire la claque. Dernièrement, elle aurait donné n'importe quoi pour voir perdre Eric, juste une fois.

Il perdit.

Elle resta un moment immobile sur sa chaise, en état de choc. Cela faisait des mois qu'il gagnait sans arrêt. Se pouvait-il que quelque mauvaise fée ait lu dans les pensées de sa femme ? Ou qu'Eric lui-même, l'ayant fait, enfin, se fût sabordé d'horreur ?

Elle tenait toujours le costume sur le bras. Le plastique du teinturier – ou la culpabilité ? – lui collait à la peau et lui hérissait le duvet du bras. Elle embrassa son mari et lui tendit ses affaires. « Ça va ? demanda-t-elle. Ou tu préfères qu'on remette ce dîner ?

— Pas question. (Ton dégagé.)

— Mais après ce que tu...

— Quelque chose a craqué ; mon envie de gagner, peut-être. J'ai éprouvé une impression de futilité. Bon, allons bouffer. »

« Les rares fois où tu as perdu, nota Willy, tu as laissé entendre que tu ne t'étais pas appliqué. Tu n'as jamais admis t'être heurté à tes limites. »

Eric ôta une arête coincée entre ses dents. « Je ne pense pas m'être jamais heurté à mes limites. Pas à mes limites absolues, du moins.

— Ça te serait pourtant arrivé si tu étais une fille.

— Ce qui n'est pas le cas. »

Bourré de fragile porcelaine florale, le Lutèce n'était pas le lieu idéal pour une bagarre. Willy croisa les mains sur sa serviette en lin. « Tu t'es déjà dit que tu aurais pu naître femme ? demanda-t-elle.

— Sûrement pas.

— Tu crois que les femmes sont si différentes ? Est-ce que nous ne partageons pas les mêmes émotions, les mêmes ambitions ?

— Vous êtes probablement plus émotives. »

Willy tenta de couper son pigeonneau – un choix irréfléchi, mais dîner au Lutèce d'un de ces volatiles qui souillaient la façade de la bibliothèque publique lui avait paru plaisamment pervers. « Dirions-nous que je t'aime plus que tu ne m'aimes ?

— Willy, ce dîner est censé être une célébration, pas une empoignade.

— Pourquoi l'idée d'être une femme te rebute-t-elle autant ?

— Elle ne me rebute pas : je la trouve ridicule. »

Willy délaissa momentanément son assiette. Ce pigeonneau était une erreur – minuscule, brunâtre et ratatiné. Manger avec les doigts aurait été la seule façon de tirer quelque chair de ce maigre oiseau. Déjà, en le chassant dans son assiette, elle avait fait gicler de la sauce au porto sur sa robe en soie rouge. Elle n'osait pas le dire à Eric – le menu qu'on lui avait tendu ne comportant aucun prix, Dieu seul savait combien coûtait ce plat – mais elle aurait, à tous égards, préféré le Flor De Mayo. Si leur nouveau style de vie de champions devait les obliger à fréquenter ce genre d'endroit huppé, se battre pour joindre les deux bouts était rétrospectivement un souvenir attachant.

Envieuse, elle regardait la truite saumonée à la tahitienne d'Eric, avec sa sauce vanille, un choix plus intelligent que le sien ; puis elle regarda Eric, splendide avec sa cravate noire, en se disant qu'entre idole et Némésis, la ligne de partage était mince. Pourquoi, entre tous les hommes, avait-elle épousé cet archétype de l'élite de Princeton, ce petit génie du basket, du triple saut et des maths en passe de devenir un prodige du tennis ? Était-elle donc en quête de la seule personne au monde dont elle ne pouvait se sentir qu'indigne ?

Ou se serait-elle sentie inadéquate avec n'importe quel autre homme ? Depuis l'enfance, être une fille l'exaspérait. Pour une joueuse de tennis, ce ressentiment se comprenait. Durant la plus grande partie du XXe siècle, le tennis féminin était considéré comme un à-côté frivole. Et, même à l'heure actuelle, les championnes gagnaient presque la moitié de ce que gagnaient les hommes. Pour couronner le tout, qui ne choisirait pas de servir à cent quatre-vingt-quinze kilomètres à l'heure plutôt qu'à cent trente-cinq ?

« Tu aimes le cinéma, non ? les films t'invitent à t'identifier à d'autre pour un laps de temps donné. Tu ne quittes pas la salle parce tu trouves cette idée "ridicule". Alors, en quoi ma question sur l'effet que cela te ferait d'être une femme est-elle si absurde ?

— Elle n'est pas forcément absurde, mais elle ne mène à rien. Supposons que, en pensée, je m'affuble d'une robe : eh bien, je ne saurai jamais si l'image que j'ai de moi est pertinente, parce que je ne sais pas ce que c'est qu'être une femme.

— Je te suis à ce point étrangère ?

— Non. Enfin pas toi. »

Willy laissa retomber ses couverts sur la nappe. C'était vrai. Ses congénères, en général, n'avaient jamais tenu une grande place dans la vie d'Eric. Il n'avait jamais eu d'amie femme avant elle, ni même une partenaire de tennis régulière. Elle était une exception et, à ce titre, un garçon honoraire.

Pour sa part, Willy avait toujours soupçonné qu'elle était née dans le corps qu'il ne fallait pas, ou, si elle était née dans celui qu'il fallait, que c'était une punition pour ne pas être à la hauteur des performances masculines. Voilà pourquoi la suffisance d'Eric, s'agissant de sa masculinité, agaçait Willy ; d'ailleurs, n'importe quelle épouse aurait été offensée que son mari trouve grotesque la pensée d'être né femme. Mais, en vérité, si Eric lui avait confié qu'il « essayait de cultiver son côté féminin », elle aurait hurlé de rire. De fait, Willy ne vilipendait pas tant la confiance en soi élitiste d'Eric qu'elle ne l'enviait. Elle préféra changer de sujet.

« Tu sais, ton match m'a exaspérée à cause de ce déplorable système de garantie[1]. Tu peux être sûr que Sörle a été payé plus que toi rien que pour se produire alors que tu as gagné le tournoi.

— Je ne me plains pas.

— Mais moi, si. S'il reçoit une pelletée de fric simplement pour se tenir sur la ligne de fond, on se demande pourquoi n'importe quel top 10 se lèverait la peau. Il n'a qu'à saboter le match et toucher son chèque. »

Eric se renfonça dans son siège. De sa truite, dont la chair avait été méticuleusement prélevée, ne restait que les arêtes, un art de la dissection qu'il tenait de son chirurgien de père. « La fierté. La garantie, c'est la fierté, assura-t-il.

— Non. Il y a un problème : la “règle des quatorze”, qui encourage le relâchement. »

Depuis que les joueurs capables d'assumer les frais occasionnés par plus de quatorze tournois annuels pouvaient effacer leurs médiocres performances du tableau de classement, l'assertion de Willy n'avait rien de polémique. Nombre de célébrités avaient été accusées d'accepter une garantie – de se laisser acheter au prix fort – tout en se contentant de faire semblant de disputer une partie dont la perte n'affectait pas leur rang. Eric, pourtant, ne la suivait pas sur ce point.

— Sörle n'a même pas essayé ?

— Bien sûr que si !

— Es-tu en train de me dire qu'il m'a offert la partie sur un plateau ? Je croyais m'être plutôt bien débrouillé. (Ses yeux se rétrécirent.)

---

1. Une garantie est une prime d'engagement qui « achète » la participation d'un compétiteur. (Les promoteurs de tournoi s'arrachent les vedettes au prix fort.)

— Non, non, chéri, ce n'est pas ce que j'ai voulu dire !

— C'est exactement ce que tu as voulu dire, je le sais.

— Mon chou, c'était juste pour parler. Je trouvais qu'il était temps pour moi de cesser de te mettre plus bas que terre.

— Tu es une femme – une personne, si tu préfères – terriblement pragmatique. Tu ne parles jamais "juste pour parler".

— Oublie, je t'en prie. »

Il n'oublia pas.

Willy se tint à carreau les quelques mois suivants, mais elle n'appréciait pas de devoir se contrôler avec son propre mari. De même que, sur les courts, elle adorait le flux tennistique à l'état brut, à la maison, elle appréciait la liberté qu'offre l'intimité. Parmi les compliments forcés, les mouvements d'humeur – « Tu te prends pour qui ? » – immédiatement réprimés et le toilettage systématique de remarques « spontanées » susceptibles d'être agressives, le nouveau discours conjugal de Willy était marqué par le même retard infinitésimal entre la pensée et son expression qui caractérisait à la fois le mauvais tennis et le bavardage mondain. Parler à Eric, désormais, c'était comme parler à n'importe qui. Déprimant.

Willy, elle aussi, avait eu un printemps propice. Elle s'était inscrite à nombre de tournois saisonniers, absolument déterminée à passer sous la barre des 200, ce que Max exigeait pour pouvoir la propulser dans les circuits internationaux. Le couple, tout rayonnant de la fierté de ses victoires respectives, put donc partager quelques radieuses soirées de printemps, marchant main dans la main vers Fleur de mayonnaise avec cet enthousiasme propre à une équipe soudée qui caractérisait le début de leur relation.

Malheureusement, ce sentiment de solidarité ne dura pas. Si l'on comparait leurs carrières à des trains parallèles, la locomotive d'Eric commençait à pointer furtivement du nez par rapport à celle de Willy. Il avait attiré l'attention sur lui en tant que le challenger qui avait battu Hans Sörle. Les organisateurs de tournois demandaient à Eric de jouer alors que Willy n'était engagée que sur la base de son classement ; de même, il était invité dans une meilleure catégorie de rencontres que son classement n'aurait dû le lui permettre. Enfin, en 1994, il gagnait déjà plus d'argent que sa femme et ne dépendait plus d'Axel. L'autonomie financière de Willy lui avait conféré une supériorité morale qu'elle cédait avec répugnance.

En somme, le printemps 1994 reproduisait une sensation qu'elle vivait régulièrement en faisant son jogging dans Riverside Park. Se faufilant, preste, parmi les anorexiques évanescentes et les gros lards à la chair tressautante, elle entendait parfois un tap-tap feutré dans son dos. Souvent, un rien de zèle suffisait pour que le talonneur morde la poussière. Bien que plus rapide que la plupart des joggers, Willy, avec son mètre soixante, n'était pas une sprinteuse. À la course comme au tennis elle tentait de conserver un rythme soutenu et régulier, ne perdant jamais de vue le long terme. Ses admirateurs la trouvaient vaillante, ses détracteurs, acharnée.

Si Willy détestait être dépassée, cela lui arrivait pourtant. Le tap-tap se rapprochant, elle mettait le turbo, les yeux fixés devant elle. Mais le coureur qui la doublait – toujours un homme – était en général beaucoup plus grand qu'elle, dont le seul intérêt n'était pas de battre une fille, mais de battre ses propres records. Parfois, en la doublant, il lui faisait un signe de connivence amicale ; ou il lui tapait fraternellement la paume, n'obtenant d'elle en retour qu'un sourire pâlot. Elle contrôlait l'impulsion d'accélérer pour le talonner, mais une déception qu'elle avait du mal à combattre lui coupait presque les jambes.

Le trophée Chevrolet avait lieu début juin, entre le trophée français et le Stella Artois. Programmé quand les attentes du public étaient maximales, le « Chevy » était le temps fort du calendrier des jeunes espoirs du tennis, car il donnait à plusieurs dizaines d'entre eux l'accès aux tableaux d'affichage internationaux. Non seulement il était spécifiquement conçu pour permettre aux petits génies inconnus de percer, mais aussi il était le seul événement de l'année où l'ATP et la WTA opéraient de concert. Traditionnellement, ces deux associations restaient séparées, sinon antagonistes. Mais comme il était difficile d'attirer l'attention sur n'importe quel tournoi si des têtes de série ne figuraient pas un peu partout au tableau, seule une politique conjointe hommes/femmes pouvait persuader ESPN, la toute-puissante chaîne sportive câblée, de retransmettre le Chevy pour qu'il serve de vitrine à de jeunes espoirs.

L'année précédente, le classement d'Eric ne lui aurait même pas permis de s'inscrire sans avoir auparavant disputé à l'arraché plusieurs matchs de qualification, mais cette année-là son classement avait tellement progressé qu'il fut admis d'emblée à figurer au tableau. Willy était partagée, s'agissant de l'éligibilité d'Eric. Ç'aurait été sympa, pour une fois, de participer au même tournoi, prendre le même train pour Columbia, DC. En même temps, le trophée était le joyau de la couronne satellite, et la victoire dans le Chevy garantissait virtuellement d'échapper à la routine épuisante des tournois mineurs – trois semaines de marathon pour une poignée de points à peine dignes d'une aumône. Présente dans le circuit depuis plus longtemps qu'Eric, Willy sentait qu'elle devait d'abord tenter le coup avec le trophée. Le tennis, bien sûr, ne récompensait que chichement le zèle et pénalisait carrément l'ancienneté. Pourtant, elle avait toujours considéré que le Chevy l'attendait, et, du fait qu'Eric s'inscrivait aux simples messieurs dans le même tournoi, elle avait l'impression qu'il lui collait aux fesses.

Une amertume qu'adoucit quelque peu une sollicitation de la part d'un magazine féminin, *Slick Chick*, un illustré de luxe désireux de pondre sur le Chevrolet Challenge un article axé sur le « profil » d'une joueuse « emblématique de la nouvelle génération de sportives aptes à représenter les valeurs de leur magazine ». S'agissant de ce que « valorisait » » l'illustré en question, Max Upchurch avait glissé à l'équipe rédactionnelle que Willy Novinsky non seulement avait des chances de gagner mais qu'elle était, hum... « présentable ». Plusieurs filles mieux classées avaient été récusées par l'éditrice, découragée, car « trop grosses, trop masculines ou trop moches ».

Willy aurait donc été sotte de s'attendre de leur part à un portrait sérieux, mais les sunlights étant ce qu'ils étaient, les aspirants vedettes devaient se placer sous ceux qu'on leur offrait. Une publicité déguisée, même écœurante, serait une adjonction attrayante à son portfolio si Willy, par la suite, acquérait assez de prestige pour attirer le sponsoring des fabricants de protège-slips. Mais elle en eut rapidement gros sur la patate quand la journaliste arriva 112e Rue et se mit à jacasser dans le micro à propos de sa « géniale » table basse emplie de balles usagées. La dame ne s'intéressait nullement au jeu de Willy. Elle la cuisina en revanche sur ses régimes et ses coiffures. Il était difficile d'imaginer Eric, dans le rôle de l'interviewé, pressé de donner son opinion sur les tenues de tennis en vogue cette année-là.

Un photographe se pointa une heure plus tard. Il apportait un fouillis de robes du soir pailletées et une valise de maquillage débordant de pots contenant des cochonneries rose ou marron. Willy, pensant qu'on la photographierait en pleine action sur un court, avait lavé pour l'occasion sa tenue de tournoi blanche. Une erreur. En désespoir de cause, elle se laissa tripoter, poudrer et bichonner. D'ordinaire, elle se maquillait très peu, et, à la fin de son supplice, elle découvrit devant la glace une fade gravure de mode déguisée en femme fatale. On avait épinglé les ourlets des robes, trop longues pour elle ; le photographe, horrifié par ses épaules musclées, lui demanda de les cacher sous un châle. Quand on la traîna au port de plaisance de la 79e Rue pour des photos en extérieur, Willy supplia le photographe de la prendre au moins avec les courts de tennis de terre battue en arrière-plan. Au lieu de quoi il la colla contre un garde-fou sur fond d'Hudson, en une pose avachie de traîne-savate, le lointain montant du pont George-Washington évoquant une tiare posée sur ses cheveux laqués à mort.

Être apprêtée, peinte et accoutrée de la sorte, quoique humiliant, donnait tout de même un avant-goût de gloire, une envie de réussir au point de pouvoir indiquer un jour à ces enquiquineurs prétentieux l'endroit où ils pourraient se coller leur brosse à mascara. Après tout, il y avait pire que de subir une épreuve aboutissant à un article de quatre pages dans un magazine de luxe : ne pas être sollicitée pour la subir.

Willy, ce soir-là, nettoyait encore un halo d'ombres bleues autour de ses yeux quand Eric rentra de Philadelphie, où il venait de disputer un autre tournoi ATP. La fierté de son port de tête, une fois ses sacs posés, en disait long sur l'issue du match.

« Tu as gagné.

— J'ai gagné. Dis donc, j'ai fait un peu de calcul dans le train.

— Où et quand ne fais-tu pas de calcul ?

— Mon hypothèse n'a rien de définitif car, bien évidemment, elle dépend des résultats des autres concurrentes : toi et ta copine Marcella êtes au coude à coude. Mais il me semble que, lorsque tu auras remporté le Chevy, tu seras 200e, Willy.

— Le Chevy n'est pas du gâteau, Underwood. C'est le plus convoité des trophées mineurs.

— Et alors ? Personne, là-bas, ne peut te faire de l'ombre. Mais tu sais quoi, Wilhelm : si je remporte les simples hommes à Columbia, je serai 200e. C'est pas beau, ça ? Toi et moi à égalité. Ça nous ferait une publicité monstre : "Mari et femme gagnent tous deux le Chevy… Avec un classement identique, ils sont bien partis pour la gloire." À nous Barcelone et Tokyo, ajouterai-je !

— N'y compte pas trop ! Nous n'en sommes même pas au premier tour. »

Comme Eric « positivait » par principe, elle ne voulait pas admettre qu'elle avait, elle aussi, fait ce calcul qui ne lui inspirait pas une réaction aussi enthousiaste. Le parallélisme de leur classement avait à ses yeux quelque chose d'improbable. Maintenant qu'elle était proche de ce qu'elle avait toujours voulu, son appétit diminuait ; elle avait l'estomac noué et la peur au ventre.

Eric gagna la finale du Chevy avec sa désinvolture habituelle, mais il prit des risques fous. Nombre de ses coups frôlèrent le bord extrême de la ligne de fond et, avec un arbitre moins scrupuleux, le score aurait été différent. En scrutant ce soir-là son mari du premier rang des tribunes, Willy découvrit finalement son secret : il s'en fichait, ou presque. Il ne faisait pas corps avec le tennis. Pour lui, c'était un jeu, non une raison de vivre. Il avait l'avantage du joueur de poker dont le bluff marche parce qu'il ne voit que des jetons en plastique là où, pour des parieurs comme Willy, c'était leur âme qui était sur la table.

L'après-midi suivant, toute tremblante dans sa robe blanche fétiche, Willy se montra incapable, c'était sa nature, d'afficher, et encore moins d'éprouver l'indifférence d'Eric. Celui-ci était désormais 200e. Quatorze heures auparavant, il l'avait dépassée, et les deux prochaines heures allaient décider si elle tiendrait le choc. Il lui était impossible de décréter que cela n'avait pas d'importance.

Ironiquement, le sort voulut que la dernière adversaire de Willy fût Marcella Foussard. Marcella, trop bêcheuse pour s'habiller avec le *vulgum pecus*, s'était pomponnée à l'hôtel. Elle n'était passée au vestiaire que pour retoucher son rouge à lèvres vermillon. Solide et plantureuse, elle avait dû mettre des heures à arranger les boucles de ses cheveux de fausse rousse au-dessus de son bandeau de soie pêche. Les six mois précédents, Marcella, en s'affamant, avait perdu un peu de sa graisse enfantine, et maintenant, elle se mordait l'intérieur des joues, croyant naïvement que des traits émaciés allaient enfin remplacer le pudding qu'était son visage. Plus mince, elle l'était certainement, mais les jambons qu'elle avait pour cuisses, elle se les trimbalerait à vie.

« Alors, ton jules a remporté le simple messieurs, Wilhemena ? roucoula-t-elle. Il se débrouille drôlement bien, hein ? Au début, je le trouvais bizarre physiquement, dans le genre noueux, tu vois ? Mais maintenant, je le trouve juste élégant, dans le genre nonchalant, tu vois ? (Elle sourit.) Je parie qu'il va nous regarder. »

Ses dents étaient tachées de rouge à lèvres.

En un sens, jouer contre Marcella était une chance ; Willy serait confrontée à un jeu sans surprise, même si elles disputaient peu de matchs d'entraînement ensemble à Sweetspot. Willy ne supportait pas le style de Marcella. Elle le trouvait esthétiquement déplorable. La fausse rouquine avait peut-être perdu quelques kilos, mais elle jouait toujours comme une grosse. Ses chandelles liftées s'écrasaient mollement sur la ligne de fond, avec la régularité monotone d'un bulletin météo. Ses coups avaient une texture humide, informe, flasque ; tels des flocons de neige surdimensionnés, ils fondaient au rebond de la balle. À chaque échange, c'était l'adversaire qui devait produire l'énergie, et il/elle trouvait souvent la tâche débilitante. On avait beau accélérer le mouvement, Marcella l'absorbait, puis le recrachait sous forme de gros pâtés mollassons. Pourtant, son placement était extrêmement vicieux et, bien que semblant se mouvoir sur le court avec la nonchalance pleine d'ennui d'un chat trop nourri, elle était grande, et plus rapide qu'il n'y paraissait.

Durant tout le premier set, Willy s'en tint aux conseils de Max : résister à l'impulsion de massacrer la balle d'emblée. Pourtant, les coups d'approche de Marcella étaient des incitations au meurtre, sauf que le réflexe pavlovien de vouloir la tuer était dangereux. « Renvoie comme eux, disait Max des "parachutistes", sans nommer personne. Ils adorent les adversaires qui bastonnent, ça les sert. Ne leur concède rien. Attends. Et ne frappe la balle à toute berzingue que lorsque tu es sûre de ton coup. »

L'adhésion à ce conseil exigeait un self-control peu commun, mais ce fut payant. Lutter contre ses instincts améliorait la concentration. Willy remporta le premier set 6-3, ce qui était une marge confortable, et tant pis si les spectateurs s'étaient ennuyés. Assis au premier rang, Eric leva discrètement le pouce. Il comprenait ce qu'elle faisait et ce geste signifiait : « Continue. »

Le deuxième set commença presque trop bien. Après avoir pris deux fois le service de son adversaire, dans le premier et le troisième jeu, Willy menait par 4-0. Elle avait comprimé sa tactique en une formule simple : « Continue, continue, continue. » La suite ? « Et quand tu reçois une balle un peu plus courte que les autres, tu smashes en une balle croisée sévèrement courte, que Marcella ne pourra pas rattraper même si elle la voit partir » ; au mieux, elle renverrait par un coup en touché désespéré, mais Willy pourrait alors la ratatiner au filet. Hélas, le luxe d'une avance aussi confortable poussa Willy à gamberger. Trop d'avance sur l'adversaire nuit à la concentration. Elle ne pouvait pas avaler ce tennis insipide, et si ce sport avait été toujours aussi fade, elle aurait choisi le squash.

Plus d'une fois, entre les points, elle se tourna vers Eric pour lui sourire. C'était une erreur. Alors qu'elle aurait dû savourer, déguster point après point le jeu écœurant et lourd de Marcella, Willy ne s'amusait pas. Elle voulait en finir, et vite. Quelque chose se tordit soudain dans son ventre, comme si un outil cruciforme venait d'y resserrer une vis.

À 4-0, sur le service de Marcella, elle jouit d'une nouvelle balle de break, mais, curieusement, sur ce jeu-là, elles se retrouvèrent à 40-A, ce qui n'aurait jamais dû se produire. Le service rétro de Marcella était placé, mais sans verve. Personne, Willy exceptée, ne s'alarma à l'approche du sixième jeu. Quelques spectateurs rassemblaient déjà leurs paniers à pique-nique, pensant qu'à 6-3, 5-0, le match était quasiment gagné.

La vis se resserra d'un tour. Willy secoua les bras et sauta sur place sur la ligne de fond. Une ombre mystérieuse passa sur le visage de Max. Eric arborait une expression horriblement encourageante.

15-0, oui. 30-0, oui. Pourtant, Willy savait qu'elle se précipitait. Son jeu devenait impatient. Dans son désir d'en finir avec cette épreuve, de tomber, soulagée, dans les bras d'Eric, à la troisième balle de match, Willy fondit sur un coup droit croisé particulièrement obèse de Marcella qu'elle rattrapa maladroitement en fond de court, renvoyant la balle en direction de la tribune. Tout conseil en cours de match, même par signes, violait les règles de la WTA ; Max, assis au premier rang, totalement immobile, ne pipait mot. Sa voix grave et éraillée sonnait tout de même à l'oreille de Willy : « Ce n'est pas la faille que tu attendais ; tu n'as pas le temps de te placer ; continue à jouer long sur son revers, recouvre ta posture d'attente et attends que la balle, servie sur un plateau d'argent car mal centrée, t'arrive en cliquetant au-dessus du filet. » Mais Willy voulait tout – en finir avec ce match, être 200e, aller jouer en Europe, garder la tête haute devant son mari, le garder au chaud au plus près de son propre classement, tout comme il la gardait au chaud, la nuit en se nichant dans son dos. Ramassée sur elle-même en milieu de court, elle renvoya la balle avec un de ces coups croisés qui lui avaient valu tant de points dans ce set.

Sauf que, cette fois-ci, la balle finit dans le filet. Willy avait trop tardé à jeter tout son poids en avant. Pourtant, il n'y avait pas encore de raison de s'affoler. Encore deux balles de match. Pas de problème. Du gâteau.

Mais il y avait un problème : chaque fois, dans son désir d'en finir, elle bondissait sur la mauvaise balle, qu'elle frappait trop fort. Elle ne voulait pas tant gagner qu'avoir gagné. 40-A.

Avantage dehors.

Jeu.

Crétine, cinglée. Trois balles de match consécutives données aux bonnes œuvres. Mais bof, abandonnons un jeu à Marcella. On verra si ça lui tient chaud la nuit de m'avoir arraché un unique petit jeu. Sauf que, maintenant, il faut en finir avec les minauderies de ce bloc de saindoux.

À 5-2, les spectateurs qui avaient déjà rassemblé leurs affaires se rassirent. Que cette Foussard s'incruste était ce crachat à la face de l'inéluctable qui mettait les spectateurs en transe. Regardez-moi ça ! Remonter quand on est si loin derrière...

Mais 3-5, ce n'était plus si loin derrière. Car l'arithmétique tennistique est sournoise. Des avances phénoménales semblent fondre en un seul jeu. À 5-2, les chances de remonter de votre adversaire aux abois vous paraissent risibles. À 5-3, vous cessez de rire.

La migraine qu'avait souvent Willy en sautant à la corde lui serra le front. « Crétine ! » se morigéna-t-elle tout bas, plutôt que le plus motivant : « Garde les pieds sur terre. » Il ne lui fallait plus qu'un jeu pour gagner, mais avoir laissé filer trois balles de match la faisait grincer des dents. Si la maxime d'Eric était : « Ne regarde jamais en bas », celle de Max était : « Ne regarde jamais derrière. » « Ne pleure jamais sur le lait renversé, lui ressassait-il. Laisse faire. Je ne peux pas le certifier s'agissant de ma vie privée, mais, dans le tennis, le regret tue. » Et voilà que Willy nageait avec complaisance dans les flots d'un lait qui commençait à surir dans la chaleur lourde de juin. Même la transpiration de Willy avait l'odeur aigre du yaourt tourné.

Le visage de son entraîneur se défaisait ; de grave, il était devenu cadavérique. Une ride d'inquiétude creusait le front d'Eric, sur qui les caméras zoomèrent goulûment. Willy entendait déjà le commentaire : « Eric Oberdorf, le gagnant du simple messieurs du trophée Chevy, exprime sa perplexité en voyant sa femme permettre à une pétasse qui joue comme une godasse de pulvériser une avance de la taille du Dakota du Nord… »

À 5-4, Willy se demanda ce qui n'allait pas, mais elle se le demanda trop tard. Elle avait abandonné sa stratégie d'attaque-surprise. Elle frappait de plein fouet des balles molles de fond de court pour les châtier comme elles le méritaient, malheureusement, elle agissait par frustration. « J'ai perdu tout contrôle », se dit-elle. Sauf que, quand on l'admet, c'est fichu. Ce qu'on a perdu n'est pas nominal, mais mécanique – le moyen même d'exercer le contrôle en question. En l'occurrence, il était aussi absurde de lui demander de se reprendre que d'essayer de remonter un poisson quand tout son matériel de pêche est tombé dans la mer.

Au changement de côté, d'autres commentaires télévisés d'ESPN résonnaient dans sa tête : « Oberdorf, déjà en train de préparer son itinéraire en Europe, promet d'appeler de temps en temps chez lui, où sa femme lui tricotera les bandeaux dont il aura besoin sur le circuit… »

Après avoir perdu le deuxième set 5-7, Willy était en état de choc. Elle avait eu tellement d'avance qu'elle aurait dû gagner en deux sets. La victoire, tel un cadeau qui attend d'être ouvert, était devant elle, et maintenant, avec un ciel qui commençait à gronder de colère, par quelque sombre miracle, Marcella et elle étaient à égalité. Putain d'égalité. Personne dans le stade ne s'apprêtait plus à partir.

Entre les sets, l'orage éclata, et il fallut une bonne demi-heure à une armada de jeunes garçons pour passer le court au balai-éponge et le sécher à l'air chaud. Cette suspension du match laissa à Willy un temps mortellement suffisant pour gamberger, et à Marcella pour changer de tenue. Quand Foussard regagna sa ligne de fond dans une jupette multicolore et un serre-tête jaune citron, l'air était plus frais, presque froid. Le sourire « cheese » qu'elle réserva aux caméras révéla que ses dents étaient cette fois vierges de rouge à lèvres. On aurait dit qu'un nouveau match commençait.

« Willy, il va sans dire que vous pensiez gagner ? »

On lui brandissait agressivement un micro sous le nez. Elle recula comme s'il s'agissait d'un revolver chargé. « Si je l'ai pensé, c'était une erreur, répondit-elle. Comme on dit, ne jamais vendre la peau de l'ours. (Elle déglutit.)

— Willy, vous êtes mariée à Eric Oberdorf qui, plus tôt cette année, a battu Hans Sörle, un joueur classé 10e, puis a arraché hier soir le titre du simple messieurs, dans un fauteuil, semble-t-il. Que ressentez-vous devant ce revers que vous venez de subir ? »

Ce qu'elle ressentait ? Incrédule, elle regarda fixement le journaliste d'ESPN ; la télévision, ce média hypnotique, vous pousse à proférer des clichés ineptes. « Je suis ravie pour mon mari, et je regrette de n'être pas arrivée à faire un doublé de ce trophée. Ç'aurait été si… romantique.

— Accompagnerez-vous votre mari dans ses circuits, ou allez-vous rester ici pour travailler votre propre jeu ?

— Je crois… (Elle déglutit de nouveau.) qu'Eric a l'habitude de faire son sac tout seul. Quant à la Willy Novinsky qui répond à vos questions, elle n'a pas dit son dernier mot en matière de tennis. » Une façon de remettre les pendules à l'heure.

« En quelque sorte, vous avez craqué, c'est ça ?

— Craqué ? répéta Willy, la voix étranglée. Marcella a un jeu beaucoup plus astucieux qu'il n'y paraît ; elle use son adversaire. Je pense qu'à mi-match elle s'est mise à jouer très, très bien, et je tiens à la féliciter pour son impressionnante performance : elle a fait une remontée splendide. J'ai fait ce que j'ai pu, mais, cette fois, elle l'a emporté.

— Vous ne croyez pas plutôt que vous avez craqué ?

— Je... elle... parfois, bégaya-t-elle en jetant un coup d'œil sur le badge du journaliste. Il arrive parfois, monsieur Dowson, que les dieux changent de côté. »

Son regard implorant poussa le fâcheux à la remercier, avant de se tourner avec effusion vers la gagnante. Ces cinq dernières minutes avaient été les plus adultes de la vie de Willy – suprêmement adultes. Elle n'avait pas pleuré devant plusieurs milliers de spectateurs.

13

Willy insista pour accompagner Eric à la réception donnée en l'honneur des vainqueurs où même Max, au grand dam de Marcella, ne se montra pas, prétextant qu'il ne se sentait pas bien. Eric était accaparé par la foule des invités. Livrée à elle-même, Willy but beaucoup trop. Son autodérision joviale masquait une haine de soi autrement inquiétante, mais les invités lui savaient gré de son apparente décontraction. S'avouer anéantie par sa défaite, et en discuter, aurait été de mauvais goût. Quelques commentaires tronqués et polis – « Dommage pour votre finale » –, et ils passaient à des sujets plus neutres : Monica Seles rejouerait-elle après avoir été poignardée ? Néanmoins Willy ne put pas faire l'économie des : « Oui, mon mari est incroyable, n'est-ce pas ? » et : « J'ai de très grands espoirs pour lui » – des commentaires aussi débilitants qu'inévitables.

De retour dans leur chambre du Marriott, Willy se jeta sur le lit. Elle se sentait aussi mal que si elle s'était retenue de respirer toute la soirée. « Bon sang, j'aurais pu faire du ketchup de Marcella et l'étaler sur un petit pain.

— Pourquoi ne pas l'avoir fait alors ? Quelle meilleure définition de ce qu'on pourrait faire que ce qu'on a vraiment fait ? »

Willy avait attendu toute la soirée le moment où ils se retrouveraient enfin seuls, et maintenant, Eric se montrait aussi insensible que ce journaliste d'ESPN. « Ça ne t'arrive jamais de noter une discordance entre tes capacités et la façon dont tu as joué un match ? lui demanda-t-elle.

— Si ça m'arrive, c'est que quelque chose ne va pas. Quand on fait la différence entre les deux, le domaine du possible devient illimité. Or on n'est capable que de ce qu'on fait vraiment. Point. Si on définit l'aptitude comme une quantité finie, mesurable, elle se confond avec la performance.

— Donc si Marcella me bat, c'est qu'elle est meilleure que moi. Point ? »

Willy avait mis dans son ton une pointe de dérision qui tomba à plat.

« Marcella est meilleure que toi jusqu'à ce que tu prouves le contraire sur le court, et non par des paroles destinées à me convaincre et te convaincre toi même.

— Mais tu es infect ! Tu sais que le jeu de Marcella, c'est de la guimauve. Elle n'a pas gagné, c'est moi qui ai perdu. J'étais dans un mauvais jour et…

— Tes mauvais jours font partie de toi, l'interrompit-il sévèrement. Donc ils comptent. Je ne vois pas pourquoi tu voudrais que je te fasse plaisir. Tu vaux ce que vaut ta prestation. On parle de sport. Le sport est extérieur à toi. C'est tout à la fois sa force et sa limite. Dire que le sport ne ment pas est faux, j'en conviens. Mais tu sais comme moi que ceux qui l'exercent mentent aussi : je parle de ces prétentieux à la parole creuse qui évoquent leur "potentiel" et autres conneries.

— Ce qui m'est arrivé aujourd'hui n'est qu'une parodie, un scandale ! Tu pourrais au moins l'admettre, me faire confiance… »

La prenant par les poignets, Eric l'obligea à s'asseoir.

« C'est justement parce que j'ai confiance en toi que je ne vais pas m'astreindre à une réécriture *a posteriori* de ton match. Oui, c'était une parodie, mais c'est arrivé. Quelque chose a mal tourné. Concentre-toi sur ce *quelque chose* pour essayer de le comprendre. Te tapoter la main en te disant que tu es mille fois plus douée que Marcella ne servirait à rien. Parce que, bon sang, si elle te bat encore une fois, deux fois, aussi minables que soient ses procédés, eh bien, c'est que tu n'es pas meilleure qu'elle. Tu n'as qu'une façon de prouver le contraire : gagner. »

Willy se renversa dans les oreillers. « J'étais en train de le faire, nota-t-elle faiblement.

— Willy, au deuxième set on en était à 5-nada, puis 40-nib ! explosa Eric. Que s'est-il passé ? »

Croisant les mains contre sa poitrine dans une posture de gisant, Willy annonça au plafond : « J'ai eu peur. »

Une explication qui, bien que simple, était plausible. Dans le sport, l'appréhension pouvait se transformer en effroi. Que Willy eût gaspillé une avance aussi importante semblait tiré par les cheveux. Pourtant, en entretenant mentalement la possibilité de perdre elle avait rendu possible l'inimaginable. Puisqu'elle n'avait plus besoin que d'un point sur trois, et, par la suite, d'un seul jeu – qu'elle aurait dû ramasser aussi facilement qu'on cueille une fleur, par la force de l'habitude –, elle avait dû ressentir une terreur monstre.

« De quoi avais-tu peur, avec un score pareil ? demanda-t-il, incrédule.

— Que tu me quittes. » Petit filet d'une voix qui, d'habitude, était un contralto sonore.

« Je ne te quitterai jamais à cause d'un match de tennis.

— Ce n'est pas ce que je veux dire. Tu vas partir pour le circuit ATP…

— Mais cela fait partie de notre contrat : nous en avons discuté avant de nous marier. Toi aussi, tu t'envoles pour disputer des tournois. Je n'aime pas plus que toi la séparation, mais le jour viendra où tout cela sera fini et, ensemble, nous...

— Non, je vais rester loin derrière toi. Tu es en route pour la gloire. Et si tu es mieux classé que moi, je me sentirai à des milliers de kilomètres, même quand nous serons dans la même pièce.

— Ne dis pas de bêtises ! De plus, tu n'as perdu qu'un seul match. Tu pourras rattraper tes points cet été, dans le Tanqueray, par exemple...

— Tu vois ? Tu es d'accord avec moi. Pour qu'on reste ensemble, vraiment ensemble, il faut que je sois en phase avec ton propre classement.

— Je n'ai pas dit ça.

— Ta réponse sur ce qui arrivera si... ou si... est une façon de dire que ça n'arrivera pas. (Elle s'adressait maintenant au lustre.) Et savoir que j'ai raison te rend nerveux.

— Willy, depuis que nous sommes ensemble, tu as toujours été bien mieux classée que moi. Le contraire n'est vrai que depuis vingt-quatre heures, et voilà que tu perds les pédales. Nous pouvons fort bien accepter, à l'avenir, de ne pas avoir une relation de totale parité, parce que nous y sommes arrivés avant.

— Tu savais que tu me rattraperais. » Elle réussit à prendre un ton neutre. « Psychologiquement, c'est comme comparer des pommes avec des poires. Remonter pour dépasser, ça n'a rien à voir avec partir en tête et se faire doubler. Le tennis a dû te l'apprendre. Tu fais l'idiot exprès.

— Pendant un mois, tu peux supporter de te retrouver dans mes pompes. Après tout, j'ai joué les seconds violons pendant deux ans.

— Quelle accumulation de métaphores ! La panique, sans doute. » Comme pour lui donner raison, le téléphone sonna et ils sursautèrent.

Willy décrocha. « Non, vous ne me dérangez pas… Oui, je comprends votre point de vue… Oui, je suis sûre qu'elle sera parfaite… Non, ça m'est égal : de toute façon, ce n'était pas mon truc. Oui. Bonsoir. »

Willy balança le combiné entre le pouce et l'index avant de le laisser tomber sur son support en un geste signifiant : « C'est la vie. »

« C'était *Slick Chick*. La rédactrice en chef me dit que si nous avions tous deux gagné le Chevy, le magazine aurait fait un carton. Mais vu la tournure prise par les événements, les lecteurs, selon elle, se sentiraient mal à l'aise – un conte de fées qui a mal tourné, tu vois. Elle a donc papoté avec Marcella à la soirée de célébration. C'est sur elle et non sur moi, en définitive, que le magazine va faire une double page.

— Willy, j'ai de la peine pour toi… »

Il lui prit le bras. Elle se libéra.

« De toute façon, c'était grotesque. J'avais l'air d'une pute.

— Chérie… » Il restait près d'elle, impuissant à la consoler. Willy, pour une fois regretta de ne pas fumer quand il ajouta : « Ce que je voulais dire tout à l'heure, c'est que ton tennis, c'est ce que tu joues, pas ce que tu es.

— Je vois mal la différence.

— Je t'aime, chérie. Je me fous que tu gagnes ou non des tournois.

— L'amour, c'est ça ? Ma carrière ne compte pas ?

— Ta carrière est importante à mes yeux parce qu'elle l'est pour toi. Si cela peut t'aider, je viendrai à Tanqueray, pour te soutenir.

— Tu seras en Europe.

— Je ferai l'aller-retour. »

Elle n'eut pas le courage de lui dire que sa présence sur le court lui serait aussi néfaste que la kryptonite à Superman.

Quand Eric partit pour la Suisse, Willy se rendit en hâte à Sweetspot s'entraîner intensivement pour le Tanqueray, qui avait lieu en juillet. Ce tournoi offrait moins de la moitié des points offerts par le Chevy, mais Willy avait autant besoin d'une victoire que le toxicomane en manque de sa drogue.

En réalité, elle avait la trouille. Elle ne croyait plus que ses coups atterriraient où elle le voulait, et elle avait raison de le croire. Parfois, les prédictions se réalisent. Max appelait cette perte de foi « le syndrome de Clochette » – car, dans Peter Pan, si les enfants ne croyaient pas aux fées, Clochette mourrait. Max assimilait un coup gagnant au surnaturel, ce qui évoquait à Willy des rêves récurrents dans lesquels elle volait, rêves qu'elle adorait. Pourtant, récemment, en s'élançant au-dessus des montagnes les bras écartés, elle comprit tout à coup que les gens ne volaient pas. Au moment même où elle n'avait plus confiance en elle, son corps devenait lourd comme du plomb et elle tombait. Elle se réveillait alors en sursaut, en sueur, avec le cœur qui cognait. Si, dans les rêves de chute, « toucher le fond » était un mythe, au sens métaphorique, « toucher le fond » était bel et bien une sorte de mort.

Ce cancer du doute de soi était périodique, et il se métastasait. L'hésitation engendrait des coups minables, qui engendraient encore plus d'hésitation, qui engendrait des coups encore pis. Souvent, la seule façon de rompre le cercle vicieux était de quitter le terrain, ce qu'on ne peut pas faire au milieu d'un match.

À la vérité, le jeu de Willy connaissait des hauts et des bas. Quand elle était en forme, ses points étaient totalement fluides. Quand elle était patraque, ce n'était pas le point, mais l'atmosphère entière du match qui se liquéfiait. Elle se mouvait alors dans le couloir avec aussi peu d'aisance que si elle marchait dans une piscine. Les dieux du tennis étaient capricieux – leurs dons à peine accordés, ils les reprenaient. Pourtant, cette dernière invasion de doute ressemblait plus au travers très humain de Thomas le sceptique qu'à de l'abandon divin. Sentant son manque de confiance en elle après une séance d'entraînement particulièrement atroce, Max, le soir même, fit asseoir Willy dans la bibliothèque pour lui raconter des histoires... de dentiste.

» J'ai toujours eu de bonnes dents – quand j'étais môme, je n'ai jamais eu une carie – jusqu'à l'âge de vingt-neuf ans, où j'ai été mortifié d'apprendre que j'avais besoin d'un plombage.

» J'ai demandé au dentiste pourquoi, après tout ce temps. Il m'a expliqué que les molaires sont formées de morceaux qui poussent ensemble pour former une dent solide. Dans mon cas, les morceaux ne se sont jamais complètement soudés. Pendant presque trente années de ma vie, un petit sillon attendait, caché. En fin de compte, un "débris flottant" a pénétré, et la dent s'est cariée.

— Je suppose qu'il s'agit d'une de tes paraboles, et non d'une publicité pour du fil dentaire ?

— Je n'ai jamais coaché une femme qui n'était pas criblée de trous. Parfois, les morceaux manquants créent une béance et la pauvre fille ne peut même plus se coiffer sans fondre en larmes. Toi, en revanche... j'ai cru tout d'abord avoir trouvé en toi une fille dont l'ego ne ressemblait pas à du gruyère. Maintenant, je me demande si tu n'es pas comme ma molaire, lisse dehors, creuse dedans.

— Pourquoi coacher les femmes si elles sont criblées de trous ?

— J'aurais fait un bon dentiste. Et puis, tu sais, les trous, ce n'est pas leur faute. À cinq ans à peine, la plupart des filles ont déjà été tirées à la chevrotine, comme des lapins.

— Tu parles comme si tu entraînais des handicapées mentales, maugréa Willy. Alors, c'est quoi la réponse à mon "creux".

— Eh bien, en dernier ressort, le remède devrait venir de papa, mais le tien, de père, ne changera plus guère. Tu t'es braquée contre lui. Tu t'es braquée contre tout le monde, même contre moi, dit-il avec une spontanéité affable. C'est ça, ton secret. Continue à nous repousser tous, alors. Et fortifie ton émail au fluor de la victoire. » Il croisa les mains sur le ventre en un geste de satiété rhétorique.

On était loin du temps où tous deux souffraient quand Willy devait regagner son dortoir. En l'occurrence, prête à aller se coucher, elle s'arracha à son siège sans cérémonie. « Si c'était un homme qui avait été poignardé par un fan de son adversaire, postula-t-elle, pas trop méchamment mais assez pour être traumatisé, aurait-il, lui aussi, abandonné le tennis ?

— Non, dit Max. Je doute qu'un homme puisse être traumatisé par une expérience de ce genre. Furieux, oui.

— Alors, Monica Seles, elle aussi, a un trou. Un réconfort ambigu, je trouve.

— Will..., la retint-il. Je déteste dire : "Je te l'avais bien dit", mais tu sais quel "débris flottant" est le catalyseur de ta déglingue, non ? Qui s'est inséré dans ton creux comme un parasite ?

— Mensonge ! Tu adores dire : "Je te l'avais bien dit" ! » lança-t-elle avant de claquer la porte.

Comme promis, Eric rentra pour assister au Tanqueray après son tournoi de Zurich, où il avait été éliminé en huitième de finale, une performance prestigieuse pour un néophyte en déplacement. En rentrant en juillet, il avait sacrifié un autre raid européen au profit de Willy. Ses progrès au classement l'avaient rendu plus attentionné ; la magnanimité est souvent à la mesure des moyens de qui l'exerce. À quelques touchantes exceptions près, les riches vous offrent des cadeaux plus somptueux que les pauvres. Le geste d'Eric la réconforta, mais elle lui enviait surtout ce luxe qu'est en soi la générosité. C'est tellement sympa d'être sympa.

Le Tanqueray avait lieu à New Haven, dans le Connecticut. Chaque ville du circuit avait un prix : combien pour s'y rendre ? Combien pour y séjourner ? Pour Willy, New Haven ne signifiait pas l'Ivy League, Yale et ses fameux problèmes de drogue, ni même un centre-ville d'un pittoresque ressuscité. Cela signifiait tout simplement « économique », car à une heure de train de New York. Dans l'absolu, cela signifiait « régression ». Bien qu'offrant de médiocres perspectives à long terme, son trophée était facile à remporter, sauf que gagner le Tanqueray était moins prestigieux que perdre la finale du Chevrolet.

Quand Willy entama sa première partie, les spectateurs de la tribune ne remarquèrent rien d'anormal. Bien sûr, c'était peu stimulant de jouer dans cet énorme stade de Yale devant un public aussi restreint ; et, à la limite, une 223ᵉ ayant besoin de trois sets pour battre une 522ᵉ, c'était inattendu sans être inconcevable. Eric, depuis la ligne extérieure du court, un large sourire sur le visage, levait le poing avec enthousiasme à chaque coup gagnant de sa femme. Mais Willy, obsédée par sa « faille » cachée, se faisait l'effet d'un bidon vide frappé par un musicien de Steel Band.

Tout le monde sait que le tennis exige des prises de décision constantes ; il y a mille façons de traiter les coups « entrants », la seule règle étant l'astuce. Mais il faut intégrer simultanément plusieurs variables : repérer les points faibles de l'adversaire ; se souvenir comment on a géré en amont ce à quoi celui-ci s'attendait ; se débrouiller avec les décisions qu'il a prises en retour. Et pourtant, un bon joueur vit dans l'illusion qu'il ne prend aucune décision. Condensés en une fraction de seconde, cette géométrie, cette mémoire du jeu, cet espionnage – le jeu, un amalgame de ces complexités –, semblent pourtant sortir des tripes, n'être qu'instinct et spontanéité.

Au premier tour du Tanqueray, Willy pensa trop. L'incertitude naissante de l'été, les prises de décision gauches, tout cela était de retour. Juste avant de frapper la balle, elle aurait pu coucher ses alternatives sur le papier.

On en était à 3-4 dans le troisième set, Willy recevait. Le jeu lui était favorable quand, à 15-40, elle fut confrontée à un break décisif.

Elle renvoya en fond de court puis monta au filet. Sa première volée avait été rattrapée, quoique par un lob du genre faiblard. Elle aurait pu reculer à toute allure et se repositionner sur la ligne de fond pour prendre la balle au rebond, ou bien smasher à mi-court et reprendre le filet. Elle choisit la tactique la plus agressive : la seconde, renvoyer à la volée. Elle se dégagea, les yeux fixés sur la balle, pour préparer son coup.

Mais elle se souvint soudain que les volées à mi-court étaient par nature dangereuses, et, d'ailleurs, l'effet imprévisible imprimé à la balle commençait à infléchir celle-ci vers la droite. Mieux valait peut-être attendre le rebond. Ne s'étant décidée vraiment pour l'une ou l'autre tactique, Willy se retrouva littéralement tiraillée entre deux directions : son torse pivotait vers la ligne de fond tandis que ses pieds couraient en avant pour smasher.

Son cri se répercuta dans tout le stade de Yale quand elle se retrouva au sol. Son genou droit était tordu si affreusement que son articulation ressemblait au croquis d'un mauvais élève des Beaux-Arts. Elle ne se souvenait plus des dernières secondes qui venaient de s'écouler ; elle n'avait pas compris pourquoi elle était tombée, jusqu'à ce qu'une seconde vague de douleur déferle sur elle, océanique et anéantissante.

« Willy, chérie, ne bouge pas », lui disait une voix familière. Sa vision était constellée de taches noires et les lignes des gradins oscillaient. Elle ne reconnaissait pas le visage de celui qui lui parlait. « N'essaie pas de te lever. Attends le médecin. Tiens, accroche-toi à ma main. Voilà. Serre fort. Ne bouge pas. Tout ira bien. »

Tout ira bien, ils disent tous ça, bizarrement. Sans même savoir.

Elle sentait une alliance chaude sous ses doigts. Elle la serra encore plus fort, comme pour l'empêcher de glisser du doigt de son mari. « Eric, lui chuchota-t-elle, ma balle était bonne ?

— Et comment. Une vraie roquette. »

Avant de perdre conscience, elle sut qu'il mentait.

Willy ne comprit qu'elle avait été opérée qu'après avoir quitté le bloc. Encore sous l'effet de l'anesthésie, elle se démenait mentalement pour se souvenir : le 3-4 du troisième set tournait dans sa tête. Un break. Elle avait fait un break sur le service de son adversaire, non ? Elle se préparait au service pour la balle de match quand elle découvrit un trou dans le récit, comme si quelqu'un avait déchiré une page. Il s'était passé quelque chose, quoi au juste, elle l'ignorait, mais quelque chose de grave. Tout en appréhendant la réalité de son lit d'hôpital – les draps amidonnés et rêches, le maigre oreiller, le néon qui donnait même aux infirmières un air maladif –, elle se fit un cinéma du genre guerre de Sécession, se disant, avec une naïveté éperdue, qu'on l'avait amputée. Sa jambe droite… Elle ne sentait plus sa jambe droite ! Elle leva le drap et, en la voyant là, bandée au genou, elle soupira de soulagement.

Si elle avait pu maintenir ce niveau élémentaire de gratitude – il ne lui manquait rien, elle n'était pas devenue folle, elle était vivante –, les mois qui suivirent auraient été plus faciles à vivre. Mais la gratitude élémentaire est l'étoffe dont on fait les modestes espérances. Les malades en phase terminale peuvent peut-être se réjouir de vivre un jour de plus, même à l'état de légume. Mais chez une joueuse de tennis jeune et ambitieuse soudain incapable d'aller aux toilettes sans une béquille, la gratitude élémentaire ne peut durer.

Se retrouver au centre médical de Yale au lieu de jouer son deuxième tour plongea Willy dans une sorte de kaléidoscope émotionnel. Il lui était impossible de se fixer plus d'une minute sur ce qu'elle ressentait. La colère livide rivalisait avec les diverses nuances de gris de la léthargie et de la tristesse. Les éclairs d'argent de la volonté traversaient une chambre sitôt obscurcie par une haine noire d'encre à la vue de tous ces bipèdes valides arpentant le couloir de l'hôpital. Par moments, le déni, telle une vague blanche déferlante, annihilait la réalité ; ou elle éprouvait cette sensation feutrée, enveloppante, d'engourdissement beige qu'on éprouve quand on attend un autobus dans le froid, une sensation qui cédait peu à peu la place à un vilain miasme jaune soufre, déroulé comme une banderole dans son champ de vision : pendant quelques minutes, une terreur pure, parfaitement incandescente l'empêchait de bouger un seul doigt.

Quand le chirurgien orthopédiste vint à son chevet, elle le laissa parler sans l'interrompre. Elle entendit « ligament croisé », des termes qui lui parurent importants. Elle tentait de se concentrer sur ce qu'il lui disait, mais elle n'avait en fait qu'une seule question à poser – elle aurait préféré la remettre à plus tard, mais alors, comment aurait-elle pu dormir ? Elle la posa, d'une voix rauque :

« Docteur, est-ce que je pourrai rejouer au tennis ?

— Oh oui, un peu, mais sans forcer, à titre purement récréatif.

— Non, docteur. Je veux dire à titre professionnel. Je pourrai rejouer ? »

C'était un homme jeune. Il inspira comme s'il humait dans l'air le destin de Willy. « Oh, c'est possible, dit-il.

— Possible ! Que voulez-vous dire ?

— Je veux dire possible. (Il répéta le mot avec contrariété.) La médecine n'est pas une science exacte, et chaque corps réagit différemment. C'est une des choses qui rend cette discipline passionnante... »

Elle l'interrompit, peu désireuse de creuser la fascination de ce type pour son travail.

« Vous ne pourriez pas être plus précis ? Quelles sont mes chances ?

— En général, pour ce genre de blessure, elles sont de cinquante à soixante pour cent. » Un coup de poignard, lancé en haussant les épaules. « Mais le général est toujours moins intéressant que le particulier. J'ai bon espoir que vous vous remettiez : cela dépendra de la façon dont vous réagirez à la rééducation. Vous pourrez ressentir des élancements dans votre genou droit votre vie durant, il sera toujours votre point faible. Vous devrez être prudente.

— J'ai passé ma vie à l'être, répondit-elle.

— Si vous renforcez les muscles autour, vous pourriez retrouver un usage normal, ou quasi normal, de votre articulation. »

Willy eut un haut-le-cœur. La différence entre normal et quasi normal pouvait bien être celle existant entre la 214e et la 902e place.

« En tout cas, laissez-moi vous dire que si le ligament croisé avait craqué, vous seriez hors jeu pour de bon. »

Après lui avoir dispensé cette piètre consolation, il l'abandonna à un sort aussi aléatoire qu'un lancer de dés.

Willy, en piètre méthodiste qu'elle était, adressait ses prières, là-haut, à une présence dont elle doutait, stupidement, par instinct, comme un chien hurle à la lune. « S'il te plaît, s'il te plaît, si je peux rejouer je te promets... » Elle ne savait pas vraiment ce qu'elle promettait, ni à qui elle le promettait. Elle n'était pas assez naïve pour faire le serment de ne plus jamais considérer le tennis comme allant de soi. Lui aurait-on permis de retourner sur un court, dans les cinq minutes, elle aurait tenu ce sport comme *allant de soi*, et elle aurait rongé son frein en mettant une volée out. Mais peut-être était-ce cette révolte même, cette lutte pour un jeu idéal impossible à atteindre qui lui manquerait le plus.

Le serment le plus raisonnable à faire était celui de la foi. Car c'était le doute qui l'avait clouée sur ce lit d'hôpital. Maintenant qu'elle doutait d'elle au point de s'être blessée, elle devrait se coltiner un autre monstre, potentiel cette fois : « être prudente » signifiait qu'elle ne pourrait plus compter sur son genou droit. En ce sens, la punition était pertinente. L'heure des visites venue, quand Eric entra, Willy s'était convaincue qu'elle avait mérité ce qui lui était arrivé.

Il apportait des sucreries pour lesquelles elle n'avait aucun appétit. Pas question pour elle de prendre du poids, de se livrer à ce grignotage pour cause de sédentarité et ennui auquel cédaient les alités. Elle était là depuis moins d'une journée et elle sentait déjà ses muscles tourner en gelée.

« Le chirurgien pense que tu t'en tireras bien, lui susurra-t-il en lui caressant la joue.

— Ce n'est pas ce qu'il m'a dit, rétorqua-t-elle.

— Tu es du bon côté des statistiques : forme parfaite, santé florissante. Je parie que tu vas récupérer avant d'avoir le temps de dire ouf. » Il fit bouffer ses oreillers et retapa son lit tout en évitant de regarder le genou bandé de Willy quand le drap se souleva. En dépit de son attitude « Haut les cœurs, championne », son mari donnait tous les signes du stress : poils sauvages des sourcils hérissés d'inquiétude, cheveux gras, teint blafard. Il n'avait probablement ni dormi ni pris de douche.

Plus doux pour le moral et aussi soigneusement choisis que ses chocolats Godiva étaient ses histoires d'accidentés du tennis ayant fait des « comeback » miraculeux : il avait dû écumer Internet toute la nuit. Malgré tout, pour chaque Pat Cash ou Thomas Muster, Willy pouvait nommer un Peter McNamara, qui, tout comme elle, s'était déchiré les ligaments du genou pour rattraper un lob, et s'était par la suite brillamment qualifié en vendant à la sauvette des yaourts glacés à Flushing Meadows.

« La récupération, est en grande partie un état d'esprit, affirma Eric en lui versant un jus de pamplemousse qu'elle ne voulait pas.

— Peut-être, reconnut-elle. Et c'est ça le problème : mon état d'esprit est infect.

— Wilhelm, ce gâchis s'est produit hier. Je comprends que tu sois déprimée. Mais, pour la suite, la guérison est dans la tête : elle dépend à cinquante pour cent du caractère.

— C'est bien ce qui m'inquiète.

— Eh bien pas moi. » Pour un homme prétendument serein, il avait le front horriblement ridé, avec un plissé carrément accordéon entre les deux yeux. « Tu es la femme la plus opiniâtre que j'aie jamais rencontrée.

— Faux ! C'est justement mon caractère qui m'a valu cet accident, grommela-t-elle. Quand on hésite, on est mort.

— Tu délires. Ce sont les sédatifs.

— J'ai manqué de grâce.

— Hé ! » Eric lissa les fines mèches blondes sur les tempes de Willy. « Tu crois que, moi aussi, je n'ai pas eu des moments de gaucherie sur le court ?

— Ils sont passés inaperçus à mes yeux, en tout cas. Quand tu veux faire une volée, tu la fais. Tu ne te tords pas les mains avant de changer d'avis et de tomber sur le derrière, une jambe démantelée comme un bretzel brisé. »

Eric pivota et bondit de sa chaise en se passant les doigts dans les cheveux. « Willy, voilà à quoi tient l'humilité dont tu me rebats les oreilles : tu t'es blessée, car tu as fait quelque chose de mal. Tout ce qui t'arrive, c'est toi qui le suscites. Eh bien, pour moi, ce n'est pas de l'humilité, c'est un orgueil démesuré. L'accident, ça existe, tu sais, l'événement qui échappe à ton contrôle. Ce pays est devenu si litigieux et si laïque, récemment, qu'on accuse systématiquement n'importe quel pauvre bougre de tel ou tel désastre. À tort, le plus souvent. Le manque de chance, ça existe pourtant.

— Et le contraire ? le taquina-t-elle doucement. Tu joues bien parce que tu as eu du pot, c'est ça ? »

Il cessa brusquement de faire les cent pas autour du lit. « Disons que je n'ai pas été malchanceux. Peut-être est-ce la même chose.

— Tu n'attribues certainement pas tes propres succès au sort, insista Willy, ni à une patte de lapin bien usée. Ta victoire, c'est ce que tu as accompli. Eh bien, moi, j'ai eu ce que je méritais.

— Pour quelque raison bizarre, tu trouves un réconfort dans cette façon de penser », fulmina Eric. Il avait élevé sensiblement la voix et le visiteur de la malade allongée dans le lit contigu ferma le rideau. « De nous deux, je me croyais le rationaliste endurci, mais de fait, la coupable professionnelle, c'est toi. Tout obéit à des règles : on récolte ce qu'on a semé, à chacun selon ses mérites, bla, bla, bla. Selon toi, l'aléa n'existe pas, pas plus que l'exception à la règle. Cette séquence chiffrée – un, deux, trois – est trop rigide. Elle n'explique nullement le monde, car les chiffres ne s'additionnent pas. Sauf que moi, pour le moment, j'abandonne. Comme si l'épreuve que tu vivais n'était pas suffisante il faut en plus que tu l'aies cherchée ! Comme si ce n'était pas déjà assez douloureux physiquement, pas assez anxiogène s'agissant de ta carrière ! Très bien, macère dans ce bouillon, fustige-toi si le fouet t'apporte une satisfaction masochiste. Bon Dieu de bon Dieu ! » Il avait recommencé à faire les cent pas. Elle sentait que cet état d'esprit n'était pas celui dans lequel il aurait voulu la quitter.

Elle tendit la main vers lui.

« Embrasse-moi. »

Ce qu'il fit. « Je suis tellement triste », bredouilla-t-il, le visage enfoui dans son cou. Elle écarta la tête pour le regarder, stupéfaite. C'était la première fois qu'elle le voyait pleurer.

14

« Max ? lui demanda-t-elle d'une voix rauque, tu ne crois tout de même pas que je cherchais une issue ; que je souhaitais secrètement un repos, ou à abandonner ce métier ?

— Pourquoi ? » Il l'observait, debout près d'elle aux barres parallèles, sa main à trois centimètres de l'épaule de Willy. Il devait se forcer pour ne pas l'aider. « Tu es en train de me dire que tu veux arrêter ? » Chaque fois qu'elle le faisait souffrir, il prenait l'air irrité.

« Non. » Elle avait mal, et la sueur qui lui coulait dans le cou la chatouillait. « Mais subconsciemment, peut-être… »

Max leva les yeux au ciel. « Alors, j'imagine que les autoroutes sont pleines de chauffards en puissance qui brûlent subconsciemment d'enfoncer les semi-remorques qui se sont mis en travers. »

Après avoir fait la navette entre les barres, le genou lesté d'un poids, Willy sautilla jusqu'à l'appareil à muscler les jambes et se laissa tomber sur le siège. Elle désigna de la main les machines qui, depuis juillet, commençaient à envahir les lieux. « Oh, Max, tout cet équipement de remise en forme loué pour moi ; ce kinésithérapeute trois fois par semaine. Le temps que tu me consacres alors que ton stage d'été n'est pas terminé… Tout ça pour un faux mouvement d'empotée.

— Écoute, cette manie de considérer cet accident comme étant ta faute...

— C'est mon indécision qui l'a provoqué.

— Que veux-tu de moi ? (Ton désespéré.) L'absolution ? Ou, au contraire, un réquisitoire : "Oui, tu es une balourde, une maladroite qui a bien mérité ce qui lui arrive ?" Choisis. Je ferai ce que tu veux pour que tu changes de couplet. »

Willy tira sur la bande élastique qui maintenait son genou pour regarder sa cicatrice, encore rose vif, puis elle la fit claquer sur la peau, sensible au toucher. « Je veux savoir ce que tu penses vraiment.

— Je t'entraîne depuis huit ans. Je n'ai jamais eu une élève plus rapide, avec un pied aussi sûr. Même quand Marcella t'a fait craquer – ce qui me stupéfiera jusqu'à ma mort – tu n'étais pas maladroite. Tu étais suffisamment agile, courant sur tous les coups, et je crois ne t'avoir jamais vue frapper aussi fort... droit dans le filet, comme si tu le visais. Donc, en huit ans, tu hésites trois secondes. Cela signifie-t-il que tu mérites de rester six mois hors du court, de te farcir cette horrible rééducation pour pouvoir te réentraîner cet hiver pendant que ton classement atteindra un chiffre si faramineux qu'il faudra l'écrire en notation scientifique pour le faire tenir sur une seule page ? Je parie que tu fais partie des gens qui pensent que les voleurs à l'étalage méritent la chaise électrique.

— Merci, lui dit-elle timidement.

— Grandis ! » Cette fois, l'irritation n'était pas feinte.

Eric lui avait proposé de rester auprès d'elle – enfin, pas exactement. Il lui avait demandé, avec la gaucherie implorante du gosse qui souhaite qu'on lui permette d'aller jouer : « Tu veux que je reste avec toi ? » Il avait déjà sacrifié un tournoi en reprenant l'avion pour assister au désastre du Tanqueray, et elle ne pouvait pas décemment lui demander de rester pour lui tenir la main. Son classement en aurait pâti. La règle exigeait qu'il restât dans la course pour simplement garder sa place, comme le tapis roulant de Sweetspot, qui éjectait le coureur qui s'arrêtait.

Pour Willy, peut-être qu'un ordinateur compatissant, s'agissant du classement des athlètes blessés, suspendrait son activité jusqu'à leur guérison. Mais des joueurs prêts à tout pouvaient trop facilement falsifier des documents et se déclarer invalides pour garder leur place. Les associations tennistiques devaient donc, vaille que vaille, laisser les aiguilles tourner. Au fur et à mesure que la saison avançait, Willy perdait des points puisque l'ordinateur établissait le classement des joueurs en calculant lesdits points par année glissante. La mort dans l'âme, elle se retrouvait dans la situation du fidèle employé qui se retrouve brusquement au chômage et voit, horrifié, fondre ses économies.

Mais si Eric ne se soumettait pas à la tâche monotone de tirer sur son pied pour allonger les ligaments de son genou, s'il refusait de la surveiller, aux barres parallèles, quand elle pressait son talon contre sa fesse jusqu'à ce que la douleur lui fasse venir les larmes, il n'avait pas le droit de protester en apprenant qu'elle avait accepté l'offre de Max de se rétablir à Sweetspot.

Max semblait apprécier la dépendance retrouvée de son élève, une dépendance touchant tous les domaines, du petit-déjeuner au changement des bandes de contention. Il levait la tête au bruit de ses béquilles sur le parquet ciré du mess comme s'il entendait une mélodie douce-amère ; plus tard, il se retournait joyeusement quand le clic de sa canne résonnait sous ses vastes vérandas. Quand elle put enfin descendre sans aide les marches de son dortoir, son expression et son attitude – les yeux ronds et les doigts tendus – évoquèrent à Willy celles de Bob Cratchit devant son fils handicapé, Tiny Tim, soudain guéri[1]. Max en personne présidait à ses exercices avec une patience dont elle ne l'aurait pas cru capable, une patience qu'elle n'avait pas à son propre égard. Quand, désespérée, elle lui demanda pourquoi il se souciait d'une joueuse de tennis incapable de toucher ses doigts de pied, raillant : « On achève bien les chevaux, non ? », il rétorqua qu'il ne croyait pas à l'obsolescence programmée. Ce qui était valable en matière de marchandises l'était pour les gens : si on pouvait réparer un lecteur de CD, on pouvait guérir un athlète.

Tandis qu'elle faisait des progrès sensibles, une vraie camaraderie s'installait entre eux, du type qui renforce le lien entre un mari et une femme. Maintenant que Willy était de nouveau sous sa garde, Max l'enveloppait d'une sollicitude consolante, comme si le mariage de Willy n'était qu'une tentative de kidnapping, heureusement déjouée, dont il répugnait à parler – pour ne pas remuer le couteau dans la plaie, entre autres. Quand le téléphone de sa ligne privée sonnait dans la bibliothèque, il passait sans commentaire le récepteur à Willy avec un haussement d'épaules signifiant : « Pour toi, tu sais qui. »

Il s'éclipsait alors par discrétion mais il aurait pu tout aussi bien rester. La régularité mathématique des appels internationaux d'Eric semblait dictée plus par le devoir que par la spontanéité. En effet, sauf à se forcer, qui aurait envie d'accumuler les conversations plaintives ?

Car Eric se plaignait de tout : il ne savait pas où était le stade, les conducteurs de bus ne parlaient pas anglais, les courts d'entraînement étaient surbookés. L'avion avait trois heures de retard et ses

1. *Un conte de Noël*, de Charles Dickens.

bagages avaient disparu pendant deux jours. Un organisateur de tournoi bordélique se dandinait d'un court à l'autre en y répandant sa cendre de cigare. Les chauffeurs des voitures mises à leur disposition passaient leur temps à utiliser indûment la piscine. La nourriture était trop riche et trop chichiteuse ; il regrettait le poulet simplement rôti de Fleur de mayonnaise. Quant aux toilettes allemandes, elles étaient conçues pour les pervers, vous offrant vos fèces sur un plateau pour que vous puissiez les examiner. On ne trouvait pratiquement nulle part un espace suffisant pour sauter à la corde. Une douleur tenace dans le bras droit lui faisait soupçonner une tendinite naissante...

Plus il était quérulent, plus elle était incrédule. Quoi ? Éclopée, martyrisée par son entraîneur, elle était échouée dans ce bled du Connecticut, tout juste bonne à disputer une partie serrée de jeu de l'oie, quand lui rivalisait sur le circuit international de l'ATP avec la crème de la crème du tennis mondial, descendait dans des hôtels chic et commandait une forêt-noire tandis qu'elle était obligée de se taper la sempiternelle bavette trop cuite, et il se plaignait ?

Comme Willy rageait après une nouvelle session intercontinentale et revendicative, Max lui demanda comment elle se sentirait si, au lieu de se plaindre, Oberdwarf s'extasiait sur les merveilles du circuit : la cuisine était raffinée, la vue sur les Alpes depuis la fenêtre de son hôtel, époustouflante, et il était logé comme un roi. « Il ne veut pas que tu saches qu'il prend du bon temps sans toi. C'est un vieux gambit marital dont j'ai moi-même usé. Ma femme, exaspérée, ne mangeait pas de ce pain-là. Elle était toujours sûre que je lui cachais la vérité. Pour lui rendre justice, elle avait raison.

— Il ment alors ?

— Pas forcément. Tu sais toi-même combien la vie d'hôtel peut devenir lassante à la longue.

— Dans un Motel 6 minable, sûrement. Mais pas dans un palace.

— Si. Tous les hôtels deviennent lassants. En déplacement, il n'y a qu'une chose qui ne s'use pas : LA chose, justement celle que ton mari n'ose pas évoquer, si j'ai deviné juste. »

Les intuitions de Max se vérifiaient toujours. Eric était à tous les coups perdant avec Willy. S'il pleurnichait, il était ingrat ; s'il délirait d'enthousiasme, il était sadique. C'était sur le court qu'il compensait, et c'étaient précisément ses victoires qu'il ne pouvait confesser au téléphone. Souvent, quand il avait fini de gémir sur les paellas huileuses semées de carapaces de crustacés vides, l'appel était devenu si coûteux qu'il n'avait plus le temps d'aborder le sujet du deuxième tour joué à Madrid. Et cela, de la part d'un homme qui rentrait en trombe chez lui pour décortiquer devant sa femme, coup après coup, un simple match d'entraînement. Là, au téléphone, il dévalorisait souvent sa performance alors qu'au trophée Chevrolet il n'avait pas eu de mots assez exaltés pour l'évoquer.

« Mais tu as gagné, non ? insista Willy, exaspérée.

— De justesse.

— Quel score ? » Elle s'arrachait distraitement des petits morceaux de peau dans la paume droite.

« Voyons… (Il faisait semblant de ne pas se souvenir.) 6-4, 7-5, quelque chose comme ça.

— En deux sets ! Et tu oses dire "de justesse" ? »

Elle le sentit se rétracter à l'autre bout du fil, car le ton de sa voix était indéniablement accusateur. Il devait être en train de se creuser la cervelle pour s'accabler lui-même de façon plus convaincante. De fait, il jugea préférable de changer de sujet.

« Comment ça se passe à Sweetspot ? »

D'autres petits morceaux allaient commencer à se détacher de ses doigts ; la peau cloquait, épaisse et jaunie.

« Oh, hier, je suis arrivée à toucher mon genou avec le front. Ça se fête au champagne, ça, non ?

— Chérie, c'est formidable !

— Ouais, super, hein ? (Enthousiasme feint.) La semaine prochaine, je pourrai même faire un petit jogging : un kilomètre six, suivi d'un bain à remous. Au cas où tu te demanderais quel effet ça fait d'avoir quatre-vingt-cinq ans, je peux te répondre. »

À côté du téléphone, sur la table de la bibliothèque, étaient empilées, tel un petit bûcher funéraire, les peaux mortes de ses cals de joueuse.

Il y avait en effet certaines omissions s'agissant des victoires d'Eric. Mais aussi des bémols. Il se battait sur des fronts plus prestigieux que les satellites nationaux, mais son ascension foudroyante sur l'échelle du succès devenait plus laborieuse. Son programme se déroulait pourtant comme prévu ; à la fin du mois de septembre, il se classait 169e. Willy avait reculé à la 357e place. Ils n'étaient plus deux trains parallèles qui avançaient, haletants, en alternance. Celui de Willy était immobilisé en gare pour révision tandis qu'elle voyait disparaître à l'horizon, dans un bruit de ferraille, le fourgon de queue de celui de son mari. Que restait-il à cette épouse, sinon boitiller jusqu'au bout du quai en agitant un mouchoir ?

Ils vivaient donc dans deux mondes différents. En voyageant, Eric accumulait une batterie d'images cosmopolites dont il ne pourrait pas partager le souvenir avec Willy. Ç'aurait été tellement plus délectable de se moquer ensemble du directeur de tournoi et de sa cendre de cigare, et des toilettes allemandes. Nombre de plaisanteries se terminent par : « Il fallait y être pour comprendre. » Or elle n'y était pas.

La conclusion ingrate de leurs conversations téléphoniques attristait Willy, tout autant pour Eric que pour elle. Il était tombé amoureux d'une femme qui pouvait apprécier pleinement les nuances d'un match, une âme sœur ; et maintenant, il se croyait tenu de condenser, d'écarter, d'esquiver le récit qui focalisait toutes ses aspirations. Ce récit, set par set, il ne se l'autorisa qu'à l'issue du premier tour du tournoi qu'il avait joué à Stockholm. Mais au lieu de confesser qu'il allait disputer les quarts de finale du tournoi de Bruxelles, il prit le ton chuchotant, la voix feutrée du type qui vient d'être arrêté pour exhibition sur la voie publique.

Un soir, début octobre, Willy s'apprêtait à mettre fin à leur conversation. Elle avait passé de ruineuses et ineptes minutes à jacasser sur le bonheur d'avoir retrouvé les élèves habituels de Sweetspot, un vrai soulagement après les stagiaires de l'été, admis sans autre discrimination que le fric, qui pensaient pouvoir acheter leur billet pour la gloire. « Désolée d'être aussi ennuyeuse, se hâta-t-elle d'ajouter, mais maintenant je peux recommencer à courir un peu et je lève des poids assez lourds pour me muscler le haut du corps. Bon, on se parle après-demain ?

— Willy, tu ne veux pas savoir comment j'ai joué mon quart de finale aujourd'hui ?

— Oh, j'avais oublié. Alors ?

— Comment peux-tu oublier ? On s'est parlé hier soir, je t'ai dit que je jouais cet après-midi et que je te rappellerai le soir même pour te donner le résultat. Avec le décalage horaire, ça m'a obligé à veiller alors que j'étais crevé, parce que je voulais te contacter après ton dîner.

— Excuse-moi, d'accord ? Mais la Belgique, c'est loin, mon genou me fait souffrir et ton quart de finale n'est pas ma priorité.

— À l'évidence. (Elle l'entendit respirer.) Durant tes trois tours, je n'ai pas un instant cessé de penser à toi. Si toi, tu t'apprêtais à jouer un quart de finale, j'y penserais toute la journée.

— Ce serait parce que ma réapparition sur un court ferait les gros titres des journaux.

— Non, je veux dire avant ton accident. De plus, il s'agit pour moi du Bruxelles Clas…

— … et pas d'un des minables petits tournois auxquels je participais. » C'était sorti, elle n'avait pas pu s'en empêcher.

« N'en parlons plus, Willy.

— Bon, alors, tu as gagné ou non ?

— Tu t'en fous ! » Il raccrocha. La tonalité sembla à Willy inhabituellement forte.

« J'ai essayé de te rappeler, lui dit Willy, morose, mais il se trouve que je ne savais pas le nom de ton hôtel. »

Encore froissée qu'il lui ait raccroché au nez, elle avait cherché dans la bibliothèque le guide Fodor sur la Belgique pour consulter la liste des hôtels bruxellois. Aucun Oberdorf nulle part. Elle se serait frappé la poitrine, aurait chuchoté à Eric d'ardentes excuses et promesses d'être plus gentille, et leur réconciliation aurait été un mélo rempli de remords et de tendre sentiments. Sauf qu'après dix coups de fil donnés en vain elle renonça. Eric attendit une semaine pour la rappeler et, dans l'intervalle, Willy était passée de la contrition torturante au ras-le-bol revêche. Il n'était jamais resté aussi longtemps sans se manifester ; sa culpabilité implicite déchargeait Willy de la sienne.

« Alors, continua-t-elle d'une voix accablée, tu l'as gagné, ce quart de finale ?

— Oui, mais tu seras ravie d'apprendre que j'ai été éliminé en demi.

— Je n'ai pas dit une seule fois que j'étais ravie que tu perdes.

— Parce que l'occasion ne s'est pas présentée.

— Chéri, je suis désolée pour toi. Tu étais si près de la victoire…

— Épargne-toi cette peine. Les larmes de crocodile ne rachètent rien. J'imagine que tu ne peux pas t'empêcher d'être, disons, un peu rancunière. Mais moi non plus, je ne peux m'empêcher d'être froissé. C'est… la situation. À ta place, j'aurais peut-être… je ne sais pas, c'est difficile à dire. Mais tout s'arrangera entre nous quand tu reprendras la route.

— Si je la reprends.

— Je t'ai mise en garde contre une attitude négative.

— Et moi je t'ai mis en garde contre ce que je suis. » Friture sur la ligne. Ils se parlaient en pointillé, mais au moins, ça les changeait de leur papotage de diversion. Il était temps pour eux d'affronter ce qu'ils évitaient.

« Tu ne te rends pas compte de ce que c'est, poursuivit péniblement Willy, que d'avoir une partie essentielle de son corps transformée en charpie. Et de vivre avec la tiède consolation que tu as cinquante chances sur cent de redevenir "presque" normale. J'ai peur. Je suis furax. Je déteste tout le monde. Je t'inclus généreusement dans le nombre bien sûr. C'est ma vie entière qui est menacée.

— Je fais partie de ta vie. Et je ne me considère pas comme une menace.

— Oh, mais tu l'es…, chuchota tristement Willy, la voix entrecoupée de larmes.

— Ne me dis pas ça.

— Écoute-nous ! Et rappelle-toi comment on se parlait avant. Maintenant, on se dispute, ou on se ment… Nous n'avons plus rien en commun.

— Ce n'est qu'une apparence. C'est temporaire.

— Tu vois, tu recommences. (Cela dit gentiment.) Ta seule réponse à une situation dommageable pour nous consiste, non pas à chercher ce qui coince, mais à changer la situation.

— Mais j'ai raison ! Ce sont avant tout les circonstances qui nous ont poussés à nous sauter à la gorge.

— Ne sois pas si diplomate, Underwood. C'est moi qui t'ai sauté à la gorge. Toi, tu as été un ange de sollicitude, de soutien et de tolérance.

— Je n'en suis pas si sûr. Si j'étais un ange, je ne serais pas parti pour l'Europe pendant que tu subissais les horreurs de la rééducation. Mais dès que tu seras sur pied, on redeviendra une équipe.

— Je me demande si nous en avons jamais été une, Eric. Ce n'est pas notre genre. De plus, que se passera-t-il si je ne récupère pas ? Tu resteras marié à une mégère ?

— Tu n'es pas une mégère, mentit-il. Tu souffres, au sens physique et moral du terme, et je suis désolé de ne pas t'avoir témoigné plus de sympathie. Mais je me sens seul, ici, sur le circuit. Bien sûr, c'est du grand tennis, mais, à cinq mille kilomètres à la ronde, personne ne m'encourage à gagner – sauf moi.

— Pour autant que je me souvienne, tu te débrouilles excellemment tout seul pour faire la claque.

— Salope. (Ton affectueux.) C'est ton soutien qui me manque. Je n'ai personne d'autre à qui parler.

— Je ne me rappelle même plus quelle tête tu as, Underwood. Quand je pense à toi, je vois le sourire figé que tu arbores sur la seule photo que j'aie. Je n'arrive plus à te voir en mouvement.

— Je rentre bientôt. Mais d'abord, je dois aller à... (Murmure indistinct.)

— Où ?

— Je dis que je dois d'abord aller en Amérique du Sud. Buenos Aires... »

Des tendres aveux et de la confidentialité, Willy fit une boulette qu'elle jeta par la fenêtre. Elle rétorqua d'une voix précise et bien timbrée – le son du couteau heurtant la porcelaine : « Je vois. N'oublie pas de m'écrire, alors.

— Mais, après ça, je reviens à la maison prendre des vacances.

— Oui, ce sera charmant de te voir avant Noël, persifla-t-elle.

— Tu me manques, Willy. (Ton vraiment tendre.)

— Toi aussi. (Ton mécanique. Il méritait mieux.) »

En toute honnêteté, ce qui manquait le plus à Willy, ce n'était pas son mari, mais le tennis. Sans tennis, ses journées n'avaient aucun but. Elle regardait trop la télé. Elle faisait avec application les exercices qu'on lui permettait, mais le lever de poids, le jogging mou et le perpétuel stretching isotonique laissaient dans son corps une sensation de lourdeur et d'inertie. Elle se languissait du tennis comme d'un amant. Il lui semblait qu'Eric avait levé le pied avec le sport lui-même, qu'il cajolait au point de l'emmener passer une lune de miel en Europe.

Un matin, à la table du petit-déjeuner, Max lui tendit enfin sa raquette Pro-Kennex. La gratitude élémentaire de Willy, en serrant la manche de sa meilleure, de sa plus vieille amie, céda vite la place à l'irascibilité quand elle découvrit combien elle était rouillée. Mais, plus que de gagner, ce dont elle avait besoin à ce moment-là, c'était de retrouver une pure joie esthétique, l'exubérance de ses dix ans quand elle jouait avec son père dans l'ombre anonyme et non lucrative d'un parc public. À son origine, le tennis avait été conçu sans ennemis, avec des partenaires plutôt que des adversaires. Dommage, se dit-elle en plaisantant, qu'Éric ne l'ait pas épousée quand elle avait dix ans.

Durant toute cette fin d'été, un doux soleil avait baigné la salle d'exercices. Il la narguait, lui faisant prendre conscience qu'elle gaspillait sa saison favorite – dans une pièce étouffante le jour, et la dernière, la fugace lumière du soir devant des sitcoms. Il y a un nombre limité d'étés dans une vie, et ils sont horriblement faciles à compter. Être amputée de la moitié d'un seul, c'était comme être amputée d'un doigt : il ne vous sera jamais rendu. Maintenant, à l'approche de novembre, l'air était piquant et les feuilles mortes jonchaient le court numéro 7. Max avait insisté pour qu'elle garde son survêtement, l'idée étant de tenir son genou au chaud, la bande de soutien élastique détestée, du même beige que les collants de contention pour vieilles dames, ne suffisant pas. Mais elle n'allait pas se plaindre. Serrant le manche froid de la raquette, elle le pressa contra sa joue avant d'y poser un baiser.

Tout bien considéré, le tennis, c'était encore plus merveilleux que dans son souvenir. Parce qu'en fait, on ne se rappelle pas. Voilà pourquoi, comme l'affirmait Max, le plaisir du sport ne s'use pas. Comme pour l'amour ou le chagrin, on ne peut se souvenir du tennis que par la répétition. Pour se rappeler le tennis, il faut y jouer.

« Vas-y doucement, l'admonesta Max.

— Envoie moi des balles difficiles, au lieu de me les servir sur un plateau. » Elle riait de bonheur.

« Arrête de sauter sur place, idiote, lui cria-t-il... Et voilà, regarde ce que tu as fait. » Accroupie, elle resta un moment figée, puis, après s'être relevée lentement, elle fit travailler son articulation. Max se précipita de son côté du court et la soutint, son bras passé sous l'aisselle.

« Max, n'en fais pas un drame ! Je suis un peu raide, c'est tout.

— On rentre. »

Elle le repoussa. « Jamais de la vie ! Retourne à ta place. »

Quand ils eurent épuisé les balles d'entraînement, les gagnantes jonchaient le court – côté Max. Elle s'approcha en bondissant pour l'aider à les ramasser, en jeta trois dans son panier et inspira profondément, emplissant ses poumons d'air vif et pur. « Max, je vais bien. Je peux jouer », lui annonça-t-elle, se penchant à côté de lui.

Bien qu'elle n'eut pas fait une telle chose depuis qu'elle était mariée, Willy ne put pas plus s'empêcher de lâcher les balles pour se jeter dans ses bras qu'il ne put lui-même s'empêcher de les reserrer autour de sa taille et de la soulever du sol en tournant sur lui-même. Quand il la déposa délicatement sur ses pieds, il ne la lâcha pas, et elle ne le lâcha pas avant d'avoir embrassé ce qui méritait de l'être, à savoir lui, et non une raquette.

« Chéri, j'ai joué aujourd'hui. Je suis si heureuse ! » C'était leur premier coup de fil enjoué depuis qu'Eric était parti pour l'Europe. Le souvenir du baiser sur le court numéro 7 la travaillait, car, au cours de cette conversation, elle dit trois fois à Eric qu'elle l'aimait.

Et pour la première fois depuis quatre mois, elle le pensait. Elle adorait son mari, elle adorait Sweetspot, et elle adorait son entraîneur puisqu'elle adorait tout le monde. Si cela signifiait qu'Eric avait raison, que la réponse à une infortune était de redresser la situation, un corrélat plus inquiétant jetait une ombre sur cette révélation que Willy n'avait pas le cœur à affronter. Eric lui-même prétendait que nul n'était tout-puissant ; qu'il existait des choses comme l'accident, le coup de déveine et que, en conséquence, même si l'on était porté par des circonstances favorables, on restait à la merci de tels revers. Si les événements avaient le pouvoir de susciter l'amour de Willy pour son mari, ils pouvaient, tout aussi capricieusement, l'anéantir.

« Mon genou, poursuivit-elle d'une voix haletante, va parfaitement bien. »

« Parfaitement bien » était une exagération qu'elle décida d'instituer. Durant sa leçon avec Max, elle avait refusé de tenir compte des décharges douloureuses, quasi électriques, qui montaient en flèche vers sa cuisse. Si elle ne reconnaissait pas qu'elle avait mal, elle n'avait pas mal. De surcroît, si elle mentionnait ne serait-ce qu'une gêne, Max l'éloignerait du court pour l'enfermer un mois de plus dans le donjon de la salle de musculation. Il lui ramènerait ce kinésithérapeute sans humour qui la remettrait à ces poids dérisoires de cent grammes et à ces étirements odieux, interminables. Si elle se plaignait à Eric, celui-ci téléphonerait de Buenos Aires à Max, sur sa ligne privée, pour l'engueuler d'avoir lâché les rênes à sa femme trop tôt. Mieux valait garder pour elle les élancements.

Depuis le Tanqueray, une partie de son corps qui, précédemment, se fondait harmonieusement dans le reste de sa personne, faisait désormais l'objet d'égards particuliers, devenue distincte, séparée du reste – un jeu complexe de ligaments, de cartilage et d'os dont elle connaissait le fonctionnement mieux qu'elle ne l'aurait souhaité et dont elle doutait désormais de la fiabilité. Objectivée, l'articulation avait pris un caractère particulier, hésitant entre servante et maîtresse, amie et ennemie ; mais, dans tous les cas, elle était une proche nuisible qui fait partie de votre vie, que vous le vouliez ou non. Le genou indiscipliné avait été puni, mais, comme le disait Max lui-même, hors de proportion avec son délit. Alors que son sort était incertain, Willy avait suivi à la lettre les conseils de ceux qui s'occupaient d'elle. Maintenant que ce turbulent paquet de nerfs et d'os était sorti du service des soins intensifs, il était temps de cesser de s'apitoyer sur son sort : il fallait le traiter à la dure. Au début, le genou demandait de la tendresse ; ensuite, il exigeait de la discipline. Inutile de crier « Tu me fais mal », « Je ne peux pas », ou « Aïe ! » car rien ne tempérerait le nouveau régime.

Le soir de sa première séance de reprise d'entraînement, Willy, assise au bureau de sa chambre, écrivit son programme quotidien pour les semaines à venir :

12 000 sauts à la corde (pas 8 000 !)

4 (biffé) 6 km de tapis de course, 11 à l'heure pour s'échauffer, 15 à l'heure ensuite.

1 heure de frappe de balle au rebond (en plus de celle que je fais avec Max)

1 heure de volée

1 heure de pratique service

Circuit appareils salle de musculation tous les deux jours. Augmenter les poids !

Willy ne s'attendait pas à ce que dure sa jubilation de gamine de dix ans, mais elle n'en trouva pas moins sa prompte disparition démoralisante. Il lui fallut tout juste une semaine pour être dégoûtée. Ses coups manquaient de fluidité et la précision de son service n'excédait pas soixante centimètres. Depuis l'âge de cinq ans, elle n'avait jamais passé quatre mois loin d'un court ; maintenant, elle comprenait pourquoi.

De surcroît, il est plus facile d'être sourd aux cris de son propre enfant qu'aux caprices de son corps. Une douleur lancinante au genou la privait régulièrement de cette fraction de seconde vitale pour le jeu. Sa résolution, son enthousiasme atteignaient des degrés inégalés. Sa cervelle voulait, mais son corps ne suivait pas. L'accident avait laissé en héritage le doute de soi. Une fois les ligaments détendus et les muscles qui les tenaient chauffés, l'articulation semblait solide, pourtant Willy hésitait à reporter son poids sur sa jambe droite. Un soupçon de nervosité, un sentiment de fragilité risquaient fort de l'accompagner sa vie durant.

Voir son classement se déliter ainsi la minait. Ses cajoleries manquèrent de persuader Max de la laisser participer à un tournoi en salle avant la fin de la saison. Sans son accord, elle n'en avait pas les moyens financiers, ni physiques. Son jeu n'était pas encore au niveau. Elle avait calculé qu'après six mois de retrait du monde du tennis, elle passerait de 233e à 500e en janvier de l'année suivante. Ce gâchis lui donnait envie de vomir. Dans son esprit, les points étaient des soldats, et elle, leur général enchaîné sous les yeux duquel des troupes étrangères capturaient ses hommes un à un. Chaque fois qu'elle lisait un journal de sport, elle en faisait une boulette.

Eric était arrivé en quart de finale à Buenos Aires. Il était maintenant 159e. Naturellement, il ne pouvait pas rater le National Indoor (en salle) de Nashville, à la mi-novembre. Les « vacances » promises après l'Amérique latine voulaient tout simplement dire qu'il rentrerait à la maison à la fin de la saison tennistique. Willy pouvait toujours se consoler en se disant qu'au moins ils partageaient le même continent.

Elle décida que, s'il voulait la voir en décembre, il n'aurait qu'à venir la retrouver à Sweetspot. Si sa stupéfiante carrière passait avant sa femme qui avait souffert le martyre en son absence, il n'avait, pour une fois, qu'à venir à elle. Quant à Noël, Willy voulait bien être pendue si elle acceptait d'interrompre son entraînement pour célébrer une fête dépourvue à ses yeux de toute justification religieuse, ou visiter la famille névrosée d'Eric où les quiz tenaient lieu d'échanges. Elle avait encore moins envie d'aller dans sa propre famille, dont les membres priaient avec ferveur pour que 1995 soit l'année où cette sotte de Wilhemena tournerait enfin une nouvelle page pour se consacrer au métier peu lucratif mais stable et judicieusement pusillanime d'employée de banque. Eric n'aimait pas Sweestpot ? Tant pis pour lui. Elle n'accourrait pas à New York pour lui apporter ses pantoufles. Et s'il n'aimait pas non plus l'idée que Max et elle s'entendent comme larrons en foire, encore tant pis. Il devrait « mûrir », comme le disait Gertrude.

C'est en ressassant ces griefs que Willy faisait ses douze mille sauts quotidiens sur un court couvert libre, ou dans la salle de récréation déserte. Elle changeait souvent d'endroit car si Max ne lui interdisait pas cet exercice, elle ne lui avait pas demandé expressément la permission de le pratiquer. Elle pensait que si elle ne pouvait égaler Eric en brio, elle pourrait au moins le battre sur le terrain de l'endurance bête, celle qui vous empêche de réfléchir. La corde elle-même lui évoquait Eric, et elle passait une heure et demie en un monologue marmonné à l'intention son époux. Il lui fallut toutefois totaliser cent cinquante mille sauts pour trouver le courage de lui annoncer sa décision, s'agissant des fêtes de Noël.

« Tu veux me donner une leçon ? lui demanda-t-il froidement de Nashville.

— Je sais que c'est facile à oublier, mais nous sommes deux à faire carrière, et je dois...

— Alors, c'est ça, la leçon, l'interrompit-il. Maintenant que je l'ai reçue, vas-tu venir, s'il te plaît, me rejoindre chez nous ? »

M. Room-Service, M. le top 10 de demain n'était pas habitué à ce qu'on lui résiste. Elle insista :

« J'ai besoin d'un entraînement intensif et je n'ai pas les moyens de payer...

— Moi, je les ai. Assez pour que tu puisses t'entraîner à Jordan deux ou trois heures par jour.

— Ce n'est pas mon argent.

— On est mariés, bon sang. C'est notre argent, idiote. »

L'idée de faire budgets séparés venait de Willy. À Eric, elle avait dit qu'elle devait gérer son propre compte pour pouvoir calculer exactement ce qu'elle devait déduire pour rembourser Max ; vis-à-vis d'elle-même, elle avait la vague conviction féministe qu'une fille doit avoir son propre argent.

« Ce ne serait pas le mien puisque je ne l'ai pas gagné, objecta-t-elle. J'ai essuyé un revers, mais je n'ai pas perdu le respect de moi-même.

— Tu acceptes de l'argent de ton entraîneur, mais pas de ton mari ?

— Max et moi avons une relation strictement professionnelle.

— Tu parles. »

Silence de mort. Willy ne releva pas l'accusation.

« Je suis censé partager avec toi ce ridicule petit lit à une place pendant six semaines ? reprit-il.

— Tu peux dormir dans une autre chambre si tu veux te réveiller frais et dispos. (Ton froid.)

— C'est une menace ? »

Elle regrettait la remarque mais ne la retira pas. Au contraire, elle s'employa à aggraver la tension. « Ce n'est pas négociable, répondit-elle. J'ai besoin de Max, et qui dit Max dit Westbrook.

— Si tu as plus besoin d'Upchuck que de moi... »

Cela dégénérait. « J'ai besoin des deux, bon Dieu. Depuis cinq mois, tu as tout fait pour atteindre tes objectifs. Pour une fois, tu pourrais prendre les miens en compte.

— Je veux rentrer chez moi », annonça-t-il avec force.

C'était triste, mais elle comprenait exactement ce qu'il voulait dire.

15

Eric l'étudia : « tu as maigri.

— Tu t'attendais à quoi ? À retrouver une grabataire qui s'est empiffrée de Cheez Doodles et autres cochonneries soufflées au goût fromage ? »

Ils s'étaient embrassés une seule fois à la gare, sur les lèvres ; Eric n'aimait pas les effusions publiques. « Pourquoi prendre tout ce que je te dis comme une critique ? (Il semblait consterné.) Je m'inquiète car je te trouve pâle.

— Tu ne l'as peut-être pas remarqué en Amérique du Sud, mais, ici, c'est l'hiver.

— Si, j'ai remarqué. Il neigeait à Nashville. »

Il marcha derrière elle jusqu'à la voiture. « Willy, tu fais le pas de l'oie, nota-t-il.

— Il paraît que je suis en pleine forme.

— Un diagnostic récent ? »

Eric l'examinait du coin de l'œil, Willy faisait le même inventaire à son encontre. Parmi les passagers pâlots dégorgés par l'Amtrak, le hâle d'Eric semblait déplacé. Il était plus noueux que dans son souvenir : pomme d'Adam, nez, front bombé et protubérant. Sur la photo qu'elle avait de lui, il souriait ; or le visage de l'homme qu'elle avait devant elle ce jour-là était aussi fermé qu'une porte de prison.

En chemin pour Westbrook, leur conversation languissait. Ils étaient trop habitués à se parler au téléphone. Maintenant qu'elle était de nouveau visible, Willy se sentait vulnérable. « Il faut que j'aille faire mes exercices, dit-elle, pressée de le quitter. Peut-être qu'après, on pourra sortir dîner. »

Ce « peut-être » gâchait la spontanéité de la proposition.

« Tu es obligée d'y aller ?

— J'y vais toujours. De fait, je suis en retard sur mon programme.

— Il y a gymnastique et gymnastique… », dit-il en haussant ses sourcils hirsutes, façon Groucho Marx.

Elle n'avait simplement pas compris l'allusion.

« En salle ?

— Non, en chambre. »

Elle ne rit pas.

« J'espérais qu'on pourrait rester… euh, un moment ensemble. Pour refaire connaissance. » Il semblait embarrassé. Mariés depuis presque deux ans, ils auraient dû pouvoir aborder ce sujet sans gêne.

« Je me sentirais coupable de déroger à ma routine, et d'ailleurs, nous avons tout notre temps, n'est-ce pas ? » Elle se força à sourire, ajoutant avec ironie : « À moins que tu doives t'économiser pour quelque tournoi.

— Excuse-moi, Willy. J'ai décidé que mon truc avec l'abstinence était débile.

— Oh, je plaisantais. » Elle se tenait toujours sur le pas de la porte.

« Alors, je crois que je vais faire un petit somme. Je suis assez crevé.

— Oui. Tu en as l'air.

— Willy ? (Elle récupérait sa corde à sauter cachée dans son tiroir à sous-vêtements.) Tu es contente de me voir, non ?

— Bien sûr », dit-elle d'un ton guindé avant d'enfiler le corridor au pas de course.

Par chance, elle trouva un court couvert libre, les élèves étant tous en train de bachoter. La surface synthétique Har-Tru n'esquintait pas trop le cuir, pourtant la corde de Willy commençait à s'effilocher.

Clic-clac, clic-clac. Les phases de chaque monotone séance de saut égrenaient les heures interminables de la prison. Le début passait très vite, comme, peut-être, le premier mois à St Quentin. L'arrivée au milieu était le pire : la routine, tyrannique avait pris le pas, constituée de servitudes de plus en plus lourdes. Le milieu, interminable, était presque un repos : pas de tentations, car pas de liberté conditionnelle en vue ; les murs de la cellule, se disait le prisonnier, finiraient par céder la place à des murs normaux. Le condamné commençait à entrevoir sa libération. Certains jours, au onze millième saut, Willy était près de hurler : on dit que les derniers temps de sa peine semblent plus long à un détenu que toute sa durée.

Elle en était au milieu de sa pénitence quand la lumière extérieure s'alluma. Eric, sans doute. Elle rajusta son corps d'un quart de tour dans l'air en gardant le dos à la porte, pour faire accroire qu'elle n'avait entendu personne. Il n'entra pas, se contentant de se tenir dans l'ombre. Pour lui démontrer qu'elle n'était pas une feignasse rangée des voitures, elle enchaîna une série de ciseaux, de claquements de talons en l'air et de doubles sauts.

« Très impressionnant. »

La voix grave, calme, la fit frissonner. Elle se figea, laissant la corde lui retomber sur les pieds.

« Tu en fais combien par jour ? » La silhouette entra posément dans la lumière.

« Oh, dit-elle, désinvolte, en essuyant de la main son front en sueur, quelques milliers, tu vois…

— Non, je ne vois pas. Dis-le-moi. Combien de milliers ? » La voix posée, cajoleuse, qu'emploie un mec violent prêt à vous frapper.

Elle replia mollement la corde – on ferme. « Ça varie, répondit-elle.

— Je ne te crois pas. Tu es une esclave du chiffre ; du classement ; du nombre de kilomètres par heure sur le tapis de course. Une esclave de tout, quoi. Alors moi, je pense que tu le seras toujours. Combien par jour ? »

Elle savait qu'elle aurait dû mentir, mais, fière de sa forme retrouvée, elle ne pouvait s'y résoudre. « Douze, répondit-elle, la gorge serrée.

— Je suppose que tu ne veux pas dire douze cents, mais douze mille ? »

Elle opina, éprouvant l'envie de rentrer sous terre.

« C'est pour qui, ce cinéma ? »

Il tendit la main pour recevoir la corde ; si Eric avait fait ce geste, indignée, elle ne la lui aurait pas donnée. Mais elle la donna à Max. Peut-être pourrait-elle trouver une autre Everlast quelque part en ville.

« Quel cinéma ? Il n'y a personne ici, dit-elle en désignant de la main le court vide.

— Ne sois pas aussi littérale. Un spectacle ne nécessite pas forcément un public. C'est pour moi que tu t'exhibes ?

— Peut-être, en un sens… »

Il secoua tristement la tête. « Et moi je crois que c'est pour Oberdick[1].

— Mais il vient juste d'arriver !

— Non. Il n'est jamais parti. » Max brandit comme un fouet l'Everlast repliée sur sa paume. « C'est ça que tu veux : le battre ? »

Willy et Eric étaient désormais à trois cent cinquante places de distance au classement. L'idée de le dépasser dans un proche avenir était complètement ridicule. « Je serais bien contente d'être simplement à son niveau. Juste pour ne pas me sentir larguée.

1. « Superbite ».

— Tu ne veux donc plus le battre ? »

Elle recula. « Je crois que j'ai envie de l'impressionner, de le rendre fier de moi. Dans cette mesure, je veux peut-être le battre... enfin, un tant soit peu, car pour quelqu'un comme lui, être battu et impressionné, c'est tout comme », déplora-t-elle.

Max fouetta le sol avec le cuir de la corde. « Pourquoi crois-tu que je t'ai prise comme élève au début ? » Le claquement de la lanière se répercuta en écho sous la haute voûte du plafond. C'en était fini du ton mesuré du début. Max criait presque : « Quel carburant mettais-tu dans ton moteur quand on s'est rencontrés ? Tu pilonnais pendant deux heures des coups de fond de court, juste sur la ligne, pour que je t'offre un soda ? »

Elle recula encore. « Non, j'aimais m'exercer à jouer des balles pleine ligne.

— Je t'offrais le soda de toute façon. » Il avança vers elle, la corde tendue entre ses poings comme un garrot. « Mon approbation n'était pour toi qu'un encouragement annexe. Tu n'en avais nul besoin pour fonctionner. Si je t'ai prise sous mon aile, c'est parce que l'opinion des autres sur ton jeu te laissait froide. J'exigeais beaucoup de toi, mais toi, tu exigeais plus encore. C'est à toi seule que tu voulais plaire. Et maintenant, tu n'es plus qu'une de ces petites filles qui veulent séduire papa. Il y en a treize à la douzaine. Ce type t'a démolie. Putain, j'en pleurerais. »

Willy lui tourna le dos et caressa machinalement du doigt la bordure du filet. « J'utilise peut-être Eric comme critère, mais je veux aussi être en forme pour la saison prochaine. Au mieux de ma forme. C'est mal ? »

Max, qui s'était approché d'elle par-derrière, lui passa la corde autour de la taille, resserrant la boucle en portant ses mains au niveau de l'estomac de Willy. « Ton genou est enflé, lui souffla-t-il dans les cheveux, je le vois malgré la bande. En sautant à la corde, tu cherches à solliciter ta jambe valide. C'est ça, ton petit secret ? Tu savais pourtant que je m'en apercevrais. » Il posa un baiser sur sa nuque inclinée. Les poignées de l'Everlast ballottaient sur ses mollets. « C'était tellement horrible, ta chute, grogna-t-il. Ta jambe était tordue selon un angle abominable. Et je ne pouvais même pas courir vers toi. J'ai été obligé de rester à distance et de laisser ce… » Il soupira, faisant trembler les gouttelettes qui mouillaient les tempes de Willy. « Et te voir boitiller ensuite… Ne revivons jamais ça. Je t'en prie, sois prudente. »

Max se pencha, posa doucement sa joue contre son oreille et l'embrassa sous le lobe. Sa peau devait être salée. Comme elle ne l'arrêtait pas, il dut s'empêcher d'aller plus loin.

En prenant sa douche, Willy augmenta la pression pour laver à grande eau l'odeur de Max qui, avec le souvenir dérangeant de ses avances, devait disparaître dans la bonde. En revanche, elle réfléchissait à son allégation s'agissant du déplacement supposé de la source de son inspiration. N'était-il pas humain, quand on aimait quelqu'un, de vouloir lui faire plaisir plus qu'à soi-même ? Était-ce si affreux d'être moins égoïste ?

Oui : pour un joueur de tennis, ce déplacement était fatal. Les joueurs étaient égoïstes, et les meilleurs le restaient. Les amants étaient un leurre destiné à vous démobiliser. Sauter à la corde pour impressionner Eric représentait une fuite par rapport aux critères, sûrement plus exigeants, qu'elle s'était elle-même fixés. Faire plaisir aux amants, c'était trop facile, car un rien les ravit. Eric trouverait toutes les excuses aux insuffisances de Willy : son genou, son manque d'entraînement, le fait d'être une fille, alors que soi-même, on n'était pas dupe.

En s'épongeant, Willy nota, elle aussi, que son genou était enflé. Penchée en avant, elle avait mal dans tout le corps, une douleur incessante depuis qu'elle avait repris le sport après l'accident. Elle se faisait pourtant des reproches : en allant chercher Eric à la gare, elle avait sauté son entraînement service et couru six kilomètres de moins.

La formulation de Max était biaisée. Vrai, l'homme dont elle était devenue l'esclave mesurait un mètre quatre-vingt-sept, il avait développé de solides avant-bras et des épaules impressionnantes, il servait à cent quatre-vingt-quinze kilomètres à l'heure, ce qui rendait pathétique le service de sa femme, mais, quand elle regardait son visage, le négrier avait les yeux de Willy.

Au cours des semaines suivantes, elle ne vit Eric que le soir, trop occupée dans la journée à travailler sa vitesse, sa musculation et, en fond de court, sa frappe au rebond. Max lui avait confisqué sa corde à sauter, mais elle en avait emprunté une à Eric et l'avait raccourcie par des nœuds, prenant soin de vérifier que Max était occupé avant d'aller, à pas de loups, s'enfermer dans la salle de récréation où elle tirait un bureau devant la porte et mettait la radio pour couvrir le claquement de la lanière. Elle faisait de son mieux pour tenir Max et Eric à l'écart l'un de l'autre, mais ils se rencontraient inévitablement à la cafétéria. Elle savait qu'elle était trop familière avec son entraîneur, échangeant avec lui des plaisanteries pour initiés tandis que son mari avalait son repas en silence. Peut-être même flirtait-elle avec lui, ce qui était vilain, ou pire que vilain, idiot. Mais Willy ne pouvait pas davantage cacher à Eric son intimité avec Max qu'elle ne pouvait cacher à Max le fossé grandissant qui la séparait d'Eric. C'était tellement plus facile de parler avec Max...

Pourtant, chaque nuit, Eric et elle faisaient l'amour. Il était insatiable, jurant qu'il avait été chaste en tournée. C'était évident, et elle le croyait. Absolutiste, il était marié, donc fidèle. Une fidélité par principe l'emporte toujours sur la trahison, mais Willy aurait tout de même préféré qu'il lui avoue avoir vaincu un démon occasionnel pour l'amour d'elle.

Elle le trouvait toujours attirant ; après tout ce tennis, son corps était solide, élégant, et délicieusement tendineux. Mais elle était si fatiguée, elle se sentait si lourde que toute sensation au-dessous de la ceinture nécessitait un effort de sa part. Elle devait se rappeler de s'émouvoir. Il pesait de tout son poids sur l'étroit lit à une place, mais sa présence semblait mal définie, fortuite, hermétique ; c'était comme baiser par la poste. Son chuchotement à son oreille sifflait, ses intonations devenant plus grêles, comme filtrées par la distance, et quand il prononçait son prénom, son écho sonnait plaintivement, comme s'il l'avait crié d'un lointain canyon relié par des câbles. En glissant dans le sommeil, elle se demandait ce qui pourrait bien les rapprocher ; elle se rappela alors que, pour la plupart des couples, c'étaient les rapports sexuels. Or ils en avaient.

Il lui faisait l'amour avec plus de délicatesse qu'avant, et quand ils s'installaient pour dormir, leurs corps emboîtés, il lui demandait si son genou replié ne lui faisait pas mal ; ses doigts l'effleuraient comme des plumes. Elle avait envie de lui dire : « Sois plus brutal avec moi », mais elle craignait qu'il ne la croie capable d'avoir fait des expériences perverses en son absence.

Le cinquième jour, il lui proposa de faire des balles. Elle haussa les épaules.

« J'aurais cru que tu ne voudrais plus jamais jouer avec moi. Tu as réussi à rentrer dans le top 200, et moi, je me retrouve dans les 500es. Je ne fais plus le poids. »

Il insista. Mais il se comporta sur le court comme il le faisait au lit : avec trop de douceur et de précautions. Loin de vouloir la battre, il laissait passer toutes ses balles potentiellement gagnantes, vissé sur la ligne de fond, en se contentant de siffler d'admiration. Cette abondance de compliments blessa Willy. Ne plus susciter en lui un instinct de rivalité, c'était l'injure ultime. Elle lui demanda ensuite, pimbêche :

« Tu te souviens du temps où je te donnais des conseils ?

— Tu le fais toujours, et ils me sont précieux.

— Foutaise ! Je n'ai plus rien à t'apprendre. Mais je peux te rappeler un petit détail de notre histoire : avant, tu as été jaloux de moi.

— Ah bon, quand ça ?

— Va te faire foutre. Quand tu as perdu le premier tour du Jox, ou quelque chose de ce genre, et que tu es venu me regarder gagner au New Freedom. Ça ne t'a pas plu, et ça s'est vu à la fête qui a suivi.

— C'est faux. Je suis resté en retrait pour te laisser seule devant les feux de la rampe, que tu méritais amplement.

— Tu m'as dit que j'étais une conne à la grosse tête.

— Certainement pas.

— Tu refuses d'admettre que tu étais jaloux ?

— Willy, ça remonte à deux ans. Pourquoi t'énerver ainsi ? Quelle importance ?

— C'est important, grommela-t-elle. Il ne te manque que l'auréole du petit saint. Tu l'as commandée ?

— Excuse-moi de me répéter, mais j'étais très heureux pour toi et pas du tout jaloux. »

Willy macéra dans sa rancune le reste de la journée. Selon elle, Eric tendait à réécrire le passé pour qu'il ne pue pas trop. Quant à elle, elle cultivait avec un curieux acharnement le souvenir de son attitude contrainte le soir de la réception, sans compter le fait gravissime de sa visite aux toilettes durant la balle de match.

Deux semaines plus tard, au lieu d'éteindre la lumière et de la prendre dans ses bras, Eric resta étendu sur le dos, les mains croisées derrière la tête. « Je me sens comme la cinquième roue de la charrette, Wilhelm. Je prends demain le train pour New York.

— Qu'auras-tu à la maison que tu n'as pas ici ? demanda-t-elle, appuyée sur un coude. Des courts, des haltères, des vidéos, des parties de tennis…

— Oui, toutes ces parties que nous disputons.

— Tu n'as même pas à faire la cuisine.

— Je veux acheter des présents à ma famille pour Hanoukkah. Je veux voir mon père et le remercier pour son aide. Quant au tennis… après tout ce qui s'est passé et va encore arriver, j'ai besoin de l'oublier un moment. »

C'était délicat de sa part de ne pas mentionner qu'il trouvait sa femme froide, distante, hostile. Il éteignit la lumière et se tourna sur le côté. Elle posa timidement une main sur sa hanche.

« Pourquoi, pour une fois, ne dormirait-on pas tout simplement, hein ? murmura-t-il. Tu es toujours si claquée… Repose-toi. »

Il lui tapota la main. Dispensée de ce qu'elle n'avait encore jamais appelé le « devoir conjugal », elle s'endormit aussitôt, la main posée sur le pubis d'Eric.

Il avait fait ses bagages avant le petit-déjeuner. Une tasse de café avalée, il se tenait sous l'auvent du mess, ses sacs posés à côté de lui. Willy était consciente de se tenir à une bonne trentaine de centimètres de lui, comme pour échapper à un champ magnétique.

« L'idée de venir avec moi ne t'a pas effleurée je suppose », lui dit-il.

Appuyée contre la rampe, elle regrettait la forme déclaratoire de ce commentaire. S'il lui avait posé une question, elle aurait peut-être répondu oui. Mais elle s'était forgé une armure qu'elle ne pouvait plus ôter.

« Non, dit-elle d'un ton maussade. Il faut que je reste. Je pourrais te conduire à la gare…

— Inutile. Il y a un bus pour Old Saybrook dans dix minutes. Je m'en voudrais de te faire manquer une heure d'entraînement. Tu ne te le pardonnerais pas et me le pardonnerais encore moins. »

Elle l'enlaça pour lui dire au revoir, s'accrochant à son manteau comme un pensionnaire abandonné sur les marches de Sweetspot à la merci d'étrangers. Le bus s'éloigna en labourant l'allée de graviers. Il était trop tard pour lui faire signe de s'arrêter alors qu'elle venait tout juste de se souvenir qu'on était le 14 décembre. L'anniversaire d'Eric. Elle l'avait oublié.

Le jour même du départ de son mari, le besoin furieux qu'avait Willy de se dépasser baissa d'un cran. Elle avait réussi à persuader Eric de lui laisser une corde à sauter – il ne savait pas que cet exercice était prohibé –, mais elle se surprit plus d'une fois, figée sur place, à trouver cet exercice d'une inanité totale. Mortifiée par son manque de dynamisme, elle se condamnait immédiatement à trois mille sauts supplémentaires.

Au dîner, avec les étudiants rentrés chez eux pour les vacances, le réfectoire était sinistre. D'ordinaire, il fallait lutter pour arriver à se faire entendre au milieu des cris et des tintements de couverts. La vitalité de ces clameurs lui manquait, soudain.

Assise à côté d'Eric, elle avait été intarissable dans le badinage. Lui parti, elle ne trouvait plus rien à dire à son entraîneur.

« Undershorts et toi ne semblez pas très copains, hasarda-t-il.

— Nos relations sont un peu tendues.

— Tant mieux qu'il soit parti. La discorde démotive.

— Il n'est pas arrivé à me démotiver. C'est justement ça, le problème », dit-elle, abrupte.

Cette nuit-là, elle rêva qu'elle arrivait en retard à un tournoi. Elle disait à Eric qui marchait à côté d'elle : « Je n'arriverai jamais à temps si je ne cours pas. » Il lui répondait : « De toute façon, tu n'y arriveras pas. Alors, du calme. » Sans l'écouter, elle se mit à cavaler ; le stade était à des kilomètres de là. Mais plus elle mettait la gomme, moins elle avançait. Elle piétinait pratiquement sur place. Elle se passa la main sur les cuisses et découvrit qu'elles étaient énormes, dures, striées, immobiles. L'excès de muscles en avait fait de la pierre. Elle renonça et se mit à marcher normalement, avançant ainsi bien plus vite qu'en essayant de courir. Eric lui prit la main et le ciel couvert et triste se fit soudain radieux. Elle n'arriverait pas à temps pour le tournoi, mais soudain, le fait de manquer un match ne lui semblait plus si grave. Elle rit, embrassa la main d'Eric, et lui proposa d'aller manger du poulet rôti au Flor De Mayo.

Pour Noël, un coup de fil de sa famille lui fit l'effet d'un coup de pied aux fesses. Gertrude, qui avait réussi son examen final, était désormais une experte-comptable diplômée. « Papa est fou de joie », dit-elle à Willy. Ils vinrent lui parler à tour de rôle, exprimant leur inquiétude au sujet de son genou. Ils s'étaient mis d'accord pour la supplier de reconsidérer son choix professionnel maintenant que les prédictions catastrophistes de son père s'étaient réalisées. À l'évidence, la tarte de Noël au potiron à peine posée sur la table, une conférence familiale s'était tenue derrière son dos. Qu'ils aillent au diable, se dit-elle. Pendant quelques minutes, une fureur rafraîchissante la ramena en arrière. Elle avait de nouveau dix-sept ans.

Willy avait un but maintenant : sur la base de son classement avant son accident, Max s'était débrouillé pour lui obtenir une invitation à un tournoi sur court couvert à Providence. Il devait avoir lieu fin janvier. Quand, après le Nouvel An, il concéda qu'elle était presque prête, il la regarda, soupçonneux, en plissant les yeux et sans commenter ses progrès.

À la mi-janvier, elle avait baissé la garde et sautait sans se préoccuper de savoir si Max était occupé ailleurs. Le claquement de la lanière n'était pas à cent pour cent couvert par la radio. Max étant un homme solidement bâti, pour lequel le bureau poussé devant la porte de la salle de récréation n'était qu'un obstacle provisoire. Cette fois, il ne lui demanda pas la corde : il lui arracha les poignées des mains, ouvrit une fenêtre et lança l'Everlast sur le toit enneigé de l'auvent de l'entrée. L'air glacé la fit frissonner ; elle croisa les bras sur sa poitrine. Elle supportait moins bien le froid, ces temps derniers.

« Viens avec moi. » La saisissant par le col comme on prend un chat par la peau du cou, il la traîna en bas, puis dehors, sur les pierres gelées menant au centre médical momentanément fermé. « Monte sur cette balance. »

Willy fit ce qu'on lui ordonnait, puis elle sursauta de surprise. L'aiguille devait être bloquée.

« Quarante-quatre kilos ! Qu'est-ce que c'est que cette horreur ? Tu devrais en peser au moins quarante-neuf. Dis-moi… (Il la saisit de nouveau au collet.) Tu te fais vomir ? Dès le début, j'ai été très clair sur ce point, Will : pas de troubles du comportement alimentaire avec moi : ça me gonfle. »

Elle se tortilla pour échapper à sa poigne, puis descendit de la balance qui, décidément, devait être déréglée.

« La dernière fois que j'ai vomi, je devais avoir douze ans, lui dit-elle sèchement en rabattant son col.

— Tu te contentes de sauter jusqu'à l'évanescence, c'est ça ? railla-t-il. Pourquoi je paierais pour envoyer une loque jouer à Providence ?

— Mon jeu est au point, c'est toi qui me l'as dit.

— Oui, mais toi, tu ne l'es pas. Tu es blanche comme du porridge – je déteste le porridge. Tes cheveux n'ont plus d'éclat. Tu as les yeux ternes du poisson pas frais. On ne va pas répondre à cette invitation, fillette. Je ne te laisse pas partir. Providence ferait ton malheur.

— Max, non ! Il faut que j'y aille ! » gémit-elle tout en sachant qu'il ne changeait jamais d'avis, que ses menaces n'étaient jamais vaines, qu'il était totalement imperméable à la mauvaise humeur, aux promesses et aux imprécations. « Alors que j'ai travaillé si dur ! Après tous ces exercices de rééducation !

— Moi aussi, j'ai travaillé dur. Ça m'a coûté une fortune de faire plier ton genou de six degrés, de lui faire soulever un poids de plus de deux cents grammes. Tous ces efforts n'ont pas pour but de renvoyer l'un de mes joueurs à l'hôpital. Qu'est-ce que tu es en train de faire, bon Dieu ? Essayer de te suicider ? »

Elle lui jeta un regard noir, puis, ramassant une serviette, elle s'épongea le visage. « Parfois, c'est une idée qui ne manque pas de charme. »

Max lui attrapa le poignet et l'obligea à le regarder dans les yeux. « Ne dis plus jamais ça, même pour rire. »

Elle retira vivement son poignet. « T'inquiète, c'est pas mon genre.

— C'est ton genre. »

Elle renifla en signe de dérision.

« Bon, peut-être pas avec une lame de rasoir.

— Tu ne vas pas aimer entendre ça, mais quand je suis tombé sur toi dans le Nevada, tes capacités étaient bien inférieures à ton potentiel. Je t'ai tout de même sauté dessus parce que, ce que tu avais, c'était de la puissance – une ténacité, un feu sacré, une volonté beaucoup plus rares que les jolis petits coups droits. Mais, Will, ma gosse, fais gaffe : si tu retournes ces qualités contre toi, l'effet boomerang va t'arracher la tête. »

16

Durant les six semaines suivantes, même après le retour des étudiants, Max ne quitta plus Willy du regard. Plus de corde à sauter, plus de tapis de course, plus d'exercices de rapidité. Deux heures d'entraînement, rien de plus, au terme desquelles, à table, il obligeait sa protégée diminuée à reprendre de la nourriture jusqu'à ce qu'elle crie grâce. En attendant, il ne changea pas d'avis pour Providence : c'était non. Longtemps après, l'idée paradoxale de destin contraire resta attachée au nom de cette ville de l'État du Rhode Island.

Récupérer d'un entraînement trop intensif amena de nouveaux fléaux. Depuis deux mois, Willy souffrait d'aménorrhée. Max reprogramma son match de reprise en fonction du rétablissement escompté de son cycle.

Il y a règles et règles. Sa mère appartenait à l'école stoïque – souffrir avec le sourire –, et non seulement Willy n'était pas du genre à se coucher quand elle saignait, mais il lui était plusieurs fois arrivé de disputer un match dopée à l'ibuprofène. Ce match-ci, en revanche, celui de son retour sur le court, battit tous les records ; en quatorze années de vie reproductrice réticente, elle n'avait jamais vu ça. Étirer tous ses muscles pour servir était un effort et, au troisième jeu du premier set, Willy dut demander une dispense médicale pour aller au vestiaire. Il était délicat d'expliquer sa détresse à l'arbitre, qui était un homme, mais son tampon trempé suintait dans sa culotte de tennis blanche ; ce serait bientôt sa jupe qui serait tachée. Elle profita du break pour vider ses intestins, liquéfiés par le matraquage hormonal.

Cinq Advil n'avaient pas soulagé ses crampes ; ses intestins, désormais vides, produisaient des gaz. Ce ne sont que mes règles, se récitait Willy, répétant ce qu'on lui avait seriné : puisque la menstruation était le lot de toutes les femmes, il était inutile d'en faire un drame. Elle se disait pourtant avec malice que si quelque incapacité d'un ordre aussi frivole frappait en traître son bel Eric sur le court, il se ferait hospitaliser d'urgence.

Le match n'en fut pas moins serré, nécessitant trois sets. La perte d'une balle de match pour cause de vertige l'élimina au premier tour, tel l'étron disparaissant dans le tourbillon d'une chasse d'eau.

Lors de sa seconde tentative, Willy joua formidablement bien. Tous les spectateurs qui l'approchèrent après le match le lui dirent, partageant son indignation. Depuis que Willy faisait partie de ces privilégiés entrés dans la « zone[1] », elle aimait jouer les lignes. Mais la différence entre un grand tennis et un tennis de néophyte tient à un simple centimètre. Ce sont les juges qui font la différence, car les temps sont passés depuis longtemps où l'on pouvait compter sur le fair-play de l'adversaire pour vous dire si la balle était bonne ou non.

Mais ce juge de ligne-ci, quelqu'un avait dû lui glisser un billet de cent dollars ; ou il trouvait Willy bêcheuse ; ou il était un fou de pouvoir qui abusait

1. Ou « IPS », Ideal Performance State. La « zone » est un état mental, constitué par quelques principes fondamentaux, qui permet soi-disant au joueur de gagner.

mesquinement du sien par méchanceté foncière. En tout cas, chaque fois que sa balle était dans les parages de la ligne, il criait « Faute ! » mais quand les revers de son adversaire étaient out de cinq centimètres, ce courtaud grassouillet était occupé à se curer le nez.

Willy avait tout essayé : discuter, refuser de reprendre le jeu – elle tenait ce gambit de McEnroe, du temps où elle était ramasseuse de balles –. Défié, il ne démordait pas de son annonce ; harcelé, il baissait la tête, son menton faisant un triple pli sur son col. Mais le stoïcisme – souffrir en silence – ne marchait pas non plus pour Willy. Ce vilain crapaud, incapable de frapper ne serait-ce qu'une balle de Jokari, campait sur ses positions.

Voyant que même les sifflets d'un public restreint ne faisaient pas honte au juge, Willy se vit obligée d'abandonner le jeu de ligne pour des balles tellement in qu'elles en crevaient les yeux. Du coup, elle jouait petit bras et ses retours, au lieu d'être dévastateurs, étaient très ordinaires. Elle savait qu'en l'occurrence, le danger n'était pas de perdre des points, c'était son sale caractère ; dommage qu'il y ait si souvent un gouffre entre le savoir et la pratique. Elle se murmurait : « Ne laisse pas ce minable te démoraliser », mais en vain. Au troisième set, alors qu'elle en avait assez de cajoler la balle après ses performances brillantes en début de match, l'arbitre annonça out une balle longue confortablement in, et là, Willy perdit la boule.

Elle se mit à bastonner tous azimuts. Et à faire quantité de fautes. L'arbitre sourit sournoisement, comme un enfant qui vient de péter. Quand, plus tard cette année-là, Jeff Tarango quitta Wimbledon, car il contestait les décisions de l'arbitre, Eric trouva son attitude honteuse. Willy, elle, s'était trouvé un nouvel antihéros.

Ce ne fut qu'à l'approche de son troisième tournoi que Willy se dit qu'elle était maudite. Max et elle avaient décidé d'arriver à Ocalia deux jours avant le match pour qu'elle s'habitue au soleil brûlant de Floride. Le premier soir, au dîner, elle sentit un picotement à la lèvre. « Mince, tu vas avoir un bouton de fièvre », grommela-t-elle devant le miroir de la salle de bains. Mais elle se raisonna : on exagère toujours l'importance de l'inflammation. Les autres ne la voient pas, et elle passera vite.

Sauf qu'il y avait quelque chose à voir – une monstruosité. En tirant au sort, ce soir-là, elle n'avait pas arrêté de se lécher ses lèvres et de les presser l'une contre l'autre, car elles la brûlaient, la démangeaient férocement. L'irritation était si étendue qu'elle se demanda si elle n'avait pas mangé quelque chose qui avait déclenché une allergie.

En se lavant la figure le matin du match, elle leva les yeux vers le miroir et fut suffoquée : sa bouche avait explosé : deux zones de vésicules rouges avaient colonisé son menton.

« Bon Dieu ! dit Max.

— Max, gémit-elle, ferme la porte ! »

Elle insista pour qu'on leur apporte le petit-déjeuner dans la chambre. Max prit le plateau des mains d'un groom pendant qu'elle courait s'enfermer aux toilettes. Quand le garçon fut parti, il lui cria : « Willy, mon chou, tu ne pourras pas jouer au tennis en restant aux gogues, tu sais ?

— Je refuse de me montrer jusqu'à ce que tu m'aies acheté du maquillage. »

Ce qu'il fit, mais les capacités de camouflage des fonds de teint du commerce étaient limitées, surtout quand ils étaient appliqués sur une surface qui semblait avoir une vie propre.

« Mon visage ressemble à un emballage de bubble-gum », gémit-elle. Max ne pouvait plus la décoller de la glace.

« Will, il faut que tu ailles t'entraîner, la pressa-t-il.

— Pas question que je quitte cette chambre.

— Ton match est demain, petite. »

Une défection de dernière minute pour cause de boutons de fièvre n'était pas envisageable. La WTA aurait trouvé la raison infondée et lui aurait collé une amende.

Le lendemain matin, elle passa encore cinq minutes à inspecter les dégâts. Maintenant, les plaies suppuraient. Le fond de teint aggravait la situation, du genre peinture appliquée sur un mur non poncé. Résignée, Willy essuya la substance dégoulinante, chaussa des lunettes noires et dévala sans bruit l'escalier.

À la station de taxis, un jeune homme qui connaissait bien son *MASH*, la montra du doigt en ricanant : « Eh, mais c'est Lèvres en feu ! »

Malheureusement, le tennis avec un sac en papier sur la tête, ce n'est pas possible. Les pustules lui faisaient mal, mais, techniquement, un visage barbouillé de sauce tomate grumeleuse et brûlante ne vous empêche pas de jouer. Sauf que le tennis a tout à voir avec la confiance en soi, dont il n'y avait pas ici bésef.

Quand elles se serrèrent la main au filet, la gagnante murmura à Willy : « Ça m'est arrivé une fois. J'aurais été incapable de renvoyer un ballon de plage. Je n'avais qu'une envie : rentrer chez moi. J'ai entendu dire que vous étiez une joueuse fantastique. Je vous souhaite bonne chance pour quand vous serez débarrassée de ce truc. »

C'était la chose la plus gentille qu'une adversaire lui ait jamais dite.

Pendant ce temps-là, Eric, lui, n'avait pas de règles ; Eric n'avait pas de boutons de fièvre ; et s'il avait un problème avec les arbitres, c'était de les empêcher de tomber amoureux de lui.

Bien plus, Eric folâtrait aux quatre coins du globe, entassant les points d'ordinateur dans son panier comme un gosse ramasse des œufs de Pâques dans une chasse au trésor au-dessus de son âge. Mais ils avaient tous deux décidé qu'une nouvelle séparation de cinq mois était exclue. Faisant le compte de ses dépenses lors de son déplacement précédent, Eric déclara, s'agissant des seules notes de téléphone, qu'il aurait pu prendre deux fois l'avion pour rentrer. Il promit d'espacer davantage ses tournois. Une preuve supplémentaire de la grandeur d'âme d'un homme qui en était déjà bien doté. Willy regrettait d'en manquer, pour la lui manifester en retour.

Elle n'avait pas besoin d'être magnanime, puisqu'elle se débrouillait pour être tout le temps à la maison. Quand on programme un déplacement, on doit prendre en compte une possible victoire. Les satellites occupaient jusqu'à trois semaines, et il fallait s'y inscrire trois semaines avant. Quand on était battu(e) au premier tour, on était libre comme l'air dès le lendemain. L'alternative, c'était de prévoir qu'on serait battu(e) et réserver deux billets d'avion à des dates différentes. Mais si on prévoit de perdre, pourquoi s'inscrire ? En conséquence, Willy prévoyait les trois semaines requises entre les tournois, puis après avoir reçu la pâtée, elle se retrouvait avec tout un mois libre sur les bras.

Elle aurait toujours pu aller à Sweetspot pour peaufiner ses coups, mais l'entraînement n'était pas un substitut pour l'emploi du temps chargé du joueur itinérant qui a le vent en poupe – revenir en vitesse à l'hôtel après le match pour prendre son sac, sauter dans un taxi et, comme dans les films, dire au chauffeur « Vite, à l'aéroport » ; se faufiler en courant parmi la foule et arriver, pantelant, dans la salle d'embarquement quand les passagers sont déjà montés à bord, boucler sa ceinture quand le bruit des turbines monte en puissance. Bien sûr, c'était fatigant, on se lassait du café d'hôtel couleur bouillon de poule, mais cette routine manquait à Willy ; même le fait de s'en plaindre lui manquait. Parce que, récemment, Willy faisait son sac la veille d'un tournoi et arrivait à l'aéroport une heure avant l'embarquement, comme tous les naïfs qui croyaient ce que les agents des compagnies d'aviation leur disaient au téléphone. De plus, elle ne restait jamais assez longtemps dans un hôtel pour se plaindre du café.

Les billets revenaient cher. Chaque fois qu'elle perdait, elle devait changer sa réservation, ce qui était financièrement pénalisant. Elle n'osait même plus calculer combien elle devait à Max Upchurch. Naturellement, elle aurait pu utiliser son temps libre à faire du tourisme, mais se perdre dans telle ou telle ville vous gâche le plaisir de la découverte. Elle était donc libre de jouer les femmes au foyer si ça lui chantait, sauf qu'un après-midi, après avoir acheté des rideaux, elle était si déprimée en rentrant qu'elle ne se sentit pas la force les accrocher.

Coïncidant avec un moment de répit d'Eric à la fin avril, un coup de fil du magazine *Tennis* tomba plutôt bien. Willy n'était pas une obsédée de la publicité ; même quand *Slick Chick* l'avait remplacée au dernier moment, elle n'avait pas eu le cœur brisé – en revanche, ce qui lui avait fait mal, c'était que ce remplacement était emblématique de sa défaite sans précédent dans le Chevrolet. Mais la saison avait été si catastrophique pour elle jusque-là qu'elle était soulagée qu'ils aient choisi son nom sur leur écran d'ordinateur. Elle accepta donc une interview avec empressement.

« Pourquoi toi ? lui demanda distraitement Eric en rembobinant la finale Borg-McEnroe, toute mouchetée à force d'avoir été passée.

— C'est tellement surprenant qu'un journaliste s'intéresse à ma carrière ?

— Ne sois pas si susceptible : je me demande seulement ce qu'ils te veulent exactement.

— Ils ne me l'ont pas dit. Peut-être veulent-ils faire un article sur l'herpès labial. Je bats tous les records, dans ce domaine. »

Trois semaines après, les pustules n'avaient toujours pas complètement séché, et des cicatrices grisâtres lui ombraient le menton.

Le journaliste Jeremy Roman était un jeune homme au teint frais, propre comme un sou neuf, apparemment sportif.

« Vous jouez vous-même ? » lui demanda-t-elle négligemment en lui désignant un siège. Il lui semblait courtois de solliciter l'intervieweur quand, de fait, le centre d'intérêt, c'était elle.

« Strictement en amateur. (Il agita la main.) Je suis un tâcheron. »

Elle sentit qu'il était fier de son jeu. « J'ai tendance à oublier que la plupart des pros ne peuvent pas épeler le mot t-e-n-n-i-s, et encore moins l'écrire », nota-t-elle.

Roman gloussa. Willy s'assit sur le divan en croisant ses jambes musclées. Elle portait une simple robe bain de soleil et des escarpins en cuir de couleur vive. Elle aurait pu le recevoir fagotée dans un survêt, mais, à peine remise de son *herpes simplex*, elle était heureuse d'avoir une excuse pour être séduisante. De plus, il voudrait sans doute la photographier.

« Donc, juste pour nous échauffer », dit-il en posant son magnétophone sur la table basse, un bloc sur les genoux. « Quel est le plat préféré de votre mari ? »

Willy posa une main sur son genou, son bras faisant un angle élégant avec son buste, tout en se renfonçant dans les coussins. « Poulet rôti et riz cantonais. »

Jeremy gribouilla sur son bloc.

« C'est aussi le mien », précisa-t-elle.

Jeremy oublia de l'écrire.

« Ma réponse était pertinente ? demanda-t-elle.

— Oh, nous avons juste besoin de pimenter un peu l'interview. Quand vous êtes-vous rencontrés, lui et vous ?

— Cela fera bientôt trois ans. Le premier jour, Eric – c'est mon mari – m'a fait décoller du sol. Littéralement. On m'avait mise en garde contre le fait d'épouser un joueur de tennis. Apparemment, je n'ai pas suivi les conseils. »

Jeremy monta le son du magnéto. « Et ces gens qui vous avaient mise en garde, ils avaient raison ? » demanda-t-il.

Willy pianota sur son bras. Elle se demandait à quel point on pouvait être sincère avec un journaliste. La question était d'ailleurs doublement difficile, car elle ignorait quelle était la réponse honnête. « Bien sûr, il y a des tensions...

— C'est-à-dire ? »

Elle se mordit la lèvre, jouant avec le dernier bouton de fièvre. Il y avait des tensions qu'une épouse loyale ne devait pas mentionner. Comme la tension que provoquait ce salopard d'Eric en inversant le rapport de force. Il avait pris la tête, mais, censément, tout allait bien. Ils formaient une équipe. Tout pour lui et rien pour elle. Elle avait un goût de sel sur la langue. Tamponnant le bouton avec un mouchoir en papier, elle s'exhorta à la discrétion.

« Eh bien, nous nous voyons trop rarement.

— Juste pour information, quels sont vos âges respectifs ?

— Eric a un an de moins que moi. J'aurais vingt-six ans le mois prochain, dit-elle fermement ; je sais, ça semble vieux, mais je ne crois pas que le tennis ait quelque chose à gagner avec des championnes de plus en plus jeunes. Elles manquent de la maturité émotionnelle qu'il faut pour tenir le coup sur le circuit. Il faut savoir faire le gros dos, avoir le courage de perdre, survivre aux blessures, aux mauvaises passes, retomber sur ses pieds. Cela exige du cran et de la résolution – sans mentionner la patience – que la plupart des adolescentes n'ont pas. Si vous regardez l'histoire des très jeunes phénomènes du tennis, vous verrez que dès qu'ils sont confrontés à l'adversité, ils s'effondrent. »

Elle supposa que le gribouillage du type signifiait : « Se rappeler de transcrire cette partie de la bande. » Mais, en changeant de position sur le canapé, elle vit qu'il dessinait des marguerites dans les marges.

Le magnétophone me pousse à pontifier, se dit-elle. Mais pouvait-on la blâmer de disserter quand elle rentrait chez elle après avoir perdu trois tournois consécutifs au premier tour ? Elle ne pouvait s'empêcher de savourer les attentions que lui procurait cette assez pathétique situation d'interview. Elle respirait déjà mieux, redressait les épaules et, une fois n'était pas coutume, elle se sentait même belle. Depuis près d'un an, personne ne lui avait tendu un micro.

Après avoir noirci le cœur de ses marguerites, Roman nota enfin qu'elle avait fini de parler.

« Quand vous avez su, pour le trophée, qu'avez-vous ressenti ?

— Le trophée ? »

Elle se creusait la cervelle pour s'imaginer en quoi, cette année entre toutes, elle s'était distinguée. Comme membre cotisant de la WTA qui n'avait pas encore sauté d'un pont malgré l'acharnement du sort ? Peu importait la récompense : elle était preneur.

« Celui de l'espoir de l'année.

— Mais je ne suis pas une nouvelle venue…

— Le nom du lauréat a été annoncé il y a six semaines, mais nous manquions de place pour le publier. »

Elle voulait décroiser les jambes mais interrompit son mouvement.

« Oh, celui attribué à Eric ? (Question formulée d'une voix accablée.)

— Votre mari ne vous l'a pas dit ?

— Si, bien sûr. » Elle espéra que le journaliste ne remarquerait pas le rouge qui lui était monté aux joues. « Seulement, il gagne si souvent depuis un certain temps qu'il est difficile de se souvenir de tout. » Elle décroisa les jambes et croisa les bras. « Pourriez-vous me dire quel est le but de cette interview ? demanda-t-elle.

— Désolé, je croyais l'avoir fait par téléphone. Nous faisons des dizaines de portraits de joueurs, et ils deviennent un peu monotones. Nous avons alors pensé qu'il fallait parfois les aborder sous un autre angle, interroger l'épouse, par exemple – disposer du point de vue féminin, vous voyez ? Du genre : comment la pauvre esseulée tient-elle le coup quand son homme est en tournée. Et quand il revient, que fait le couple ? Il va au restaurant, ou, après cette vie d'hôtel, monsieur préfère-t-il un dîner mitonné par madame ?

— Je crois qu'on devrait conclure, monsieur Roman. J'ai un match d'entraînement à seize heures trente, à l'autre bout de la ville.

— Ah, voilà un détail intéressant ! Vous jouez au tennis, vous aussi ? »

Il n'y avait pas de match d'entraînement. Étant enfin parvenue à pousser Jeremy Roman dehors, Willy ôta ses jolies chaussures et défit son chignon. Le journaliste n'avait pas fait de photos, en fin de compte. Elle s'affala sur le canapé, chiffonnant sa jolie robe d'été, et se mit à feuilleter le *Times*. Le premier cahier offrait une énième article consacré à la First Lady. Hillary venait de se ramasser avec un projet de loi, qu'on disait bâclé, destiné à réformer le système de santé. Les conseillers de la Maison-Blanche lui recommandaient de jouer un rôle plus modeste. La femme du président ne faisait plus que de rares apparitions en public, vêtue de blouses en soie avec ruban noué autour du cou. Quand elle accompagnait son mari à l'étranger, elle organisait des thés entre femmes, avec gâteaux et petits sandwichs. Ses discours portaient sur des sujets féminins du type crèches et éducation des enfants. Elle tenait une rubrique dans un journal, et les conseils domestiques qu'elle y dispensait reflétaient fidèlement la politique du Parti démocrate. Le *Times* avait publié sa recette de cookies aux flocons d'avoine. Willy la découpa, les yeux rétrécis de fureur, tels les raisins secs émaillant le gâteau.

La porte claqua. Les cheveux encore mouillés de sa douche à Jordan, Eric passa la tête dans l'entrebâillement de la porte de la cuisine.

« Qu'est-ce que c'est que ce boucan avec les casseroles ?

— Je fais le dîner.

— Laisse tomber. On sort.

— Je ne peux pas me permettre de dîner dehors.

— C'est moi qui t'invite. »

Il ôta la marmite du feu et jeta l'eau qu'elle mettait à bouillir pour les pâtes.

« C'est quoi, cette fièvre ménagère ? Je croyais que l'interview de cet après-midi t'aurait mise de bonne humeur.

— C'est vrai, l'humiliation me remplit toujours d'allégresse. » Elle remplit de nouveau la marmite et, avec brusquerie, entreprit de couper un oignon sur la planche. Elle n'avait jamais été très à l'aise avec les ustensiles de cuisine, ce soir encore moins que les autres. Le couteau glissa et elle se coupa le bout du doigt. L'oignon translucide se teinta aussitôt de rose, plus foncé entre les couches, là où le sang se concentrait. Et merde ! Le jus d'oignon la piquait horriblement, mais la blessure était superficielle et Willy n'avait pas envie d'en faire un sujet de conversation. Ç'aurait été trop facile, et trop facile aussi d'éveiller la compassion d'Eric. Elle ne souhaitait pas qu'il s'en tire à si bon compte.

« Quand tu as cette lueur dans les yeux, il ne faut pas te laisser jouer avec les couteaux. » Sans voir qu'elle s'était blessée, il la poussa vers le salon et la fit asseoir sur le canapé. « Alors, raconte-moi comment ça s'est passé », dit-il.

Comme elle n'avait pas emmailloté son doigt, le sang coulait encore, sur le canapé blanc cette fois. Cela lui faisait un mal de chien, mais la sensation d'un coup de poignard à chaque battement de cœur lui semblait convenir à la situation. « Pourquoi tu ne m'as pas dit que tu avais remporté le trophée ATP New Comer of the Year ?

— Oh, ça ? » Il secoua la main exactement comme l'avait fait Jeremy Roman en minimisant des aptitudes tennistiques dont il était secrètement fier. « C'est juste un truc statistique qui dévoile quel joueur nouveau sur le circuit a gagné le plus de points en un an. L'ordinateur a craché mon nom. Ça ne veut rien dire.

— Aux yeux du magazine *Tennis*, ça veut dire assez pour qu'ils veuillent te consacrer un portrait de joueur. Du point de vue de l'épouse, bien entendu, qui roucoule d'admiration inextinguible pour son champion. »

Eric se frotta les yeux. « Foutaises, affirma-t-il.

— Pourquoi ne pas me l'avoir dit ? Parce que je te rends honteux de tes succès ? Ou parce qu'il y a tellement de trophées en vue pour toi que tu en oublies ?

— Chérie, je savais comment tu réagirais. »

Willy se leva, laissant une tache sur le tissu côtelé du canapé.

« Comment, à ton avis ?

— Willy, ta main…

— Sans importance. Alors, quelle réaction ?

— Fais-moi voir ça… »

Elle lui arracha son doigt qui saigna sur la table basse. « Quelle réaction ? insista-t-elle.

— Une colère noire. Regarde dans quel état tu es !

— Oui, je suis en colère car il s'en est fallu de peu pour que je passe pour une débile. Je pensais, à tort semble-t-il, que ce journaliste souhaitait parler de moi. »

Eric s'affaira à faire un tampon avec plusieurs Kleenex qu'il tenta de presser sur la plaie de Willy.

« Typique de toi, railla-t-elle. S'occuper d'une petite blessure de rien du tout au lieu de voir que c'est mon cœur qui saigne.

— Pas de mélodrame, s'il te plaît.

— C'est du drame, pas du mélo. Ce que tu ne veux pas voir, tu le pousses sous le tapis. Ta solution pour devenir une star, alors que je glisse lentement dans l'oubli, c'est de ne pas mentionner que tu deviens une star. Ne pas parler du trophée à Willy car, mesquine et jalouse comme elle l'est, elle ferait une crise de nerfs. »

Il jeta les Kleenex sur la table.

« J'essaie simplement de maintenir la paix entre nous.

— Quelle paix ? Qui de nous deux est en paix ?

— Pas moi, c'est sûr.

— Je ne vois pas pourquoi. Tu deviens l'idole des foules, tu gagnes de l'argent, tu es en route pour la gloire et tu ne délires pas de joie ? Pourquoi ?

— Parce que, toi, tu n'es pas heureuse.

— En d'autres termes, je te pourris la vie.

— Non, Willy, et je suis désolée de ce quiproquo à propos de l'interview, mais ce n'est pas ma faute. Ce n'est pas non plus ma faute si j'ai gagné ce trophée. Pas ma faute si je suis un bon joueur de tennis. Je suis censé me sentir un monstre pour toutes ces raisons, comme si je cherchais à te faire du mal. Car tu fais tout pour me culpabiliser. On dirait que, chaque fois que je gagne un match, c'est pour te mortifier.

— Ça l'est parfois, souffla-t-elle.

— Tu dis des conneries, Willy. Et, je t'en prie, fais quelque chose pour ce doigt : ça me rend fou. »

Elle le mit dans sa bouche et le suça.

« Mais enfin, qu'est-ce que tu veux de moi ? (Il criait.) Quand je vais me placer sur la ligne de fond, que faut-il que je fasse pour te plaire ? Je ne peux pas rester là comme une potiche. Et même si je conduisais ma vie professionnelle de façon à me plier à tes caprices, à ne pas bafouer ta sensibilité, qu'exigerais-tu de moi alors ? Un service gagnant ou une balle dans le filet ? »

La réponse sincère – une balle dans le filet – était exclue. « Ne sois pas ridicule, dit-elle.

— Si je perds des places au classement, tu n'en gagneras pas pour autant, n'est-ce pas ?

— Je te demande juste un peu de sympathie...

— Tu l'as, pleine et entière. Mais, apparemment, elle ne sert à rien. »

En effet.

« Ce journaliste ne savait même pas que je jouais au tennis ! gémit-elle.

— À qui la faute ? Et pourquoi ne pas le lui avoir dit ?

— Ma faute. Ma faute d'être devenue une moins que rien. Ma faute d'être maintenant classée 696e. Ma faute que tu te sentes coupable vis-à-vis de moi. Tout est ma faute. Tu es parfait, tu es gentil avec moi, tu es devenu un athlète éblouissant, tout te sourit à l'exception de ton affreux mariage. Je suis probablement la seule erreur de ta vie.

— Non, mon cœur, non. (Elle le laissa enfin emmailloter son doigt.) Je n'ai jamais regretté de t'avoir épousée.

— Qu'est-ce qu'il m'arrive ? (Elle éclata en sanglots.) Je t'aime et je te traite mal. Comment ai-je pu devenir teigneuse au point que tu n'oses pas me dire que tu gagnes des trophées ? Et comment pourrais-je te reprocher ton silence ? Je voudrais être heureuse pour toi mais je n'y arrive pas. Tu as raison, tes victoires me mettent en rage. C'est horrible, je me déteste dans ce rôle. Tu rentres à la maison après avoir gagné un grand match de plus, et la colère me monte à la gorge comme une boule de feu. Après, je me sens minable, vulgaire, amère, laide, tordue. Comment peux-tu le supporter ? »

Eric la prit dans ses bras. Il murmura : « Je sais que c'est dur pour toi de te sentir heureuse pour moi quand tu n'es pas heureuse toi-même. Et je sais que tu m'aimes car, la plupart du temps, ton comportement me le prouve. Mais, de retour à la maison, quand tout a marché pour moi et foiré pour toi, je comprends que tu t'inquiètes pour toi-même. Je sais que tu te sens exclue. J'ai beau essayer de te persuader que mes victoires sont aussi les tiennes, tu ne me crois pas. »

Elle frémit dans ses bras.

« Tu me croirais, toi, si on inversait la situation ?

— Non », concéda-t-il en souriant. Il lui caressa les cheveux. « Probablement pas. C'est pourquoi je comprends que tu te sentes seule. Mais tu ne l'es pas. Et je doute que j'aurais pu aller si loin sans ton aide. L'une des choses qui me permet de tenir, lors de ces déplacements, c'est la perspective de rentrer à la maison, de te retrouver. Si cette histoire de tennis n'était pas une entreprise qui nous est commune, je laisserais tomber. Essaie seulement de te rappeler, quand je gagne un tournoi ou un pathétique zinzin du genre trophée ATP, que je ne le fais pas contre toi. Je souhaite tout autant que ton classement redémarre dans le bon sens.

— Mais pourquoi je n'arrive plus à gagner ? gémit-elle contre la poitrine d'Eric. Avant, j'étais en pleine forme. Je me sentais en pleine forme. Maintenant, je suis une limace.

— Chut. (Il lui caressait la tête.) Une malchance passagère. Tu es dans le creux de la vague mais tu vas t'en sortir. Tu verras, en fin de compte, toutes ces épreuves te rendront plus forte. Plus tard, en y repensant, tu te sentiras fière de ne pas avoir baissé les bras. C'est juste un mauvais moment à passer. Un coup de mou », chuchota-t-il.

Pour donner corps à la métaphore, elle s'abandonna mollement contre lui.

17

Une carrière sur le déclin est peu fertile en événements cathartiques. L'échec tend à se définir par ce qui n'advient pas. On ne peut nier que des moments décisifs marquent quelques destins avortés, disons un banquier arrêté un lundi pour détournement de fonds ; ou un politicien, lancé dans une ultime campagne qui, un mardi de novembre, fait perdre à son parti un siège au Sénat. Mais, plus typique est la carrière qui sombre tranquillement, sans aucun drame susceptible de fournir à celui qui l'a embrassée l'occasion de revoir sa copie. Les petites déceptions s'accumulent – une promotion plusieurs fois refusée, un rapport jeté au fond d'un tiroir, une candidature écartée car « la demande excède l'offre », certaines récompenses attribuées à des étrangers ou, pis, à des gens qu'on connaît – si on ne les détestait pas avant, maintenant, c'est fait – qui s'entassent dans un coin poussiéreux, sous la forme d'articles découpés. Mais là, nul retour cathartique du refoulé consécutif à un grand chagrin ; plutôt une quantité de petits chagrins qui retardent le moment de faire les comptes. Il y a toujours de la promesse dans l'air – une petite annonce proposant un boulot, une épreuve qu'on n'a jamais disputée, un conseil d'ami, un lever du bon pied le samedi matin. Un simple revers, vous chuchote une voix. Un passage à vide, un moment d'adversité à surmonter. Un « coup de mou », selon l'expression d'Eric. Et bingo, on a soixante-dix ans.

Le tennis, bien plus que d'autres carrières, exige des réévaluations constantes. Confrontés en personne à l'issue des matchs, les joueurs sont sans arrêt renvoyés au Who's Who de la profession, à la hiérarchie. Ils cèdent au chant des sirènes du prochain tournoi, et d'un autre encore. Appâtés par un sans-faute comptabilisé annuellement par l'ordinateur, ils tentent une fois de plus leur chance. Ils adoptent des solutions de fortune – une nouvelle raquette, un jogging plus intensif, un changement d'angle tel que passer d'un jeu puissant à un jeu en finesse. Au moins jusqu'au glas qui sonne à la trentaine, il est facile de se leurrer soi-même.

En résumé, Willy Novinsky avait du mal à analyser la nature de son désespoir. Les carrières, comme les accidents d'auto, tendent à se déliter au ralenti ; vides de toute stimulation, car le téléphone ne sonne pas la nuit, elles semblent se traîner sur des décennies. Un rêve détruit présente toutes les caractéristiques des dossiers policiers sur les personnes disparues. Pas de certitude, pas de date à entourer au feutre sur le calendrier, seule une absence indéfiniment prolongée, une porte qui reste close. L'échec n'est qu'une longue absence, une surprise-partie où l'invité d'honneur vous fait faux bond. L'échec évoque ces grandes espérances à la Dickens où les dentelles de la mariée sont pétrifiées, et le gâteau infesté de rats. Quand Willy devrait-elle cesser d'attendre que la chance frappe à sa porte ? Et puisqu'elle avait déjà tant attendu, pourquoi ne pas attendre un peu plus ?

Naturellement, comme le soir du doigt coupé, il y avait des scènes à la maison. Routinières et ennuyeuses : pleurs, supplications, accusations, replis vers le canapé du salon en traînant la couverture arrachée au lit. Eric la suppliait de revenir se coucher, un rituel que Willy trouvait plombé de lassitude et de sarcasme. Pour elle, son mari ne pouvait exprimer que des platitudes sorties tout droit de la petite locomotive « qui pouvait »[1] Willy trouvait ridicule, rebattu, simpliste ce conseil de croire en soi. Eric se tournait alors sur le côté en tirant à lui toutes les couvertures, et aucun des deux ne fermait l'œil.

Willy ne le blâmait pas de la trouver ennuyeuse. Elle ne cessait de tirer la sonnette d'alarme avec les mêmes mots dramatiques : « Je sombre, ça me tue, et ce qui me tue te tue. » L'alternative consistait à se laisser bercer, complice, par la fiction qu'Eric entretenait sur leur couple, une *dream team*, une équipe de rêve, assidue, capable d'assurer sa double carrière tout en sachant se ménager une semaine de répit entre leurs tournois respectifs pour marcher main dans la main vers Fleur de mayonnaise, salivant déjà à l'idée du poulet grillé. En réalité, ils se mouvaient avec précaution au-dessus d'un gouffre sombre, comme si le plancher de l'appartement de la 112e Rue était d'une telle minceur qu'il pouvait craquer au moindre piétinement et les précipiter à l'étage en dessous. Au printemps 1996, un faux contact s'était produit dans la prise de leur stéréo. Eric était trop occupé pour la réparer, Willy, trop léthargique. Chaque fois que l'un d'eux marchait sur ou trop près du fil, la musique s'arrêtait. Ils parcouraient donc leur propre logis sur la pointe des pieds de peur qu'on ne leur coupe aussi le bruit ténu de la normalité.

1. « Monter en haut de la montagne ? I can't », dit la petite locomotive de la bande dessinée. En définitive, elle a pu : « Yes, I can »...

« Wilhelm, ressers-nous de ton dé-li-cieux thé glacé, veux-tu ? » Gary Sidewinder usait avec familiarité du surnom de Willy, avec son v germanique et ce qu'il supposait d'allégeance moqueuse. Quant à Eric, il l'utilisait tout autant.

Les deux hommes étaient en pleine séance de remue-méninges, assis à la table de la salle à manger devant des formulaires d'inscription et un exemplaire corné du règlement de l'ATP, le téléphone à la main, pour explorer une nouvelle permutation des horaires de vol dans le calendrier de printemps des compagnies aériennes. Sidewinder avait posé son verre à même la table, et une trace blanche de condensation marquait déjà le bois. Pour Willy, qui replaçait le sien sur son sous-verre protecteur, cette négligence était typique. Gary était habitué à ce que les autres s'occupent des détails. Il était un intermédiaire, un mandataire ; en d'autres termes, un parasite. Il ne faisait rien qu'Eric n'aurait pu faire lui-même excepté flatter sa vanité.

Une tâche, au demeurant, dont Oberdorf aurait très bien pu se charger, mais il aurait alors sacrifié sa modestie légendaire : non, mieux valait qu'un petit arriviste mercenaire se charge, contractuellement, de lui passer la brosse. L'humilité, tout comme la magnanimité, est un attribut de la réussite. Quand Willy s'avisait de faire profil bas, on lui reprochait de ne pas assez se respecter.

« Non, pas question que tu descendes dans cet hôtel minable, déclara Sidewinder. Nous voulons le Tokyo Hilton. »

Gary Sidewinder était l'agent d'Eric. Il s'habillait comme Tom Wolfe : costume blanc, cravate vert d'eau et chaussettes assorties, boutons de manchettes en jade, le tout égayé par une chemise à col boutonné jaune canari et complété par un panama – qu'il ôtait en entrant, bien sûr. Pour se tenir propre, il devait compter sur d'autres mercenaires – grooms pressés et pressing-minute pour repasser son costume. Résultat ce jour-là : une cravate tachée de sauce et un veston encore froissé. Il semblait moins fringant que déchu, tel l'homme qui a connu des jours meilleurs. On avait constamment l'impression qu'il avait besoin d'une douche, sans doute parce qu'il n'avait pu trouver quelqu'un qui se serait lavé pour lui.

« À propos d'hébergement, Slick, tu as déjà songé à déménager ? Je veux dire, cet appartement est trop petit, il ressemble à une piaule d'étudiant, avec pichet de vin infect sur le plan de travail et bâtonnets de poisson stockés dans le congélateur. Avec tes revenus, tu pourrais te trouver un immeuble avec concierge aux alentours de la 80e Rue. »

Willy n'avait jamais eu d'agent. Oh, elle comprenait à quoi servait Gary : négocier avec l'ATP les tournois que son mari daignait disputer, marchander les amendes – quoi, sanctionner un Eric Oberdorf toujours si correct sur le terrain ? – et, bien entendu, démarcher les sponsors. Gary était un instrument au service de leurs intérêts conjugaux prétendument conjugués.

« Je dois t'avouer que, l'été dernier, je me suis demandé si tu n'aurais pas dû t'inscrire dans les grands chelems, confessa Gary. Mais comme tes points se sont accumulés depuis, je suppose que tu as fait le bon choix. Même si tu t'étais qualifié de justesse, les joueurs ont un préjugé contre ceux qui entrent dans la compétition selon cette méthode. Ils sont en position de faiblesse vis-à-vis de leurs adversaires. Mon principe : le tennis, c'est quatre-vingt-dix pour cent de mental… »

Connard, se dit Willy en frottant le bois taché avec un chiffon gras.

« Cette année, poursuivit Gary, tu n'as qu'à te baisser pour tout cueillir. Parviens de nouveau en quart de finale en Italie, et tu te maintiens à la 75e place. Tu as toutes les chances de réussir. Superlatif pour le moral. Mais il faudra faire gaffe aux chelems : tu foires dans les premiers tours, et ça commence à sentir mauvais...

— Pour info, c'est Willy qui m'a déconseillé de m'inscrire aux chelems l'an dernier, l'interrompit Eric.

— Très astucieux de sa part.

— Elle connaît le tennis mieux que personne.

— Ça, c'est sûr, roucoula l'agent.

— J'ai même pensé écrire un livre, lança Willy en allant à la cuisine, une suite à l'ouvrage de Brad Gilbert[1] intitulée *Comment perdre salement. Trois cents conseils pour perdre un match contre votre grand-mère atteinte d'infirmité motrice cérébrale.*

— Les gosses atteints de cette maladie congénitale ne vivent pas assez longtemps pour devenir grands-parents, mon chou, rétorqua-t-il. Toute la question est : quel chelem ? » Ils en avaient parlé des dizaines de fois, mais Sidewinder devait aimer la sonorité du mot. « Eric, tu es plus à l'aise sur un court en dur. En Australie, tu aurais joué sur Har-Tru, mais ça, c'est du passé. Cela dit, je respecte, je dis bien je respecte ta décision d'avoir pris le mois de janvier dernier pour travailler sur ton mariage plutôt que participer au circuit. De plus, il y a certains avantages à vouloir faire une carrière brillante dans ton propre pays. Sauf qu'ici, il n'y a pas de troisième voie : c'est l'US Open ou rien. Ça te laisse tout l'été pour te préparer. Tu as réfléchi à l'idée de prendre un coach ?

— Non. Mon coach, c'est ma femme. »

---

1. Entraîneur (d'Agassi entre autres). Son livre, *Winning Dirty ; Mental Warfare in Tennis – Lessons of a Master*, enseignait comment gagner, quand on n'est pas un joueur brillant, en employant la tactique du tennis sale : faire perdre son adversaire.

« Son instinct de propriété vient du fait qu'il t'a soi-disant découvert, dit Willy après le départ de Gary, une façon de dire que tu ne serais arrivé à rien si tu n'avais pas signé avec sa boîte, Service-Pro. Il te dit dans quel hôtel descendre, quoi manger, et, dans la foulée, il me traite comme un room-service. C'est une sangsue, et j'aimerais que tu t'en débarrasses.

— Je sais, Gary est un peu mielleux...

— Un peu ?

— Mais avec un classement tel que le mien je n'arriverais pas à décrocher un sponsor tout seul.

— Avec un classement tel que le mien, l'imita Willy, en débarrassant la table de leur déjeuner à trois, comme si être 75e était honteux. Je déteste que tu me fasses le coup de la fausse modestie.

— Quand on est 75e, on ne vous demande pas d'autographes. » Eric bondit de sa chaise pour l'aider. « C'est Gary qui a persuadé ces sociétés d'investir dans un joueur plein d'avenir plutôt que dans un énième has been. Ce sont des sponsorings modestes, certes, mais ils remplissent nos caisses.

— Tes caisses, rectifia-t-elle.

— D'accord. Ce fric est à moi seul, tu n'as pas le droit d'y toucher. » Sa dernière tactique en date était d'acquiescer.

Elle jeta dans l'évier le thé que n'avait pas bu Sidewinder.

« J'aimerais que tu cesses de te rabaisser devant lui, marmonna Eric.

— C'est toi qui dis ça ? Toi à qui "personne ne demande d'autographes" ?

— Non, Willy. Ton coup du "perdre salement", c'est différent : c'est de l'autodénigrement dérangeant.

— Différent, c'est certain. Mon humilité est sincère, mais toi, quand tu bats ta coulpe, c'est bidon. »

Eric s'attardait sur le seuil, passif, attendant que sa femme ait fini de lui cracher dessus. L'année précédente lui avait appris à encaisser. « Quid d'un nouveau Chevrolet ? demanda-t-il.

— Tu veux rejouer le Chevy ?

— Pas moi, idiote. Toi.

— Non, même un tournoi avec stabilisateurs, tel le Chevy – que toi, je dois préciser, tu ne toucherais plus même avec des pincettes –, l'"idiote" ne pourrait plus s'y inscrire.

— Tu le pourrais, en te qualifiant.

— Toi qui refuses de te qualifier même pour un grand chelem !

— Me dissuader de participer aux quatre grands chelems de l'année dernière, c'était ton idée.

— Une idée probablement idiote, comme moi, lança-t-elle en emplissant leur nouveau lave-vaisselle, si tu ne m'avais pas écoutée, tu aurais pu prendre d'assaut l'ATP, lui faire rendre gorge avec tes victoires. Tu aurais snobé Gary et ses plans sur la comète "voyages" parce que tu parcourrais aujourd'hui le monde en jet privé.

— Ne dis pas de bêtises. Tu as eu raison. Il me fallait prendre mon temps, me battre un cran au-dessous – l'Allemagne, l'Italie. Et ça a marché. Je suis en bien meilleure position cette année. Alors, qu'en dis-tu, pour le Chevy ?

— Oh, je t'en prie, assez de condescendance. » Elle cassa un verre à thé, mais ils pouvaient maintenant se permettre de le remplacer par cent autres. « Je suis classée 864e. Je le sais : je me récite ce chiffre toutes les nuits, comme on compte les moutons. Mais, avant, je n'étais pas une rien du tout, alors, forcément, je connais les ficelles. Je suis capable de jouer au Lego toute seule, tu sais. Arrête, avec ta sollicitude.

— Alors, je devrais gérer ma carrière sans me préoccuper de la tienne ?

— Ma carrière ? Quelle carrière ?

— Quand tu es dans ces dispositions d'esprit, on ne peut plus te parler. Oublie. »

Eric battit en retraite vers le salon et mit un CD – pendant des années, Willy avait dû se contenter d'un lecteur de cassettes, mais maintenant, ils possédaient trois cents Frisbee d'argent. Quand Willy entra lourdement dans la pièce pour finir de débarrasser, elle « contraria » de nouveau le fil. La musique de Sibelius s'interrompit au milieu d'un accord. Eric tenta un dernier effort :

« Tu sais, l'année dernière, ton avis m'a été incroyablement précieux. J'aurais été mis en pièces si j'avais joué les grands chelems. Alors que cette année, notre réussite est assurée. »

Notre réussite, se dit-elle. Vraiment, les femmes doivent avoir une disposition congénitale à cuver leur honte à la cuisine ; de retour dans cette pièce, elle posa la joue sur le comptoir humide. En réalité, l'année précédente, elle avait empêché Eric de forcer la grille du All England Club non parce qu'il n'était pas prêt, mais parce qu'elle ne l'était pas, elle. Les palabres à ce sujet n'avaient provoqué qu'un ajournement du programme. Willy n'était toujours pas prête, et elle ne le serait jamais.

Le lendemain matin, elle fut réveillée par le téléphone – elle ne voyait plus l'intérêt de mettre le réveil à six heures.

Elle allait décrocher quand le long bras d'Eric la plaqua sur le matelas. « Allô ? Oui. D'accord, Gary. Ça ne rapporte pas gros, mais tant pis. Des lunettes de soleil à l'œil à tout le moins. Merci. »

Quand il raccrocha, Willy grogna, car le fil lui barrait le visage : « Tu présumes toujours que c'est pour toi...

— Ça l'était, non ? » Eric se leva. Il ne croyait qu'aux faits, qu'il utilisait pour se protéger de leur signification.

« Pose le téléphone de ton côté alors, grommela Willy en saisissant le combiné, tu as raison, c'est toujours pour toi. Encore une société qui t'offre un contrat mirobolant dont tu risques un jour de toucher les dividendes. Un directeur de tournoi qui t'agite sous le nez une garantie. Quoi d'autre ? » Elle tira brutalement sur le fil, arrachant la prise du mur.

Eric la ramassa et la rebrancha, stoïque. « Tu l'as cassée, conclut-il calmement.

— Tu n'as qu'à en acheter une autre. Tu es riche. » Elle attrapa ses vêtements. Récemment, se montrer nue à Eric la gênait.

« Je ne suis pas riche : je gagne correctement ma vie, voilà tout. Ce n'est pas une raison pour tout démolir ici, l'admonesta-t-il d'un ton paternel, pour une fois, ce n'est pas grave, mais réparer prend du temps.

— Ne t'inquiète pas, c'est moi qui finirai par m'en occuper. Comme faire les courses, passer l'aspirateur, sortir les poubelles, nettoyer les toilettes...

— Je t'ai dit que nous pouvions nous permettre de prendre une femme de ménage.

— Tu en as déjà une. »

La polarité s'accentuait. Un fossé qui se creusait. Plus son mari affichait de maturité et de raison, plus elle se montrait puérile. Se rendre compte qu'elle était capricieuse ne changeait rien, au contraire. Son attitude dérivait de la stratégie punitive qu'elle employait sur le court quand elle n'était pas bien : frapper une balle encore plus mal pour venger la précédente, déjà calamiteuse. Car aussi dégoûté que fût Eric par ses invectives mesquines et sa sensibilité d'écorchée, Willy l'était encore plus que lui. Puisqu'un comportement encore plus indigne semblait une pénitence appropriée pour un comportement qui l'était déjà, ses crises de colère tendaient à avoir un effet boule de neige.

Tout en continuant à s'activer bruyamment, Willy conclut que Gary avait raison : l'appartement était trop petit. Le vestibule débordait de raquettes – deux douzaines maintenant –, toutes, sauf les trois Pro-Kennex de Willy, offertes par les sponsors d'Eric. Qu'il était loin le temps de sa bien-aimée et fidèle Davis Imperial, dont, étant enfant, elle enduisait avec un soin quasi maniaque le bois laminé d'huile de citron avant de mettre la raquette sous presse dès la partie terminée. En ce temps-là, "une de mes raquettes" ne faisait pas partie du vocabulaire. Retrouvée récemment au grenier chez ses parents, elle lui avait paru pathétique et esseulée – loyale compagne abandonnée, telle la copine de l'école primaire qu'on laisse tomber quand on est devenue populaire au collège. Le petit rond mesquin de la face, le col étrangement étranglé semblaient hors de proportion, obsolètes. Aujourd'hui, pour Willy, jouer avec l'Imperial aurait été aussi anachronique que d'arriver sur le court en boghei.

L'homme à qui on offrait des raquettes lui évoquait le prince entouré de favorites qui ne remarque même pas l'absence de certaines d'entre elles. Willy aurait pu lui en chiper une, mais, leurs manches étant trop épais pour elle, elle en déduisait tout naturellement que la manne tombée dans les mains de son mari n'était pas tombée dans les siennes. Les raquettes d'Eric, rassemblées à ses pieds, mendiaient le privilège d'être utilisées, et Willy en était venue à les mépriser comme des courtisanes.

La table basse en Plexiglas était depuis longtemps pleine de balles usagées, et le sol, jonché de boîtes en plastique. Eric les rapportait de ses matchs à l'intention de Willy, mais ce rebut évoquait détestablement les « coups » d'un soir, les délaissées au profit d'une marchandise plus fraîche.

Et les vêtements ! Willy avait la nostalgie des shorts râpés d'Eric et de ses chaussettes avachies mis à sécher sur les radiateurs, et même des tennis ordinaires et puantes qui traînaient sous les chaises. Et de ses tee-shirts pelucheux – trois pour dix dollars – qu'elle avait tant aimé caresser de la joue. Aujourd'hui, Eric envoyait son linge au blanchissage. Ses polos, en tissu stretch, avec un astucieux filet aux aisselles pour laisser passer l'air, étaient ornés de logos voyants que même Eric trouvait hideux. Mais il était payé pour les porter.

Willy versa de l'eau bouillante dans la cafetière qui gicla quand elle la posa brutalement au milieu de la table. Pendant que le café passait, elle sortit pour arracher les draps avant de refaire le lit, laissant Eric barricadé derrière le *Times*. Elle jeta un œil froid sur les trophées posés sur une étagère au-dessus de son bureau. Ils étaient rangés par ordre chronologique, depuis la figurine en chrome, objet assez toc gagné au tournoi du Montclair Country Club aux plus tapageurs – calices, coupes en cristal et autres récipients gagnés par la suite. Deux ans auparavant, Willy avait songé ajouter une troisième étagère, mais, depuis, elle n'avait aligné que les trophées lilliputiens, gagnés en demi ou quart de finale, qui tenaient très bien sur les deux existantes.

Comme elle se penchait pour border les couvertures, elle nota du coin de l'œil un vide inhabituel, une criante absence.

Eric n'avait jamais posé d'étagères pour accueillir ses propres trophées. Bien qu'il fût un homme d'ordre, il les entassait en vrac sur sa commode et le trop-plein avait fini par déborder sur le sol, le long du mur. Willy était encline à trébucher sur ces attributs de son succès.

« Eric !

— Quoi ? (Il prit tout son temps pour la rejoindre.)

— Qu'est-ce que tu en as fait ?

— De quoi ?

— De tes trophées. Ils étaient partout. Maintenant, sur ta commode, il y a un peigne, et c'est tout.

— Ça devenait le foutoir. (Il haussa les épaules.)

— Tu ne les as pas jetés ?

— J'aurais probablement dû. Mais comme tu es prompte à le noter, je suis trop vaniteux pour ça. Je les ai planqués dans le placard. » Comme pour souligner la soif d'ordre qui le prenait, il ramassa un tas de chaussettes qu'il fourra dans la corbeille à linge. Elle se demandait pourquoi il se souciait encore de lessive. Avec plusieurs cartons de cadeaux de sponsors stockés sous le lit, il avait suffisamment d'affaires de tennis pour les jeter après une unique utilisation, comme les balles.

« De plus, ces trophées sont affreux, ajouta-t-il en jetant dans le placard deux paires de chaussures de sport – ultralégères, protections intérieures en silicone, avec des bandes fuchsia et bleu-vert.

— Je peux également enlever les miens si tu les trouves kitsch ou racoleurs.

— Non, surtout pas ! » s'écria Eric quand Willy tendit le bras pour faire basculer le trophée Montclair sur le lit. « Ce sont des objets historiques. (Il se corrigea.) Je veux dire précieux.

— Comme une espèce en voie d'extinction ?

— Non, parce qu'ils sont à toi. » Il remit en place la figurine en chrome. Des paillettes de métal lui restèrent sur la paume. Willy repoussa son mari et, en se haussant sur la pointe des pieds, donna une pichenette à la coupe New Freedom, qui tomba par terre non sans avoir éraflé le bureau.

— Tu es puérile.

— Non. Pour une fois, je suis adulte. Pourquoi exhiber ces objets quand, toi, tu les caches avec les chaussures – ce monceau de chaussures ? C'est toi qui me traites comme une enfant dont on aimante les dessins sur la porte du réfrigérateur.

— D'accord, tu as gagné. Mais je croyais que tu en étais fière, de ces coupes.

— Je l'étais, mais plus maintenant. Tu as raison, elles sont historiques. Et je suis trop jeune pour vivre dans le passé. »

Avec résolution, Willy rapprocha deux trophées du bord de l'étagère et les précipita sur le lit. Voyant sa femme se tordre le cou, son grand mari d'un mètre quatre-vingt-sept lui posa une main sur l'épaule et fit le travail pour elle. Il aligna les tributs sur la courtepointe, avec amour, dans l'ordre, puis insista pour les envelopper un à un dans du papier de soie avant de les ranger dans un carton rigide qui avait contenu les polos des sponsors. Tandis qu'il se livrait à cette activité, Willy nota qu'il avait fourré ses propres trophées en vrac, non enveloppés, dans un carton mou ouvert. Elle fondit à cette vue.

« Underwood ? lui demanda-t-elle timidement en se jurant d'aller préparer un nouveau café quand il aurait fini, le précédent n'étant plus buvable. Si tu étais marié à quelqu'un d'autre, du genre femme d'intérieur, cadre d'assurances ou vraie championne de tennis, est-ce que tu planquerais tes trophées comme des secrets honteux ?

— Et comment. (Ton bourru.) Ils sont vulgaires.

— Alors, les miens le sont aussi. »

Eric arracha encore une feuille et jeta le rouleau sur le lit.

« Ils n'ont pas le même sens pour toi et pour moi, argua-t-il. Le tennis n'a pas le même sens pour nous. C'est un sport auquel j'excelle, mais que je n'adore pas. Dans un rien de temps, je serai trop usé pour rester professionnel. Je devrai faire autre chose, et ce sera parfait.

— Il y a comme une erreur de distribution, on dirait. (Elle regarda ses mains.)

— Non. Il y a une logique. Ton désir effréné de réussite te paralyse. Si tu étais plus détachée, tu irais plus loin.

— L'apathie, c'est ça, la solution ?

— Non. Mais un peu de légèreté ne nuirait pas. Quelques loisirs extrascolaires.

— Comme quoi par exemple ? »

Eric l'attrapa par les épaules et la tourna vers lui.

« Comme moi, par exemple. »

Un sort contraire avait amené Willy à encaisser la réussite d'Eric comme un chagrin supplémentaire, mais il lui avait également permis de modifier sa vision d'elle-même. Des caractéristiques qu'elle avait jadis considérées comme permanentes, inaltérables, lui paraissaient maintenant aussi sensibles aux éléments qu'un chapeau sous la pluie. La confiance en soi, par exemple, loin d'être un trait intangible, était le produit d'événements encourageants et, de ce fait, éminemment vulnérable à l'adversité. Auparavant, jamais elle n'aurait décrit comme peu assurée sa voix qui, récemment, avait faibli – sauf quand elle s'énervait ! –, au point qu'Eric la faisait répéter quand il lui téléphonait de l'étranger. La tonalité de ses propos avait mué vers un mode mineur, et il y avait maintenant dans ses assertions une timidité qu'elle aurait jugée d'une déférence nauséabonde chez n'importe quelle autre femme. Sans conteste, elle avait toujours été énergique, mais elle dormait désormais davantage, et, souvent, elle ne trouvait plus le courage d'aller au cinéma. Si, lors d'une de ses semaines vertueusement consacrées à son couple, Eric proposait d'aller voir un film, elle acceptait le matin, mais le soir, au moment de sortir, elle s'affalait sur un fauteuil en prétendant, souvent à raison, qu'elle était fatiguée. Dans le passé, bien que se targuant d'un peu de cynisme, quand elle était confrontée aux… disons, subtilités de la vie, elle était, foncièrement, une optimiste. À présent, elle retournait son côté acerbe contre elle-même, griffonnant mentalement des graffitis vengeurs. Alors qu'elle croyait autrefois, naïve idiote, que tout finissait par s'arranger, elle se disait aujourd'hui, enfin lucide, que chaque nouvelle journée était un désastre potentiel. Cette sagesse nouvellement acquise était importune. Elle aurait donné n'importe quoi pour redevenir stupide.

Vivant désormais avec un parfait étranger, elle convoquait parfois la Willy d'avant, cette fille libre flanquée de sa complice, la Davis Imperial, comme une amie de cœur perdue de vue. Elle était pourtant déçue par la joie de vivre qu'avait manifestée son double. L'allégresse, après tout, n'était pas constitutive de son tempérament – un simple sous-produit de la chance, selon elle. Willy repensait avec nostalgie à la fonceuse qu'elle était jadis, qu'elle serait encore si elle était restée en phase gagnante – aux revues de tennis qu'elle dévorerait, aux potins de vestiaires qu'elle aurait échangés avec les joueuses sur les amoureux et leurs querelles, les expériences culinaires d'un exotisme hardi, les pièces de théâtre controversées et les incursions tardives et subreptices dans des piscines d'hôtel cadenassées pour la nuit. Désormais, même si la Willy trublion revenait, la nouvelle Willy n'aurait plus confiance en sa vivacité. Elle se verrait, incrédule, marcher de ce pas élastique qu'elle savait devenir si lourd à l'issue d'un match perdu. Au printemps 1996, Willy était bien forcée d'admettre qu'une individualité n'est pas une entité immuable, inexpugnable mais un assemblage hétéroclite de hauts et de bas, de coups reçus et d'endurance retrouvée, tout à la fois active et sous contrôle. Même les gens épanouis étaient, en quelque sorte, des victimes.

Car si ceux qui réussissaient étaient, en général, optimistes et pleins d'allant, pouvait-on porter ces heureuses dispositions à leur crédit ? Même Eric, certains jours, devait faire semblant d'être de mauvaise humeur. De même, on se demandait si la misanthropie collective, la retenue distante et provocatrice des déçus de la vie, leur plaisir sadique a faire exploser la bulle des autres étaient de pures coïncidences. Selon le témoignage de victimes, le brave d'entre les braves qui avait subi la torture, mais conservé son intégrité était un mythe à la James Bond. À un certain point, tous les martyrs craquaient. Tous les foutus martyrs.

En attendant, le monde sensible dans son ensemble se montrait traîtreusement subjectif. Ni complice ni hostile, ni ennuyeux ni fascinant, ni lumineux ni sombre, il ne possédait aucune qualité intrinsèque, mais dépendait étroitement de notre objectif intérieur tel que nous le réglons nous-mêmes. Que le port de plaisance de Riverside Park ne fût pas toujours un éden boisé où trottaient des chiens amicaux irritait Willy – le même chemin piétonnier le long de l'Hudson pouvait se transformer en une promenade sinistre jalonnée d'ordures et peuplée de bêtes hostiles au poil miteux, avec, pour toile de fond, un New Jersey d'une familiarité menaçante et sinistre. Sweetspot aussi pouvait basculer du jour au lendemain : le havre en bardeaux d'un goût si sûr devenait une réserve de gosses de riches, un bastion élitiste. Willy détestait se sentir responsable des caprices d'un paysage, tant extérieur qu'intérieur ; elle avait l'impression d'être sans recours. Comme le marin a besoin de voir la terre, elle avait soif de quelque chose d'inéluctable et de vrai ; laid ou beau, mais immuable. Au lieu de quoi elle découvrait que même la couleur d'un lampadaire dépendait de ses humeurs.

De rares soirs, à Riverside Park, elle ressuscitait la Willy qu'elle avait été . Elle oubliait, avec son classement présent, qu'elle tomberait dans l'oubli et que la personnalité, malléable ou non, était, entre autres caractéristiques, une habitude. Ne serait-ce que parce qu'elle l'avait fait si souvent dans le passé, elle prenait la main d'Eric et le tirait vers le garde-fou en bordure de l'Hudson où ils plaisantaient agréablement avec des cinglés volubiles tandis que le soleil, dans sa gloire vermillon retrouvée, s'éclipsait gentiment derrière Hackensack. Ces soirs-là, elle lisait sur le visage d'Eric qu'elle était de nouveau jolie, avec un front plus lisse ; les muscles autour de sa bouche, plus détendus, laissaient les commissures remonter d'elles-mêmes tels des oiseaux marins s'envolant d'un house-boat, tandis que ses cheveux échappaient enfin à leur austère et sempiternel lien de nylon. Elle lisait bel et bien quelque chose de nouveau dans les yeux de son mari – une gratitude teintée de mélancolie, comme s'il la voyait soudain de très loin, ou regardait les photos de jeunesse d'une bien-aimée abîmée par le temps.

Willy aurait dû être reconnaissante de ces répits qui attestaient de l'impossibilité « chimique » d'une souffrance continue. C'étaient sans doute ces clichés retrouvés de la femme dont il était tombé amoureux qui contrariaient le réflexe de survie d'Eric : se ruer vers la sortie. Mais, en un sens, cette résurrection du passé était aussi cruelle que le don d'une orange à un prisonnier, qui, par la suite, reprendrait son régime d'eau et de pain sec ; ou que la trop brève rémission d'une maladie incurable.

Le fait brut de la chute de Willy éclipsait ses possibles causes. Cependant, dans cette longue plage de temps allouée à ceux qui sont précocement mis sur la touche, il était difficile de ne pas s'interroger : que s'était-il donc passé ? Willy pouvait seulement conjecturer qu'elle s'était vaincue elle-même. Lors de cette année écoulée, ses adversaires n'avaient même pas eu à lever le petit doigt pour la battre : elle avait joué des deux côtés du filet. Tout ce qu'elle envoyait dans un sens lui revenait dans l'autre, comme dans les dessins animés, quand Elmer Fudd chasse Bugs Bunny, et que le tromblon, en un demi-tour mortel, lui explose au visage. Pourquoi avait-elle volontairement retourné son arme contre elle ? Cela restait un mystère, mais une carrière tennistique – pour ne pas dire la vie – est trop courte pour qu'on puisse se permettre de dévoiler son âme. Quand on a compris, il trop tard. Willy ne pouvait donc tirer de conclusions qu'à partir de statistiques brutes : elle allait avoir vingt-sept ans et elle était 864ᵉ joueuse mondiale. En conséquence, sa carrière était finie.

Pourtant, si la personnalité est en partie une habitude, l'ambition l'est aussi. Willy continuait à remplir des bulletins d'inscription aux tournois qui voulaient bien d'elle. Elle prenait le train pour Sweetspot, partait, le cœur lourd, s'entraîner avec Max et courait dix kilomètres par jour dans une brume mentale anesthésiante. La foi offre tous les signes distinctifs de la religion, et elle est tout aussi sujette aux crises ; Willy effectuait mécaniquement les gestes de la dévotion, comme le croyant continue le dimanche à se lever et s'habiller pour se rendre à la messe bien après qu'il a cessé de croire. Faute de quoi, Willy n'aurait pas su comment occuper ses journées. Depuis toujours, elle avait mis le cap sur Flushing Meadows. Pas de port de rechange. Elle continuait donc à tirer des bords dans cette direction. On pourrait également évoquer l'aviateur, tombé dans le désert, qui n'a pas pensé à prier Dieu pour qu'Il lui permette de retrouver la civilisation avant l'épuisement de ses réserves d'eau. Résultat : il grimpe dune après dune parce que l'inconcevable alternative, c'est de se coucher en plein soleil et d'attendre la mort.

18

Willy savait bien qu'elle avait changé, mais pas plus que n'importe quelle autre femme. Elle ne s'était pas dit, un matin, en se regardant dans la glace : « Je suis vieille. » Le miroir ne reflétait pas brusquement un monstre. Moins aimable, certes, elle l'était : les sourires aux commerçants et les compliments aux partenaires d'entraînement lui venaient moins spontanément aux lèvres. Mais la gradualité scélérate de sa transformation lui laissait le temps de s'y habituer. La nouvelle Willy se contenta de qualifier de « bizarres » deux incidents, survenus dans l'année, que l'ancienne Willy aurait trouvés sinistres.

Le premier remontait à janvier. Eric, après lui avoir pompeusement annoncé qu'il renonçait à l'open d'Australie pour travailler sur son mariage – une phrase qui assimilait leur relation à la corvée de remplissage de leur feuille d'impôts commune –, lui demanda, un matin où elle allait acheter des bagels, de poster son inscription à l'open d'Estoril, au Portugal. Willy, qui avait fourré l'enveloppe dans une poche intérieure de sa parka, remonta le trottoir glissant de Broadway jusque chez Mama Joy. Les New-Yorkais venaient de subir la fameuse tempête de neige de 1996, qui avait laissé des traces. D'énormes congères bordaient les façades.

Ce spectacle arctique, totalement insolite, l'avait peut-être distraite. En février, après la fonte des neiges transformées en une croûte noirâtre, elle retrouva l'enveloppe froissée bien au chaud dans sa parka. Elle l'ouvrit et constata que la date de l'inscription à Estoril était passée. Nerveusement, elle descendit au sous-sol la jeter dans une des poubelles de son immeuble. La victoire à l'open du Portugal était assortie d'un chèque de cent mille dollars.

En mars, Eric lui téléphona de l'étranger. « Je viens d'appeler Estoril : ils n'ont jamais reçu mon formulaire d'inscription.

— C'est curieux », dit-elle, le pouls emballé. En était-elle à ce point de déchéance qu'elle avait oublié « incidemment exprès » la course dont on l'avait chargée ? « Peut-être y a-t-il eu un problème avec la poste, hasarda-t-elle.

— L'ironie, c'est que j'appelais pour annuler. À l'origine, je voulais jouer sur terre battue, mais Gary et moi nous sommes ravisés s'agissant de Roland-Garros. Entre temps, on m'a offert une invitation pour jouer à Key Biscayne – davantage d'argent et davantage de points à la clé, courts en dur, etc. Une chance pour moi que l'inscription se soit perdue, car, au Portugal, l'amende pour retrait est astronomique. »

Elle eut un pincement au cœur. Key Biscayne était, avant l'accident de Willy, l'un des tournois mixtes internationaux les plus prestigieux. Maintenant, il était hors de question qu'ils s'y inscrivent ensemble. « C'est merveilleux, chéri, dit-elle d'une voix faible. Tu ne peux que gagner. »

Il gagna. Ce fut en grande partie grâce à ce tournoi en Floride qu'Eric atteignit la 75e place au classement ATP.

Le second incident fut, de la part de Willy, d'une malveillance sans ambiguïté. En avril, en rentrant à la maison, Eric lui cria du seuil, laconique, en transbahutant ses sacs : « C'est moi. Je suis rentré. » Il alla droit au réfrigérateur, dont il manipula bruyamment les casiers vides. « Willy, aboya-t-il, la tête dans l'appareil, peux-tu apporter mes affaires à la laverie ? Elles puent. »

Il fonça ensuite dans le hall et choisit trois raquettes qu'il appuya contre le montant de la porte. « J'ai un entraînement à Forest Hills, plus tard dans l'après-midi, annonça-t-il. Je repasserai chercher mes raquettes. Là, tout de suite, je vais sauter à la corde à Jordan, car mes jambes me tuent. Les vols en classe économique sont terriblement inconfortables.

— Tu repars déjà ? (Willy n'en croyait pas ses oreilles.) Tu n'es à la maison que depuis cinq minutes.

— Parlons-en, de la maison : je viens de passer six semaines en déplacement, tu connaissais ma date de retour, et il n'y a même pas un croûton de pain à manger ; de plus, cet endroit est une porcherie. »

Il partit en claquant la porte. Au temps pour les : « Comment vas-tu chérie ? » et autres : « Allons dans la chambre refaire connaissance. » L'inconfort des vols transatlantiques rendait probablement Eric grincheux, mais être traitée comme une souillon inepte mit Willy en rage. Elle fixa d'un œil noir les sacs-polochons au cuir éraflé où on lisait encore Londres, Francfort et Tokyo sur des étiquettes d'acheminement déchirées. S'il attendait d'elle qu'elle salisse ses blanches mains avec ses affaires malodorantes, il allait être déçu.

Dans le vestibule, les raquettes attendaient le retour de leur maître en la regardant, elle, la gouvernante déchue, d'un air guindé. Dans leurs étuis somptueusement capitonnés, ces Prince bichonnées n'en étaient pas moins à sa merci. Willy avait toujours traité ses raquettes avec respect, contrairement à Agassi, qui, dans sa jeunesse, en avait fracassé quarante en une seule année. Eric, dans l'intention avortée de réparer la prise de la stéréo, avait acheté un cutter ; investir dans un outil qu'on n'utilisera jamais parut soudain à Willy d'une extravagance punissable.

Elle ouvrit la fermeture Éclair de la première Prince, qui se recroquevilla aussitôt dans son étui. S'acharner à la lame sur le point de frappe idéal était une jouissance comparable à celle du tueur fou qui étripe sa victime. En fait de boyau, la raquette avait des cordes coûteuses. À la première entaille, elle frémit de tout son cadre. Tout d'abord, le tamis resta intact, comme la personne poignardée qui met du temps à tomber. Au bout d'une minute, le centre se relâcha subtilement, se mit à trembler et se défit, comme un moribond. L'exécutrice remit ensuite la Prince dans son sac à viande.

Elle opéra pareillement sur ses deux complices qu'elle replaça dans le même ordre.

De retour de son match, Eric lui dit : « C'est incroyable : les cordes de mes trois raquettes étaient pétées.

— Toutes les trois ? s'étonna hypocritement Willy.

— Pressurisation, changement de température…

— J'imagine que tu n'as pas pu jouer.

— J'en ai emprunté une à Leonard. De fait, je suis tombé amoureux de sa Wilson. Quand mon contrat expirera en août, je demanderai à Gary de démarcher Wilson. »

L'acte de vandalisme de Willy n'avait pas porté ses fruits. Par essence, ce genre d'acte est toujours gratuit, toujours stérile. Pour la première fois, elle comprenait pourquoi les jeunes sans perspectives d'avenir démolissaient les abribus à coups de batte de base-ball.

Peut-être avait-elle cédé à un comportement déviant dans l'espoir d'éprouver quelque chose, ne fût-ce que de la culpabilité. Les raclées qu'elle s'était prises dans les tournois avaient émoussé tous ses sens. Les couleurs pâlissaient – les paysages qui défilaient derrière la vitre de l'Amtrak lui semblaient bidimensionnels et fanés comme les mauvaises lithos dans les hôtels minables. L'adagio pour cordes de Samuel Barber, qui l'émouvait autrefois aux larmes, lui semblait maintenant nasillard et fluet – geignard, facile, racoleur. Quand elle versait du curry sur des cuisses de poulet, Eric, à table, la main sur la gorge, courait boire un verre d'eau tandis qu'elle saupoudrait le plat de poivre de Cayenne tant elle le trouvait fade. Quand elle oubliait d'éteindre le four, dépourvu de témoin lumineux, elle ne s'en apercevait pas, l'odeur du gaz naturel n'étant que trop présente dans l'air ambiant new-yorkais. Quant au sexe, il lui fallait maintenant si longtemps pour jouir que cela en devenait embarrassant. Eric était un amant patient, mais la patience n'est pas ce qu'une femme aspire à mettre à l'épreuve.

Pourtant, c'était sur un terrain de tennis que cette érosion des sens semblait la plus flagrante. Le vert du court en dur avait perdu cette luxuriance perméable à la lumière qu'ont la mer et les prairies. Il lui semblait maintenant peint, avec des écaillures dévoilant un ciment brut et cendreux. Les dimensions lui semblaient rétrécies, comme la maison de l'enfance revisitée à l'âge adulte. Les lignes, dont l'élégance virginale béait parfois, légèrement crapule, pour dévoiler un univers d'intrigues, lui semblaient maintenant d'une fade simplicité, comme une marelle tracée à la craie par une gamine peu douée.

Le seul stimulus qui déclenchait toujours chez elle une réponse massive, c'était Eric Oberdorf.

Mais, en dépit de rares épisodes d'une adoration autodestructrice souvent combattue, Willy, tandis qu'approchait l'été du premier grand chelem d'Eric, devait s'avouer que l'antipathie dominait si elle additionnait tous les sentiments qu'elle éprouvait un jour donné pour son mari et faisait le total des plus et des moins. C'était une pensée effrayante. Avant, dans la rue, elle aurait reconnu son pas à deux blocs de distance : de grandes enjambées assurées, régulières et hardies qui la poussaient à courir à sa rencontre les bras ouverts. Maintenant, elle ne bougeait plus, agacée, trouvant qu'il plastronnait. Même les petites choses qui la charmaient avant, tel son appétit d'ogre, lui tapaient désormais sur les nerfs ; elle n'aurait jamais pu absorber tous ces hydrates de carbone sans devenir obèse. La bouffée de haine vite regrettée était une chose, mais ce regard froid qu'elle portait en permanence sur celui qui était censé être l'homme de sa vie était profondément préjudiciable pour leur couple : ils ne pouvaient pas continuer ainsi.

Chez les adultes, si les anniversaires ont un but, c'est de faire le point. Celui de Willy, en ce jour de mai, la poussa à boycotter le second tour du tournoi des champions de Forest Hills. Elle resta à la maison pour ruminer sur son avenir. Elle avait le choix entre plusieurs scénarios.

1) L'épouse modèle

Willy, avec grâce, passait l'éponge sur sa propre carrière, pour se consacrer aux talents prodigieux de son champion. Eric fonçait vers le top 10. On le poursuivait pour savoir quel candidat présidentiel il soutenait, on le harcelait pour qu'il joue tel ou tel match au profit de telle ou telle œuvre de bienfaisance. On le payait pour prêter son nom, crânement abrégé en « Obie », à la nouvelle raquette Wilson. Quand son mari battait le record de Björn

Borg en gagnant Wimbledon en trois sets secs, il proclamait d'une voix de stentor à la foule qu'il n'aurait jamais pu y arriver sans les encouragements, le dévouement constant de sa femme. Le visage de Willy rayonnait de fierté.

En tournée, elle se montrait utile de cent façons, défaisant les bagages, commandant les sandwichs, filtrant les appels. Certaines saisons, elle restait dans leur splendide propriété de Californie car les enfants, une fois n'est pas coutume, ont besoin d'un parent sur deux. Pour sa part, elle jouait quelques doubles amicaux avec ses voisins de Palo Alto, puis elle commentait avec humour sa miteuse performance tout en servant la citronnade. Mais elle ne loupait jamais les chelems d'Eric, et quand le match était serré, la caméra se fixait toujours sur elle, assise dans les gradins. À la maison, sur le canapé, elle s'était exercée à sauter de joie devant la volée gagnante de son héros dans le cinquième set, puis à tomber à genoux en levant les yeux au ciel, comme Brooke Shields[1].

2) La mégère

Cisailler en douce les cordes de la raquette d'Eric, c'était de la roupie de sansonnet au regard de son actuel pouvoir de nuisance. Eric ne rangeait plus ses trophées dans le placard. Il les avait camionnés chez ses parents qui avaient exhumé chaque coupe en poussant des cris d'extase. La dernière fois qu'il en avait rapporté une à la maison – gagnée à Roland-Garros –, sa femme l'avait fracassée à coups de masse. L'« accident » était embarrassant puisque le trophée, un objet de présentation, lui avait été prêté pour un an. Eric avait donc dû payer pour qu'on en fabrique un autre. Il s'était en outre résolu à ne plus amener sa femme en tournée, car elle lui

1. Un temps l'épouse d'Andre Agassi.

faisait des scènes injurieuses et avinées dans les halls d'hôtel. Le service de sécurité de Wimbledon l'avait plus d'une fois expulsée du terrain pour avoir hué, puis canardé avec des canettes de bière son propre époux dans ce club huppé cent pour cent british.

Frapper une balle de tennis, pour elle, c'était shooter dans la foutue boule grisâtre sur laquelle elle se tordait le pied entre l'écran de télé et le bar. Grosse, négligée, mal embouchée, diffamatrice, Willy était devenue sérieusement encombrante pour Eric, qui comptait se présenter au Sénat après avoir arrêté le tennis professionnel. Cela la foutait mal, aussi, de ne pas avoir d'enfants, sauf qu'en avoir aurait tenu du miracle. En effet, Eric désertait le lit de sa femme depuis qu'elle avait été arrêtée pour une fausse alerte à la bombe lors de la première finale d'Oberdorf à l'US Open.

3. L'abonnée absente

Willy avait trop de respect de soi pour jouer les seconds violons, et un système digestif trop fragile pour sombrer dans l'alcoolisme. Elle s'était donc retirée, tout simplement. Elle dormait entre dix et quatorze heures par jour en se complaisant dans des rêves exotiques. Elle lisait des romans dont l'action se passait à Tahiti, ou de la science-fiction. Elle avait quitté la planète Terre. Sa vie intérieure était riche et méditative, mais, de l'extérieur, elle semblait catatonique. C'était une femme agréable, et absente ; Eric devait se répéter trois fois avant qu'elle ne lui réponde : « Pardon ? » Il semblait faire une belle carrière, dont elle ignorait les détails, ses performances ne lui faisant ni chaud ni froid ; à vrai dire, elles ne la concernaient pas. Elle avait récupéré sa vieille Davis Imperial dans le grenier de ses parents et faisait des balles contre un mur pendant des heures, comme lorsqu'elle était enfant. Elle avait renoncé aux adversaires de chair et de sang. Puisqu'elle n'était pas de taille à rivaliser, elle ne rivaliserait pas. Depuis des années, Willy avait cessé de penser en termes de soi et les autres. C'était soi et soi.

Si Eric battait le record de Borg à Wimbledon, s'il était élu au Sénat, il aurait sa bénédiction, mais la célébrité la laissait froide. Elle lui cédait volontiers les feux de la rampe. Elle ne demandait qu'une chose : qu'on lui foute la paix.

Ne mangeant rien ou presque, elle était devenue si éthérée qu'elle aurait pu s'envoler à tout moment, et pas seulement en rêve. Non qu'elle n'éprouvât pas d'émotions, mais rien de violent ; telle l'aquarelle, ses humeurs s'étaient diluées ; perplexe, ou fantasque – c'était la tonalité. Elle n'avait avec les gens aucune relation qu'elle n'aurait pu avoir avec les choses. Au lit, elle était consentante. Elle lui concédait ce qu'il voulait : il n'avait qu'à poser la main sur la partie d'elle qu'il convoitait. S'agissant du tennis, quand il gagnait ou perdait, elle lui disait : « C'est bien, chéri », ou : « C'est dommage, chéri », mais, parfois, elle s'emmêlait les pinceaux. Elle « fonctionnait » – comme on le dit d'une touche de fonction –, et ne semblait pas un danger pour les autres ni pour elle-même ; pourtant, en passant devant la porte entrebâillée de son bureau, Willy avait surpris son mari au téléphone, pressant de questions plusieurs psychiatres au sujet de l'état mental de sa femme. De fait, Willy n'avait pas perdu la tête : elle s'était retirée dedans, un endroit où elle se plaisait.

« Tu as oublié une possibilité, lui dit Eric qui avait trouvé un résumé de la problématique de Willy griffonné sur une enveloppe. Essaie d'ajouter : "Willy se reprend", pour changer. » Ainsi, il avait gagné à Forest Hills : il avait cet air allègre, dispos, qui parlait pour lui.

Willy lui arracha le papier des mains. Au dos, une liste rehaussée de fioritures énonçait : 1) Willy devient une bonne petite épouse. 2) Willy devient une grosse épouse teigneuse. 3) Willy devient un fantôme. Le tout lourdement encadré de gribouillages illisibles. Les alternatives étaient, de fait, purement rhétoriques puisqu'elles supposaient toutes la même solution : le suicide.

« Rends-moi ça : ça ne te regarde pas ! lui cria-t-elle.

— Nous sommes mariés. Ce qui te regarde me regarde. Malheureusement, tu sembles chercher les ennuis.

— J'en ai un nouveau tous les jours », dit-elle. Elle fit du papier une boulette qu'elle tenta d'envoyer dans la corbeille. Manquée.

« Tu es une splendide joueuse de tennis. » Il ramassa la boulette qui fendit l'air en décrivant un arc parfait. Tir au but. « Mais tu es animée d'une sorte de rage de la sous-performance. Le problème est dans ta tête.

— Précisément. N'est-ce pas toujours là qu'il est ?

— Willy, tu dis toi-même que la différence entre le grand tennis et l'autre est une question de caractère.

— Alors mes défauts sont consubstantiels à ma nature, interpréta-t-elle sobrement, le caractère, étant la seule chose sur laquelle on ne puisse pas agir. »

Il leva les bras, découragé. « Je crois que tu ne veux pas trouver de solution. Je te jure, par moments, je me demande si tu ne vautres pas dans l'adversité comme le cochon dans sa bauge. »

Il respirait fort ; il s'était rarement permis de l'insulter. Cette bouffée de colère inhabituelle libérait Willy de son calme forcé. L'abstention n'est pas sans attrait, et elle comprenait maintenant pourquoi il en avait acquis le goût. Mais elle était heureuse pour lui qu'il déguste aussi les raisins aigres de la colère.

« C'est vrai dit-elle. (Elle croisa les bras.) J'aime me sentir ralentie et minable. Je perds pour le plaisir. La disparité entre nos performances détruit notre mariage, et j'adore ça aussi.

— Rien ne "détruit" notre mariage. Nous nous sommes engagés pour le meilleur et pour le pire, tu te souviens ? Moi, en tout cas, je le pensais vraiment. »

Cette phrase avait déjà fait écho. C'était Max qui, en l'employant avant que Willy ne se marie, avait fait une analyse assez juste : dans leur soi-disant « équipe », elle comptait être la meilleure, allouant donc à Eric le pire. C'était encore l'époque où elle envisageait pour elle-même un brillant avenir. C'était elle qui acquerrait un renom, elle qui accéderait aux circuits internationaux, elle qui soutiendrait les candidats à la présidentielle, elle qui inviterait son agent à déjeuner. Eric verserait le thé.

C'était une vision désobligeante de son mari, se dit-elle après, une inversion des rôles insolente : dans ses fantasmes, elle n'était pas Mme Eric Oberdorf, c'était lui qui était M. Willy Novinsky. Mais, du moins, l'une des aspirations de Willy n'était pas létale : dans ses chimères de fiancée, elle était la consolatrice d'Eric. Elle rêvait de caresser ces cheveux, cette nuque inclinée ; de verser un whisky bien tassé à ce partenaire découragé. Elle ne le voulait pas tant abattu qu'à sa botte, souhaitant jouer pour lui le rôle de l'amie des mauvais jours, la « fidèle » sur qui il pourrait compter quand le public lui aurait tourné le dos. Mais le public ne lui avait pas tourné le dos ; bien au contraire, il raffolait de ce vainqueur-né. Loin d'être son rocher de Gibraltar, Willy était la pierre pendue à son cou. Elle ne se souvenait pas de la dernière fois où elle avait dû lui dire, pour lui remonter le moral : « Allez, courage, tu es un grand joueur », tout en concoctant des stratégies pour que la chance tourne en sa faveur. Elle aurait pu tout aussi bien devenir une épouse classique si seulement elle avait été capable, exceptionnellement, d'éprouver une confiance en elle qu'elle aurait pu lui faire partager quand il avait perdu la sienne ; un partage qu'elle envisageait à l'horizontale, sur l'oreiller, qui aurait rappelé à son champion déçu – déchu ? – que, dans la vie, il n'y avait pas que le tennis.

C'était éprouvant pour elle de devoir dire tout haut le contraire de ce qu'elle pensait tout bas. « Le meilleur et le pire ? répéta-t-elle en s'écroulant sur le canapé. Je crois que j'espérais être la meilleure.

— En me laissant le reste, c'est ça ? » Eric ne s'était pas assis. C'eût signifié se résigner à cette conversation.

« Non. Je dirais que je souhaitais notre réussite à tous les deux. Mais la parité n'est qu'une inégalité qui attend de se manifester. Franchement, j'aurais préféré garder l'avantage, finit-elle par admettre.

— Quand on s'est rencontrés, tu m'as dit que j'avais l'étoffe d'un bon tennisman. Tu aurais dû te fier à ton propre jugement. Pourquoi une fille comme toi aurait-elle épousé un joueur de second ordre ? Et surtout, pourquoi aurait-elle souhaité le faire ?

— Jusqu'à il y a deux ans, je crois que j'avais envie de me confronter à un vrai défi. (L'air chagrin, elle étendit les jambes sur la table en Plexiglas.) Maintenant, je me rends compte que je n'en avais pas l'envergure. Ce qu'il m'aurait fallu, c'est un mari qui n'aurait jamais pu renvoyer une balle même si sa vie en avait dépendu.

— Mais moi, ma vie en dépend. (Ton sévère.) Je ne peux pas croire que tu souhaites que je me plante. Pas du fond du cœur. »

C'était précisément cette innocence d'Eric dont Willy tirait profit au quotidien. S'il avait pu pénétrer dix secondes dans sa tête, il serait mort.

« Willy, je n'aime pas plus que toi cette situation. (Il se mit à rassembler avec énergie les journaux épars.) Je ferai n'importe quoi pour t'aider à la retourner. »

Willy fixa la fenêtre devant elle. La constante bonté d'Eric était une torture. « Tu es si chevaleresque – un prince ; et moi, je suis la vilaine sorcière. » Ce ton dérivé des contes de fées, style pièce jouée à la fête de l'école, lui venait tout naturellement depuis qu'elle était mariée tant il était évident qu'elle n'avait pas le beau rôle. L'alternative à la vilenie, c'était le mensonge. Au mieux, elle pouvait cacher sa jalousie, mais non s'interdire de l'éprouver. Quand Eric ramenait un nouveau trophée à la maison, où elle attendait les mains vides, elle pouvait s'écrier : « Bravo ! » ou : « Je te hais ! » Seuls les mots prononcés faisaient la différence. Faire taire son indignation, c'est-à-dire accepter la supériorité d'Eric avec une authentique bonne grâce la dépassait. C'était aussi impossible que tomber dans le lac sans se mouiller.

De fait, Willy n'avait jamais compris comment on pouvait être tenu pour responsable de ses propres émotions. Pour elle, le sort, tel le serveur du Lutèce, leur avait distribué des menus différents. Ce n'était pas tant l'absence de prix sur le sien, c'était le choix des plats qui n'avait rien à voir avec celui d'Eric : à la rubrique « entrées », elle se voyait proposer le ressentiment fielleux, la consternation filandreuse, la jalousie coriace, le tout lesté d'un arrière-goût de remords, comme le pigeonneau racorni. Après avoir ravalé son orgueil, elle n'avait, pour dessert, qu'à gober la couleuvre gluante de la présentation d'excuses. Pendant ce temps, le menu d'Eric était un catalogue de haute cuisine émotionnelle : tendre sollicitation, doux intérêt, moelleuse générosité. En l'occurrence, elle se demandait si Eric ne se lassait pas de ce régime princier ; il avait peut-être une indigestion de sa propre bienséance et lui enviait en secret ses crises de nerfs. C'était un homme agressif et compliqué. Faire preuve du matin au soir de noblesse et de tolérance devait l'étouffer comme un corset une femme.

« Cet état de choses n'est pas facile pour moi non plus, objecta-t-il, les mains sur les hanches, moi aussi, j'ai mes problèmes.

— Ah bon ? Cite-m'en un seul.

— Quand je gagne, tu souffres. Alors, ma victoire, j'en fais quoi ? Comment crois-tu que je me sentais aujourd'hui, à Forest Hills, avec la petite amie de mon adversaire qui le soutenait au premier rang ? Et toi, où étais-tu ? Tu ne m'as même pas demandé si j'avais gagné.

— C'était l'évidence même. L'autosatisfaction émane de toi par bouffées, comme une odeur.

— Tu vois ? (Il battit l'air des mains et haussa le ton.) Je me suis défoncé sur le terrain, et maintenant je suis censé m'excuser ? De plus, comment veux-tu que j'aie du plaisir à bien jouer quand tu t'endors en pleurant ?

— Je paierais pour avoir ton genre de problèmes.

— Alors, ça te coûterait cher car j'en ai plein d'autres. Mieux je suis classé, plus les autres comptent sur moi. La pression est énorme. Je dois additionner les succès, mois après mois… »

Willy éclata de rire. « Tu me fais penser à Monica Seles qui la ramène devant les journalistes en se disant harcelée au restaurant par des fans obséquieux. Honnêtement : changerais-tu de place avec moi ?

— Tu prétends vouloir cesser de m'agresser, mais quand je t'offre une chance de me manifester de la sympathie, tu la refuses.

— Réponds-moi : changerais-tu de place avec moi ? »

En soupirant, il se laissa tomber à côté d'elle sur le canapé. « Non », dit-il.

Willy caressa sa main poilue. « Tu t'es déjà demandé ce qui se passerait si les rôles étaient inversés ? Si c'était moi qui m'imposais un peu partout dans le monde du tennis et gagnais des fortunes tandis que tu te morfondais ici après avoir été ignominieusement battu dans un satellite minable ?

— Je crois que je me sentirais… un peu exclu. »

Elle le regarda, incrédule. Un peu exclu ? Dans cette litote, il y avait un refus de sa part de faire ce simple petit effort qu'elle lui demandait, à savoir s'interroger honnêtement et lui dire comment il se sentirait à sa place. Toutes ses velléités dans ce sens avaient donc été hypocrites. Les gagnants, d'abord et surtout, ne veulent pas se voir autrement que comme des gagnants. Leur refus tient de la superstition : ne jamais regarder en bas. Par ailleurs, comme la victoire emplit de bonne volonté le salaud le plus intégral, le vainqueur, qui avait imaginé sans grande conviction une déroute, se voyait alors en perdant avec une égale magnanimité. De fait, l'une des sources de friction entre eux était la présomption tacite qu'il la surpasserait même dans la défaite. Et il avait raison. Une image mentale d'Eric le raté se matérialisait en trois dimensions devant elle, projetée sur la table en Plexiglas, étrangère, ô combien, au masochisme de Willy. Si Eric perdait sa carrière aux dés en faveur de sa femme, il se conduirait, sans conteste, comme un gentleman. Elle gagnerait, et il lui offrirait des fleurs. Ses félicitations ne seraient jamais contraintes, elles ne sonneraient jamais faux. En public, il s'inclinerait devant la gloire de sa championne avec une galanterie un peu raide qui impressionnerait les foules. Son numéro d'admirateur inconditionnel serait si au point qu'il en arriverait à se persuader lui-même qu'il ne jouait pas. Seule une impression omniprésente de vide l'assaillirait de temps à autre, comme si les portes de son esprit se refermaient.

Du jour au lendemain, il tomberait amoureux d'une autre – peu sûre d'elle, plus jeune, plus jolie, et qui, cruelle ironie du sort, n'aurait jamais tenu une raquette de sa vie. Il lui apprendrait à jouer, ce qui les amuserait beaucoup malgré le peu d'aptitude qu'elle montrerait pour ce sport. Eric, penaud, perplexe, viendrait annoncer la nouvelle à Willy, déclarant que la chose s'était faite à son insu, sans préavis : son amour pour elle était mort derrière son dos pour ainsi dire. Mystifié, outragé, il laisserait supposer, par son ton, que c'était lui, et non elle, qui avait été trahi. Il décrirait leur mariage brisé comme un vase qu'il aurait renversé par accident, et dont les mille morceaux défiaient la colle. De cela elle était sûre : quand il confesserait son tragique désamour, la presse ne mentionnerait nulle part que la délaissée était la troisième joueuse mondiale et valait plusieurs millions de dollars tandis que son ex, un homme à principes s'agissant de sa contribution aux charges du ménage, travaillait à temps partiel dans un magasin de sport.

Présentement, l'Eric hors scénario ne pouvant partager sa vision fantasmée, Willy dut se retenir de lui crier : « Arrête de te la jouer, espèce de sac à merde ! »

« Admets au moins qu'être classé 864ᵉ quand je serais, moi, 75ᵉ pourrait mettre notre relation en danger lui demanda-t-elle, pince-sans-rire.

— Il n'y a pas si longtemps, j'étais 800ᵉ et toi…

— Tu progressais à toute allure et tu le savais. Moi ? je suis larguée. C'est fini pour moi. »

Eric secoua la tête en soupirant. « Quand on s'est rencontrés, je ne t'aurais jamais crue capable de baisser les bras.

— Moi non plus, acquiesça-t-elle, accommodante. Mais n'y a-t-il pas un point au-delà duquel il est délirant de s'accrocher, de continuer pour le principe tout en ayant perdu de vue l'objectif qu'on s'était fixé ? Plutôt pathétique, non, cette obstination stupide ? Bon sang, j'ai vingt-sept ans.

— Vingt-six.

— Vingt-sept, corrigea-t-elle. Depuis aujourd'hui. »

Eric se couvrit les yeux. « Oh, mon Dieu ! Willy, j'avais oublié ! Excuse-moi, je t'en prie. » Mais quand il baissa les mains, il semblait nettement soulagé. Il en avait vu d'autres. Oublier l'anniversaire de sa femme, sur l'échelle des catastrophes, c'était négligeable.

« Ne t'en fais pas. Je ne suis pas d'humeur pour le gâteau. » Elle se tassa à l'autre bout du canapé.

« Tu as vingt-sept ans, pas quatre-vingt-cinq, et tu figures encore sur l'ordinateur…

— Figurer encore sur l'ordinateur, ça te suffirait, à toi ? »

Eric se leva de nouveau, les mains sur les tempes. « Dis-moi, Willy, qu'est-ce qui te suffirait ? Tu devrais être classée combientième pour que nous n'ayons plus cette putain de conversation ?

— Ce que tu veux entendre en réponse, c'est : "Première ou rien", n'est-ce pas ? Et : "Je jouerai jusqu'à remporter les quatre putains de grands chelems" ? C'est ça que pense un gagneur comme toi, non ? Et si je te disais que je me contenterais d'être la deuxième, tu me répondrais que j'ai un problème.

— Tais-toi et réponds-moi. 10e, ça t'irait ? Tu ne ravalerais plus tes larmes, le soir dans le lit ? 25e ?

50e ? 110e ? Donne-moi un chiffre Willy. Lequel rendrait cet appartement de nouveau vivable ? »

Tolérante, elle réfléchit à la question. Même d'un poste d'observation aussi éloigné que le sien, elle pouvait concevoir quelle contrainte cela représentait d'être en tête : les contrats avec les marques de vêtements de sport et l'obligation de porter ces tenues horribles ; les agents, déjà collants, qui devenaient de vraies sangsues ; les invitations incessantes à jouer dans les tournois, non plus flatteuses, mais importunes, et la mauvaise humeur, la veille d'un match en Australie, à l'idée de se taper une fois de plus douze heures d'avion. Elle irait peut-être jusqu'à fourrer ses propres trophées dans le placard. Bref, le but était merdique : une fois qu'elle l'aurait atteint, elle s'en détacherait. En un sens, le véritable objectif, c'était ça : se détacher. Pour se permettre de dédaigner la célébrité, il fallait être célèbre.

« Bien sûr que j'aimerais être une star, admit Willy. Mais j'accepterais n'importe quelle place dans le top 200. Tout ce que je demande, c'est de pouvoir gagner ma vie en faisant ce que j'aime avec passion.

— Tu n'auras pas la paix tant que tu n'auras pas atteint le top 200 ?

— Le 250, disons ! » Un sentiment familier de dégoût l'envahit.

« Et le 251e ? Hurlements ? Crises de larmes ?

— Où veux-tu en venir ? (Elle commençait à s'énerver.)

— 275e, 350e, quelle différence ? Personne ne t'empêche d'“aimer passionnément” le tennis. Personne n'empêche les merveilleux excentriques de Riverside Park d'adorer le tennis, ni d'y jouer.

— Quelle ineptie ! s'écria-t-elle. Une fois qu'on est déclassé, tout change. Un concertiste violonant seul dans sa chambre n'éprouvera pas le même frisson qu'à Carnegie Hall. Surtout quand on l'a viré parce qu'il jouait faux.

— Oui, si la musique lui importe vraiment. Mais dans tous tes discours sur ton "adoration" du tennis, Willy, je ne sens pas beaucoup d'amour, depuis un certain temps. Je t'ai vue faire ton sac pour un match, et tu avais l'air de marcher vers la chambre à gaz.

— Un autre de mes problèmes, n'est-ce pas ? » De son pied posé sur la table en Plexiglas, elle envoya celle-ci valdinguer. Le couvercle se détacha et des centaines de balles usagées déferlèrent dans la pièce. Eric, froidement, redressa le meuble et, les ramassant une à une, il les lança dedans.

19

Eric se donnait beaucoup de mal pour trouver des remèdes, ce qui indiquait de sa part une meilleure appréhension de leur crise conjugale que Willy ne le supposait. La seule solution qu'il ne semblait pas vouloir adopter, c'était niveler leur différence de classement en rétrogradant. Tout au contraire, en juillet, il était 58e.

Sauf que, maintenant, il rentrait à la maison dès que la foule rassemblait les restes de son pique-nique. Il entraînait Willy chaque fois qu'il le pouvait. Tout en refusant les vraies parties, il lui faisait faire, à Riverside, de longues séances de balles au cours desquelles il essayait toutes les tactiques – cajoleries, autoritarisme, insultes, adulation et acclamations – que Max, tour à tour, avait déjà essayées. Quand Willy se détendait, elle retrouvait la cohérence à la fois profonde et hardie de son jeu d'autrefois, mais l'efficacité à l'entraînement ne lui garantissait nullement que, lors d'un match et sous l'effet du stress, elle ne redeviendrait pas sa pire ennemie. Toutefois, même dans ces préambules, ses performances étaient imperceptiblement diminuées par sa rancune muette à l'égard d'Eric.

Eric s'abaissa à s'inscrire avec elle en double mixte dans un satellite. Il s'était persuadé que tous deux bénéficieraient de la situation d'alliés. Mais dès que ses pieds touchèrent la ligne de fond, Eric le prévenant devint Eric l'odieux. Il occupait tout le court, braconnait d'un bon mètre dans les plates-bandes de sa femme en rattrapant des balles qu'il aurait dû lui laisser, ou « couvrait » le filet si efficacement que les balles du couple adverse n'avaient aucune chance d'atteindre le fond du court. Eric ne faisait pas confiance à sa femme et, par nature, il n'était pas un joueur de double. Toute balle entrante lui appartenait de droit. Au second set, ils se disputaient comme des chiffonniers, attirant une foule médusée, non par la pugnacité respective des deux couples en présence, mais par la rivalité qui faisait rage au sein de l'un d'eux. Ils gagnèrent, bien sûr – avec Eric, impossible de perdre le match –, mais, comme elle n'avait pratiquement pas touché la balle, Willy ne considérait pas cette victoire comme la sienne. Feignant d'être ulcéré, il saborda leur « équipe ».

Le projet suivant consistait à s'inscrire au même tournoi, pour revivre le Chevy, mais, surtout, pour l'optimiser. Une fois de plus, cela exigeait d'Eric qu'il jouât au-dessous de sa condition, mais il y consentait car ce tournoi mixte à tirage au sort limité n'affectait pas son agenda principal.

Les premiers tours féminin et masculin se jouaient en même temps, sur des courts situés dans le prolongement l'un de l'autre. Au milieu du second set, qui marchait bien pour Willy, l'un de ses services gagnants lui valut une ovation. Que son match attirât l'attention la poussa à se surpasser. Pourtant, un autre coup brillant ne déclencha aucune réaction. Puis, après une balle qui n'avait rien d'exceptionnel, des sifflets d'enthousiasme se firent de nouveau entendre. La bande-son et l'image n'étaient manifestement pas synchros, comme si la partie était mal doublée.

Déconcertée, Willy leva les yeux vers le public, debout sur les gradins, qui se dévissait le cou pour regarder derrière, au-delà du grillage vert séparant les deux terrains. Au changement de côté, Willy murmura à une spectatrice du premier rang : « Pourquoi tout ce boucan ?

— Je ne sais pas ce qu'il fait dans ce tournoi, mais il y a un top 100 qui joue derrière vous. Ober-quelque chose. Il est extraordinaire. J'espère trouver un siège. Bonne chance », murmura-t-elle en s'éclipsant.

En un rien de temps, tous les spectateurs s'étaient éclipsés, ou s'étaient groupés en haut des gradins pour mieux voir l'autre court. Démontée, Willy gaspilla son avantage.

Une fois sa femme éliminée, Oberdorf se retrouvait obligé de jouer ce tournoi minable jusqu'au bout, ce qui le contrariait. Ne sachant plus à quel saint se vouer, en guise de cadeau d'anniversaire – tardif –, il envoya Willy consulter un psychologue du sport.

« Pourquoi tenez-vous à rester professionnelle ?

— Je voulais déjà l'être à cinq ans.

— Ce n'est pas une réponse. Et ce n'est pas la peine de vous allonger, à moins que vous ne soyez fatiguée. »

Le psy souffrait d'un strabisme divergent. Son œil gauche, égaré côté fenêtre, semblait se languir de cette belle journée d'été et des matchs de base-ball qui se jouaient dans Central Park. De fait, seul cet œil-là semblait avoir du goût pour le sport. Avec sa bedaine et ses bras grêles, le Dr Milton Edsel ne donnait pas l'impression de s'être jamais adonné à un exercice plus vigoureux que le croquet. Willy tentait en vain d'identifier son accent ; son anglais parfaitement articulé semblait étranger justement par absence d'accent. Les immigrants cultivés usent de la langue avec soin, comme d'un livre emprunté qu'on craint d'abîmer.

« Il doit y avoir, dans la vie d'une personne, une activité qui la représente complètement – qui est elle, spécula Willy. Ce peut être la danse, ou la peinture, ou la méditation. Pour moi, c'est le tennis. La première fois que j'ai renvoyé une balle j'ai su que j'étais chez moi.

— Mais rien de ce que vous décrivez n'explique pourquoi vous jouez au tennis pour vivre. » Elle subodorait que l'approche thérapeutique de ce type allait être un désastre.

« C'est ce que me dit Eric, grommela Willy. Je vous consulte pourquoi ? Pour que vous me persuadiez d'abandonner mon métier ?

— Quelque chose me gêne : vous me dites que vous êtes le tennis. Dans ce cas, ce sport a peut-être trop d'importance pour vous.

— C'est aussi ce que me dit Eric, grogna-t-elle de nouveau. Il pense que je prends mon classement trop au sérieux. Que je lui prête une individualité.

— C'est le cas ? »

Troublée, elle regarda à son tour par la fenêtre.

« Oui. Et alors ? (Elle leva la main.) Pas de sermon, s'il vous plaît. Le classement WTA concerne tous les aspects de moi-même qui comptent à mes yeux.

— Globalement, pensez-vous compter à vos propres yeux ?

— Pas quand je joue mal.

— Et pourquoi croyez-vous que vous jouez mal ?

— Parce que je ne compte pas assez à mes propres yeux ? demanda-t-elle, moqueuse, mais ce n'est pas la seule raison, bien sûr, ajouta-t-elle.

— Vous étiez classée combien ?

— 214e. Mon entraîneur pense que j'aurais encore progressé. J'étais une petite mine d'or en puissance pour lui. Ces derniers temps, Max tend à parler de moi au passé.

— Qu'est-il arrivé, à votre avis ?

— Eric. Eric est arrivé.

— Vous mentionnez très souvent votre mari.

— C'est ce que me dit Max.

— Toujours ce que vous disent les autres... J'aimerais bien savoir ce que vous en pensez, vous. Pourquoi êtes-vous ici ?

— Parce que mon classement actuel est une honte. À l'entraînement, je suis excellente. Dès que j'entame un match, je deviens nulle. Depuis deux ans, mon jeu est merdique.

— Vous semblez aimer vous fustiger. Votre voix... Il y a dans votre voix une jubilation liée à l'emploi de gros mots.

— Le dégoût de moi-même est l'un des petits plaisirs qu'il me reste. Je n'en ai plus tellement. Cela peut vous paraître inepte, mais j'ai délégué à quelqu'un le soin d'avoir de l'affection pour moi.

— Vous voulez dire par là que vous êtes tombée amoureuse ?

— C'est une façon plus conventionnelle de le dire. J'ai eu un grave accident au genou il y a deux ans. Tout le monde pense que mes problèmes ont commencé après cet événement. Moi, j'estime qu'ils ont commencé au tournoi précédent, le Chevrolet. Le jour où mon mari m'a dépassée au classement. Nous étions tous deux arrivés en finale. Il a gagné. C'est là que j'ai commencé à me sentir en situation de stress. J'ai dégusté à un point que vous ne pouvez même pas imaginer. »

Il finit tout de même par sourire. « Vous semblez avoir oublié la nature de mon boulot : imaginer, justement.

— J'étais si heureuse, quand je me suis mariée... Je n'avais pas de petit ami digne de ce nom, je me sentais seule. Mon entraîneur... (Elle décida de sauter cette séquence.) Disons que je voulais que mon entraîneur ne soit que mon entraîneur. Qu'il soit là pour aimer mon jeu.

— Et vous vouliez que votre mari l'aime aussi, n'est-ce pas ? Puisque, à vous croire, madame Novinsky, vous "êtes" votre jeu.

— Probablement. Et j'ai déçu Eric.

— Il vous l'a dit ?

— Non. Bon, je me suis déçue moi-même. Eric prétend qu'il se moque que je gagne ou non, qu'il m'aime pour moi.

— Pourquoi ce sarcasme ?

— Pourquoi ? Mais qui suis-je si l'on me sépare de ce que je fais ? Je ne suis plus celle que j'étais quand je gagnais, docteur Edsel. Je suis devenue une virago. Et, je sais, cela a l'air dingue, mais je me sens trahie.

— Par vous-même, une fois de plus ?

— Non, par Eric. J'étais contente d'avoir enfin un compagnon qui comprenait mon mode de vie. Je ne m'attendais pas à me retrouver dans une situation où, comparativement, je ne serais plus qu'une crotte de chien.

— Quelque chose m'échappe. Croyez-vous que si votre mari perdait vous y gagneriez ? Vos classements sont distincts, établis par des ordinateurs différents. (Edsel faisait de nouveau preuve d'une stupidité offensive.)

— Comment éviter de me comparer au joueur de tennis avec qui je partage mon lit ? De plus, écoutez : Eric est incroyable. Quand on s'est rencontrés, il tapait n'importe comment et flanquait tout dehors. Un an plus tard, je vivais avec McEnroe… euh, je veux dire Stefan Edberg : McEnroe est grossier.

— Si Eric est 58e, il n'est pas McEnroe. N'exagérez-vous pas ses capacités ?

— Peut-être un tout petit peu.

— À part le fait qu'il est un homme, et donc qu'il frappe plus fort, le croyez-vous plus doué que vous ? »

Willy se redressa sur son siège et pencha la tête sur le côté. « Non. Si je cessais d'être un cas clinique, je me considérerais certainement comme aussi talentueuse que lui.

— Alors, vous comprenez que les reproches que vous lui faites ne sont pas pertinents puisque ses capacités et les vôtres ne sont pas comparables.

— Oui, rationnellement, je l'admets. (Elle se retenait d'exploser.)

— Et qu'y a-t-il de mal à être rationnel, je vous prie ?

— Docteur Edsel, vous ne comprenez pas. Je me suis mise à mépriser mon propre mari. Et ce n'est pas juste, car il fait tout ce qu'il peut pour moi. C'est un homme, un vrai.

— Je vois. Il est non seulement McEnroe, mais aussi un parangon dans d'autres domaines. Peut-être devrais-je faire la connaissance de cet idéal de virilité.

— Cessez de vous moquer de moi. Il n'est peut-être pas parfait, mais il ne mérite pas ce que je suis devenue. Je le hais. Je me hais. Je hais même…

— Allez-y.

— Le tennis. (Elle baissa la tête.) C'est peut-être pour ça que je suis punie.

— Vous parlez comme une petite fille.

— Et vous, comme mon père.

— Vous aimez votre père ?

— C'est un homme déçu. Il veut que ses gosses le soient aussi. Sa conception perverse de l'intimité, sans doute.

— Tout comme vous voulez que votre mari soit déçu par vous. Pourquoi ne pas concevoir une relation dans laquelle vous réussiriez tous les deux ?

— C'est mon grand fantasme. Mais ça ne m'aide pas. Vous imaginez l'effet que ça fait de voir la personne avec qui l'on vit récolter tout ce qu'on souhaite pour soi-même ? L'argent, les trophées, les acclamations, un avenir alors que, moi, j'accumule les dettes ? Comment vous sentiriez-vous si l'on vous défroquait – ou quelque châtiment que subissent les professionnels de votre genre –, et que, pendant ce temps, votre femme parte le matin d'un pas léger pour son propre cabinet, où, exerçant la même spécialité que vous, elle se ferait deux cent mille dollars par an ?

— Je me sentirais chanceux. Soulagé de la pression du remboursement des crédits.

— Mais vous sentiriez-vous encore un homme ?

— Et vous, aimeriez-vous être un homme ?

— Et comment ! N'importe quelle femme qui a... euh... du cran le voudrait. »

Il sourit de nouveau. « Je suis sûr que vous êtes une excellente joueuse.

— C'est ce que me dit Eric. Mais je trouve ses compliments condescendants. Ils m'insultent.

— Et ses critiques vous insultent aussi. En résumé, tout ce qui sort de sa bouche vous offense.

— Vous voyez ce que c'est que d'être marié avec moi !

— Votre père exigeait-il beaucoup de vous ? »

Elle renifla, méprisante. « Mon père n'exigeait rien. Quand j'étais petite, ça m'exaspérait, et je faisais tout pour lui prouver qu'il me sous-estimait. Maintenant, j'ai bien peur qu'il ait semé en moi les graines du doute. Elles sont devenues un arbre qui a grandi dans ma tête. Un sumac vénéneux.

— Le sumac vénéneux n'est pas un arbre, c'est un buisson.

— On croirait entendre Eric. Il est pédant.

— Depuis le début de l'entretien, c'est la première fois que je vous entends dire du mal de votre mari.

Pourtant, si vous le "haïssez", vous devez être assaillie par une foule de très vilaines pensées à son encontre, non ? »

Elle se frotta le front. « Ce n'est pas la faute d'Eric s'il est un prodige du tennis. Quand il m'inspire de vilaines pensées, comme vous dites, j'ai honte. Ma dégringolade au classement, en tout cas, est ma faute exclusive. Eric s'est contenté de m'épouser.

— L'idée d'être un jour obligée d'abandonner le tennis professionnel vous effraie ?

— Naturellement. Dans deux mois, je pourrais être éjectée de l'écran de l'ordinateur ce qui, pour moi, signifie sombrer dans le néant.

— Vous dites avoir été sérieusement blessée il y a deux ans. Que se serait-il passé si l'accident avait été plus grave – si vous n'aviez pu rejouer, alors que vous êtes le tennis ?

— Mais, plus grave, il ne l'a pas été. Je vais très bien, affirma-t-elle avec flamme.

— Je n'en doute pas. » Le ton était conciliant. Il baissa la tête vers son bloc de papier, mais son œil vagabond tourna pour venir se fixer sur Willy, comme s'il pouvait voir ce que l'autre, le bon, ne pouvait voir. « Toutefois, en admettant que vous puissiez faire redémarrer votre carrière, vous vous retrouverez dans quelques années devant le même mur de brique.

— Je sais qu'une retraite précoce est inévitable au tennis, et quitter le circuit me sera difficile, même dans les circonstances les plus favorables. Je laisserai derrière moi une partie de ma vie, dont je ne souhaite qu'une chose : qu'elle ait été bien remplie. Le tennis est ma seule passion. Si je m'y suis ridiculisée, autant... (Elle détourna les yeux, embarrassée.) autant mourir.

— Au sens littéral du terme ? (Il restait placide.)

— Mourir, un jour. Tout le monde finit par mourir, non ? mais vous me prenez vraiment pour une môme. (Edsel ne moufta pas.) J'en suis une. En être consciente ne me fera pas mûrir d'un iota.

— Le tennis est votre seule passion, dites-vous. Et votre mari ?

— Aussi. (Ton impatient.) Mais je n'aime peut-être pas assez Eric puisque, dans ce mariage, je n'accepte pas la soumission inconditionnelle. Quand nous nous sommes rencontrés, je me disais qu'il serait pour moi un havre par rapport aux tensions du circuit. Maintenant, non seulement ma carrière sombre, mais aussi mon mariage. Eric, loin d'être un refuge, représente une pression supplémentaire pour que je fasse mes preuves. Voilà pourquoi j'ai craqué pendant le Chevrolet. Je n'en n'ai peut-être pas l'air, dans le pétrin où je suis, mais j'ai ma fierté, docteur Edsel. Je ne suis pas la femme au foyer type. Je déteste le ménage et la cuisine, et la perspective de devenir un jour une crétine flagorneuse affligée d'un mari célèbre me donne envie de vomir. »

L'œil d'Edsel erra dans la direction de Willy. Pour une fois, les deux pupilles étaient synchrones. Dans ce regard enfin unifié brillait une affection naissante. « Mettons les choses au point. (Il entreprit de compter sur ses doigts.) Un : votre estime de vous-même dépend du tennis puisque vous "êtes" le tennis…

— J'aimerais que vous cessiez de le répéter ; vous me faites passer pour une arriérée.

— Ah bon ? (En toute innocence, bien sûr.) Deux : votre mariage part à la volée – pardon, à vau-l'eau. Trois : votre relation avec votre entraîneur est, je le suppose, subordonnée à vos seules performances ? »

Elle leva le menton. « Elle est strictement professionnelle », l'assura-t-elle.

L'œil, après un bref vagabondage, revint se poser sur elle. « Quatre : vous n'êtes pas proche de votre famille, ou plutôt, vous la supportez seulement quand vous pouvez lui prouver que vous n'êtes pas la nullité qu'elle s'attend que vous soyez, c'est ça ? »

Willy comptait garder une réserve digne à ce sujet, mais Walnut Street n'était que trop présente à son esprit.

« Ma sœur Gertrude se frotte les mains de joie depuis le début de ma disgrâce, comme si elle allait bientôt hériter. Voir son arrogante cadette tomber sur le derrière doit compenser à ses yeux une vie frustrante d'humilité et de raison. Ma mère, elle, attend que je revienne dans la matrice que je n'aurais jamais dû quitter, ou, mieux encore, elle rêve de m'inscrire précocement dans la maison de retraite où elle travaille pour pouvoir m'essuyer la bave sur le menton et m'enfourner de la purée de pois dans la bouche. Mon père… m'a créée à sa propre image. Il était sous le choc en voyant, à la naissance, sa fille dotée du même visage confiant que le sien. Depuis lors, il n'a eu de cesse de le piétiner ce visage, pur substitut du sien. Vous retourneriez, vous, dans ce nid à rats en étant classé 902e ? »

Edsel avait gardé sur les doigts dépliés de sa main gauche son index droit avec lequel il avait compté : vous-même ; votre mariage, votre entraîneur ; votre famille. « Vous avez des amis ? lui demanda-t-il.

— Le tennis étant un sport exigeant, je…

— Pas d'amis. (Il déplia le dernier doigt, sur lequel vint se poser son œil torve.) Que vous reste-t-il, alors ?

— Où voulez-vous en venir ?

— À vous entendre, tout dans votre vie dépend de votre succès au tennis. En somme, non seulement je ne suis pas surpris que vous perdiez tous vos moyens dans un tournoi, mais je suis stupéfait que vous arriviez tout simplement à passer une balle poussive au-dessus du filet. »

Elle le regarda sans ciller. Elle avait du mal à le cerner. « Vous vous moquez de moi ?

— Vous vous y employez tellement que vous voyez le ridicule partout. » Il glissa son crayon dans la spirale de son carnet de notes. « Votre situation n'est pas exceptionnelle. Les femmes, en matière de sport, sont, de loin, plus émotives que les hommes. C'est à la fois leur force et leur faiblesse. De fait, la force se mue souvent en faiblesse, et il nous faut voir si on peut retourner la situation. Votre capacité d'autocritique vous a permis de vous fixer des critères élevés ; mais, maintenant, vous ne contrôlez plus le fouet qui vous lacère. Vous comparer aux autres vous a naguère aiguillonnée, mais, maintenant, cela vous plombe. Pire, quelque chose en vous veut s'incliner devant Eric. En règle générale, même de nos jours, les hommes n'aiment pas être éclipsés. Quand on aime quelqu'un, on a constamment envie de le gratifier. Pensez-vous que vous perdez exprès, pour faire plaisir à votre mari ?

— Je ne suis pas altruiste, docteur Edsel. Je trouve cette idée franchement incroyable.

— Simple hypothèse… Ou peut-être opérez-vous ce raccourci spécieux qu'on pourrait résumer par un pseudo-syllogisme : tous les joueurs de tennis sont mes ennemis ; mon mari est un joueur de tennis, donc… Et là, vous disjonctez.

— Eric jouerait-il un rôle dans tout ceci ? demanda-t-elle en pianotant sur le passepoil du fauteuil.

— J'en suis sûr. Mais dans quel sens l'entendez-vous ?

— Je me demandais s'il serait allé aussi loin sans une épouse à surpasser. En d'autres termes, si je ne l'avais pas incité à me battre.

— La personne que vous décrivez n'est pas du tout un saint, mais un homme férocement compétitif, destructeur, même.

— Oui. (Ton enjoué.) Comme sa femme.

— Je vais vous donner un devoir à faire à la maison. (Il posa son carnet.) Dorénavant, vous allez jouer pour le plaisir. Comme quand vous étiez gosse. C'était le bon temps, non ?

— Oui. Celui des années fastes.

— Essayez de vous rappeler ce que vous ressentiez alors. La vibration des cordes dans votre main. Une balle out frappée avec autant de jubilation que si elle était bonne. Et aujourd'hui ? Vous sentez-vous "chez vous" sur le court ?

— Pas du tout : je me sens bannie.

— Alors, rentrez chez vous », lui ordonna-t-il. Elle se leva.

En la raccompagnant à la porte, il lui toucha le bras. « Je crois que vous devriez décider pourquoi vous êtes ici. Si c'est pour sauver votre carrière ou votre mariage.

— Au point où j'en suis, sauver l'une, c'est sauver l'autre.

— Peut-être devriez-vous essayer de découpler les deux.

— Quel mot terrible, ce "découpler".

— Comment réagiriez-vous si je vous disais que vous ne sauverez pas votre jeu si vous ne brisez pas votre mariage ?

— (Elle pâlit.) J'irais sans doute voir un autre thérapeute.

— Ne vous inquiétez pas, ma question était rhétorique. Maintenant, allez jouer pour le plaisir. Dès que cela deviendra une corvée, arrêtez et recommencez une nouvelle fois. »

Elle le précéda dans le couloir.

« Madame Novinsky, lui dit-il doucement, vous boitez. »

« Willy, que se passe-t-il. Chérie, tu pleures ! »

Le visage entre les mains, elle répondit d'une voix étranglée. « J'ai... » Elle se tut pour reprendre son souffle.

« Prends ton temps. » Il partit lui chercher des Kleenex.

Les yeux fermés, elle tourna son visage vers le mur, comme pour s'isoler plus complètement. Il lui fallut de la concentration pour prononcer les mots, qu'elle articula parfaitement, un peu comme le Dr Edsel. « J'ai fait mes devoirs. Je suis allée à Riverside Park jouer pour le plaisir.

— Apparemment, tu as mal fait tes devoirs.

— J'ai joué contre Randy. Tu te souviens de lui ?

— Chaîne en or, grande gueule, petit bras ?

— J'ai perdu.

— Tu plaisantes. »

Eric lui prit un autre rendez-vous avec le psy.

« Nous vivons dans le culte de la célébrité. Pourtant, seuls une poignée de gens se débrouillent pour se faire un nom. Comment pensez-vous que le bataillon des anonymes se débrouille ?

— Aucune idée. (Willy avait cent fois ruminé la question.) D'ailleurs, rien que la débrouillardise en soi m'époustoufle. Dites-moi, Edsel, tenteriez-vous de nouveau de me convaincre d'abandonner ?

— Je dirais que si vous voulez continuer, vous devez vous autoriser à abandonner. Parce qu'en assimilant comme vous le faites l'échec à la mort – la mort de tout ce qui vous importe et la mort de votre mariage –, vous serez saisie de terreur chaque fois que vous serez en situation de stress. Certaines de vos collègues parviennent à s'adapter tant bien que mal à une vie qui répond peu, ou pas, à leurs attentes. Elles n'en sont pas pour autant toutes devenues des héroïnes de film d'horreur à la Stepford Wives, elles ne se sont pas suicidées et n'ont même pas divorcé.

— Vous me rappelez ma mère et sa devise : “N'attends pas trop de la vie”.

— On peut espérer sans que l'enjeu soit vital, non ?

— Moi, quand je jouais encore bien, je mettais tout en jeu, chaque fois. Je donnais tout, sans réserve. Mes parents se protègent en se préparant à l'échec. Ils vivent en situation, disons, de “pré-échec”, comme si l'anticiper adoucissait le coup. Ce qui n'est pas le cas. Je pourrais vous parler de ce dîner, quand j'étais au lycée. J'étais arrivée en finale du New Jersey Junior Clas, et mes parents n'avaient pas pu venir.

— Pas pu, ou pas voulu ?

— Ils avaient toujours de bonnes excuses : une réunion pédagogique pour mon père, un encéphalogramme plat dans la maison de retraite de ma mère. Disons qu'ils ne changeaient jamais leurs plans pour moi. Mais, ce soir-là, ils avaient promis qu'on célébrerait ma victoire. Bon, j'ai gagné. Je suis rentrée à la maison gonflée à bloc, et ma mère a posé le dîner sur la table. Des nouilles au thon ramollies, des épinards à la crème et un flanc à la banane pour dessert. J'en avais l'estomac retourné.

— Qu'attendiez-vous donc ?

— Steak ! Champagne ! Gâteau ! Un dîner de vainqueur, quoi.

— Comment vos parents pouvaient-ils savoir que vous aviez gagné ?

— Bonne question, Edsel. Ma mère avait cuisiné les mêmes plats qu'on sert à la maison de retraite : fades, blanchâtres et lénifiants. C'était un repas de consolation, pas un repas de fête. J'ai fait une scène et elle a pleuré. Quel que fût le nombre de trophées que je rapportais à la maison, ils préparaient toujours les mouchoirs au cas où je serais rentrée en larmes. Pourquoi ce petit sourire narquois ?

— Parce que vous voyez la défaite même dans les casseroles.

— Dites-le, puisque vous le pensez : je suis givrée, c'est ça ? »

L'œil torve sauta au plafond tandis qu'une petite flamme d'humour s'alluma dans le fixe. « Peut-être votre mère ne pouvait-elle vous exprimer son amour que dans le réconfort. C'est dur de se sentir proche des vainqueurs. On croit qu'ils n'ont pas besoin de sympathie.

— La solitude des sommets, c'est ça ? Demandez à Eric.

— Revenons au devoir que je vous ai donné.

— Oh, j'ai bondi sur une occasion d'échec supplémentaire. Je ne suis plus capable de m'amuser.

— Je vous avais dit d'arrêter si vous commenciez à vous énerver.

— J'étais au milieu d'un match, Edsel. Qu'est-ce que j'étais censée faire ? Dire à Randy : "Oh, excusez-moi, mais je commence à m'écœurer moi-même, et mon psy, dans ce cas, m'a dit d'arrêter." Bon sang ! »

L'œil pivotant, chagriné, sombra dans la joue. « À vous entendre, votre situation est comique, mais je ne trouve pas que vous riiez beaucoup.

— C'est comique, Edsel. Je lis les journaux. Dans la rubrique actualités, que voit-on : un massacre de musulmans en Bosnie, des Africains qui se découpent à la machette au Rwanda. Ces gens, eux, ont de vrais problèmes. Et moi, pendant ce temps, je chiale parce que je ne peux plus gagner un tournoi de tennis. Ma carrière, c'est une paille dans le tableau d'ensemble. D'autres femmes dotées d'un bon revers coupé prendront ma place. Je tire ma révérence ? La belle affaire !

— Remettre votre épreuve en perspective ne semble pas vous égayer.

— Je déteste m'apitoyer sur moi-même. Cela aggrave mon cas.

— Quand une jeune femme s'efforce de réussir dans un domaine qui la passionne et voit ses ambitions déçues, c'est un peu triste, non ?

— Je ne sais pas. (Elle croisa les mains derrière la tête.) Dans tous les romans que je lis, c'est le héros qui l'emporte toujours. Il subit nécessairement des revers, bien sûr, autrement il n'y aurait pas de livre, mais, à la fin, il est Rocky, toujours. Personne ne parle jamais des gens qui mordent la poussière. Alors, j'espère pouvoir un jour écrire mon propre livre, avec l'inévitable retournement de situation en ma faveur au dernier chapitre. »

Le Dr Edsel se leva pour aller fouiller dans les rayons de sa bibliothèque. Il tendit à Willy un exemplaire fatigué de *Jude l'Obscur*.

« Lisez plutôt les classiques. Votre état d'esprit n'est pas fait pour ce siècle.

— Hardy ? Mon père l'adore.

— Oui, sourit Edsel. C'est ce que je me suis dit. »

Les séances avec le psy n'apaisèrent pas l'angoisse de Willy, bien au contraire. À la mi-juillet, elle s'était inscrite dans le New Jersey Clas de Newark, un tournoi sur gazon qu'elle avait déjà remporté. Une mauvaise idée que de remettre ça, peut-être ? Après tout, être obligée de se qualifier pour ce tournoi qu'elle avait gagné six ans plus tôt était humiliant.

Personne ne s'intéressait aux matchs de qualification, l'une des raisons pour lesquelles il était difficile de s'y concentrer. Tandis que, dans les gradins, les autres joueurs discutaient sans se soucier d'elle, Willy perdait le tie-break et le troisième set, 15-13. Elle lança sa raquette sur le micro, manquant de justesse l'arbitre, et le son métallique du cadre heurtant le grillage résonna comme une petite explosion nucléaire. Citée pour « faute grave », elle aurait dû céder la victoire par disqualification à son adversaire si elle n'avait pas déjà perdu. Eric était venu la soutenir, ce qui tombait mal. Livide de fureur, il ne lui adressa pas la parole pendant tout le trajet de retour en train.

À tout prendre, il valait mieux. Oui, elle s'était emportée. Oui, elle le regrettait – plus ou moins. Oui, ce n'était pas bien d'envoyer une raquette à la tête de l'arbitre, de crier des obscénités en public, et, oui, elle savait qu'Eric était très sensible aux apparences. On attend des vainqueurs qu'ils soient bien élevés, mais ils n'ont pas à se forcer car la grâce, telle la manne, leur tombe du ciel en éclaboussant ceux qui sont dans leur cercle. Willy en avait fait l'expérience, du temps de ses victoires, en vantant le valeureux combat de son adversaire avec une élégance qui avait contribué à sa gloire – l'excellence de l'autre augmente son mérite propre, non ? Une athlète de haut niveau qui se paie le luxe d'être généreuse, chapeau ! Willy était toujours sincère. On ne peut être que reconnaissante à une adversaire qui a l'obligeance de louper le dernier point. Il est si facile d'aimer un ennemi battu que l'expression « bon gagnant » – le contrepoint peu usité de mauvais perdant – n'est même pas un compliment.

Et qu'exige-t-on du vaincu ? Il ne peut pas pleurer, jurer ou fuir. Alors que le vainqueur peut s'abandonner à son instinct, au flot débridé de sa générosité et de son allant, le battu doit se retenir en tout. La défaite, et le dégoût de soi qu'elle engendre, n'est-elle pas une humiliation suffisante ? Non. Il faut repasser sous le joug. Willy s'était exécutée, à l'issue du Chevrolet, louant le jeu retors de la grosse vache tout en analysant ses propres défaillances, payant tribut à la dernière personne au monde qu'elle avait envie de féliciter. Forcer les vaincus à exprimer une générosité sincère – c'est-à-dire une générosité coûteuse – c'est comme frapper des indigents pour les obliger à faire des dons de bienfaisance. Un beau joueur est un menteur prévenant qui déguise avec succès chaque émotion vraie, épargnant ainsi aux autres les horreurs physiques de ses coliques, la sensation de barre sur sa poitrine, sans compter les obscénités dont sa tête est pleine mais qu'il se force à ne pas éructer. Qu'est-ce que cela aurait coûté à Eric et à cette poignée de badauds de pardonner à Willy un accès de ressentiment et quelques jurons légitimes ?

La bienveillance exigée de l'athlète perdant est une parodie pour tous les autres losers, qu'on devrait émanciper au même titre que les invalides et les obèses. Comme Edsel l'avait souligné, le monde est peuplé de ratés. Combien de candidats arrivent au pinacle dans leur métier ? La grande majorité s'embourbe. Pourquoi, alors, n'y a-t-il pas de porte-parole pour les deuxièmes choix, les éternels seconds, les avant-derniers, la gigantesque horde des découragés ? Personne pour défendre leurs droits de jeter leurs raquettes ? Tout le trajet de retour en train, Willy savait qu'elle était censée s'excuser. Refuser de le faire était un geste politique.

« Tout ce qui t'intéresse, c'est que je me tienne bien, dit Willy en jetant des tee-shirts dans sa valise, peu importe ce que je ressens tant que je ne te mets pas dans l'embarras. J'ai loupé cinq balles de match, dont deux étaient des doubles fautes. Quel être humain normal ne hurlerait-il pas ?

— Tout être humain adulte doté d'un peu de maîtrise de soi. » C'était entre eux un différend familier et insoluble. Willy privilégiait l'honnêteté, Eric, le décorum. « Tu m'inquiètes, Willy. Sortir de tes gonds à ce point... Tu n'avais jamais fait de scandale en public.

— Tu ne sais pas ce que c'est de perdre. Tu n'as aucune idée de ce que je ressens. » Elle lança une grêle de chaussettes dans sa valise. Le nombre de fois qu'Eric et Willy s'étaient mutuellement regardés faire leurs bagages donnait à leur relation la tournure tumultueuse de conjoints de comédie – « Je retourne chez ma mère ! »

« Edsel ne semble pas te réussir. Je me demande si nous ne devrions pas trouver quelqu'un d'autre.

— Solution typiquement américaine. Aller chercher de l'aide au-dehors. Et si le dernier antalgique disponible ne marche pas, changer de marque. Bon, au cas où ça t'intéresserait, Edsel est trop raisonnable : "Votre mari va jouer l'US Open alors que vous n'arrivez même pas à vous qualifier dans un satellite, où est le problème ? Pourquoi ne pas être heureuse pour lui ? Une tripotée de gens ne font pas des merveilles dans la vie. Pourquoi échapperiez-vous à la règle ? Bienvenue au club des ratés !" Voilà Edsel.

— Ouais. Et Upchuck, lui, il te dit quoi ? Car je présume que c'est chez lui que tu vas.

— Au moins, il comprend...

— Ce salaud ne partage certainement pas tes tourments. Il se rend compte que nous avons des difficultés et il jubile, puisque tu vas manifestement à Wetspot[1] pour lui raconter tout ce que tu as sur le cœur. En fait, il se fout éperdument de ta carrière.

— Qui ne s'en fout pas ?

— Moi.

— Qui de vous deux a investi dedans ?

— Lui, mais il achète quoi au juste ? Il se paie sur ton cul, Willy. Il est à l'affût...

— Tu trouves incroyable que quelqu'un puisse me rester fidèle parce qu'il me trouve du talent ?

— Willy, tu es classée 924e ; depuis deux ans, tu lui coûtes des milliers de dollars, il paie encore ton

1. Tache humide, ou pollution nocturne. L'endroit s'appelle en réalité Sweetspot.

assurance maladie, tes billets d'avion, tes notes d'hôtel et il t'offre des séjours illimités dans son camp d'entraînement.

— Son académie.

— Académie, soit, avec accès permanent au dortoir qu'il pourrait louer à une cliente plus jeune et plus rentable.

— Pourquoi cette cruauté ? Cela ne te suffit pas que je sois à terre il faut que tu viennes t'assurer que la bête est bien morte ?

— Parce que je suis fatigué de supporter une comédie qui se joue entièrement à mes dépens. Il se paie ma tête, Willy. Ce n'est pas parce que tu souffres que je dois subir cette humiliation. Pourquoi dépenserait-il tout cet argent pour toi quand il est le coach le plus prestigieux de la côte Est et qu'il pourrait faire son beurre avec n'importe quel top 200 ? Au point où tu en es, comment comptes-tu le rembourser ? En nature ?

— Merci. (Elle fit claquer le couvercle de sa valise.) Non seulement je suis un zéro, un trou noir dans lequel on jette l'argent, mais en plus je suis une pute.

— Tu es vulnérable. Il te sait affaiblie, il comprend qu'on se dispute souvent, et que celui qui glissera sa main sous ton tee-shirt te donnera l'impression de te sentir désirée. Mais c'est moi qui te désire. Ça devrait te suffire. Je te préviens : je me foutrais complètement que tu sois classée 5007ᵉ. Mais disons que je suis de la vieille école : je déteste être cocu. J'ai eu plein d'occasions de te tromper en déplacement, et je t'ai épargné les détails puisque je n'ai jamais envisagé de le faire. Puis je reviens dans le Connecticut pour constater que tu n'es pas consciente du jeu que joue ce vieux crade. Je me demande chaque fois si tu vas encore te faire avoir par ses belles paroles.

— Tu te trompes complètement…. Qu'est-ce que tu fais ?

— Je vérifie quelque chose. » Il fouillait dans le placard sous le lavabo, là où Willy rangeait son diaphragme.

Il était tard quand Willy entrebâilla la porte de la bibliothèque. Les lumières étaient éteintes. Elle se dit que Max était allé se coucher quand la lumière d'un écran vidéo joua sur les rayonnages opposés. Willy se faufila entre les tables de lecture pour le rejoindre. Assis devant un écran, il regardait un match de tennis.

« Elle est fantastique », commenta Willy. Max n'avait pas levé la tête quand elle était entrée, mais il ne sursauta pas en entendant sa voix.

« Oui, hein ? (Il ne se retourna pas.) Gracieuse, rapide, intègre. Et belle. Petite, mais parfaitement proportionnée. Le feu couve sous la cendre, chez cette fille.

— Une nouvelle acquisition ?

— Non. Une ancienne. Mais la meilleure que j'aie faite. » Max se retourna et haussa un sourcil en regardant d'en bas, à la lueur de l'écran, les traits déformés de Willy. Il était bouche bée d'étonnement. « Tu ne te reconnais pas, hein ?

— C'est moi ? »

Il rit. « Tu vois où tu en es ? Jalouse de toi-même ! » Il appuya sur la touche pause ; le visage de Willy se figea en une grimace. Max rembobina et repassa le point. « Le New Freedom ; j'avais apporté mon caméscope. Ta supériorité était telle que personne n'aurait osé attacher tes lacets de chaussure.

— Je suis devenue trop nulle pour les attacher moi-même.

— Hé, il y a toujours les bandes Velcro. Un verre ?

— Bien sûr.

— Qu'est-ce qui t'amène à cette heure ? » Comme d'habitude, il alluma la lampe dans le coin et ouvrit la porte du bar.

« Je ne te dérange pas ? Tu es content de me voir ?

— Je suis content de te voir. » Il saisit l'occasion pour lui toucher la nuque – un simple effleurement. Sa main était chaude.

« Je me suis mal conduite.

— Les qualifications dans le New Jersey ? » Il lui tendit un whisky de la taille d'un jus de pomme.

« Un long tie-break ; une balle minable, archifacile, que j'aurais dû massacrer. » Elle haussa les épaules, habituée désormais à résumer des désastres sans fin. « Mais quand je dis mal conduite, c'est au-dessous de la vérité : j'ai tenté de décapiter l'arbitre avec ma raquette. J'ai prononcé des mots dont, en général, les dames s'abstiennent. Eric en était malade. C'est grave ?

— J'ai toujours trouvé ta fougue assez réjouissante. Désolé d'avoir raté ça. » Ils trinquèrent avant de s'affaler dans deux fauteuils perpendiculaires.

« Max… (Willy mouilla le bord du verre et en suivit le contour du doigt.) Pourquoi est-ce que je ne me sens pas en compétition avec toi ?

— Parce que je suis un has been.

— Tu peux me faire courir partout sur le court en ne bougeant pratiquement pas. Pourquoi est-ce que ça ne m'exaspère pas ?

— Réponse simple ? Parce que tu n'es pas amoureuse de moi (Ton pince-sans-rire.). » En l'absence de protestation de sa part, il poursuivit : « Réponse compliquée ? Nos rapports hiérarchiques. Je suis ton professeur. La hiérarchie préserve la paix. Pourquoi crois-tu que le nombre de divorces augmente autant ? L'ancien système marchait mieux. Les affrontements matrimoniaux étaient rares, car la bataille était finie avant de commencer. Sois comme ta mère, l'esclave à sa botte – "Oui, missié" – et tu verras qu'Obercrack te foutra la paix. Tu le remercieras même pour ses tuyaux amicaux. » Avant que Willy pût protester, il leva la main. « Sauf que, malheureusement, tu ne peux pas faire ça.

— Je comprends mal. Selon toi, je ne respecterais pas Eric s'il ne me battait pas ? Mais s'il me bat, je perds le respect de moi-même. Comment deux personnes arrivent-elles jamais...

— Elles n'y arrivent pas, en général. (Ton badin.) Il n'y a que deux choix possibles, Willy : résister ou se soumettre. (Max sourit.) Le troisième ? Tu ne capitules pas et il continue à t'écraser ? Alors tu le tues... »

Willy eut un haut-le-corps. « Il y a quelque temps, j'ai lu un article horrible sur un couple d'ingénieurs. Le mari, licencié, n'a pas pu retrouver de travail. La femme, dont la spécialisation en ingénierie était plus demandée, faisait une belle carrière. Il l'a tuée. J'ai raconté l'histoire à Marcella et à d'autres filles, au vestiaire. Elles ont toutes sympathisé avec le mari. Et dans la foulée, quand on a évoqué les succès foudroyants d'Eric, elles s'attendaient à ce que je m'extasie, non à ce que j'avoue des intentions homicides. Que dis-tu de ça ?

— Ça prouve que rien n'a changé. (Il remplit de nouveau le verre de Willy.) L'asservissement d'une femme à son mari est toujours considéré comme acceptable. Le contraire, en revanche, passe pour anormal.

— Comment t'es-tu débrouillé pour rester marié dix ans, compte tenu de ta célébrité ?

— La vieille ruse qui consiste à ne pas mélanger les torchons et les serviettes, c'est-à-dire prétendre que nos deux carrières n'étaient pas comparables. Mais c'est oublier, qu'on le veuille ou non, que ce sont les autres qui comparent et émettent un verdict en termes de statut social. Tout de même, Angela, grâce à une solide condescendance, a réussi à supporter mes tournois. Elle avait sa propre entreprise de design... je n'ai jamais su grand-chose à ce sujet. C'est quand les foules tennistiques ont déserté qu'elle a commencé à me rendre la vie impossible. Voilà qui a égalisé le score entre nous d'une façon radicale.

— J'ai essayé ça. Ça n'égalise rien, ça creuse l'écart. La victime essaie de gratter des points – une prime pour une vie de souffrance.

— Tu crois qu'Oberjock[1] aurait pu supporter tes interviews télévisées sur ESPN tout en s'assurant que, dans l'appartement, où tu ne mets presque plus jamais les pieds, il y ait du papier hygiénique dans les chiottes ?

— En un mot ? Non.

— Si tu pouvais faire un pacte avec le diable, changerais-tu de place avec Eric ?

— C'est drôle, je lui ai demandé s'il changerait de place avec moi. Bien sûr que je troquerais 924e contre 58e ; en une nanoseconde.

— Au risque de changer ton mari en citrouille ?

— Sans hésitation. (Elle avait hésité.)

— Ça, c'est de l'amour !

— Je suis jeune et égoïste.

— Pas moi. »

Elle le regarda plus attentivement et cessa de jouer avec son verre.

« T'observer, ces deux années passées, a été si... » Max agita une main désespérée dans l'air. « Si Lucifer me tendait un contrat, je signerais ce soir même. Et je remettrais tout mon dossier entre tes mains, à titre de cadeau.

— Et tu prendrais le mien en échange ? Ça m'étonnerait. »

---

1. « Jock », sportif qui se la joue, faux athlète prétentieux. « Superfat ».

Max posa son verre et s'agenouilla aux pieds de Willy. « Je t'offre mon classement au top 10. Je ferai inscrire ton nom sur ma coupe de Wimbledon. Je m'en fous.

— Tu n'arriveras pas à me convaincre que le tennis ne t'intéresse plus. »

Il lui prit la main. « Mon tennis ne m'intéresse plus, jeune fille. Je suis au-delà de l'ambition. Ce que je veux, l'ATP ne peut pas me l'offrir.

— Tu veux ce que tu ne peux pas avoir, Max. (Willy luttait contre son trouble.) L'herbe est toujours plus verte ailleurs.

— Ton herbe est du vert que j'aime. » Il lui posa la main sur la nuque et l'embrassa. Il l'avait déjà fait, mais toujours en prétendant que cela n'était pas arrivé. Cette fois-ci, il ne fit pas machine arrière. C'était arrivé.

« Je t'ai parlé de hiérarchie, Will, lui chuchota Max à l'oreille, la voix assez rauque. Tu as cru tout naturellement que j'avais le dessus. Mais c'est toi qui mènes l'attelage depuis que tu as dix-sept ans. Alors, vas-y. Domine-moi. »

Il l'attira à lui et l'embrassa avec une passion accrue. Tandis qu'il l'entraînait par terre et la clouait sur le tapis, Willy n'avait pas du tout l'impression de le dominer.

20

Willy voulait sauter le petit-déjeuner, ce qui aurait seulement retardé l'échéance. Elle était bien obligée de se diriger vers la table de Max. S'asseoir ailleurs aurait été encore plus embarrassant. Ordinairement plein d'appétit au saut du lit, il était assis devant un seul café, inexpressif. Les stages d'été fonctionnaient à bloc ; le chahut des jeunes qui se bousculaient comme des chiots dans la queue, leurs cris aigus tapaient sur les nerfs de Willy. La plupart des adolescents de ce contingent-ci étaient trop gros. Leurs parents visaient peut-être moins Wimbledon que récupérer des enfants avec un peu de lard en moins. Voir son académie de tennis transformée en clinique d'amaigrissement devait déprimer Max, du moins les matins où il se souvenait qu'il avait des élèves.

Willy lui fit un signe de tête et s'installa en face de lui, remuant et soufflant sur le café trop chaud. Max était assis parfaitement immobile. Il semblait détendu. Si la nuit précédente, il était « au-delà de l'ambition », ce matin-ci, il semblait au-delà d'autre chose. D'une voix quelque peu râpeuse et monocorde, il lui dit :

« Je suppose que tu comptes faire un footing, travailler dans la salle de musculation puis, bien sûr, passer deux heures avec moi sur un court, c'est ça ?

— À moins que tu n'aies d'autres obligations.

— C'est ça que tu attends, n'est-ce pas ? »

Le café était infect. « C'est ce que nous faisons habituellement… »

Elle évitait de rencontrer son regard, mais lui la fixait franchement. « Je vois que ton culot n'est pas affecté par ta dégringolade. J'avais peut-être tort s'agissant de ton vide intérieur : ce n'est sans doute pas une caverne, car ton ego reste remarquablement robuste. J'aimerais en dire autant du mien. »

Willy baissa la tête. Elle avait une sensation d'acidité dans l'estomac et le liquide boueux dans sa tasse lui évoquait un danger de mort.

« Puisque notre relation est professionnelle, poursuivit-il, veux-tu me rejoindre dans mon bureau ? Avant d'utiliser mes équipements, je veux dire. Considère cette entrevue comme un rendez-vous d'affaires. »

Max était assis à son bureau derrière un rempart de dossiers, de copies de lettres de relance portant sur des sommes à cinq chiffres. C'était là le Max Upchurch dont l'institution implacable attirait les parents d'enfants trop gros, des parents qui auraient payé n'importe quelle somme pour chaque centilitre de sueur arrachée à leurs gosses. C'était le Max Upchurch qui n'avait nulle intention de graver le nom de Willy à la place du sien – Maximilian E. Upchurch – sur le All England Trophy.

« Nos accords, commença-t-il en croisant les mains, m'obligeaient à couvrir tes dépenses en échange d'une partie de tes gains les cinq premières années de ta carrière professionnelle. Tu es passée pro à vingt et un ans, tu en as vingt-sept, notre contrat (Une pause.) a expiré.

— Que comptes-tu faire, alors ? (Elle ne prit pas de chaise.)

— À l'origine, j'avais un arrangement différent en tête, mais tu m'as prouvé hier soir que ma proposition alternative était inadéquate.

— Ça fait des années que je te le dis.

— Par moments, je suis un peu lent.

— Maintenant, tu as reçu le message, non ?

— Cinq sur cinq. » Il caressa du doigt une égratignure qui courait sur son bras gauche. « Plutôt qu'un forfait, on devrait instaurer un système à la carte. Tu peux louer une chambre de dortoir ici pour sept cents dollars par mois, mille dollars en pension complète. La location du court est de quinze dollars l'heure...

— Épargne moi... »

Il passa outre aux protestations.

« Quant à mon tarif, c'est cent dollars de l'heure, et c'est un prix d'ami. »

Une sueur froide perla sur le front de Willy. « Je suis renversée par cette rupture..., commença-t-elle.

— Et tu as intérêt à t'appliquer, je préfère t'avertir. Si tu es trop médiocre, plus de leçons.

— Tout ça parce que je n'ai pas voulu baiser avec toi hier soir ? Par vengeance ?

— J'appellerai ça justice. » Faussement désolé, il ajouta : « Ton classement ne mérite pas un renouvellement de notre contrat. Mes investisseurs en seraient très contrariés. Je ne pourrais même pas plaider en ta faveur les circonstances difficiles, car ton mari gagne très bien sa vie. Pour cette année, je peux te déclarer comme une perte sèche en vue d'une déduction d'impôts... pourquoi souris-tu ?

— Parce que c'est ce que je suis, littéralement parlant : une perte sèche.

— Dans mon métier, on prend des risques calculés.

— Et tu as calculé.

— Oui, moi. Mais pas toi.

— Alors, si je m'étais laissé faire, je t'aurais gardé comme entraîneur ?

— Ç'aurait pu marcher un temps, concéda Max. Mais l'intégrité est coûteuse. Voilà pourquoi la plupart des gens font l'impasse dessus.

— Et la tienne, d'intégrité ?

— Qu'est-ce que j'ai fait dont je doive être honteux ? J'ai continué à t'entraîner plus d'un an après la fin de notre accord. Je n'y étais pas obligé. Et il y a une clause “blessure” dans ton contrat. Quand tu t'es déchiré le ligament croisé, j'aurais pu limiter les dégâts. De fait, si j'avais établi, preuves à l'appui, que tu étais finie, ton assurance m'aurait versé un capital de cinquante mille dollars.

— Pourquoi ne l'as-tu pas fait ?

— Parce que je suis un brave type ?

— Tu n'as pas l'air d'y croire.

— Ça dépend de l'occasion. Demande à mon ex : quand il s'agit de partage de propriété, je suis sans pitié.

— Nous sommes donc en plein partage ?

— De fait, la propriété, c'est ta personne. Et, chose exceptionnelle, je renonce à toute revendication sur toi. Ne va pas t'imaginer que je te jette dehors, s'il te plaît. Je te traite comme je traiterais n'importe quelle autre joueuse du même classement, du même âge, dotée des mêmes perspectives d'avenir. Ce n'est pas ce que tu souhaitais ? Et Eric peut se permettre de te payer quelques séances d'entraînement et la location de ta chambre. Depuis des centaines d'années, les maris financent les hobbies excentriques et coûteux de leurs femmes. »

Brièvement aveuglée par l'une de ces explosions de fureur qu'Eric déclenchait chez elle, elle se demanda si, après tout, elle n'était pas un peu amoureuse de Max.

« Nous avons travaillé ensemble pendant une décennie, dit Willy, se voulant bonne perdante, tu reprends tout ?

— Tu as en ta possession une de mes raquettes, c'est vrai. »

Willy hocha la tête. « Je te la rendrai. Non, je voulais dire tous tes commentaires : “Hum, bien !” “Oui,

Will !" et autres : "Tu as tout, Will !" Tout ça pour me dire que tu aimais mes seins ? »

Max tressaillit, comme blessé par ses propres trivialités. « Quand je t'ai rencontrée dans le Nevada, tu avais plus de talent brut que n'importe quel autre de mes élèves depuis cinq ans. » Le compliment sembla l'éprouver, il se renfonça dans son siège.

« Qu'est-ce qui a mal tourné, alors ?

— Le talent ne représente que la moitié de l'affaire, tu le sais.

— Tu disais que j'avais aussi l'autre moitié.

— Jadis, ton cœur était à la bonne place. (Ses yeux semblèrent le piquer.) Il ne l'est plus.

— Tu veux dire que mon déclin est la seule faute d'Eric ?

— Je pourrais être en partie responsable », admit-il. Assumer quelque responsabilité dans la chute de sa protégée semblait le consoler. « J'ai pu te fragiliser par mon attirance pour toi.

— Oui, tu m'as fragilisée.

— Ironique, non ? Les jolies filles se jettent à mon cou toute la journée. Tu aurais dû être flattée.

— Je l'aurais été si j'avais été Marcella. Mais j'ai toujours été une garce.

— Et, bien sûr, il y a autre chose (Regard accusateur.) qui rend toute interprétation psychologique futile : le Tanqueray.

— Mon genou est guéri.

— Pas vraiment, Willy. Tu peux faire avaler ça à ton mari, peut-être, mais pas à moi. Regarde comment tu te tiens. »

Willy baissa les yeux sur son genou droit fléchi. Presque tout son poids reposait sur l'autre jambe.

« Tu sollicites le gauche en permanence, nota Max. Tu n'as pas confiance en le droit. À juste titre, peut-être. Tu as mal, n'est-ce pas ? Parfois toute la journée, ou quand il pleut. Durant l'entraînement, tu grimaces vingt fois par heure. Cet admirable stoïcisme en pure perte...

— J'ai fait mes exercices.

— Et comment ! Tu aurais peut-être récupéré sans ces stupides sauts à la corde – la spécialité d'Eric. (Ton amer.)

— Alors, pour toi, je suis une marchandise périmée, c'est ça ?

— Les joueurs de tennis sont des marchandises. Même des bons, il y en a treize à la douzaine. Il ne suffit pas de pouvoir faire une longue promenade d'un pas rapide sans s'écrouler. (Il étendit les mains, doigts écartés.) Il faut être parfait.

— C'est mon cadeau d'adieu ? Une excuse ?

— Il t'en faut bien une. »

Ce n'est qu'en vidant sa chambre de dortoir que Willy s'en rendit compte : pour la première fois depuis des années, Max avait appelé son mari par son prénom.

Quand elle ouvrit la porte, Eric sursauta comme si elle l'avait surpris en train de regarder une revue porno, le pantalon baissé sur les chevilles. En réalité, il enroulait un adhésif siliconé autour du manche de sa nouvelle raquette.

« Tu rentres tôt, nota-t-il, le feu aux joues.

— Comme nous savons tous deux que je ne vais à Westbrook que pour me faire sauter, j'ai renoncé à faire semblant de pratiquer des coups tordus avec mon coach.

— Tu n'es pas drôle », dit-il d'une voix sourde. Il se précipita pour l'aider à porter ses bagages dans la chambre sans se rendre compte qu'elle était deux fois plus chargée que d'habitude, de sacs plastique entre autres. Les gestes d'Eric étaient saccadés et il évitait de la regarder dans les yeux. « Tu as faim ? J'ai acheté des...

— Non. » Il y avait, dans la journée qu'elle venait de vivre, une dureté qu'elle tenait à conserver. Elle ne voulait pas de réconfort.

Eric frotta ses mains sur son short comme pour les débarrasser de la substance collante. « Dis-moi, j'ai de bonnes nouvelles pour toi.

— Une fois n'est pas coutume.

— Pour nous deux, en vérité. J'ai reçu une offre que je n'ai pas pu refuser.

— Tu n'as pas l'habitude de refuser les offres, que je sache.

— Heu, hem... j'ai pris un coach. »

Elle était plantée au milieu du salon comme une invitée à laquelle on ne propose pas de s'asseoir. L'appartement était en désordre. Elle s'en fichait ; enseveli sous les vêtements de sport des sponsors et la conspiration des raquettes étrangères, il ne lui appartenait plus. C'était dur d'avoir la nostalgie du foyer quand on était chez soi.

« Ah bon ? » dit-elle.

Eric ramassa la bande d'origine qu'il venait d'ôter de sa Wilson, et, se dirigeant vers la cuisine pour la jeter dans la poubelle, il contourna sa femme à une distance respectueuse, comme un joueur de squash évite l'arc du swing de son adversaire. « Il ne me reste que six semaines avant l'open. Je n'ai qu'une mise en jambes prévue, le Pilot Pen de New Haven, en août. Gary me tanne depuis des mois, et il est peut-être temps que j'arrête de faire mon têtu... bon, pour moi, un grand chelem, c'est archi-important... J'ai encore des lacunes, je présume... il me faut de l'aide et... bon, c'est le moment.

— Je ne vois pas en quoi la tournure que prend cet événement est une bonne nouvelle pour moi.

— Eh bien... » Il rougit. Le pressing lui avait renvoyé son linge encore humide et il l'avait mis a sécher sur les chaises des chemises de sport aux couleurs criardes qu'il entreprit de plier. « Parce que c'est Max, tu vois. »

Willy resta figée sur place. Elle s'essayait depuis le matin à distribuer son poids sur les deux jambes. Quand elle raidissait son genou droit et que celui-ci recevait vingt-quatre kilos, c'est-à-dire la moitié de son poids, elle avait mal. Ce ligament avec lequel elle était devenue intime mettait du temps à se retendre, comme lorsqu'on accorde un violon en passant du *ré* au *mi*.

« De cette façon, ajouta Eric en hâte, on pourra aller ensemble dans le Connecticut, passer plus de temps…

— Tu ne pouvais pas te trouver un autre entraîneur ? (Le ton égal était une prouesse.)

— Willy, tu dis toi-même que Max Upchurch est le meilleur de la côte Est. Pourquoi ne pas choisir l'excellence ? Et quelle meilleure recommandation que la tienne ? » Eric semblait avoir répété son discours. « Max m'a dit qu'il pouvait m'accueillir à Sweetspot, puis confier le stage estival junior à ses pros pour m'accompagner au Pilot Pen. Je me disais que si tu n'avais rien d'autre en vue, tu pourrais venir aussi.

— N'avoir rien d'autre en vue ? Tu veux dire m'être fait battre une nouvelle fois aux qualifications d'un obscur satellite.

— Mets-moi sur la voie, veux-tu ? Qu'ai-je fait de mal ? supplia-t-il.

— Je n'ai pas besoin de te le dire, tu le sais. »

Elle avait pris un ton moralisateur. Eric évitait son regard. « Max veut travailler intensivement sur mon jeu, me prendre en main.

— Et il ne mettra plus les siennes sur moi, c'est ça ? En m'accompagnant à Sweetspot, tu seras mon chaperon, en somme. »

D'habitude, Eric savait plier son linge, mais là, tous les cols semblaient de guingois.

« Willy, répondit-il, cette décision n'a rien de personnel.

— À t'écouter, tout est impersonnel. Ton ascension, mon déclin. Tu es la victime innocente de ton monstrueux talent ; je suis anéantie par un manque de chance purement abstrait. Je commence à me demander si notre relation n'est pas virtuelle.

— Écoute, j'ai besoin d'un entraîneur, et Max est tout désigné pour ce rôle. C'est son nom qui revient sans arrêt quand je demande leur avis à d'autres joueurs. Et c'est lui qui m'a contacté.

— Alors, il t'a téléphoné ce matin. Et rien de ce qu'il t'a dit ne t'a laissé penser que je pourrais être blessée par votre accord ? »

Eric se concentrait sur l'activité délicate consistant à regrouper ses chaussettes par paires. « Pourquoi ne partagerions-nous pas un entraîneur puisque nous partageons tout le reste ?

— Nous ne partageons rien du tout, Eric. Depuis deux ans, je doute qu'il y ait eu une seule minute par jour où nous nous soyons sentis en phase.

— C'est faux. Moi aussi, je me sens frustré, furieux, impuissant quand tu...

— Quand je perds, c'est ça ? » Willy ramassa la nouvelle raquette posée sur la table en Plexiglas et regarda la marque. Une Wilson. Il avait donc décroché un nouveau sponsor. Sans s'en vanter, ce qui eût été inélégant. « Dis-moi, lui demanda-t-elle calmement, tu vas payer Max cent dollars de l'heure ? Un prix d'ami, bien sûr.

— Non, je le paie au pourcentage, comme toi. Dix pour cent de mes gains bruts. S'il sert à quelque chose, ça vaut le coup.

— Il sert à quelque chose. » Elle fit craquer les cordes au centre pour les mettre en ligne. « Moi, en tout cas, il m'a servi. Tu sais, Underwood, tu es vraiment incroyable. Tu m'as pris une demi-douzaine de coups tout à fait personnels, ceux qui signaient mon jeu, et tu les as peaufinés. Tu as emménagé dans mon appartement où tu stockes ces vêtements aussi aériens que synthétiques offerts par des marques commerciales. Tu t'es insinué dans ma famille qui te considère comme un vrai joueur, quelqu'un à prendre au sérieux et non un sale môme comme leur fille. Parfois, j'ai l'impression que tu as chargé mes points d'ordinateur sur ta propre bécane. Et maintenant, tu t'appropries mon coach. À considérer vos petits arrangements à l'amiable, Max et toi n'avez plus qu'à vous marier. Parce que, moi, on m'a échangée contre un modèle plus récent. Comme ta raquette. » Elle le regarda avec stupeur à travers le cordage. « Tu as, comme qui dirait, pris ma place, hein ?

— Tu es folle.

— Eric : une version nouvelle et améliorée de Willy. (Elle soupesait la Wilson en tapotant son cadre de la paume.) Quelqu'un dépourvu de ces répugnantes faiblesses humaines. Sans trous dans les molaires. Avec un papa qui est un vrai chef, pas un écrivain raté vivant à Montclair. Mais surtout, surtout, c'est un garçon, pour changer. »

Eric posa ses vêtements sur la table. Il n'avait plus rien à plier. « Tu te mets encore dans tous tes états, Willy...

— L'ancienne version était imparfaite : la Willy caduque avait des sentiments. D'infimes moments d'hésitation, des bouffées de doute quant à ses capacités à révolutionner le tennis mondial. Et des humeurs : un comportement louche – il y a eu des plaintes. Alors que notre modèle le plus récent est un gentleman. »

Eric avança vers elle, la main tendue. « Calme-toi.

— Il ne perd jamais, ce qui ne l'empêche pas de donner des leçons à ces malappris de vaincus. Max – marrant comme vous en êtes venus à vous appeler par vos petits noms, oubliés les Upchuck – Max, donc, m'a dit lui-même ce matin qu'un joueur de tennis doit être parfait. Il a trouvé son être bionique en un seul coup de fil. »

Eric tenta de lui prendre la Wilson, mais elle se déroba et s'approcha de la table.

« Jamais de crises de colère, dit-elle en balançant par terre, d'un coup de raquette, les vêtements soigneusement pliés. Toujours attentif au sort des moins chanceux. Quand tu seras milliardaire, je suis sûre que tu financeras plusieurs associations caritatives. Bon en tout, de surcroît – au Scrabble, en allemand, en maths – à croire qu'on t'a implanté des puces électroniques dans le cortex. »

La raquette brandie pulvérisa le verre de l'affiche du New Jersey Classic, qui tomba par terre en cliquetant.

« Willy, maîtrise-toi, grommela Eric en tentant de lui prendre son arme.

— T'inquiète. » Elle lui échappa encore et lui lança les coussins du canapé dans le dos. « Mme Eric Oberdorf nettoiera tout ça. Elle s'occupera aussi... (Elle précipita les douze raquettes « courtisanes » d'Eric au sol.)... de ton matériel de sport.

— Willy, arrête.

— Ah, j'oubliais, cette Mme Oberdorf sait aussi faire la pâtisserie. » Cette fois, elle visa volontairement la litho du Moma, dont elle fracassa le verre.

« Donne-moi ça. » Se frayant un chemin parmi les débris tombés sur les raquettes, il trébucha sur les poignées de sa corde à sauter.

« Tu n'es pas mon mari. » Elle leva la raquette. « Tu es mon remplaçant. »

Après, Willy ne se souvenait pas de l'avoir baissée. Comme c'est le cas dans le beau tennis, le tennis « fluide », le coup exprimait une absolue confluence d'intention et d'exécution. Parce que, si elle avait réfléchi, elle ne l'aurait pas fait.

Eric mit la main sur son œil droit. Il était à genoux, la tête baissée, au milieu des raquettes éparpillées. Un long moment passa durant lequel il se contenta de respirer ; Willy, horrifiée, se contenta de le fixer du regard ; jusqu'à ce que paraisse, entre les doigts joints d'Eric, du rouge qui lui coula le long de la main. Le sang, floc, floc, se mit à goutter sur le vinyle d'un étui de raquette comme la pluie qui commence à tomber d'un ciel brusquement obscurci et qu'on continue à jouer tout en sachant qu'il faudra arrêter la partie.

« Eric. » Penchée sur sa chevelure humide et clairsemée, elle se lamentait : « Mon Dieu, qu'est-ce que j'ai fait ? Eric, pardonne-moi. Je ne voulais pas... Fais-moi voir. » Elle tenta faiblement d'écarter les doigts obstinément serrés. Eric, tremblant de tout son corps, s'était roulé en boule. Pendant une minute, peut-être deux, il refusa de parler ou d'enlever la main de son front, et pendant ce temps-là, elle comprit qu'il venait de commencer une nouvelle vie, une vie où sa propre femme lui avait crevé un œil.

Quand, enfin, il ôta sa main, il avait tellement saigné qu'elle ne pouvait évaluer l'étendue des dégâts. Elle courut mouiller une serviette avec laquelle elle tapota doucement l'orbite, puis elle le conduisit vers le canapé en lui disant : « Chéri, tu y vois ? Je t'en prie, dis-moi : tu y vois ? »

Il inspira un grand coup et elle vit sa paupière frémir. Il retint un bon moment son souffle puis, en expirant, lui dit : « C'est flou, mais, oui, je crois.

— Ferme l'autre œil : combien de doigts ? (Elle agita une main.) »

Il prit la serviette et épongea son œil blessé.

« Six ?

— Non, deux, Eric...

— Je plaisantais. »

Les quatre heures d'attente dans la salle des urgences de St Luke fournirent à Willy une ample occasion de s'excuser, si ample qu'Eric finit par lui demander calmement d'arrêter. Elle se força à examiner la blessure, une entaille profonde, longue de cinq centimètres, qui traversait verticalement son sourcil broussailleux. Plus tard, quand le médecin demanda ce qui s'était passé, elle allait tout avouer quand Eric la devança. Il prétendit s'être cogné sur la porte ouverte d'un placard de cuisine.

Se rappelant que son mari lui avait tenu la main quand elle s'était blessée au Tanqueray, elle glissa sa paume dans celle d'Eric quand l'interne versa une giclée de novocaïne sur la plaie, l'excédent d'anesthésique lui coulant sur les joues comme les larmes qu'il n'avait pas versées. Elle aurait voulu qu'il referme sa main sur la sienne, fort, comme elle l'avait fait sur le court de New Haven, mais il la laissa comme elle était, à demi ouverte, relâchée et sèche. Il garda les yeux fermés quand le médecin lui posa huit points de suture en le prévenant : « J'espère que vous n'êtes pas trop infatué : vous aurez une cicatrice. »

Elle faillit dire qu'il était l'homme le plus infatué du monde, et pas seulement de sa personne physique, mais elle ravala son commentaire. La moquerie ne semblait pas de mise.

Willy insista pour rentrer en taxi, alors qu'ils n'étaient qu'à trois blocs de chez eux. Quand ils passèrent la porte, elle vit que le pourtour de sa blessure avait gonflé, réduisant l'œil d'Eric à une fente. L'orbite était déjà violacée. Le vœu de Willy était exaucé : elle avait voulu pouvoir consoler Eric, mais, pour en arriver là, il avait fallu qu'elle lui fracasse la tête.

L'appartement était dévasté. Verre cassé, raquettes, vêtements de sport jonchaient le sol. Willy ramassa les coussins et les replaça sur le canapé, taché par la serviette trempée de sang. À côté de la flaque poisseuse du vestibule et des empreintes de mains livides sur tout ce rouge, les taches de rouille sur la tuyauterie de la cuisine refaite l'année précédente semblèrent insignifiantes à Willy. Elle étala un drap propre sur le canapé et fit s'y étendre Eric. Il lui dit qu'il aurait besoin d'un petit cognac, qu'elle lui servit, mais il sombra sans y avoir touché. Elle courut ranger amoureusement ses raquettes dans un coin du vestibule, elle ramassa les polos et les plia de nouveau. Elle commençait à jeter les éclats de verre à la poubelle quand Eric finit par parler : « Je ne crois pas que tu sois en état de faire ça. »

Il avait raison : le peu de soin avec lequel elle manipulait les bords coupants laissait présager un concours de blessures. Ce qui aurait été minable, affligeant. Elle prit un balai.

« J'aurais pu t'éborgner, marmonna-t-elle en balayant.

— Oui.

— Avec un seul œil, tu n'aurais plus eu qu'une vision plate, sans profondeur de champ. Juste avant ton premier grand chelem.

— Je sais.

— Tu ne m'aurais jamais pardonné.

— Tu serais surprise de ma capacité de pardon. Mais ce ne serait pas judicieux que tu en connaisses les limites.

— Au point où j'en suis, j'aimerais bien les connaître, ces limites.

— Même la loi prend en compte la préméditation, dans une situation pareille. »

Elle plaça le manche à balai devant sa bouche, comme un micro. « Crois-tu que j'aie essayé de t'arracher l'œil intentionnellement ?

— Je t'en prie, ne t'excite pas. » Il rejeta la tête en arrière sur les coussins. La gaze blanche sur son arcade sourcilière brillait à la lumière. « Ta question n'a aucun intérêt.

— Je suis devenue... dangereuse, Eric. Tu prends un risque en restant dans la même pièce que moi.

— Typique que tu te fasses de cet incident mineur une montagne. Fustige-toi encore un peu et tu réussiras à retourner les choses de telle sorte que je doive te plaindre. Tu affirmes que tu ne veux pas de ma sympathie, mais je commence à me demander si c'est vrai.

— Je ne mérite pas ta sympathie. Je suis un monstre.

— Tâche d'en tirer une leçon modeste, tu auras une meilleure chance de la retenir. (Sa voix n'avait aucune inflexion.) Dis-toi que tu es une femme de passions capable cependant de se contrôler. Ou que, bien que femme, tu as suffisamment de force pour faire beaucoup de dégâts si tu n'arrives pas à exercer ce contrôle sur toi-même. Je ne suis pas une icône, Willy, je suis un homme ordinaire, et tu es en mesure de me faire très mal.

— Si c'était toi l'épouse, tu serais déjà dans un foyer pour femmes battues, entourée d'assistantes sociales qui te pousseraient à déposer plainte, à exiger du juge des mesures d'éloignement. Dans un prétoire, après m'avoir assassiné dans mon sommeil, moi, ton mari violent, tu pourrais obtenir un sursis avec mise à l'épreuve.

— Cesse de transformer un accident trivial en une tragédie grecque. Autrement, je te frappe à mon tour et nous serons quittes. C'est ça que tu veux ? »

Willy jeta une nouvelle pelletée de verre à la poubelle et leva les yeux. « Ça ne te ferait pas plaisir ? » Elle repéra la Wilson du crime et la lui tendit, manche en avant. « Vas-y. »

À sa surprise, il la prit et attira violemment Willy vers lui. Il la coucha contre lui sur le canapé et posa la raquette par terre. « Sois gentille pour une fois, murmura-t-il. J'ai des martèlements dans la tête et la tremblote. Je suis épuisé. Donne-moi trois cachets d'aspirine et allons nous coucher. »

Ils titubèrent jusqu'à la chambre et, durant les quatre mètres de trajet, ils furent comme les mariés dans les livres d'images : on avait du mal à dire qui soutenait qui. Willy apporta les cachets à Eric, se brossa les dents et resta un moment immobile devant le lavabo. D'ordinaire, quand Eric était à la maison, elle mettait son diaphragme avant d'aller au lit pour ne pas avoir à se lever plus tard, si l'humeur de batifoler leur venait. L'humeur avait tiédi, restait l'habitude. Mais cette nuit, elle se rétractait à l'idée de se protéger. Comment aurait-elle l'effronterie de penser qu'Eric, avec ce qui s'était passé, aurait envie de lui faire l'amour ? Elle laissa le préservatif dans sa boîte.

Pourtant, quand elle vint le rejoindre sous les draps, il glissa sa main dans les cheveux de Willy et l'attira à lui, pressant sa tête contre son cœur. Pendant une bonne minute, il la garda là, sans bouger, sa poitrine à peine soulevée par le souffle lent, peu profond de la peur, comme quelques heures plus tôt, quand il respirait, la main crispée sur l'œil, se demandant s'il l'avait perdu. Il semblait cette fois redouter une autre sorte de ténèbres, celles qui allaient envelopper tout un pan de sa vie. Enfin, comme s'il avait compris la vraie nature de sa terreur au moins pour les quelques minutes à venir, il relâcha sa pression sur la tête de Willy, laissa courir ses doigts le long de son dos et, soulagé, poussa un long soupir. Il chercha sa main mais, cette fois, n'essaya pas de la faire plier, de louer sa résistance, de mesurer sa force à la sienne. Si lutte il y avait, c'était à qui des deux serait le plus faible, ou le moins intéressé par une lutte, quelle qu'elle fût.

Leurs doigts entremêlés, Eric traçait de minuscules petits cercles sur les phalanges de Willy. Elle se redressa sur un coude pour lui demander une fois de plus – une fois de trop ? – de lui pardonner mais elle murmura d'autres mots à la place : « Je... t'aime. » Un frisson lui courut sur la nuque et ses yeux soudain la piquaient. Eric se redressa sur l'oreiller pour l'embrasser et sceller sur ses lèvres cet aveu conjugal élémentaire qu'il préférait de très loin à des excuses. Il y avait eu entre eux déjà tant d'excuses qui n'avaient rien arrangé. Les yeux de Willy se remplirent de larmes qui lui coulèrent sur les joues, la laissant plus propre que les pleurs qu'elle avait si souvent versés sur elle-même dans ce lit. Elle frémit et se laissa retomber. Les quelques centimètres jusqu'à l'épaule d'Éric lui semblèrent une longue, une vertigineuse chute.

Étendue, elle sentit ses muscles se décontracter, son corps céder comme il ne l'avait pas fait depuis des années et seulement maintenant se rendait-elle compte à quel point elle se raidissait, combien elle avait lutté, même dans son sommeil, tirant désespérément sur une corde imaginaire qui la ligotait. Tous ses efforts ne l'avaient pas libérée ; ils n'avaient fait que resserrer les nœuds du problème. La tension dans ses reins se relâcha, ses jambes vinrent se mêler mollement à celles d'Eric comme des lacets noués qui se défont soudain.

Eric plaça deux doigts, brandis en un salut louveteau, sur sa taille, là où ses hanches, bien qu'étroites, commençaient à s'évaser. Il adorait ces courbes délicates et souples qui n'existaient nulle part sur son propre corps, tracé à angles droits brutaux comme une esquisse. Le salut à deux doigts étaient entre eux un signal. Il se mit à bander et sa bite décrivit un arc au-dessus de sa cuisse avant de se courber pour venir se nicher contre les côtes de Willy.

« Chéri, tu es si fatigué. Et tu es blessé...

— Chut, murmura-t-il en lui caressant la hanche. J'en ai envie. » Fatigué, il l'était – une autre nuit, il aurait pu la soulever au-dessus de lui à bout de bras, ces bras aux muscles durs, tout en fuseaux. Ce soir, en revanche, ses muscles l'avaient abandonné, son corps était mou, à une exception près.

Elle immobilisa son mari et retapa ses oreillers pour que sa tête ne ballotte pas. Posant sa main sur sa clavicule pour lui signifier qu'il devait la laisser faire, elle l'enfourcha. Elle avait encore à l'esprit le geste du médecin enfonçant l'aiguille dans le front d'Eric – dedans, dehors, etc. Elle eut un début de nausée qui passa. Eric et elle avaient fait l'amour des centaines de fois, mais ce soir Willy avait l'impression qu'il ciblait une zone qui, depuis deux ans, résistait à la pénétration. Elle se demanda en un éclair ce qu'il avait éprouvé les autres fois, peut-être la même sensation que lorsqu'on coud un bouton perforé en piquant le tissu de dessous, à l'aveugle, pour tomber sur une surface dure quand on manque le trou. Il l'avait trouvé, ce point minuscule sans obstruction ni limite dans lequel le corps de Willy se dissolvait tout entier. Il lui semblait que le pénis d'Eric lui remontait dans la poitrine, puis la trachée ; elle le sentait comme une boule dans sa gorge. Elle regarda son visage, enflé et meurtri, mais curieusement gracieux.

« Tout va bien, Willy », lui dit-il doucement. Il n'avait pas besoin de le dire, elle le savait. « Tu as perdu la tête, c'est tout. Je sais que tu ne recommenceras pas. Je t'aime, Wilhelm. Il faudrait que tu me démolisses plus sérieusement le portrait pour changer ça.

— Merci », chuchota-t-elle. Ce mot, qu'on vous apprend à dire quand on est enfant, est le meilleur, le plus simple quand quelqu'un a un geste généreux envers vous. C'est mieux que d'ânonner, l'air confus : « C'est trop gentil de votre part, trop, vous n'auriez pas dû. » Le pardon authentique est toujours un choix, pas une obligation, et ce choix, Eric l'avait fait. De surcroît, Willy ne croyait pas qu'on pût être trop gentil.

En regardant le bandage sur son front, elle se demandait comment elle avait pu confondre le seul allié de bonne foi qu'elle eût au monde avec ses ennemis, dont elle ne manquait pas : sa sœur, qui la voulait ordinaire ; son coach, qui voulait la punir de la même loyauté qu'il révérait quand elle était appliquée au tennis ; toutes ses adversaires officielles du circuit, qui la souhaitaient battue et à genoux. Pour une fois, elle avait en face, non plus un de ces célibataires cyniques qui la courtisaient pour l'argent accompagnant les trophées, mais son partenaire et champion. Un homme grand mais pas spécialement costaud, doté de ses propres problèmes, aussi solitaire qu'elle, aussi attaqué qu'elle, qu'un simple coup sur la tête pouvait mettre au tapis, comme elle, à New Haven, qu'une simple hésitation avait eu pour effet de terrasser. Eric cherchait désespérément une plage de repos dans une marée montante d'adversaires hostiles tout comme Willy cherchait un « refuge » dans le cabinet du Dr Edsel. Eric Oberdorf était comme tout le monde, en fin de compte, et le seul ligué avec elle contre le vaste, le monolithique bloc de ces « autres » qu'il avait identifiés lors de leur premier dîner au Flor De Mayo : un marécage d'humanité qui ne lui voulait peut-être pas de mal, mais qui, peut-être pis, était totalement indifférent au sort de Willy Novinsky. Quand elle jouit, Willy sentit un filet se détacher entre leurs deux corps. Un appel d'air formidablement léger, pur, limpide le remplaça. Quatre ans auparavant, Eric lui avait fait découvrir le tennis sans la balle, cette nuit, ils inventèrent tous deux le tennis sans le filet.

21

Le matin suivant, le visage d'eric avait gonflé, ses yeux étaient noyés dans deux croissants de chair violacée. Quand ils voulurent ôter le bandage pour changer la gaze, celle-ci était collée à la plaie qui avait suinté durant la nuit. Eric, répugnant à y toucher, laissa en l'état le magma infâme, qui rendait l'aspect de la blessure pire qu'elle ne l'était.

Willy avait envie de se cogner la tête contre le mur. Elle aurait peut-être mieux fait. Eric avait très mal, mais elle, en regardant ce gâchis sanguinolent, éprouvait une douleur déchirante et expiatoire dans la poitrine à l'idée qu'elle l'avait causé. En alternance, elle évitait de regarder ce visage, et elle le dévorait des yeux comme un corbeau.

Eric n'exigea qu'une seule compensation : Max Upchurch. Il l'appela alors qu'elle était à portée d'oreille, et elle ne dit rien.

En pénitence, elle insista pour l'accompagner le soir même chez les beaux-parents à un dîner qu'Eric était réticent à reporter. Malgré son extrême réserve, peut-être avait-il envie de bénéficier des tendres soins de sa mère. La compassion de Willy était teintée de culpabilité et il fuyait sa main comme si elle n'était pas propre.

« Tu viens avec moi, mais à une condition : je me suis ouvert le front sur un placard de cuisine. »

Elle se rappela le nombre de femmes de la génération de sa mère qui étaient entrées dans une porte.

Willy avait réussi à éviter les Oberdorf pendant presque un an. Elle n'avait pas la force de se chamailler avec son beau-père quand il demandait si les joueuses devaient gagner autant que les hommes, ou quand il affirmait qu'en les regardant évoluer sur le court, on n'en avait « pas pour son argent ». Ni, surtout, de riposter aux piques d'Axe sur son classement. Il vantait déjà les prouesses de son fils quand celui-ci n'était que 972e ; avec l'US Open en perspective, le battage serait probablement insupportable.

Le choc qu'éprouva Alma en ouvrant la porte poussa Eric à s'expliquer sur son accident avant même de l'embrasser. « Bon sang ! s'exclama la longiligne et majestueuse beauté en touchant le coude de sa belle-fille, quand je pense que je n'ai jamais pu lui faire mettre les pieds dans ma propre cuisine ! »

Elle le poussa dans la salle de bains aux meubles d'ébène et le fit asseoir sur le siège des toilettes en albâtre pour refaire le pansement. Comme antiseptique, elle employa du mercurochrome orange vif, tapota sur la plaie, qui évoquait à Willy les genoux couronnés chatoyants de l'enfance. Bien que manifestant une impatience de façade, Eric savourait visiblement la douceur de ces soins. Ainsi, durant tout ce temps où Willy rêvait de pouvoir le dorloter, il rêvait de l'être, mais par sa mère.

« Il paraît que vous avez encore battu mon fils », plaisanta Axel en entraînant Willy dans le salon. Le rouge au joues, elle chercha en vain une repartie.

Quand Eric les rejoignit, il raconta à son père, avec un luxe de détails, l'histoire du placard de la cuisine tandis que Willy se construisait un siège en combinant les blocs de mousse aux bords en Velcro. Elle sentit aussitôt le fossé que tout mensonge, aussi petit soit-il, creuse entre les gens.

« Alors, prêt pour l'open, mon gars ? demanda Axe pour la forme. Tu m'as dit que tu pensais prendre un coach. Où en es-tu ?

— J'en ai un », répondit Eric en hâte. Durant presque une année, pour éviter de parler de Willy, il avait épuisé les sujets neutres. « Quoi de neuf à Mount Sinai ? »

Étrangement, ce fut tout. Maintenant qu'Eric était une star, les rodomontades d'Axel sur l'excellence de son fils étaient devenues inutiles. Il embraya donc obligeamment sur l'augmentation des tumeurs au cerveau. La vénération démesurée de son père, qui lui faisait rouler les yeux d'exaspération, devait, à tout prendre, manquer à Eric. Comme le suggérait le Dr Edsel, il est faux de dire que tout le monde aime les gagnants ; de fait, très peu de gens les aiment. Mais, comme ils n'aiment pas non plus les losers, Willy en déduisit qu'ils étaient vraiment difficiles à contenter. Peut-être que la médiocrité résolue de Gertrude était, à cet égard, un moyen terme acceptable qui reflétait sa pulsion à être aimée.

Ils n'étaient que quatre à table. Par contraste avec les prises de bec exubérantes auxquelles Willy avait assisté dans cet appartement au début de son mariage le calme poli qui régnait autour de l'immense table de teck était déprimant. Cela sentait la retraite.

« Comment va Steven ? demanda Eric.

— Je le fais bosser sur la campagne de Bob Dole, plastronna Axe. Pour qu'il apprenne la dure réalité des élections. Ça lui servira plus tard, quand il sera lui-même candidat.

— Quelles chances lui reste-t-il de l'être ? demanda calmement Alma.

— Laisse-lui le temps de trouver ses marques. »

Sa mère se retourna vers Eric pour lui expliquer : « Steven bourre des enveloppes. Il dit que ça le détend.

— Vit-il toujours dans ce studio de l'Avenue C, dans l'East Village ?

— Son psychiatre nous a informés que sa capacité à ouvrir sa propre boîte de raviolis en conserve est une prouesse dont nous pouvons être fiers », dit Axe, amer.

Willy avait suivi de loin les mésaventures des frères d'Eric avec autant de fascination que leur père exprimait de désarroi. À l'indignation d'Axel, Steven n'avait pas été accepté à Yale ni à Harvard. Personne ne l'entretint dans l'illusion que Dartmouth était aussi bien. Il choisit le cursus le plus difficile offert par cette université et passait toutes les vacances enfermé dans sa chambre à travailler. Cet effort spectaculaire ne s'était pas traduit par des notes *ad hoc*. Il avait une mémoire stupéfiante, mais ses capacités d'analyse étaient médiocres. Il obtenait donc régulièrement des C.

À la fin de sa deuxième année de fac, quelque chose se produisit. Effrayé d'utiliser l'expression « dépression nerveuse », Axel décrivait le décrochage de son fils comme « une interruption provisoire pour reprendre contact avec le monde réel ». À en juger par les dérobades de sa famille, le monde de Steven n'était devenu que trop réel. Plus d'une fois Alma avait quitté brusquement la table en larmes.

« Il travaille toujours dans l'association qui recueille des fonds de soutien pour Columbia University ?

— Le médecin de l'école l'a lâché, répondit tristement Axel, malgré mes menaces de reprendre le chèque que j'ai signé en tant qu'ancien élève. Le gosse n'arrêtait pas de se faire porter malade. Pourtant, bon Dieu ! tout ce qu'il avait à faire, c'était répondre au téléphone.

— Parfois, répondre au téléphone peut-être anxiogène, dit Alma en examinant sans y toucher sa truite fumée.

Depuis quand ? Alma, si tu continues à materner ce garçon comme un cas désespéré, il restera un cas désespéré.

— Et Mark ? Que devient-il ? » Les Oberdorf seniors, tout comme Eric et Willy, n'arrivaient décidément plus à éviter les sujets qui fâchent.

« Stage d'été. » Axel lança ces mots du bout des lèvres, avec un dégoût aussi visible que de la buée. « Monsieur, ricana-t-il, voulait se balader en Europe – à mes frais, bien sûr – pour rassembler le matériau du grand film qu'il projette de tourner. Mais cette fois-ci – la seconde – je n'étais plus dupe. Quand il était bizut, lors de sa première année de fac, je lui avais dit : “Je veux que tes résultats me soient envoyés personnellement, mon gars, et ne crois pas que tu pourras intercepter l'enveloppe comme tu l'as fait à Horace Mann, ta précédente école” – j'avais reçu quoi ? deux semestres de “notes incomplètes[1]”. Bizarre, non ? J'ai été obligé de lui rappeler qu'il n'était qu'à New York University alors qu'Eric, quand il était à Princeton, où les sollicitations *extra cursus* étaient monstrueuses, n'avait jamais usé de cette facilité.

— NYU n'est pas exactement un lit de roses, papa, intervint Eric.

— Ce garçon se voit en cinéaste génial, poursuivit Axe sans se troubler, il croit que cela lui donne le droit de regarder des westerns et des sitcoms

1. « Incomplete grade » : un accord entre l'étudiant et son professeur indiquant que le travail du premier lui permet, en l'état, de ne pas redoubler, mais dépend de circonstances indépendantes de sa volonté.

imbéciles à la télé jusqu'à cinq heures du matin. Après, il a le culot de me dire : "Regarde où le talent a mené Eric !" J'essaie de lui expliquer qu'Eric s'entraîne trois heures par jour, saute à la corde, fait de la musculation, et j'en oublie. Et qu'il gagne son propre argent, assorti de ses propres trophées.

— Autant parler à un mur, murmura Willy, peu charitable.

— À propos, fils, dit Axe d'un ton plus guilleret, je pensais offrir à Steven un billet pour ton premier match d'open afin de lui remonter le moral. Tu crois que tu peux lui obtenir un siège à la tribune officielle ?

— Peut-être. Mais je ne suis pas sûr que me regarder jouer l'open soit une bonne thérapie pour Steven, papa. »

Eric avait l'air hagard, et pas seulement à cause des bleus autour de son pansement. Il avait été obligé de demander à son père des nouvelles de ses frères car aucun d'entre eux ne lui téléphonait jamais. Maintenant, fort probablement, il se demandait *in petto* si les trophées et l'argent des tournois étaient une compensation suffisante au saccage de sa vie privée.

« Et où envoies-tu Robert cette année, demanda-t-il sans grand enthousiasme, histoire de se mettre à jour sur l'ensemble de la fratrie.

— Outward Bound[1].

— "Tu seras un homme mon fils", c'est ça ?

— Je n'avais pas en tête un saut évolutif d'une telle ampleur », commenta Axel en remuant la salade.

---

1. « En partance », association caritative, possédant des antennes un peu partout dans le monde, destinée à aider des jeunes, souvent défavorisés, à réaliser leur potentiel, à développer leur « estime de soi » à l'occasion de raids en pleine nature où il faut savoir se dépasser.

Le téléphone sonna. Alma, qui voyait trop peu son aîné, suggéra de laisser l'appel sur répondeur. Quand elle partit chercher le plat principal, tous entendirent le message : « Docteur Oberdorf, c'est John Flinders, d'Outward Bound. Robert a été surpris en train de prendre de la drogue, et vous savez que cela entraîne une exclusion immédiate. Pourriez-vous me rappeler pour qu'on en discute ? Votre fils a quitté hier notre camp dans les Rocheuses. Il est en chemin pour New York, accompagné par les forces de l'ordre. »

Personne, à la table, ne parut surpris.

« Bon sang de bonsoir ! tempêta Axel, qu'allons-nous faire de ce gosse ? Il va être dans nos jambes tout l'été, Alma.

— Pas nécessairement, chéri, l'assura-t-elle. Quand il se retrouvera au commissariat, tu pourras refuser de payer la caution pour le sortir du trou, comme la dernière fois.

— Bon Dieu ! Hotchkiss School venait de le foutre dehors, alors qu'on a un mal de chien pour y entrer. Il ne nous manque plus maintenant qu'il se fasse virer, à seize ans, de Williston School. À voir la tournure que prennent les événements, Eric, tu seras le seul de nos quatre fils détenteur d'un diplôme universitaire.

— Il ne reste plus que deux ans à Steven pour finir son cursus…

— Ouais. Mais pour qu'il obtienne un diplôme, il faudra temporairement recoller les morceaux de ce gosse – juste assez longtemps pour qu'il arrive à signer son nom au bas d'une page.

— La faute à qui ? demanda Alma, les lèvres pincées.

— La sienne seule, Alma.

— Tu ne peux pas t'attribuer le mérite de la réussite d'Eric sans aussi assumer la responsabilité d'un fils souffrant de troubles émotionnels, d'un deuxième qui est un menteur pathologique et d'un troisième, délinquant juvénile, rétorqua-t-elle avec une colère à peu près maîtrisée.

— C'est Eric qui doit s'attribuer le mérite de sa propre réussite, pas moi. Pourtant, Alma, tu pourrais admettre que j'en ai réussi un, de fils... »

Le quatuor, après avoir à peine touché au dîner raffiné d'Alma, se retira au salon où les sièges modulaires s'étaient défaits tout seuls, les bandes Velcro étant fatiguées. Il fallait reconstruire des cubes dont les couleurs primaires d'origine avaient pâli. Ils n'amusaient plus personne et, depuis la dernière visite de Willy, leur arrangement n'avait pas varié. En d'autres temps, les Oberdorf auraient parlé de remplacer ces gadgets d'avant-garde par de vrais meubles. Qu'ils ne l'aient pas fait suggérait la même attitude velléitaire que les parents de Willy s'agissant du maronnasse définitif de sa maison de famille.

Axe désigna à Willy son trône, insistant pour qu'elle le prenne. Elle s'assit sans enthousiasme sur cette sellette qui ne la rendait que trop visible. En guise de dessert, cela ne rata pas : elle eut droit à la question.

« Eric me dit que vous montez l'échelle à rebours. C'est quoi, votre problème ? » Axel se carra dans le canapé périlleux, le menton levé comme le boxeur, l'adversaire de toujours, attend de monter sur le ring pour tenter d'appliquer la combinaison vieillotte direct du gauche, direct du droit.

« Quand on est 961e, on commence à manquer de barreaux. » Au lieu de garder les bras serrés contre son torse, Willy les laissa tomber de chaque côté de sa personne, exposant un corps sans défense – une posture atterrante pour le pugiliste le moins doué. « Il me reste un dernier satellite à jouer quand Eric disputera le Pilot Pen. Si je suis aussi brillante que d'habitude, fin août, cela fera tout juste un an que je n'arrive pas à me qualifier au troisième tour d'un tournoi, quel qu'il soit.

— Non ? Plutôt déprimant.

— Très », acquiesça-t-elle. Son beau-père semblait consterné. Non seulement sa belle-fille ne se défendait pas, mais elle s'accablait elle-même : « Dans ce cas, je ne serai plus classée, enchaîna-t-elle. Je disparaîtrai, plouf, juste comme ça.

— Battez-vous pour remonter alors, dit Axe d'un ton bourru.

— Remonter ? Je ne crois pas. »

Elle s'arracha une peau morte sur la paume comme si effacer les traces d'une ampoule lui redonnerait un coup droit de tueuse.

« Quoi ? Vous me dites que vous allez lâcher le tennis ? Je n'en crois pas mes oreilles. » Il semblait avoir subi une attaque personnelle.

« À un certain point, c'est plutôt le tennis qui m'a lâchée.

— Mais regardez Monica Seles. (Il pointa son doigt, comme un pistolet, sur Willy.) Restée plus de deux ans loin des courts après avoir été poignardée. Revenue pour partager la vedette avec Steffi Graf. Elle s'est bien battue. Pas de quartier !

— Mais moi, personne ne m'a gardé mon classement au chaud pendant que je cogitais. Et j'ai vingt-sept ans. C'est vieux, pour ce sport. Comme vous me l'avez vous-même fait remarquer lors de notre première rencontre, j'étais déjà finie à l'époque. Si je vous avais écouté, je me serais épargné bien des d'ennuis.

— Bon sang, mais vous me semblez en parfaite condition physique !

— Pas du tout. Je suis K-O. Le tennis, c'est comme la boxe. Le cerveau accuse les coups.

— Allons, ça ne peut pas être aussi désespéré que vous le dites. » Axel, du regard, appela Eric à la rescousse mais son aîné avait fermé les yeux. Depuis deux ans, le base-ball métaphorique avec Willy – « Mais ça ne peut pas être aussi grave que ça » – l'avait épuisé. Il était plutôt soulagé d'avoir un lanceur de relève.

« J'ai longtemps appartenu à l'école de ceux qui s'accrochent, dit Willy. Sauf que le déni n'a rien de splendide quand on se penche sur un cadavre. J'ai donc songé à faire appel aux sponsors d'Eric pour leur proposer de vendre des accessoires de sport. Ou à chercher un poste administratif à la WTA. Ou à devenir coach pour handicapés à la fondation Arthur Ashe. D'autres suggestions ? » Sa voix sonnait curieusement à ses propres oreilles : plus aiguë, absente, la voix d'une autre. Peut-être qu'être trop raisonnable était un symptôme de maladie mentale, après tout.

« Il faut vous accrocher, lança Axe, incisif. Je croyais que vous vouliez devenir une star du tennis ?

— Oui. Plus que tout au monde. Pas de chance, hein ? » Willy lui lança un sourire insouciant qui le fit se recroqueviller d'horreur.

« Le problème, poursuivit-elle d'une voix suave, c'est que je ne suis qualifiée pour rien d'autre. Je ne sais faire qu'une chose : jouer au tennis. J'aurais bien rejoint la claque d'Eric si je n'étais pas aussi mauvaise fan que piètre adversaire. »

Ses mains se crispèrent. Elle se sentait, malgré elle, fugacement pénétrée par un pragmatisme inattendu. Elle portait soudain sur sa personne le même jugement brutalement lucide qu'elle portait sur les autres au quotidien. C'était plutôt réparateur, comme sensation, alors pourquoi son corps devenait-il si lourd, si dense, au point de sombrer dans les cubes duveteux ? Rassembler l'énergie nécessaire pour aller aux toilettes lui semblait inconcevable.

« Avez-vous songé à avoir un enfant ? demanda Alma ?

— Non. (Une réponse sans fioriture.)

— J'avais cru comprendre, quand vous vous êtes mariés, que mon fils avait trouvé en vous une partenaire à plus d'un sens du terme », intervint Axel. À la surprise de Willy, il semblait peu désireux de cultiver l'image de sa belle-fille en matrone encombrée d'une progéniture. « Quand il vous a amenée ici la première fois, Eric a dit que vous le battiez aisément.

— Oh, mais cela n'a pas duré. Le jour de notre premier anniversaire de mariage, il m'a écrasée. Il aurait pu le faire dès le premier jour, mais votre fils est un gentil garçon. Maintenant que j'y repense, c'était incroyablement généreux de sa part d'avoir délibérément perdu tous ces matchs. Je me suis crue douée jusqu'à notre rencontre. (Elle jeta à son mari un regard affectueux.) Eric m'a appris ce qu'était le vrai talent. Sans effort, pour commencer. Mais surtout, et Dieu sait qu'il l'est, être armé mentalement pour ce sport, avec ce qu'il suppose de ressort intime, de ténacité et, ne le prenez pas mal, d'arrogance. Il dédaigne les autres joueurs, qui ne l'intimident pas. Eric est un champion-né. Moi, je suis de la souche des vaincus.

— Un instant ! Je vous ai vue jouer, il y a trois ans, si vous voulez savoir ce que je pense. Même si j'ai eu quelque réticence à l'admettre, j'ai compris qu'Eric avait raison de me dire qu'il avait épousé une battante.

— Oui, Eric est envers moi d'une loyauté sans faille. (Ton nostalgique.) J'aimerais pouvoir en dire autant de moi. C'est lui qui a eu l'idée de vous mentir. Mais cette horrible blessure sur son arcade sourcilière, c'est mon œuvre. »

Les pupilles d'Alma se dilatèrent d'effroi. Eric finit par ouvrir les yeux. Des yeux pleins de colère, dangereux même, soulignés comme ils l'étaient par des demi-lunes mauves. « Il faut excuser Willy, intervint-il d'un ton sévère. Elle pense que c'est sa faute parce qu'elle n'a pas refermé le placard.

— Il n'y a certainement pas lieu de vous culpabiliser pour un accident domestique », marmonna Axel, manifestement peu désireux d'intervenir dans une querelle qui s'était terminée par huit points de suture. Si Willy était réellement violente, elle pourrait s'en prendre à lui, qui sait ? « Pourquoi ne pas, je ne sais pas, moi, en revenir aux fondamentaux du tennis ? il paraît que votre entraîneur est une pointure.

— Nous avons divorcé, annonça Willy.

— Quoi ? s'écria Eric qui ignorait tout du "rendez-vous d'affaires" dans le bureau de Max.

— Rien de surprenant. (Rire cristallin de Willy.) Le mois dernier, à Riverside Park, j'ai joué contre un matamore italien de mes connaissances. Un amateur, pas très doué de surcroît. Il n'a jamais disputé un match professionnel de sa vie. Je lui ai mis 6-0 dans le premier set. Il m'a battu ensuite 6-7, 6-2. »

Eric se pencha en avant. « Willy, il se fait tard...

— Il n'est que dix heures.

— Bon, d'accord. Je ne me sens pas très bien. Ça te va ? »

Docilement, elle ramassa son sac et dit joyeusement à son hôte : « Pourquoi ne ferions-nous pas une partie, un de ces jours ? Vu la façon dont je joue, ces derniers temps, vous pourriez avoir une bonne surprise. »

Eric fit à son père un signe de dénégation imperceptible.

« Non, Willy, dit Axe en lui tapotant l'épaule d'un geste plus doux que d'habitude, comme si elle avait contracté une maladie possiblement contagieuse. Vous m'écraseriez, et un vieil homme peut souhaiter vivre sans être humilié publiquement. Restez entre pros. »

Pousser un homme aussi impitoyable qu'Axel Oberdorf à la compassion était l'insulte ultime, le couronnement de la carrière de Willy Novinsky.

« Quand vous avez perdu les épreuves de qualification, cette semaine, quel genre de fautes avez-vous commises ? demanda le Dr Edsel.

— Des fautes directes.

— Cela ne suggère-t-il pas la délibération, une volonté de perdre ? Vous m'avez dit une fois que vous jouiez "des deux côtés du filet". Vous avez été une athlète de haut niveau. Et si vous jouiez magnifiquement du mauvais côté du filet ?

— Oui, oui, je me hais. » Son ton monocorde indiquait que cette introspection forcée l'ennuyait.

« Je n'en crois rien. (Une affirmation coup de théâtre.) Vous avez un talent pour la dramatisation », expliqua-t-il, son œil vagabond parcourant la pièce dans un sens tandis que l'autre clouait Willy sur place ; il la tenait sous la menace. « S'agissant de votre classement, n'est-il pas plus spectaculaire de se déclarer carrément fichue plutôt que modestement inférieure à votre mari ? Dans votre déclin, que vous souhaitez grandiose, je détecte quelques signes d'attachement à votre propre personne.

— Vous me jouez là le vieux numéro de l'apitoiement sur soi, une situation dans laquelle je me complais ?

— L'échec peut devenir une ambition en soi. Sa séduction réside dans son accessibilité. Et vous avez un côté histrionique, madame Novinsky. Nous sommes tous lestés par notre propre histoire, mais rien de ce que vous m'avez dit sur votre milieu familial ne me suggère que vous devez obligatoirement perdre chaque match que vous disputez. Votre systématisme trahit une intentionnalité.

— Quelque chose du genre : "Mieux vaut être un désastre ambulant qu'une médiocre" ?

— La notoriété est une forme de distinction. Cette dramatisation que vous pratiquez vous maintient sous les feux de la rampe. Vous prétendez garder un sens de la mesure, mais, en réalité, vous macérez dans le tragique. Et, sournoisement, vous culpabilisez votre mari. Même si vous étiez, par exemple, classée 200e, il vous aurait tout de même dépassée, mais la disparité n'aurait rien eu de choquant aux yeux des autres. Sauf que, pour vous, elle aurait été intolérable. Vous l'exagérez donc volontairement. »

C'était le plus long discours qu'Edsel eût délivré depuis des semaines. Quand elle avait perdu son dernier match, Willy s'était sentie physiquement bizarre – lourde, fragile, raide – et elle avait un retard de règles. Elle décida toutefois de ne pas le dire à son thérapeute. Edsel semblait si content de son interprétation que Willy aurait trouvé malpoli de chipoter.

« Le sport est un théâtre, poursuivit-il. Vous vous êtes attribué le rôle de la mauvaise élève, de l'athlète douée mais affligée d'un défaut fondamental. Toutefois, le théâtre est un piège. Je vous soupçonne d'être aussi bonne actrice que bonne joueuse. Le personnage que vous incarnez est méconnu, torturé, blessé. Je suis sûr que les revenus de votre mari sont une source de frustration pour vous – ils vous empêchent de tomber dans le caniveau, ce qui pourrait expliquer pourquoi vous répugnez à en profiter. Vous recherchez le pathétique comme substitut aux acclamations.

— Ça me parle, grogna Willy.

— Oui, n'est-ce pas ? » Il pressa ses deux mains, paumes contre paume, comme s'il s'applaudissait discrètement.

« Admets-le, l'accusa Willy. Tu es heureux. »

Son père inclina la tête sur le côté, ce qui accentuait l'asymétrie de sa posture. Il était assis, comme cassé en deux, dans son vieux fauteuil en loques.

« Je suis heureux, répondit-il, que l'un de vous deux réussisse à vivre de ce tennis professionnel, aussi improbable que cela semble. »

Willy ne pouvait pas s'asseoir. Et on ne pouvait par arpenter ce bureau-tanière encombré où tout – moquette, sièges, boiseries – était d'une absence de couleur lugubre et fécale. « Mais que, de nous deux, ce soit Eric qui ait réussi te remplit d'une joie mauvaise, n'est-ce pas ? Car ainsi, la chair de ta chair ne menace pas la vision du monde à laquelle tu tiens tant. »

Le psoriasis sur le visage de son père était en phase de desquamation. Des fragments de peau grisâtre s'amoncelaient sur son col, comme si les déceptions de la vie quotidienne l'usaient, au sens propre du terme. « Ce qui me remplit de joie, Willow, c'est que tu aies un mari dont tu puisses être fière. »

Durant des années, elle avait cru que le flegme de son père avait pour but de la désarmer ; maintenant, elle soupçonnait que sa placidité répondait à une tout autre intention, dont elle constatait présentement les effets : la mettre hors d'elle. De même, la naïveté agressive de ses deux parents – « Nous ne voulons pas t'entendre dire du mal de ton mari », « Comme tu dois être fière de lui... » – ressemblait à du sadisme, un moralisme sermonneur, une jobardise délibérée. Willy, lors de ses visites, les tenait régulièrement au courant des victoires d'Eric, mais ses parents n'avaient jamais remarqué qu'elle parlait entre ses dents, les mâchoires serrées.

« Par chance, tu n'as pas à être fier de moi, maugréa-t-elle. Tu as trop investi dans la conviction qu'il est pathétique et mégalomaniaque d'espérer quoi que ce soit. Si j'avais réussi, tu aurais été obligé de te demander si, poussé par une vraie détermination, tu n'aurais pas dû envoyer paître cet éditeur obscur pour devenir un vrai écrivain. Bon sang, tu ne nous as même pas dit que tu avait écrit ce tas de livres : je suis tombée dessus par hasard dans le grenier.

— Je ne voyais aucune raison de charger mes deux filles du fardeau de mes aspirations mort-nées. (Il avait répondu calmement.) Mais, oui, ce tas de livres ne dénote-t-il pas une certaine ferveur ? Restée stérile, c'est sûr. Tu as raison de dire que j'ai "investi" dans la conviction que la méritocratie, dans le milieu de l'édition new-yorkaise, ne fonctionne pas bien : certains talents restent méconnus. J'ai toutefois admis la possibilité que je n'avais pas ce qu'il fallait pour réussir.

— Une hypothèse censée me tenir chaud la nuit ? "Oh, bon, je suis comme papa : je n'ai pas le niveau d'excellence voulu." Bon sang, j'ai entendu ce discours toute mon enfance. Or le tennis est constitué pour moitié de confiance – ou de doute, comme tu veux –, et tu peux te féliciter d'avoir mené à bien ton travail de sape. Je récolte aujourd'hui les fruits de ton matraquage.

— Récemment, il m'a semblé que tu rejetais la faute sur ton mari. Aujourd'hui, c'est moi qui suis responsable de ton recul au classement ? » Willy crut voir un sourire réprimé. Ses théories sur ses parents lui semblaient toujours plus crédibles quand elles étaient énoncées hors de portée de leurs oreilles.

« Tu ne m'as pas aidée », chuchota-t-elle sans conviction.

Son père roula soigneusement son journal dans le tube qu'il avait appris à fabriquer gamin, quand il livrait les journaux. Cette vieille manie serra le cœur de sa fille d'une affection pleine de rancune.

« Essaie de t'imaginer une petite fille de huit ans, dit-il. Haute comme trois pommes. (Il fit le geste, main tendue au-dessus de l'accotoir du fauteuil.) Elle adore le tennis, on l'amène jouer dans le parc, elle est étrangement douée pour ce sport. Mais elle vient tout juste de perdre ses dents de lait et, pas si longtemps auparavant, ses parents changeaient encore ses couches. Elle regarde des pros du tennis à la télé et déclare qu'elle veut faire ça quand elle sera grande. Mignon, non ? Mais à quel point faut-il prendre cette déclaration au sérieux ? Faut-il commencer à déverser des centaines de dollars dans des chimères ou se dire que cela serait le signe trop évident d'une projection de l'ego desdits parents ?

— Mais tu la prends au sérieux quand elle commence à gagner çà et là les tournois juniors. Tu la prends au sérieux quand elle devient la numéro 3 du New Jersey, même si tu refuses de la laisser jouer dans l'État voisin, la Pennsylvanie !

— Nous avions deux enfants, Willow. Je ne crois pas qu'aucune d'entre vous ait manqué de quoi que ce soit d'important, mais mon salaire à Bloomfield était plutôt maigre. Qu'aurais-tu pensé, à la place de Gertrude, si tes parents avaient sacrifié tes vacances d'été, tes voyages sur la côte et partout dans le pays pour que le petit génie puisse jouer au tennis ? N'aurais-tu pas été furieuse, à juste titre, et détesté ta sœur ?

— Ton sens de l'équité n'a pas payé : elle me hait de toute façon. (Willy se laissa tomber dans le fauteuil le plus proche.)

— Pour Gert, tu es une *prima donna*, concéda-t-il. Mais je ne vois pas en quoi c'est ma faute. »

Willy lui jeta un regard noir.

« Si je t'avais poussée, continua gentiment "Chuk", le tennis serait devenu pour toi un devoir, une épreuve. En l'occurrence, tu t'es poussée toi-même, ce qui forge une réelle confiance en soi. De fait, je me demande si tu ne t'es pas poussée si fort que, maintenant, tu ressens toute cette pression comme venant de moi. »

Willy n'était plus furieuse : elle était déprimée. Anxieuse et agitée dans le bus 66 qui l'avait conduite chez ses parents, elle s'était marmonné des accusations ; ses voisins, embarrassés, fixaient le dossier du siège devant eux. Sauf que, maintenant, tout ce que disait son père semblait si raisonnable.

« Hé ! l'apostropha-t-il en lui tapotant le genou. Quelle magnifique soirée d'été. On étouffe, enfermés ici : allons faire un tour.

— Ça ne me dit rien. »

Il se leva et la scruta. « Je te trouve très pâle. D'habitude, en cette saison, tu as un hâle ravissant.

— Je ne peux plus m'entraîner à Sweetspot. (Elle tenta, sans succès, de maîtriser le tremblement de sa voix.) Mon abonnement à Forest Hills finissait ce mois-ci, et Max ne l'a pas renouvelé. Je ne peux m'entraîner que sur les courts municipaux et, l'autre jour, je me suis fait battre si ignominieusement que je n'ose plus me montrer à Riverside.

— Allons, insista son père. Tu ne m'as jamais refusé une balade par une soirée de ce genre. »

Willy se leva lourdement de son fauteuil, dans un craquement d'articulations digne des pensionnaires de la maison de retraite de sa mère.

En bas de Walnut Street, la brise tiède qui froufroutait doucement dans les chênes et les érables lui caressa le visage. Les maisons coloniales hollandaises, semblables à des granges et les massives bâtisses Queen Ann « victoriennes » formaient, de chaque côté de la rue, des sortes de fortifications durables et solides. Des lucioles luisaient çà et là. Cédant à une impulsion de gamine, elle en ramassa une, qui se soumit si docilement à sa capture que Willy, émue, la libéra aussitôt.

« Si j'avais su que cela était important pour toi, j'aurais partagé mes frustrations d'écrivain raté. Excuse-moi de ne pas l'avoir fait. » La voix de son père, soudain très douce, la berçait comme le vent dans les arbres. « Je me suis contenté de m'interdire d'y penser, comme s'il s'agissait d'une autre existence. Tu es trop jeune pour le comprendre, mais, pour la plupart, nous vivons tous plusieurs vies. Mes livres, je les ai laissés derrière moi. Non que je n'y aie jamais pensé, et tu sais toi-même que je ne crois pas à la qualité de l'essentiel de ce que j'ai publié. Mais la pensée qui me rend malade, c'est que tu as conclu que ma vie était amère et étriquée à cause de cet échec. Tu sais, la vie, c'est beaucoup plus qu'une carrière réussie ou loupée.

— Quoi d'autre, au juste ? (Ton boudeur.) »

Tandis qu'ils s'engageaient dans Park Street, il agita la main, englobant l'ensemble du voisinage.

« Une promenade par un beau soir d'été, Will. La musique – ce Samuel Barber que tu passais sans cesse. Les gnocchi aux épinards de chez Rispoli et un bon vieux Sherlock Holmes après, à la dernière séance. Où l'expression sur le visage de ta mère quand je lui ai annoncé que nous allions enfin au Japon. (Il haussa les épaules.) Enfin, excuse-moi d'aborder un sujet épineux, le tennis. »

Ils s'étaient dirigés d'instinct vers le parc où Willy avait appris à jouer. L'éclairage urbain formait des flaques orange sur les courts délabrés, évoquant un paysage dont on ne se souvient que par touches impressionnistes. Le revêtement était craquelé, effrité. La grille, jadis fermée à la tombée de la nuit, oscillait, grande ouverte, partiellement sortie de ses gonds. Willy entra et arpenta lourdement le fond du court, repoussant du pied les débris qui le jonchaient. Une dévastation qui ressemblait à sa vie.

« Je joue encore de temps à autre, nota son père.

— Toi et moi ne l'avons pas fait depuis des années.

— Quelle opposition pourrais-je t'offrir ? Tu m'écrases depuis que tu as dix ans. »

Willy allait lâcher un commentaire plein d'un autodénigrement purulent sur les chances actuelles qu'avait son père de la battre, mais elle se ravisa. Ça suffit ! se dit-elle. « Je jouerai très volontiers avec toi un de ces jours. Juste pour le plaisir.

— Ce "juste pour le plaisir" me rend heureux !

— Papa, je ne devrais pas être ici ce soir. » Elle ne se rappelait pas avoir jamais shooté, la nuit, dans les gravats d'un court délabré. Cela lui semblait idiot, condamnable, même. Les lignes de court étincelant sous le soleil auraient dû être les seuls souvenirs dignes d'être gardés. « Aujourd'hui, poursuivit-elle, Eric disputait les quarts de finale du Pilote Pen. Je n'ai pas pu m'y résoudre, mais j'aurais dû y être.

— Oui, tu aurais dû. Eric mérite ton soutien. Il en a besoin.

— Il le mérite sûrement, mais il n'en a pas besoin. »

Les Novinsky n'étant pas une famille de peloteurs, la main de son père sur son épaule faisait un drôle d'effet à Willy. « Tu m'inquiètes, Willow, dit-il. Tu n'évoques jamais avec plaisir ta tendre moitié. Mes tentatives, peut-être maladroites, pour t'éviter des déceptions se sont sans doute retournées contre nous deux ; tu as cru comprendre que je ne croyais pas en ton talent. Je n'ai jamais tenté de te faire croire que notre amour pour toi dépendait de ta capacité à rapporter des lauriers à la maison. Comme si la cruauté du reste du monde ne suffisait pas ! Mais tu as mis tous tes œufs dans le panier tennis, et il va bien falloir que tu en retires une certaine quantité. Non que tu ne doives pas t'accrocher. Mais dans chaque carrière, il y a des hauts et des bas, des périodes de chance et de malchance, des aléas imputables à la négligence, sinon à la malveillance des autres. Si tu laisses ce côté de ta vie dominer tout le reste, tu deviens le jouet de forces mauvaises qui t'infligeront une défaite totale. Une profession, c'est un simple jeu. Dans ton cas, un jeu au sens littéral du terme. Or, dans la vie, les meilleures choses ne sont pas gratuites, et pas non plus achetables. Les lucioles d'une nuit d'été, par exemple ; ou une petite fille – la mienne – qui rattrapait un revers avec la même facilité qu'un gosse attrape des poux. Et maintenant, tu as reçu un cadeau rarissime : l'amour d'un garçon. Je l'ai vu dans ses yeux la première fois qu'il est venu dans cette maison. C'est pourquoi nous avons été si attentifs à son égard, et non parce que ses histoires de tennis nous passionnaient. Je préfère te mettre en garde avant que tu ne gaspilles la chose la plus précieuse au monde, une chose non vénale et, de surcroît, difficile à trouver.

— Papa, Eric va jouer l'US Open, chuchota-t-elle.

— Chérie, je sais que c'est dur à avaler, mais il faut que tu trouves un moyen de t'en sortir. Si tu ne le fais pas, tu ne te le pardonneras jamais. »

Dans l'abstrait, elle savait qu'il avait raison, comme elle avait toujours su, également dans l'abstrait, qu'en se préparant pour un jogging hivernal, la tentation, c'était de trop se couvrir ; qu'elle finirait, en suant et soufflant, par se sentir étouffer sous ce harnachement. Pourtant, cette information théorique ne servait à rien puisque, la fois d'après, elle crevait de nouveau de chaleur. Quand on a froid dans l'instant on ne peut pas imaginer qu'on puisse être en nage l'instant d'après. Elle calait régulièrement au bout de neuf kilomètres pour n'avoir pas cru à ce qui n'était qu'une idée et non un inconfort différé. Les signes cliniques arrivent souvent à temps, mais leur confirmation viscérale, régulièrement trop tard.

En théorie, elle reconnaissait que l'amour passait avant tout, que la dévotion d'un homme de qualité ne se mesure pas en termes triviaux de trophées de tennis. En théorie, elle comprenait que la meilleure compensation pour des ambitions déçues, c'était le baiser d'Eric sur sa tempe après les fameux gnocchi et les Sherlock Holmes de la dernière séance. En théorie, elle savait qu'elle ne se pardonnerait jamais de laisser des difficultés passagères détruire le deuxième élément le plus important de sa vie. Mais toutes ces choses sues, tels des ballons lâchés, flottaient librement au-dessus de sa tête sur le court en ruine de son enfance, aussi inutiles et incongrues en cet instant que des principes de physique quantique.

Incapable de réagir positivement à l'excellent conseil de ce père plein de bonnes intentions. Willy se jeta dans ses bras et pleura éperdument sur son propre, son calamiteux manque de jugement.

22

« Tu seras heureuse d'apprendre que j'ai perdu en demi-finale. » Eric claqua violemment la porte.

Willy ne protesta pas, alors qu'elle se fichait éperdument qu'il ait gagné ou non le Pilot Pen.

« Désolée pour toi », répondit-elle machinalement.

Elle était assise à la table de la salle à manger, projetée sur le côté, son corps formant le même angle que celui de son père dans son fauteuil de Montclair, feuilletant la liste de la WTA arrivée le matin au courrier. Il y avait mille noms, mais celui de Novinsky n'y figurait pas. Arrivée à la dernière page, elle éprouvait cette impression qu'aurait quelqu'un, revenu de la tombe, découvrant un autre nom que le sien sur l'interphone. La WTA avait envoyé à Willy son propre avis de décès.

Quand elle se pencha en avant pour prendre son visage dans ses mains, elle sentit bouger ses seins, gonflés et douloureux. Elle les avait toujours considérés comme une nuisance qu'il fallait bander pour qu'ils ne vous gênent pas. Mais maintenant, aucun soutien-gorge de sport ne pouvait les maintenir immobiles contre sa cage thoracique, comme ceux des garçons.

« Bien sûr, si tu étais venue, tu m'aurais vu me faire ratatiner en direct. Tu as manqué une belle occasion. » Eric circulait bruyamment dans l'appartement, jetant ses raquettes sur la pile, qui s'écroula.

« J'avais une autre obligation.

— Te laver les cheveux. Visiter une amie malade. Dommage que tu ne m'aies par servi ces salades au début de notre idylle : ça m'aurait épargné des peines de cœur.

— Oui. Je suis convaincue que tu le regrettes. »

Eric cessa de jeter à terre les vêtements de sport qu'il sortait de son sac. « Je n'aurais pas dû dire ça : je le reprends.

— Oh, Eric. (Elle se massa le front.) Si, moi, je ne disais que ce qu'il faut dire, nous n'aurions plus aucune conversation.

— Peux-tu te rappeler la dernière fois que tu m'as regardé jouer ? Et comptes-tu assister au moins à un de mes matchs dans l'avenir, ou dois-je me considérer comme seul désormais ? Moi, j'ai renoncé à plusieurs tournois pour t'encourager. J'ai organisé tous mes déplacements de l'été en fonction de toi, pour t'aider à retrouver ton jeu. Je t'ai apporté mon soutien, j'ai accordé mon violon au tien, j'ai joué avec toi en double mixte, je t'ai trouvé Milton Edsel... Et qu'est-ce que j'ai en retour ?

— Des embêtements.

— Alors, pour l'open ? Je joue l'open la semaine prochaine. Puis-je espérer que ma femme s'y montrera, ou aura-t-elle d'autres "obligations" ? »

Elle le laissa tempêter. Il avait bien gagné sa tirade, et bien plus d'ailleurs, mais le moment était mal choisi. « Je fais de mon mieux pour te produire un spectateur supplémentaire. »

Ne voyant dans cette remarque évasive qu'une tentative pour noyer le poisson, il sortit d'un pas militaire pour aller mettre ses vêtements humides de sueur dans le panier à linge. Perdre le mettait en général d'humeur caustique, ou désinvolte, mais, ce soir-là, sa défaite dans le Pilot Pen suscitait autre chose. Il semblait la lui reprocher. Ce qu'elle trouvait normal : pour une fois, c'était à elle de devoir gober des imputations irrationnelles.

« Max t'a été utile ?

— Grand Dieu ! Ma femme s'intéresse à moi, maintenant ? La question a dû t'arracher la langue. De fait, Max prend grand plaisir à me mener à la baguette. Et il veut me faire changer tant de choses au dernier moment – prise, position, tout quoi – qu'il m'a peut-être pris comme élève pour saboter mon premier grand chelem.

— Non. Faire de toi un champion serait une bien meilleure vengeance.

— De quoi se vengerait-il ? »

Elle soupira.

« Ce n'est pas un type facile, poursuivit-il. Il y a peu de chances pour que nous nous mariions un jour. Oh que non ! (Eric regarda sa montre.) Il est seulement neuf heures. Nous avons encore le temps de passer une soirée douillettement romantique. Pourquoi ne pas aller au Flor De Mayo revivre le glorieux prélude à notre bonheur conjugal. » Il était vraiment furieux. Et il appelait « leur » restaurant par son vrai nom, gardant sans doute le surnom qu'ils lui avaient trouvé pour des gens dont il se sentait plus proche.

« Je n'ai pas grand appétit, dit Willy.

— Tu n'en as jamais. J'ajouterais : pour rien.

— J'en avais, il y a sept semaines.

— Ah, je vois. La baise du remords. » Il ramassa les revues de tennis qui jonchaient le sol et arrangea la courtepointe jetée sur leur canapé taché de sang. Son agitation était agressive – elle avait traîné dans l'appartement toute la journée, elle aurait pu au moins faire le ménage – mais il n'osa pas lui faire ce reproche. « Tu manges si peu depuis quelque temps que je me demande comment tu réussis à prendre du poids. J'espère que tu ne bâfres pas en cachette. Bon sang, quand je t'ai connue, tu étais tellement équilibrée…

— Tu es la victime d'une substitution de femme, mon cher. Je ne suis pas la personne que tu as épousée.

— Habile esquive. » Il retira un morceau de verre du cadre du joueur de volley. Willy avait laissé les deux affiches au mur sans ôter tous les éclats de verre brisé ; elle voulait conserver ces souvenirs coupants de la nuit où elle avait perdu la tête. « Tu n'es pas toi-même, donc tu ne peux être tenue pour responsable de ce qu'une usurpatrice fait à ta place. »

Willy glissa en avant sur ses coudes, repoussant le classement WTA sur la table. « Eric, s'il te plaît… » Elle se frotta le visage. Elle avait les traits tirés, la peau sèche et, en permanence, un goût métallique dans la bouche, comme si elle suçait une pièce de monnaie.

« Excuse-moi de ne pas être d'excellente humeur après avoir perdu un tournoi important devant une foule d'étrangers, venus, eux, me voir jouer, et d'être nerveux car je vais disputer mon premier grand chelem. Sauf que… houlà. (Il envoya un méchant triangle de verre dans la corbeille à papier.) J'oublie tout le temps que je n'ai pas de problèmes. C'est toi qui en as.

— Eric, je suis enceinte. »

Ça y est, c'était dit. Bien obligé : le sujet n'aurait pu émerger tout seul.

Il rougit, et la cicatrice rose qui lui traversait le sourcil devint pourpre. « Mon Dieu, je… » Il avait retiré un second morceau de verre qu'il avait posé dans sa main, ne sachant où le mettre.

« Je suis un salaud. Comment…

— Ne mets pas ce bout de verre dans ta poche ! »

Il le sortit et le posa sur la table. Il avait l'air gêné. Ayant vu trop de sitcoms nunuches, il lui aurait pris le sac des mains si elle était revenue du supermarché et l'aurait obligée à s'asseoir. Mais elle n'avait pas fait de courses, il n'y avait rien à manger et elle était déjà assise. Quant au fardeau mental que Willy se trimbalait, on ne pouvait pas l'en soulager comme d'un sac en papier.

Il s'agenouilla près de sa chaise. « Chérie, c'est magnifique. »

Elle haussa un sourcil. « Tu trouves ?

— Tu sais que je ne voulais pas attendre qu'on soit décrépits. Les enfants ont besoin de parents jeunes. Le timing est bon.

— Pour qui ?

— Pour nous. »

Elle le regarda de travers. Récemment, « nous » n'était pas le pronom en vogue. « Un point de détail, dit-elle. Combien de joueurs professionnels as-tu vu débarquer sur les courts avec le ballon de leur gosse dans la poche du short à la place de la balle ?

— Bien évidemment, il te faudra t'arrêter un certain temps…

— Honnêtement, à mon âge, "s'arrêter un certain temps", tu ne trouves pas que c'est un euphémisme pour "retraite" ?

— Mais ce dont nous parlons en ce moment n'a rien d'hypothétique. (Eric se releva.) Tu es enceinte, on ne peut donc plus se poser la question de savoir si c'est le moment idéal pour avoir un enfant. Je ne suis pas réac en matière d'avortement, mais je n'aime pas ça.

— Qui aime ça ?

— *Je* n'aime pas ça. Et nous n'aurions pas d'excuse : nous avons de l'argent, nous sommes mariés, aucun de nous deux n'est plus lycéen. Si tu penses qu'une grossesse serait présentement une pression sur notre couple, je te garantis que faire disparaître notre propre gosse dans les toilettes nous ferait beaucoup plus de mal. »

Willy s'éloigna de la table en faisant grincer les pieds de la chaise. « C'est une menace ?

— Suggères-tu sérieusement que nous ne menions pas cette grossesse à terme pour une histoire de tennis ?

— Ne prends pas ce ton railleur pour parler de ton gagne-pain.

— Il n'a pas d'importance.

— Ce n'est pas l'impression que j'ai eue quand tu es entré tout à l'heure. (Elle se leva pour marcher en rond dans la pièce.) Mais moi, je suis censée ne pas tenir compte du tennis. Je vais devoir découper une tranche de vie, deux malheureuses petites années quand je suis à la fleur de l'âge ? Aucun problème.

— Tu parles d'une fleur de l'âge ! (Il avait presque murmuré cette remarque.) »

Willy sortit ses arguments habituels : « J'ai peut-être joué de malchance ces deux dernières années, mais j'ai consacré toute ma vie à ce sport.

— Tu n'as que vingt-sept ans. Toute ta vie est une expression abusive.

— Le temps qui m'est alloué est compté. Et maintenant, tu attends de moi que je le foute en l'air parce que tu as des scrupules ? T'es-tu demandé une minute ce qui arriverait ? Même si le tennis "n'est pas important" pour lui, papa continuera à taper la balle à travers le monde tout en envoyant des cartes postales et en demandant au téléphone à maman de lui passer son héritier. Et qui se tapera tout le travail ? Et quelle mère serai-je en regardant mon propre gosse, quand je ne verrai que les seize tournois par an que je ne jouerai pas à cause de lui ?

— Rien ne t'empêchera de t'y remettre.

— Oui. J'arriverai sur le circuit avec une poussette. Sans compter ce qu'une grossesse peut faire à un corps. Il me faudra repartir de zéro.

— Tu y es déjà. »

Ils se regardèrent. Tous deux respiraient fort. Willy avait le teint cireux, et elle agitait les mains frénétiquement. Eric reprit d'une vois plus douce :

« Depuis deux ans, je te répète que ta carrière peut être sauvée, que tu sais pertinemment ce qui ne va pas dans ton jeu, que tu n'as qu'à te servir de ta tête, etc. Je te dis : "Willy, tu as un vrai talent, essaie encore." Et toi, tu te moques de moi, tu m'accuses d'être un optimiste béat qui te sert des platitudes. Le problème, c'est qu'avec toi, on ne sait jamais ce qu'il faut dire. Que tu es finie ? D'accord : tu es lessivée. »

Elle ne se souvenait pas d'un seul mot cruel qu'Eric n'avait pas repris. Elle attendit. Il ne reprit rien.

« La potion est amère, je sais. » Il la saisit aux épaules, si fermement qu'elle ne pouvait se dégager. « Mais maintenant, l'enjeu est plus important que ta fierté. De nos jours, la plupart des joueuses atteignent leur apogée à vingt ans. J'ai longtemps cru que tu pourrais, toi, infirmer ce quasi-principe. Je l'ai cru sincèrement, donc je ne te mentais pas. Mais ce marasme tennistique dure maintenant depuis si longtemps que ce qui, au début, semblait une mauvaise passe, un fugace moment d'anxiété, s'est épanoui en un véritable complexe du loser. Tu peux mettre des années à le dépasser, à supposer que tu y arrives. Tu sais que je connais par cœur l'histoire du tennis. Je n'ai jamais vu personne descendu si bas pendant si longtemps rebondir pour devenir un champion. C'est trop tard, Willy. Tu as été une superbe athlète, mais il t'est arrivé quelque chose. Quoi ? Franchement, je n'ai plus envie de le savoir. Mais tu ne peux pas sacrifier notre enfant pour une année supplémentaire de souffrance masochiste. Wilhelm, je t'ai dit que je t'aiderai de toutes les façons possibles, sauf que cette fois, ce ne sera pas pour t'atteler à la tâche, mais pour te convaincre de laisser tomber le tennis. »

Willy, un bref instant, regretta que son mari ne soit pas un homme violent. S'il avait pris un léger recul pour la giffler à la volée, elle aurait moins souffert. À vrai dire, il l'avait déjà torturée avec ses sermons : « Ne leur laisse pas voir qu'ils te donnent du fil à retordre ; montre-leur que tu as du cran ; la moitié du succès, c'est la détermination. » Son tir de barrage à coups de clichés ne prenait pas vraiment en compte ses blessures d'amour-propre, l'humiliation constante qu'elle subissait et qui sapait les forces mêmes qu'elle tentait de rassembler pour continuer. Venant d'un homme qui n'avait jamais connu la disgrâce, ces sermons, inévitablement, semblaient des paroles en l'air. Mais aucun aphorisme stupide ne l'avait jamais tant piquée au vif que son conseil brutal d'abandonner le tennis. Comme un enfant qu'on nourrit à la cuillère, elle lui avait souvent recraché à la figure les encouragements niais qu'il lui enfournait. Mais ce morceau indigeste qu'il venait de lui servir, elle ne pouvait que l'avaler. Il n'y avait pas à discuter.

Se tenant très droite, elle pivota pour s'approcher de l'affiche du New Jersey Classic. En imprimant de petites secousses au papier, et en évitant les morceaux de verre retenus par le cadre, elle la sortit, décolla le ruban adhésif au dos qui la fixait au carton, et la roula. Elle la maintint dans cette position par un autre bout d'adhésif et la posa près de la porte d'entrée. Tout aussi méthodique, elle fit de même pour l'affiche du Moma. Le maillot de bain aux raies de couleurs vives du personnage, qui faisait penser à un pyjama, semblait d'une excentricité déplacée. Par sa gaieté, sa moustache en guidon de bicyclette, décentrée, ne faisait pas sérieux, et l'impétuosité avec laquelle il bondissait hors du cadre avec ce globe de caoutchouc au bout des doigts était soudain hors du sujet. Éprouver autant de joie à manier un stupide ballon de plage était puéril.

Le genou de Willy était de nouveau enflé. Elle avait du mal à le plier sans grimacer. Elle partit brusquement à la cuisine, d'une démarche raide de soldat de plomb, puis revint au salon munie d'un sac-poubelle. Elle leva le couvercle de la table en Plexiglas et le posa contre le canapé. La chronologie de la répartition par couches des balles avait déjà été dérangée quand elle avait renversé le meuble le jour de son anniversaire. Aucune importance : l'histoire que racontait ces balles usagées n'avait plus aucune pertinence. Ces Penn et Dunlop poussiéreuses n'étaient plus que les sédiments sans importance d'une joueuse modérément prometteuse dont les dons, en fin de compte, n'avaient pas porté leurs fruits, et dont le nom resterait inconnu même aux plus fanatiques des sportifs. Elle sortit les balles, trois par trois, et en remplit le sac en prenant soin de ne pas les faire rouler par terre.

Une fois la table vidée, elle noua le sac et le posa près de la porte avec les affiches. Planté devant une des fenêtres, Eric contemplait les lumières du New Jersey, qui, à travers les arbres noirs de Riverside Park, jouaient sur l'Hudson. La lune était pleine. Elle ne pouvait voir que la nuque de son mari, son crâne de plus en plus dégarni – une seconde lune luisant à travers un maigre bosquet de boucles brunes. Peut-être, tout comme le visage du père de Willy, Eric était-il en train de s'user pour quelque autre raison.

Quand elle apporta un second sac dans leur chambre, il resta à son poste d'observation. S'agenouillant dans le placard, elle en ôta les nombreuses chaussures de tennis, veillant à les garder par paires. Le carton était au fond, les trophées toujours enveloppés de papier de soie. Elle vérifia qu'il s'agissait bien des siens avant de les fourrer dans le sac-poubelle. Cette partie du nettoyage était la moins pénible, car ces trophées n'avaient aucune importance à ses yeux ; plus précisément, ç'aurait été la moins pénible si Willy avait ressenti quelque chose. La seule douleur venait de son genou, que la position accroupie malmenait.

La renonciation suivante, dans le vestibule, fut plus difficile : si Eric l'avait regardée, il aurait noté une hésitation. Leurs raquettes étaient mélangées, et elle dut les trier pour retirer les siennes du lot des Wilson. Celles de Willy étaient d'une marque moins prestigieuse, sans être de qualité inférieure, loin de là. Elle ne jouait plus avec une raquette unique, comme la Davis Imperial de son enfance, mais elle employait des générations successives de Pro-Kennex, une marque peu usitée dans la profession. Comme elle lui restait fidèle, chacune des raquettes entretenait avec la précédente un rapport évoquant la parenté, l'héritage. Willy était désolée pour elles de cette mise à la retraite anticipée. Ses défaillances ne leur étaient pas imputables. Pour un peu, si Eric n'avait pas été là, elle se serait excusée tout haut. Elle ne pouvait pas les lui laisser, leurs manches étant trop fins. De plus, il était sous contrat avec Wilson. Elle aurait pu les donner à l'Armée du Salut, mais ces instruments étaient habitués à un certain standard. Elle ne se sentait pas d'abandonner ces loyales alliées au poignet mou, à la préparation tardive et au mauvais accompagnement du coup de quelque débutante en quête de bonne affaire. Elles auraient sûrement préféré la mort à cette indignité. Willy aurait pu les descendre à la poubelle, leur étui à l'épaule, mais elles auraient vu ce qui les attendait, ce qu'elle ne voulait pas. Elle les mit donc dans un sac plastique noir, comme on bande les yeux des condamnés au peloton d'exécution.

Avec un troisième sac, elle revint pour le coup de balai général. Ses gestes s'étaient ralentis et, durant quelques fractions de seconde, elle oublia ce qu'elle était en train de faire. Ce devait être la grossesse. On dit que ça vous fait planer. Sur le bureau placé devant la deuxième fenêtre du living, elle trouva le règlement de la WTA et le jeta dans le sac. La table était jonchée d'un fatras de formulaires d'inscription en blanc. Elle les tria soigneusement et en fit deux piles, ceux d'Eric et les siens. Un imprimé qu'elle avait rempli était prêt à être envoyé. Avant de le jeter à la poubelle, elle récupéra le timbre non oblitéré qu'elle mit dans un tiroir – bien que riche désormais, Eric n'aimait pas le gaspillage. Fait. Le reste des papiers concernait surtout l'USTA : règlements, listes d'hôtels, horaires, tout ce qui avait un rapport avec l'US Open à venir.

Ramassant le classement de la WTA resté sur la table, Willy retourna dans la chambre pour arracher du mur tous les photos et articles de journaux évoquant le tennis – courts, raquettes, tournois. Les autres, elle les aurait bien laissés, mais il n'y en avait pas. Sur les photos de famille, elle avait toujours une raquette à la main. Et sur la seule où, à huit ans, elle était juchée sur les épaules de son père, un vert suspect, du genre court en dur, brillait derrière ses cheveux ébouriffés par le vent. Sur chaque cliché de sa vie de jeune mariée, elle et Eric en vêtements de sport, essuyaient leur sueur après une séance d'entraînement. Sur les clichés les plus récents, la bande de contention barrait son genou comme le ruban adhésif noir les affiches pornographiques de Times Square. La dernière, c'était leur photo de mariage – Willy en chaussures à talons lacées, Eric en flanelle blanche, en train de s'embrasser au-dessus du filet. Encore du tennis. À la poubelle avec le reste.

Il ne restait plus grand-chose sinon des bouts de Scotch jaunis et de petits trous de punaise. Willy s'était supprimée elle-même. Néanmoins, les résidus collants et les minuscules trous d'épingle suggéraient que l'entreprise était viciée : l'histoire, même individuelle, même trafiquée, laisse des traces. Pourtant, en éradiquant le tennis, elle avait également éradiqué Eric.

Traîner les sacs jusqu'à l'ascenseur et les hisser dans les conteneurs du sous-sol lui prit plus de temps que si son mari l'avait aidée, ce qu'il ne fit pas. Il n'essaya pas non plus de l'en empêcher. En remontant, elle regarda sa montre. « Tu dois avoir faim, dit-elle à Eric.

— Plus maintenant. »

Mais il n'était que vingt-deux heures trente et ils ressentaient tous deux le besoin désespéré de quitter ce qui ressemblait vaguement à une scène de carnage. Même si le vorace Eric devait regarder son poulet rôti avec autant d'enthousiasme que si c'était du papier mâché, ils décidèrent d'aller au Flor De Mayo – il n'était plus question de Fleur de mayonnaise. Juste avant de fermer la porte, elle vit le cadre du New Jersey Classic, toujours suspendu, avec sa seule marie-louise blanche évoquant la déco d'une femme à ce point dépourvue d'intérêts dans la vie qu'elle ne peut accrocher au mur qu'un cadre vide.

Willy n'avait laissé qu'un souvenir : le poil de sourcil mutant d'Eric, arraché à l'endroit désormais marqué par une cicatrice rose, comme si enlever ce poil l'avait fait saigner. Il était une preuve de ce que son père avait tenté de lui démontrer : certains trophées ne peuvent être gagnés, ni même demandés, ils ne peuvent être qu'offerts.

« Où étais-tu, Willy, putain de merde ? » La porte claqua, une fois de plus. Elle était assise sur le canapé, les yeux baissés. Ce qu'elle avait infligé à

Eric était tellement infect qu'elle n'avait même pas la force d'y songer. En revanche, elle pouvait penser à Edsel, avec qui elle avait annulé son rendez-vous de la veille, avec la honte pusillanime d'une lycéenne qui a séché un cours.

« Hier soir, je suis rentré de Flushing Meadows assez tôt pour que nous puissions passer la soirée ensemble, et pas un signe de toi. J'ai attendu, attendu, il était très tard. J'ai téléphoné à tes parents, j'ai téléphoné à Max, j'ai même téléphoné à mes parents. Je joue l'open ce soir et n'ai pas fermé l'œil de la nuit. Je reviens du poste de police, Willy.

— Excuse-moi, Eric.

— Je commence à la connaître, la chanson des "excuses". Où étais-tu ? »

Elle ouvrit la bouche, mais aucun son n'en sortit. Laisser les mots s'échapper, ç'aurait été comme vomir en public. Elle regardait Eric en lui lançant un appel muet. Elle aurait bien voulu parler, mais elle ne le pouvait pas. Du jour au lendemain, elle avait inculqué à son mari le désespoir, et il avait appris sa leçon.

Eric se passa la main dans les cheveux, en expirant comme s'il cherchait à ralentir sa respiration. « Tu vas bien ? lui demanda-t-il.

— Plus ou moins.

— Viens ici. » Il lui tendit la main. Elle se leva et il la serra contre lui. « Tu es pâle. Je suis tellement soulagé qu'il ne te soit rien arrivé… » Il la serra plus fort jusqu'à ce qu'elle donne des signes de faiblesse. Il la reconduisit alors au divan. Elle aurait préféré qu'il ne soit pas aussi gentil.

« Écoute, tu m'as donné la frayeur de ma vie, mais le choc était peut-être salutaire. Je vais te faire une proposition. (Elle hocha la tête.) Tu sais que je suis toujours en train de vitupérer les champions de tennis. Eh bien, la nuit dernière, je me suis demandé si je n'étais pas un hypocrite. Je veux les battre, mais je veux aussi rejoindre leurs rangs. Alors tu penses peut-être que je suis un salaud. Et tu as peut-être raison.

— Je ne pense pas....

— Écoute-moi jusqu'au bout. Ce métier, je ne pourrai l'exercer que dix ans, au grand maximum. À l'évidence, le danger, c'est que tu gicles avant. Tu n'as pas d'autres qualifications ; te reste le boulot ingrat de chroniqueur sportif.

— Mais toi aussi, tu pourrais...

— Écoute-moi ! Je sais combien ç'a dû être dur pour toi de me voir progresser jusqu'à la qualification pour l'Open, alors que tu ne rêvais que de ça pour toi-même. Alors que tu adores ce sport quand, moi, je n'ai qu'un certain goût pour lui.

— Mais si tu réussis si bien, c'est en partie parce que...

— Laisse-moi finir. (Il lui prit la main.) Les gens de notre âge pensent qu'ils ont tout le temps pour fonder une famille. Mais, en Amérique, d'un bout du pays à l'autre, des couples claquent des milliers de dollars pour essayer de concevoir. La chance pourrait ne jamais se représenter, qui sait ? Alors, je veux ce bébé, chérie. Et je sais, d'après le tableau que tu en as fait, que moi sur la route et toi plongée dans les couches sales et les petits pots Gerber, ça ne marchera pas. Alors, je veux te proposer un marché : si tu as cet enfant, j'arrête. »

Elle le regarda, médusée. « Tu arrêtes... le tennis ?

— Totalement, sauf pour le plaisir. Apprendre au gosse à jouer, ce sera chouette. Ou jouer avec toi. De longs après-midi d'été à Riverside à faire simplement des balles jusqu'au coucher du soleil, jusqu'à n'en plus pouvoir ; on ira alors, en clopinant, manger notre poulet et notre riz, comme avant.

— Oh, mon chou, ce ne sera plus jamais comme avant. »

Elle se tassa sur son siège. Eric, qui tenait à sa vision idyllique, eut l'air fâché.

« Pourquoi pas ?

— Tu veux dire que l'Open, ce soir, tu ne comptes pas aller le disputer ?

— Si, j'irai. Tu sais que je suis obligé. »

Elle posa doucement ses deux mains sur la sienne. « Tu t'es donné un mal fou pour arriver jusque-là. Tu veux y aller, admets-le.

— Bien sûr que je le veux. Mais après, c'est fini.

— Et si je te demandais de te retirer avant de le jouer ? »

Il resta un moment silencieux, visiblement affligé. Il finit par répondre lentement :

« Je te répondrai probablement que ta demande est... déraisonnable. Mais si tu insistais, alors, oui, je me retirerais. » Ces mots prononcés, il semblait vidé.

Elle posa la main sur sa joue et guida son visage vers elle. « Regarde-toi. Regarde ce que te coûte l'idée d'abandonner un seul tournoi. "Déraisonnable", dis-tu. Bien sûr qu'échanger une carrière contre une famille serait déraisonnable. Crois-tu que tu pourrais vivre après avoir passé un contrat pareil ? Ou que je pourrais vivre ? Tu traverses une période faste, féconde en émotions, mais quand le soufflé retombera, tu me haïras.

— Je ne pourrai jamais te haïr. (Protestation ferme.)

— Vraiment ? (Elle le regarda dans les yeux.) Ton marché ne tient pas, Eric, parce que je n'ai rien à échanger.

— Quoi ? (Son visage se figea.)

— Hier soir, j'étais à la clinique.

— Tu as eu une alerte ?

— Aucune alerte. »

Il se leva, chagriné. Il avait tendance à fuir en cas de conflit, mais là, il ne savait où aller. « Sans me le demander, sans même me le dire, sans qu'on en ait discuté ensemble.

— Il n'y avait rien à discuter. »

Il lui tourna le dos. Quand il fit volte-face, il arborait un sourire en coin, pervers et laid. « Tu te donnes beaucoup de mal, hein ? Du genre : "Je vais bien au-delà du strict devoir, car je suis une perfectionniste." »

Willy fronça les sourcils. « Du mal pour quoi faire ? demanda-t-elle.

— Pour me forcer à te quitter.

— Ce n'est pas ce que...

— Quoi, alors ? Pourquoi as-tu fait ça ? »

Willy commençait à avoir de sérieuses crampes – elle avait l'impression qu'on lui perforait l'utérus à coups de talon aiguille. On se battait dans son ventre : deux escrimeurs maladroits se manquaient l'un l'autre et plantaient leurs fleurets non mouchetés. Mais la douleur la distrayait de l'horreur de cette discussion. Elle baissa la tête.

« Je ne veux pas un enfant comme substitut à ma vie.

— Personne ne te le demande. Beaucoup de femmes...

— Mais moi, c'est comme ça que je le ressentais, ces derniers jours. Toi partant t'entraîner à Flushing Meadows et moi, coincée à la maison, avalant mes vitamines. Tu as déclaré que le timing était bon. Je pense qu'il ne pouvait être pire : abandonner mon métier pour faire un enfant : rien ne m'est plus étranger. Se reproduire pour la postérité ? Poussif, le véhicule... Je me suis mise à en vouloir à cet embryon pour les chances qu'il m'offrait, les mêmes que celles que j'avais gaspillées. Je voyais déjà cette petite chose...

— Un bébé n'est pas une "chose".

— C'en est une, maintenant. (Honteuse de sa brutalité, elle détourna les yeux.) Bon, mettons que ç'ait été une fille. Je la voyais jouer au tennis. Tu l'amenais au parc, comme mon père faisait avec moi. Avec nos gènes combinés, imagine quelles facilités, quels dons elle aurait hérités… jusqu'au moment où elle aurait disputé son premier tournoi. Durant toute l'épreuve, plantée sur la ligne de double, je lui aurais sapé le moral, car tout en moi aurait hurlé : "Ne te fais pas trop d'illusions !" »

Eric la regardait avec l'expression qu'il avait en attendant la balle sur la ligne de fond. Elle avait longtemps attribué son succès à la nonchalance ; sur le court, il était presque invulnérable, car il n'avait pas peur de perdre. Peut-être avait-elle été injuste. Si l'engagement d'Eric était plus fort vis-à-vis de lui même que vis-à-vis du tennis, il n'en restait pas moins entier. Il gagnait parce qu'il n'abandonnait jamais. Il était fait pour ce sport car, jusqu'au dernier moment, jusqu'à la balle ultime, on peut encore gagner, aussi sévère soit le score. Là, tout de suite, il exprimait l'optimisme plein de défi du joueur qui est mené 5-0 dans le cinquième set et refuse de s'avouer battu.

« Ça ne prend pas, lui dit-il, impassible. Je ne te quitte pas. Si tu veux mettre fin à notre mariage, c'est à toi d'en prendre l'initiative. »

La serviette périodique de Willy était trempée. Elle la sentait se ramollir entre ses cuisses humides ; elle sentait des bulles se former et éclater de ce magma d'où montait une odeur sucrée et écœurante. On l'avait prévenue qu'elle saignerait, mais elle ne s'attendait pas à cette mer Rouge. Le sang avait sans doute traversé le tissu de sa mince robe d'été et taché le canapé, qui en avait vu d'autres. Elle rassembla les plis de sa jupe sous elle pour faire tampon.

« La femme dont tu es tombé amoureux n'était pas une perdante, Eric.

— Tu es bien plus qu'une joueuse de tennis à mes yeux, Willy…

— Pas aux miens. (Elle leva les yeux.) Je sais que tu m'aimes, mais je ne sais plus pourquoi.

— Ça, c'est à moi d'en décider.

— Non, ça doit fonctionner dans les deux sens. Pour que ton amour me fasse du bien, il faut que je comprenne ce qui le fonde. Et toi, tu comprends ce que je te trouve ?

— J'ai certaines qualités, concéda-t-il, réticent.

— Eh bien, mes qualités à moi ont toujours été un revers slicé vicieux, et un amorti létal.

— Pas pour…

— Je dis pour moi. Tu ne m'écoutes pas.

— On peut en discuter…

— S'il te plaît, supplia-t-elle. Tu ne m'as témoigné que de la bonté. Je voudrais pouvoir en dire autant pour moi. Je t'ai traité de façon abominable, tu crois que je ne le sais pas ? Et chacune de mes remarques hargneuses me reste en travers de la gorge. Aussi horrible que ce soit de vivre avec une mégère, c'est encore pire d'en être une. »

Elle aurait aimé, elle aussi, pouvoir faire les cent pas dans la pièce mais elle ne voulait pas montrer sa jupe tachée. Elle restait donc assise, enfermée dans le rôle de la suspecte dont la confession est vouée à contredire l'affaire péniblement ficelée par un inspecteur de police. « Quand tu m'as dit avant-hier que j'étais "lessivée", je n'ai pas cru un instant que tu le faisais par méchanceté. J'ai foi en ton jugement, et je pense que ton avis, pour décapant qu'il fût, partait d'un bon sentiment. Quand j'ai jeté tout ce qui me liait encore au tennis, ce n'était pas du mélodrame…

— Non, certes.

— Bon, ce n'était pas seulement du mélodrame. J'étais en train de me prouver quelque chose à moi-même. Toutefois, se débarrasser de quelques trophées n'est qu'un début. Il me faudra longtemps, très longtemps pour m'habituer à ne pas m'entraîner trois heures par jour, à ne pas prendre l'avion chaque mois pour une ville différente, à ne pas passer la plupart de mon temps – sauf quand je dors – à réviser les points que j'aurais pu gagner en montant au filet ou en restant sur la ligne de fond. Ma routine est entièrement centrée sur le tennis. Tennis, tennis, tennis. Maintenant, il faut que j'apprenne à penser à autre chose, à aimer autre chose. Et je veux bien être pendue si je sais quoi.

— Essaie la famille. Essaie ton propre époux.

— Tu voudrais que tout mon univers tourne autour de toi ?

— Ce ne serait pas nécessaire. Tu peux très bien trouver…

— Attends, je ne parle pas d'un hobby, d'un emballement passager. Abandonner le tennis, c'est comme si on m'avait enlevé le foie. Je ne sais pas qui je suis sans ce sport.

— Ce foutu sport. Je commence à regretter de m'être servi d'une raquette à dix-huit ans. J'aurais dû la jeter aux orties tout de suite.

— Oui, mais tu ne l'as pas fait. Mon père m'a dit la semaine dernière qu'une vie est faite de plusieurs vies, mais que je n'avais pas encore l'âge de le comprendre. Tu sais quoi ? Je pense l'avoir atteint, cet âge. Tout juste. Mais j'ai une épreuve à traverser : ça va être dur, très dur. Je vais devoir me reconstruire à partir de rien. À vingt-sept ans, je vais redevenir la petite fille de cinq ans qui déclare : "C'est ça que je veux faire quand je serai grande."

— Alors, laisse-moi t'y aider.

— Tu ne peux pas, Eric. Tu es en pleine ascension, à quelques heures de jouer ton premier US

Open. Tu es la dernière personne au monde à pouvoir m'aider. Je le sais, car j'ai essayé plusieurs scénarios viables pour moi : devenir ton meilleur supporteur, m'incliner devant un talent plus grand que le mien, élever nos enfants dans la fierté de leur père. Mais je butais répétitivement sur cette question : "Et toi, maman, c'est quoi, ton métier ?" Je sais que le fair-play existe, et je suis béate d'admiration devant ceux, hommes ou femmes, qui en font preuve. Mais j'ai eu beau chercher, l'honnêteté m'oblige à dire que je n'ai pas trouvé cette grâce en moi. Tu sais toi-même que le tennis est égocentrique ; eh bien, d'une certaine façon, il m'a faite à son image. Je changerai peut-être, mais ce sera atroce. Je ne peux toujours pas jubiler en t'imaginant en train de frapper ta volée gagnante – la dernière, celle qui te vaudra le gain du match. Pour une fois, Eric, ne pense plus à moi : pense à toi. Ne mérites-tu pas, pour changer, une femme qui souhaite ta victoire ? C'est laid, je le sais, à mes yeux tout autant qu'aux tiens, mais je me demande si je ne resterai pas à jamais amère. Même si je trouve de quoi m'occuper par la suite, je serai toute ma vie en deuil du tennis. Dit tout haut, cela semble mesquin, mais pas pour moi. »

De même qu'elle avait commencé à être la victime d'une « fatalité » dans les tournois – la défaite engendrant la défaite –, une dynamique néfaste pour leurs rapports conjugaux l'avait conduite sur ce canapé taché de sang. Il y avait, dans cette fin,, une logique inexorable, la même que celle qui amène le perdant à perdre. Les arguments de Willy étaient solides. D'innombrables après-midi elle avait travaillé sur cette énigme, arrivant toujours à la même conclusion, telle la résolution d'une équation simple, mais à plusieurs variables. Chaque fois, elle se traitait elle-même comme un des éléments d'une démonstration mathématique ; et d'ailleurs, là, sur son canapé, sa voix, d'un calme factuel, était devenue celle d'un prof.

Pourtant, si leur situation était dans cette impasse qu'elle lui avait parfois agitée sous le nez, mais qui, le plus souvent, lui servait à se faire peur à elle-même ; le catastrophisme prédisant la fin de leur relation était devenu un croquemitaine, donc un mythe. Ce n'était pas un événement réel, mais une éventualité provoquant chez elle non tant de l'anxiété que de la perplexité. Une menace vide de sens, en somme. Elle ne pensait l'impensable que pour se faire peur, et, partant, l'empêcher de se réaliser.

Eric aurait dû se rendre compte qu'elle le suppliait *in petto* de la faire taire. Plus tard, elle se demanderait fatalement ce qui serait arrivé s'il lui avait fermé son clapet au lieu de la laisser parler. C'est une faute que les couples commettent souvent : « Si seulement elle ne lui avait pas lancé le contenu de son assiette à la figure… » « Si seulement il ne l'avait pas crucifiée avec des mots… » De fait, pas besoin de se lancer le dîner à la tête, ni de se hurler des horreurs ; sous n'importe quel prétexte, la crise aurait eu lieu de toute façon, provoquée par une simple évaluation des variables.

« Je vais entamer une nouvelle vie, Eric. (Voix accablée.) Tu fais partie de l'ancienne. Cette capitulation me gêne, mais, à l'évidence, je n'ai pas le choix. Ce sera déjà assez dur pour moi sans que tu y assistes.

— Tu as tout prévu, on dirait. » Il avait l'air abattu. La tension avait quitté son corps. Ses épaules étaient tombées d'un cran, comme à la fin d'un match.

Willy le regarda avec horreur. Elle ne pouvait pas croire qu'il la prendrait au mot – qu'il la laisserait décider.

Il jeta un coup d'œil à sa montre, qui mesurait encore le passage du temps de leur vie d'avant. « Il faut que j'aille à Flushing. Tu es ici chez toi. C'est toi qui me quittes, j'en prends bonne note, mais c'est moi qui dois déménager. Après le match, j'irai dormir chez mes parents. »

Il alla dans la chambre prendre son passeport qu'il enfonça dans la poche arrière de son pantalon. Dans l'immédiat, il ne se rendait que dans le Queens, mais il pensait déjà à ses futurs voyages.

« Encore une chose, l'arrêta Willy, les joues brûlantes d'émotion. Est-ce que je t'ai déjà battu ? Pour de vrai ?

— Willy Novinsky, dit-il, ses muscles faciaux s'affaissant comme des morceaux de charbon tombant d'un crassier, personne ne m'a jamais battu aussi complètement que toi.

— Et j'ai… je me suis donnée à fond, n'est-ce pas ? J'ai vraiment essayé ?

— Oui, tu as vraiment essayé – pour ce qui est du tennis, tout au moins. »

Il jeta son sac de sport sur l'épaule, puis s'arrêta. « Je sais qu'il y a peu de chances, mais… (Il prit son portefeuille, et en sortit un papier.) Juste au cas où, voilà pour toi. »

Avant de partir, il posa le billet pour l'US Open sur la table en Plexiglas vide.

C'était le début de l'après-midi. Le soleil, inconscient du drame, brillait par la fenêtre et battait le rappel des petites filles vers les courts de tennis. Assise sur son canapé, Willy, un instant désorientée, se demanda si, en ce jour radieux, elle n'irait pas faire des balles à Riverside. Puis elle se souvint. Elle venait d'avorter ; de rompre avec son mari ; de jeter ses raquettes à la poubelle.

Elle n'avait plus qu'à se mettre au squash : un jeu insignifiant qui lui conviendrait parfaitement.

Dans le même ordre d'idées, il ne lui manquait plus qu'un an d'espagnol pour avoir sa licence. Columbia University, de l'autre côté de la rue, disposait d'un programme de formation continue pour adultes. Willy pouvait obtenir un prêt.

Ses yeux tombèrent sur le morceau de verre qu'Eric avait posé sur la table. Très tranchant. Elle pouvait finir ses études et traduire de l'espagnol pour les Nations unies, ou elle pouvait s'ouvrir les veines.

L'alternative lui semblait tout aussi valide que la proposition, mais Willy avait une imagination trop vive. En Technicolor, elle se voyait lever l'arme mortelle et la plonger verticalement dans la veine tout en gardant, intacte, la fermeté nécessaire pour répéter l'exercice sur l'autre poignet. Un exercice simplement intellectuel, dans l'instant… mais après ?

Elle aurait pu s'appesantir là-dessus, mais cela aurait signifié céder à l'art de la dramatisation que son thérapeute lui prêtait. Après toutes ces années de jogging, de musculation et de sprints, l'hommage contraignant rendu à son propre corps l'emportait. Elle se leva avec effort pour aller jeter le morceau de verre à la poubelle.

Être encore de ce monde lui faisait un drôle d'effet. Elle s'était débarrassée de tout ce qui faisait sa vie, et pourtant quelqu'un venait de faire l'effort de quitter ce canapé. Pouvait-on se survivre à soi-même ? Apparemment.

Elle changea sa serviette périodique et mit une robe propre. Tout en rembobinant tristement l'une des cordes à sauter d'Eric, elle se dit confusément que ces accessoires étaient à elle, qu'il ne reviendrait jamais chercher ses affaires à l'appartement. Tentée par la corde, poussée par une sorte de frénésie à effacer ces longues heures par la pratique d'une activité stupide, elle savait pourtant qu'une séance – punitive – de sauts pourrait provoquer une hémorragie. Le silence assourdissant de l'appartement lui apparut comme une sorte de violence. Elle s'enfuit à Riverside Park.

Protégés par un rideau d'arbres, les courts de la 122e Rue étaient à peine audibles du muret sur l'Hudson que Willy escalada avec quelque effort. Pif... paf... Un bruit banal et familier, un rappel de ce qu'offrent toujours les parcs publics : l'équilibre des sons. À chaque frappe, son retour. À chaque triomphe, ses représailles. Avec le partenaire parfait, le tennis offrait cet improbable idéal américain d'égalité. Dans cette optique archétypale, le flux et le reflux de la séance tennistique hebdomadaire étaient amusants, pleins de moqueries et de serments de revanche pour le mercredi suivant à seize heures. Mais parfois, avec le partenaire le plus adéquat, l'un des deux se détachait si nettement que c'en était fini. Votre faute : vous ne jouiez plus vraiment. Il fallait se séparer.

Attirée par ce bruit si cher à son cœur, Willy descendit le chemin de terre, passa les bancs verts à la peinture écaillée et s'approcha du grillage à la porte cadenassée, qu'elle saisit à deux mains. Le couple qui jouait sur le court numéro 1 était assez mauvais – très mauvais même, mais aucun des deux ne semblait troublé par l'irrégularité de ces échanges exécrablement hachés. La fille loupa plusieurs coups parce qu'elle avait le fou rire. Ils jouaient avec des balles usées, et quand une d'elles fila dans les fourrés ils n'allèrent pas la chercher. Après un coup chanceux, la fille, triomphante, brandit sa raquette et sauta sur place en claquant des talons. Elle jubilait. Willy, depuis qu'elle était passée pro, ne se rappelait pas que l'un de ses propres coups – dont les plus ordinaires étaient dix fois plus spectaculaires que celui-ci – lui ait donné autant de satisfaction.

« Non, mais c'est Will-eee ! s'écria le gardien du parc, venu la rejoindre au grillage.

— Ces deux-là s'amusent comme des fous, dit-elle d'un ton morne.

— Oui. Normal, une si belle journée. » Pour ce sage indolent, le tennis n'était pas une terrible épreuve de caractère, mais une simple exultation du corps au soleil.

Willy regardait les joueurs amateurs du court numéro un avec la même attention que si elle assistait à une finale de grand chelem, comme si ce couple était détenteur d'un stratagème qui échappait aux plus grands.

« Savez-vous que la plupart des joueurs de tennis professionnels sont malheureux ? dit-elle sur le ton de la conversation.

— Ah bon ? (L'employé municipal ventripotent s'en fichait.) Au fait, où étiez-vous passée ? Ça fait un temps fou que je ne vous avais pas vue, ma petite.

— C'est vrai. Ça fait… (Elle réfléchit.) des années que je n'étais pas venue. »

En fin d'après-midi, Willy passa l'aspirateur. Elle avait besoin de cette interférence sonore pour exterminer toute pensée. Elle s'efforçait de ne pas regarder l'heure, mais elle ne parvenait pas à se leurrer elle-même. Le billet, toujours posé sur la table, était un mémento. Il était vingt heures, et, comme elle avait toujours su qu'elle le ferait, elle alluma ESPN.

La partie d'Eric avait commencé. Elle entendait le commentaire sous le vrombissement de l'appareil. Sa renommée, après sa victoire sur Sörle, assurait à Eric une retransmission rarissime s'agissant d'un premier tour. À l'écran, il semblait maigrichon alors que la caméra était censée grossir. Il avait le cheveu rare et la boucle défaite.

Mais le plus déconcertant était son jeu, ce jeu « nature » qui avait attiré l'attention de Willy à Riverside Park. Un diamant brut. Ce jeu, qu'elle avait vu se purifier, se polir, facette par facette, et qui l'avait remplie de cette concupiscence silencieuse qu'ont les voleurs rusés. Ce jeu, elle l'aurait reconnu à des kilomètres, sauf ce soir. Il était méconnaissable.

Eric lambinait sur les points alors, que, d'ordinaire, il avait un pouvoir d'anticipation stupéfiant. Aucun de ses retours n'avait de mordant. Il faisait beaucoup de doubles fautes. Elle éteignit l'aspirateur et entendit le commentateur déclarer que la prestation d'Eric Oberdorf, un nouveau talent censément prometteur, était très décevante.

L'un des secrets d'Eric était de ne pas envisager la possibilité de la défaite ; elle ne faisait pas partie de son univers, il n'essayait donc pas de l'écarter, ce qui lui aurait paru aussi incongru que de porter sur soi de l'ail pour se protéger des vampires. C'est Willy qui lui avait appris à capituler. Telle Pandore, elle avait ouvert la boîte qui allait apporter dans la vie de cet homme cauchemars et désillusions.

Le match fut court. Eric fut battu sans remporter un seul set. Willy éteignit la télévision, puis, des heures durant, lutta contre la tentation d'appeler chez les Oberdorf. Si elle refusait d'admettre que leur rupture était une regrettable erreur – « Et, s'il te plaît, chéri, rentre à la maison ! » –, elle pouvait au moins présenter à Eric ses condoléances à propos du match. À onze heures du soir, elle avait maîtrisé son impulsion de téléphoner. Eric la connaissait trop bien. Il savait ce qu'elle allait dire, il connaissait jusqu'aux moindres inflexions de sa voix quand elle était censée compatir, il la percerait à jour en un éclair.

Il avait perdu au premier tour de son premier grand chelem, et, dans quelque repli de son cerveau, Willy s'en réjouissait. Voilà pourquoi elle ne pouvait l'appeler pour lui demander de revenir.

9790

Composition
NORD COMPO

Achevé d'imprimer en Espagne

par BLACK PRINT CPI IBERICA

le 11 décembre 2011.
Dépôt légal décembre 2011.
EAN 9782290034125

ÉDITIONS J'AI LU
87, quai Panhard-et-Levassor, 75013 Paris

Diffusion France et étranger : Flammarion